스토리 설계자

지은이 리사 크론

세계적인 스토리 컨설턴트이자 전문 연사다. UC버클리를 졸업하고 유명 출판사 W. W. 노턴과 존 뮤어 출판사에서 근무했으며, 방송계의 러브콜을 받아 폭스TV, 미러맥스, 코트TV, 쇼타임 등에서 스토리 에디터와 선임 프로듀서로 활약했다.

이후 스토리텔링의 전쟁터인 할리우드로 넘어가, 미국 최대 영화사 워너브라더스를 비롯하여 윌리엄 모리스 에이전시, 빌리지 로드쇼 등 굵직한 영화사에서 시나리오 각색을 돕는 스토리 컨설턴트로 일했다. 또한 안젤라 리날디 문학 에이전시에서 출판 에이전트로 활동하며 수많은 작가와 협업했다. 2006년부터 〈왕좌의 게임〉 브라이언 코그먼, 〈캐리비안의 해적〉 스튜어트 베티 등 유명 각본가 및 극작가를 배출해 낸 UCLA 익스텐션 작가 프로그램의 강사로 근무 중이다.

다양한 경험을 바탕으로 강연을 펼치며, 작가 지망생은 물론, 광고, 비즈니스, 마케팅 분야 종사자, 크리에이터들 사이에서 최고의 스토리텔링 강사로 인정받고 있다.

《스토리 설계자》는 2016년 출간 이래 아마존에서 꾸준히 상위권을 차지하고 있는 리사 크론의 역작으로, 세계적인 무대를 거치며 쌓아 온 작법 핵심 노하우가 담긴 책이다. 시대가 변하고 매체가 다양해져도 변치 않는 스토리의 본질과 함께 플롯이라는 '겉'이 아닌 진짜 '속 이야기' 설계법을 알려 준다.

STORY GENIUS

: How to Use Brain Science to Go Beyond Outlining and Write a Riveting Novel
(Before You Waste Three Years Writing 327 Pages That Go Nowhere)
Copyright ⓒ 2016 by Lisa Cron
All rights reserved

Korean translation copyright ⓒ 2023 by BOOKIE Publishing House, Inc.
Korean translation rights arranged with DeFiore and Company Literary Management, Inc. through EYA (Eric Yang Agency).

스토리
설계자

장르불문 존재감을 발휘하는
단단한 스토리 코어 설계법

STORY GENIUS

리사 크론 지음 | 홍한결 옮김

부·키

옮긴이 홍한결

서울대학교 화학공학과와 한국외국어대학교 통번역대학원을 나와 책 번역가로 일하고 있다. 쉽게 읽히면서 오래 두고 보고 싶은 책을 만들고 싶어 한다. 옮긴 책으로 《스토리만이 살길》《어른의 문답법》《걸어 다니는 어원 사전》《책 좀 빌려줄래?》《인간의 흑역사》《진실의 흑역사》《신의 화살》 등이 있다.

스토리 설계자

초판 1쇄 발행 2023년 6월 23일 | 초판 3쇄 발행 2023년 7월 28일

지은이 리사 크론
옮긴이 홍한결
발행인 박윤우
편집 김송은, 김유진, 성한경, 장미숙
마케팅 박서연, 이건희, 이영섭, 정미진
디자인 서혜진, 이세연
저작권 백은영, 유은지
경영지원 이지영, 주진호
발행처 부키(주)
출판신고 2012년 9월 27일
주소 서울 서대문구 신촌로3길 15 산성빌딩 5-6층
전화 02-325-0846 **팩스** 02-3141-4066
이메일 webmaster@bookie.co.kr
ISBN 978-89-6051-984-8 03800

만든 사람들
편집 김송은 | 디자인 이세연

이야기를 이제 막 펼치기 시작한
데이지에게

마침 중편소설 초고를 흡족하지 못한 기분으로 마쳤을 때 《스토리 설계자》를 만났다. 이 책의 조언을 그대로 적용해 보았고 상쾌할 정도로 효과가 있었다. 한마디로, 수술실에 들어온 인턴에게 어느 부분에 메스를 대야 하는지 정확히 일러 주는 고참 외과 의사 같은 책이다.

소설가나 시나리오 작가 지망생에게는 당연히 큰 참고서가 될 것이다. 나는 마케터, PR업계 종사자, 정치인, 또는 경영인들 역시 이 책으로부터 유용한 통찰을 얻을 수 있지 않을까 생각한다. 바야흐로 사람도 기업도 '스토리'를 팔아야 하는 시대이기 때문이다.

그런데 스토리를 진귀한 사연이나 이벤트의 규모, 혹은 상세한 세계관 설정과 관련 있는 무엇이라고 여기면 잘못된 곳에 시간과 비용을 낭비하게 된다. 스토리의 힘은 그런 데서 나오지 않는다. 그리고 강력한 힘을 발휘하는 좋은 스토리는 로켓이나 내연기관처럼, 적어도 어느 정도는 공학적으로 설계가 가능하다.

같은 맥락에서 나는 소비자와 유권자들에게도 이 책이 도움이 될 거라 본다. 스토리텔링이라는 도구로 수많은 사람의 마음을 조종하는 영리한 마케터와 선거 전문가들의 책략을 꿰뚫어 보자. 교육 현장에 있는 분들께도 조심스럽게 책의 몇몇 대목을 참고해 보시라고 권해 본다. 동기 부여에 스토리텔링만큼 좋은 방법이 없기에.

장강명, 소설가

직업 특성상 국내외 수많은 작법서를 접하다 보니, 대부분 비슷한 주제와 이야기로 구성되어 있다는 것을 깨달았다. 이는 스토리 역시 수학의 공식처럼 일종의 공식이 성립하기 때문이다. 나는 그 많은 작법서 중 좋은 작법서를 찾는 나만의 기준을 하나 세웠다. 바로 "책에서 말하고자 하는 포인트가 얼마나 좁고 명확한가?"를 항상 염두에 두는 것이다.

기획, 장르, 플롯, 구조, 주제, 소재, 세계관, 캐릭터 등 스토리를 만들기 위해 필요한 기술들은 정말 많다. 그러나 그중에서도 가장 중요한 것 한 가지를 꼽으라면 역시 '캐릭터'일 것이다. 《스토리 설계자》는 '캐릭터의 내적 변화'를 강조한다. 작가를 두고, '인간이 욕망을 이뤄가는 과정에서 생기는 내적 변화를 다루는 사람'이라 말한다.

인간은 누구나 욕망을 가지고 살아간다. 그 욕망은 때론 조그만 소망이기도 하고, 때론 아주 큰 이상이기도 하다. "맛있는 커피를 마셔야지"와 같은 사소한 소망은 짧은 일상 이야기가 되고, "훌륭한 왕이 될 거야!"와 같은 원대한 이상은 장편 대서사극이 된다. 거기에 욕망의 크기, 동기, 절박함 등이 한데 모여 스토리의 몰입감을 결정한다.

이 책은 인간의 욕망을 파고들어 더 깊이 있는 스토리를 구현할 수 있는 방법을 세세히 알려 준다. 또한 다양한 작법 기술과 연계해 작품의 완성도를 높이는 방법까지 다루고 있다. 작가 지망생뿐만 아니라, 경험 있는 작가들이 처한 난관에도 돌파구를 제시해 줄 책이다. 플롯이라는 겉모습에 빠져 정작 중요한 캐릭터의 내적 변화를 놓치고 있는 분들, 그리고 스토리 구조에 대한 원론적 이해가 필요한 분들께 《스토리 설계자》는 좋은 가이드가 되어 줄 것이다.

우동이즘, 웹툰 작가 · 유튜버 ·
《스토리텔링 우동이즘의 잘 팔리는 웹툰, 웹소설 이야기 만들기》 저자

차례

1부 ▶ 스토리의 본질과 오해

2부 ▶ 속 이야기 설계하기

3부 ▸ 내적 투쟁을 일으킬 시련의 장 설계하기

들어가는 말

작가가 저지르는 가장 큰 실수는 무엇인가? 지난 세월 동안 숱하게 들은 질문이다. 대답은 간단하다. "스토리가 무엇인지 모른다"는 것이다. 아무리 기발한 아이디어와 빼어난 문장력으로 사건을 꽉꽉 채워도 스토리가 영 부실하니, 작품을 끌고 나가는 긴박감이 없다. 당연히 읽어 주는 사람도 없다.

그 결과는? 수많은 작가가 상심에 빠진다. 아무리 열심히 글을 써도, 아무리 글쓰기 강좌를 많이 들어도, 아무리 자격증을 많이 따도, 출판 에이전트를 구할 수 없고 출판사와 계약이 안 되는 것이다. '좋다, 내 재능을 못 알아보는 출판계 거물들에게 본때를 보여 주리라' 하고 자가 출판을 해 보지만, 친구와 가족 말고는 읽어 주는 사람이 없다. 통계는 암울하다. 한 시장

조사 기관에 따르면 자가 출판 도서의 90퍼센트는 100부도 팔리지 않는다. 또 다른 설문조사 결과 역시 비슷하다. 에이전트들은 들어온 원고의 96퍼센트를 거절한다(내 체감으로는 그 이상이다). 그러니 작가들이 낙담과 실의에 빠지고 심지어 원망을 품는 것도 어찌 보면 당연하다. 거기에 그치지 않고, '일이 풀리지 않으니 난 재능이 없는 거겠지' 하고 확신한다.

그 순간 우리 내면의 목소리가 속삭인다. 겉으로는 우리를 퍽이나 위해 주는 척하면서 슬며시 비수를 꽂는다. '내가 무슨 바람이 들어서 작가가 될 생각을 했을까? 깨끗이 포기하고, 뭔가 다른 방법으로 창의성을 표출하자. 방법이야 많잖아. 이를테면 뭐…… 창작무용?' 그러지 말자. 당신도 작가의 재능이 있을 가능성이 충분하니까.

여기서 중요한 사실 하나. 스토리가 어떻게 작동하는지 제대로 모르는 건 당신 잘못이 아니다. 비유하자면, 우리 몸이 어떻게 음식물의 영양분을 흡수하는지 우리가 정확히 모르는 것과 같다. 물론 그런 현상이 있다는 건 안다. 고등학교 생물 시간에 세포와 세포막과 아미노산이 어쩌고저쩌고 하던 이야기도 어렴풋이 기억난다. 그러나 소화 과정은 (천만다행히) 우리 눈에 보이지 않는다. 스토리가 당신에게 일으키는 작용도 마찬가지다. 보이지 않는다. 심지어 스토리가 '왜' 그런 작용을 일으키는지도 당신은 잘 모른다.

이 책을 읽으면 스토리의 감춰진 작동 원리를 이해할 수 있다. 그전까지 보이지 않았던 것이 보이면서, 얼마든지 직접 구현할 수 있음을 깨닫게 될 것이다. 한마디로 '스토리의 고수'가 되는 것이다. 이 책의 순서를 차근차근 따라가며 스토리의 밑그림을 그리면 작업의 첫 단추부터 제대로 꿸 수 있다. 게다가 글을 고쳐 쓰는 시간도 대폭 줄어든다. 다른 방법으로는 볼 수 없는 효과다. 이제 첫 문장부터 독자의 마음을 사로잡을 수 있을 뿐 아니라, 장편 소설, 단편 소설, 시나리오, 극본을 불문하고 그전까지 썼던 어떤 습작보다 더 깊고 풍성하고 흡인력 있는 작품을 쓸 수 있게 된다. 어떻게 장담하냐고? 이 책은 어디서 갑자기 툭 튀어나와 반짝 유행하는 최신 작법을 다루지 않는다. 뇌과학에 기초한 원리를 이야기한다.

인간에게는 '스토리 본능'이 있다. 우리는 무슨 스토리를 듣거나 보거나 읽건 간에 항상 뭔가를 집요하게 찾고 거기에 반응한다. 어떤 장르의 스토리에서건 우리가 찾는 것은 똑같다. 왜 그럴까? 스토리는 우리 뇌가 쓰는 언어이기 때문이다. 우리는 스토리로 생각한다. 인간의 뇌는 기본적으로 스토리라는 수단을 통해 현실을 해독하게끔 진화했기에, 우리는 스토리를 샅샅이 뒤져 의미와 정보를 찾아내는 일에 전문가다. 모든 인간이 태어날 때부터 그렇다. 유치원생도 잘 만든 스토리는 바로 알아본다. 뇌 구조에 그런 본능이 새겨져 있으니까. 스토리는 우리가 세상을 이해하는 수단이며, 그 역사는 문자의 역사보다 까마득히 더 길다. 심지어 말이 생기기 전부터 우리는 괴성과 손짓, 발짓으로 스토리를 주고받았다.

스토리에 반응하는 것은 우리 뇌에 새겨진 본능이라 따로 배우거나 고민할 필요가 없다. 그렇다 보니 우리는 스토리에 휘둘리면서도 그걸 잘 의식하지 못할 때가 많다. 스토리에 한 번 사로잡히면 그냥 묻지도 따지지도 않고 온몸을 맡긴다. 흔히 말하길 이야기에 빠져들려면 '불신의 자발적 유예'라는 것을 해야 한다고 하는데, 이 말처럼 잘못된 말이 없다. 매혹적인 이야기에 홀릴지 말지, 그 선택이 우리에게 달려 있다는 말 아닌가. 우리에겐 선택권이 없다. 우리가 스토리에 휘둘리는 것은 다름 아닌 생물적 현상이다. 그러나 스토리에 '반응'하는 것은 본능이지만, 스토리를 '창작'하는 것은 본능이 아니다. 미국 남부 문학의 대가 플래너리 오코너도 이렇게 말하지 않았는가. "스토리가 무엇인지 모르는 사람은 없지만, 직접 써 보면 모른다는 걸 알게 된다."[1] 그런데 오코너가 놓친 게 하나 있다. 스토리 쓰는 법을 배우려면 먼저 스토리란 정확히 무엇인지 알지 않으면 안 된다는 것. 다시 말해, 독자의 관심을 사로잡고 붙드는 요소가 과연 무엇인지 알아야 한다.

문제는 작가들 대부분 수려한 문장, 신뢰감 있는 목소리, 흥미진진한 플롯, 기발한 구조 등 겉으로 보이는 것들을 스토리라고 오해하는 데 있다. 오해할 만도 하나 그런 오해는 심각한 실책을 낳는다. 물론 다 중요한 것들이지만, 거기엔 한 가지 결정적인 요소가 빠져 있다. 그게 있어야 스토리는 비로소 의미를 갖고 살아 움직인다.

스토리를 밀고 나가는 힘은 과연 무엇일까. 그것은 언뜻 눈에 띄지 않는다. 그것은 재능도 아니요, 목소리도 아니요, 플롯도 아니다. 물건을 작동시키는 '전기'를 생각해 보자. 아무리 밝은 전등도 전기가 들어오지 않으면 쓸모가 없듯이, 스토리도 플롯, 목소리, 재능을 환히 비추어 살아 움직이게 하는 전기가 없으면 독자를 사로잡을 수 없다.

그렇다면 그 '전기'는 구체적으로 어디에서 오는가?

바로, 주인공이 눈앞에 벌어지는 일들을 해석하는 모습에서 나온다. 주인공이 자신에게 중요한 것을 놓고 애쓰고 고심하여 힘든 결정을 내리면서 이야기를 전개해 나가는 모습에서 나온다. 주인공은 그냥 막연히 애쓰는 것이 아니다. 주인공에게는 결코 이룰 수 없는 목표가 있다. 자신의 바람을 실현하는 동시에 그 실현을 막는 두려움을 계속 붙들고 놓지 않으려는 것. 차차 살펴보겠지만, 스토리에서 중요한 것은 플롯도 아니요, 사건도 아니다. 플롯 속에서 벌어지는 사건이 주인공에게 미치는 '영향', 그리고 그로 인해 주인공의 내면에 일어나는 '변화'가 중요하다.

주인공의 '내적 투쟁'을 소설의 '전깃줄'이라고 생각해도 좋다. 열차 선로에는 두 가닥의 레일 옆에 전력을 공급하는 레일이 하나 더 있다. 그런 전깃줄이 있어야 열차가 움직일 수 있다. 그게 없으면 아무리 잘 만든 열차도 제자리에서 꿈쩍하지 않는다. 모든 스토리는 결국 캐릭터의 힘으로 나아간다. 로맨스, 미스터리, 액션, 역사물, 성장물, 동화 할 것 없이 마찬가지다.

사건도, 플롯도, 심지어 '감각적 디테일'까지도, 소설 속의 모든 요소는 전깃줄과 이어져야 비로소 의미를 갖고 독자의 감정을 움직일 수 있다. 주인공의 내적 투쟁에 영향을 미치지 못하는 것이라면 아무리 미려하게 썼다 한들, 아무리 겉보기에 극적이라 한들 소용없다. 스토리를 중간에 멈춰 서게 하고, 독자를 사로잡았던 마법을 깨뜨리고, 독자를 현실로 다시 튕겨 보낼 뿐이다.

출판사로부터든 독자로부터든, 원고가 외면받는 이유는 거의 하나다. 전깃줄이 없다는 것. 작가들이 저지르는 가장 큰 실수이자 패착이다. 그런 상태에서 계속 쓰고 고치고 다듬으며 엄청난 분량의 원고 속에 사건을 수두룩이 집어넣지만, 다 소용이 없다. 독자가 보기에는 딱히 관심을 쏟을 이유가 없는, 그저 수두룩한 외적 사건일 뿐이니까.

스토리의 축은 외적 투쟁이 아니라 내적 투쟁이다. 주인공이 '외적' 플롯으로 인해 발생한 문제를 풀기 위해 '내적'으로 무엇을 깨닫고 무엇을 극복하고 무엇을 감당해야 하느냐가 중요하다. 다시 말해 주인공의 내적 문제는 플롯 속의 사건들보나 선행하며, 때로는 수십 년 전부터 주인공이 갖고 있던 것이다. 주인공이 무엇을 원하는지, 또 어떤 잘못된 내적 신념이 어떤 이유로 목적 달성을 가로막고 있는지 작가는 구체적으로 알아야 한다. 작가가 그걸 모른다면, 주인공을 자신의 내적 문제와 직면시킬 플롯을 무슨 수로 짜겠는가? 불가능하다.

그러므로 작가는 플롯을 만들기 전에 주인공의 구체적인 내적 문제를 소상히 알고 있어야 한다. 그러고 나면 플롯은 저절로 척척 만들어진다. 스토리가 먼저고, 플롯은 나중이다. 그런 식으로 소설에 '전기'가 흐르게 하면 독자를 단박에 매료시킬 수 있고, 독자는 자기도 모르게 본능적으로 끌릴 것이다.

이 책이 당신에게 그런 능력을 줄 수 있다. 순서대로 차근차근 내용을 따라가면, 어렴풋한 아이디어에서 시작해 다층적이면서 인과적으로 연결된 밑그림을 만들어 갈 수 있다. 그 밑그림을 바탕으로 초고를 쓰면 6고나 7고를 거친 완성 원고 못지않게 세련되고 풍성하며 흡인력 있는 글이 완성될 것이다.

보다시피 이 책에서는 '개요'보다 '밑그림'이라는 말을 쓴다. 작법 용어로 '개요outline'란 보통 외적 플롯을 장면별로 요약한 것을 가리키는데, 이는 소설의 겉모습에 해당하며 이 책의 진짜 관심사가 아니기 때문이다. 우리의 관심사는 겉모습에 감춰진 내면의 진짜 스토리, 독자의 뇌가 본능적으로 끌릴 수밖에 없는 스토리다. 이 책에서 말하는 '밑그림blueprint'은 플롯 속에서 일어나는 사건의 개요가 아니라, 스토리를 이루는 내적·외적 층들을 처음부터 결말에 이르기까지 완전하게 종합한 것이다. 당신은 밑그림을 만들면서 동시에 소설을 써 나가게 될 것이다. 그리고 밑그림 내용의 대부분은 완성된 소설에 들어간다. 이 과정에서 나오는 것은 하나도 버릴 게 없다. 흔히들 글을 쓰기 전에 해야 한다고 말하는 사전 조사와는 다르다. 이것이 바로 독자의 넋을 빼앗고 세상 보는 관점을 바꿔 줄 소설을 쓰는 비결이다.

스토리의
본질과 오해

1장

스토리
: 우리 뇌의 암호 해독기

—

역사를 통틀어 바퀴를 쓰지 않고 번성한 사회는 있었어도
스토리를 이야기하지 않은 사회는 없었다.

▶ 어슐러 K. 르귄

깜짝 퀴즈 하나. 긴 하루를 보내고 나서 발 뻗고 쉴 준비가 된
당신. 몸에 잠깐 화학 작용을 일으켜 세상 고민 다 잊고 즐거운
시간을 보내고 싶다. 다음 중 어느 것을 택할 때 생물학적으로
확실한 효과가 보장될까?

1 근사한 와인 한 잔
2 초콜릿 한 통
3 소설책

정답은 셋 다. 그렇지만 소설만큼 약발이 좋고, 약 기운이 오래가고, 아침에 눈 떴을 때 후회가 밀려오지 않는 선택이 또 있을까? 하긴 후회할 일이 아주 없지는 않겠다.

가령 이런 경우다. 당신은 피곤한 몸을 끌고 침대에 눕는다. 내일 아침 중요한 회의가 있어서 꼭두새벽에 일어나야 하는데, 일찍 잠자리에 들 수 있어서 다행이다. 머리맡에 놓아둔 소설책을 집어 든다. 느긋하게 한 챕터만 읽고 잘 생각이다. 그런데 다 읽고 나니 궁금해진다. '가만있자, 케빈이 로런에게 남긴 쪽지를 미셸이 발견하면 어쩌나? 틀림없이 오해할 텐데! 그랬다가는……' 어떻게 되는지 알아보려고 한 페이지만 더 읽기로 한다. 한 페이지가 세 페이지가 되고, 열 페이지가 된다. 순식간에 피곤이 날아간다. 아니, '피곤'이라는 개념 자체가 실종되어 버린다. 현실 세계는 연기처럼 사라져 버렸고, 당신은 포근한 비눗방울 속에 들어앉아 우주 어딘가를 둥둥 떠다닌다. 마치 누가 정지 버튼이라도 누른 것처럼 현실의 삶이 딱 멈춘 상태에서, 다른 세상 속에 들어가 살고 있는 기분이다. 그곳은 바로 미셸의 세상이다. 페이지가 연신 휙휙 넘어간다. 문득 무언가가 눈에 거슬려서 올려다보니, 블라인드 틈으로 웬 불빛이 새어 들어온다. 창밖에 쓰레기차가 서 있나? 그때 오싹한 깨달음이 뒷골을 때린다. 새벽빛이다. 소설 읽느라 밤을 꼴딱 새운 것이다. 까맣게 잊었던 피로감이 불현듯 생생하게 되살아난다.

누구나 한 번쯤 겪는 일이다. 왜 그럴까? 당신은 아침에 꼭 일찍 일어나야 한다는 것도, 잠이 모자라면 머리가 잘 돌아가지 않으리라는 것도 뻔히 알고 있었다. 그런데 도대체 왜 소설을 계속 읽었을까? '난 의지가 박약한가 봐. 계획대로 한두 페이지만 읽고 딱 내려놓는 게 그렇게 어렵나?' 자책하기 전에 알아둘 것이 있다. 우리 뇌는 잘 만든 스토리를 도저히 마다하지 못한다. 당신은 소설을 계속 읽겠다고 의식적으로 결정한 것이 아니다. 그것은 생물적 반응이자, 본능에 따른 행동이었다. 그렇다고 이튿날 회의 시간에 꾸벅꾸벅 졸다가 상사에게 들켰을 때 이런 식의 변명을 대는 건 추천하지 않는다. 사람들은 스토리에 휘둘리면서도 스토리의 힘을 이해하지 못한다. 그러니 상사는 당신을 이상한 눈초리로 볼 게 뻔하다.

스토리는 그래서 무섭다. 우리는 살면서 매 순간 알게 모르게 스토리에 홀리고 변화를 겪는다. 그런데 대다수의 사람들은 이를 전혀 인식하지 못한다. 작가에게는 성공의 열쇠가 바로 여기에 있다. 스토리의 힘이 왜 그리 강한지 이해한다면, 그리고 독자를 꼼짝없이 붙들고 독자의 삶을 변화시킬 수 있는 작가의 무기가 과연 무엇인지 깨닫는다면, 그 힘을 자유로이 구사하는 소설을 쓸 수 있다.

그렇기에 스토리의 밑그림을 잘 그리려면 그전에(이미 소설을 쓰기 시작했다면 한 자라도 더 쓰기 전에) 꼭 알아 두어야 할 것이 있다. 우리 뇌가 현실을 벗어나 글자 속 세상에 빠져들게 만드는 그 힘은 과연 무엇인가? 이 장에서는 그 답을 찾기 위해 먼저 우리 본능에 새겨신 스토리의 목적이 무엇인지 알아본다. 스토리와 뇌는 왜 나란히 진화했으며, 스토리가 우리에게 그리 막강한 힘을 휘두르는 이유는 무엇인지 살펴본다. 마지막으로, 우리 뇌가 스토리 속에서 본능적으로 무엇을 찾고 무엇에 반응하는지 알아보면서 스토리란 과연 무엇인지 생각해 본다.

본능에 새겨진 스토리의 목적

이상하지 않은가? 평소에 멀쩡히 제구실하는 어른이, 스토리에 홀딱 빠지면 현실을 까맣게 잊어버리는 이유가 뭘까? 진화생물학자들도 그 이유를 오랜 세월 궁리했다. 소설책을 읽느라 밤을 꼴딱 새운다는 것은 누가 봐도 먹고 사는 데 도움이 안 되는 행동 아닌가. 그래도 지금 당신은 밤새 생명을 부지하기라도 했지, 옛날 석기시대에는 밤을 무사히 보낸다는 것도 그리 쉬운 일이 아니었다. 잠깐이라도 현실을 망각했다가는 맹수나 약탈자 같은 온갖 적의 해코지에 무방비로 노출되기 십상이었다. 즉 치명적일 수도 있는 위험을 감수하면서까지 굳이 스토리에 빠져드는 데는 그럴 만한 굉장한 이유가 있었으리라는 게 과학자들의 생각이었다. 그렇지 않고서야 툭하면 스토리에 빠져드는 인간들은 자연선택에 의해 삽시간에 씨가 마르지 않았겠는가. "딱 한 챕터만 더 읽을게, 제발!" 하고 애걸할 시간도 없었을 것이다.

아닌 게 아니라 그럴 만한 굉장한 이유가 있다. 스토리는 세계 최초의 가상 현실이었다. 우리는 스토리 덕분에 현실을 잠시 떠나 미래를 그려볼 수 있었다. 그럼으로써 우리가 늘 가장 두려워하는 미지의 세계와 예상 밖의 사건에 대비할 수 있었다. 호시탐탐하는 맹수와 약탈자들의 습격을 막아 낼 꾀를 생각해 내는 데 그보다 좋은 방법이 있을까? 직접 겪어 본 적 없는 곤란한 상황도 스토리를 통해 간접 체험해 봄으로써 실제로 맞닥뜨렸을 때 어떤 느낌일지, 무엇을 배워야 살아남을 수 있을지 미리 알아볼 수 있다. 그러니 스토리텔링 없는 사회가 지구상에 존재하지 않았던 것도 당연하다. 스토리텔링은 인간의 보편적 특징이라는 점만 생각해 보아도, 스토리라는 것이 그저 흐린 주말 오후나 잠들기 전 밤에 시간 때우기 좋은 놀잇감만은 아니라는 사실을 충분히 짐작할 수 있지 않을까.

스토리는 어떻게 뇌를 장악하는가

그런데 스토리가 그토록 강력하고 또 우리의 안녕에 지극히 중요한 것이라면, 우리는 왜 스토리를 한낱 오락거리로 치부하는 경향이 있을까? 어째서 근사한 스토리에 푹 빠지는 것을 그저 선택의 문제로 생각할까? 우리는 스토리를 기껏해야 피곤하고 괴로운 현실 세세를 잊고 즐거운 '공상'의 세계에 빠지고 싶을 때 자신에게 허락하는 선물쯤으로 취급한다. 도대체 왜, 옥스퍼드 영어사전처럼 권위 있는 사전조차 스토리를 "가공 또는 실제 인물과 사건에 관해 재미있게 들려주는 말"로 정의하는 걸까?

그 답은 간단하다. 스토리가 일으키는 감정, 즉 그 달콤하리만큼 유혹적인 쾌감을 스토리의 목적으로 착각하기 때문이다. 그리고 모든 유혹이 그렇듯이, 거기에 빠져들고 나면 중요한 건 오로지 근사하고 황홀한 '지금 이 순간'뿐이다. 스토리에 빠짐으로써 초래될 결과가 뭔지 생각해 본 적 있는가? 초래될 결과가 있다는 것 자체가 금시초문이다. '스토리가 끝나면 그걸로 끝이지 뭐가 더 있나? 우리는 현실로 돌아가 그전처럼 계속 살잖아. 무슨 이렇다 할 변화가 일어나는 것도 아니고.' 이렇게 생각한다면 큰 오해다.

스토리가 재미있는 이유는 음식이 맛있고 섹스가 기분 좋은 이유와 똑같다. 다시 말해, 인간의 생존에 꼭 필요하기 때문이다. 음식은 영양을 공급하고, 섹스는 자손을 만들고, 스토리는 몰랐던 것을 알게 해 준다. 그런데 음식과 섹스의 경우는 그 결과가 금방 뚜렷이 나타나는 편이다 보니, 우리는 처음부터 그 여파를 잘 알고 있다. 물론 화려한 토핑을 얹은 아이스크림 빙수나 치명적인 유혹의 눈길을 맞닥뜨릴 때면 까맣게 잊기도 하지만 말이다.

반면 스토리를 읽는 행위가 우리 삶에 초래하는 결과는 그리 뚜렷하지 않기에, 아무런 결과 자체가 없다고 오해하기 쉽다. 그러나 스토리가 우리에게 미치는 영향도 음식과 섹스 못지않게 지대하고 운명적이며 생물적이다. 알고 보면 우리가 재미있는 스토리에 빠질 때 느끼는 쾌감, 밤새도록 책을 붙잡게 만드는 그 쾌감은 헛된 것도, 무의미한 것도 아니요, 그저 쾌락을 위한 쾌락도 아니다. 그 자체가 궁극적인 목적도 아니다. 그 쾌감은 생물적 미끼이자 우리를 사로잡는 덫으로서, 현실 세계를 까맣게 잊고 스토리의 세계에 몸담게 만드는 구실을 한다. 우리가 모든 것을 잠시 내려놓고 스토리에 집중하게 하는 것이 바로 그 쾌감이다.

강력한 쾌감은 도파민이라는 신경전달물질이 급증하면서 일어난다. 잘 만든 스토리를 접할 때마다 강렬한 호기심이 곧바로 일어나고 그에 따라 도파민 반응이 촉발된다. 우리 뇌는 그런 식으로 보상을 던져 우리로 하여금 호기심을 좇고 스토리의 결말을 확인하게끔 만드는 것이다. 왜? 그러다 보면 꼭 알아야 할 뭔가를 알게 될지도 모르니까.

흥미진진한 스토리에 홀린 독자는 주인공과 나란히 내적

변화를 겪게 되고, 주인공의 깨달음을 어느 정도 흡수해 새로운 눈으로 세상을 보게 된다. 스토리의 의미는 독자의 신념 체계에 직통으로 주입된다. 독자가 직접 경험하는 것과 다를 바없다. 즉, 무엇이 옳다고 일러 주는 것이 아니라 직접 '느끼게'해 주는 방식이다. 우리 삶이 감정을 중심으로 돌아가듯, 스토리도 감정을 중심으로 돌아가기 때문이다. 하버드대 심리학 교수 대니얼 길버트의 말을 빌리면, "감정은 중요하다는 말로는부족하다. 중요하다는 개념 자체가 곧 감정이다."[1] 삶 속에서감정을 느끼지 못하는 사람은 이성적 결정을 전혀 내리지 못한다. 인간의 생리가 그렇게 되어 있다. 스토리 속에서 감정을 느끼지 못하는 사람은 스토리를 읽고 있다고 할 수 없다. 의미를전달하는 것은 논리가 아니라 감정이므로, 소설은 주인공의 감정이 독자에게 직접 전해지게끔 쓰지 않으면 안 된다.

우리는 본능적으로 주인공의 마음속 감정을 알아내고 공감하려고 애쓰면서 주인공의 힘든 싸움을 마치 자기 일처럼 체험한다. 소설에 빠져든 독자에게 주인공의 내적 투쟁은 자신의내적 투쟁이 되고, 주인공이 힘들게 깨달은 사실은 자신이 힘들게 깨달은 사실이 된다. 비유적으로 말해서 그렇다는 것이아니라 실제로 그렇다. 《스토리텔링 애니멀》의 저자 조너선 갓셜에 따르면, 스토리를 읽는 사람의 뇌 활동을 fMRI(기능적 자기공명영상)로 살펴볼 때 '관찰자'가 아닌 '참여자'의 양상이 나타난다.

못 믿겠는가? 동네 영화관에 가서 공포영화를 하나 보라. 사력을 다해 도망가는 불쌍한 사람을 괴물이 덮치려는 순간, 고개를 뒤로 돌려 관객들을 보자. 갓셜의 말을 빌리면 다음과 같은 모습을 목격할 가능성이 높다. "관객들이 자리에서 몸을 비비 꼰다. 팔꿈치를 몸에 붙이고 무릎을 들어 올린다. 몸을 동그랗게 말아 중요한 장기를 보호하려는 자세다." 웃음 없이는 볼 수 없는 장면이다. 분명히 다들 똑똑한 사람들일 테고 영화를 처음 보는 것도 아닐 것이다. 그런데 도대체 왜, 스크린 속 상황으로부터 자기 몸을 보호해야 한다고 생각하는 걸까? 답은 이렇다. 생각을 하고 있는 게 아니다. 자기 일처럼 '체험'하고 있는 것이다. 갓셜의 설명이 이어진다. "실제로 살해 공격을 받았을 때와 똑같이 반응하라고 뇌가 몸에 지시를 내리고 있는 것이다."[2]

그게 바로 우리가 본능적으로 휘둘리게 되어 있는 스토리의 힘이다. 굉장하지 않은가? 우리 뇌는 잘 만든 스토리를 만나면 마치 현실 세계에서 그런 상황을 만난 것처럼 받아들인다. 그래서 갈구하는 정보가 나타났을 때 곧바로 주목할 수 있다. 무슨 말이냐 하면, 우리는 스토리를 들을 때마다 이른바 '인지적 무의식' 속에서 본능적으로 한 가지 질문을 하게 되어 있다. (비단 소설에만 해당하는 이야기가 아님에 유의하자. 소설은 인류의 진화사를 하루로 볼 때 약 5초 전에 출현했다.) '내가 살아남고 번영하려면 여기서 배울 게 무엇인가?'

여기서 '살아남는다'는 것은 물리적 환경에서의 생존뿐만이 아니라 사회적 환경에서의 생존도 아우르는 개념이다. 통념과 달리, 집단에 소속되고자 하는 욕구는 음식, 공기, 물에 대한 욕구와 다를 바 없는 생물적 욕구다. 일단 물리적 환경에서 돌아다니는 법을 익힌 인간이 앞으로 번성하려면 서로 협력하는 방법을 배워야 한다는 것이 자연의 깨달음이었다. 그리하여 약 20만 년 전 인간의 뇌가 마지막으로 폭발적 성장을 할 때 바로 그 협동 능력이 신경 회로에 새겨졌다. 예전 과학자들은 인간의 뇌가 커진 것이 추상적 사고를 위해서였으리라고 오랫동안 짐작했으나, 이어진 연구 결과들에 따르면, 그 목적만은 아니었음이 드러나고 있다. 인간은 뇌를 키움으로써 사회적 인지 능력을 키울 수 있었고, 그 덕택에 타인과의 협동이 가능해졌다. 그렇다, 협동이라면 우리가 유치원 다닐 때부터 어른들이 누누이 강조했던 덕목이다.

그도 그럴 것이, 아무리 기발한 발명으로 세상을 뒤집어 놓는 천재라 해도 자기 힘만으로 모든 것을 해낼 수는 없다. 스티브 잡스라고 해도 애플 제품을 자기 집 차고에서 혼자 만들 수는 없다. 만약 부품을 혼자 다 제조하고, 혼자 입소문을 내고, 혼자 밀려드는 주문을 받아서 트럭에 올라타 일일이 배달

해야 한다면 어땠을까. 물론 그전에 도로도 닦아 놓고, 트럭도 만들어 놓아야 할 것이다. 제아무리 날고 기는 천재라도 혼자로는 부족하다. 모든 인간은 다른 인간을 필요로 한다. 다시 말해, 잘 살아보고 싶다면 남을 이해할 줄 알아야 한다.

그리하여 스토리의 목적은 단순히 물리적 세계의 신비를 이해하는 것을 넘어 더 복잡한 사회적 환경을 해독하는 것으로 확장되었다. 훨씬 더 까다로운 일이었다. 물리적 세계는 눈으로 얼마든지 볼 수 있으니, 이를테면 '사자가 아무리 순해 보여도 쓰다듬으면 안 된다' 같은 금기야 어렵지 않게 배울 수 있다. 하지만 사회적 환경에서 살아남기 위해 알아야 할 것들은 대체로 눈에 보이지 않는다. 사람들이 무슨 행동을 하는지는 보이지만, 정작 가장 중요한 그 행동의 '이유'는 알기가 쉽지 않다. 그도 그럴 것이, 그 비밀은 아직까지 국가안보국 요원이나 페이스북 직원들도 들여다보지 못하는 장소에 고이 감춰져 있으니, 그곳은 바로 사람들의 머릿속이다. 사람들이 믿는 것은 무엇이며, 왜 그런 믿음을 갖고 있을까? 우리가 알고 싶어 안달하는 게 바로 그것이다. 그래서 우리는 스토리를 접할 때마다 본능적으로 그런 부분에 반응하게 되어 있다. 소설가들이 찬탄을 받고 때로 두려움의 대상마저 되는 이유는, 과학자들보다 더 날카로운 시선으로 남들의 내밀한 머릿속을 비추어 인간 행동의 숨은 동기를 들여다보게 해 주기 때문이다.

사람의 행동에서 의미를 찾으려면 그 이면의 동기를 알아야 한다. 가령 장거리 연애 중인 한 여성이 남자친구에게 전화했더니 그가 한숨을 푹 쉬면서 이렇게 말했다고 하지. "네 전화 받으니 힘 빠진다." 애정이 완전히 식었다는 말로 알아듣고 여성은 절망하겠지만 사실 그 말은 "네 목소리를 들으니 너무 보고 싶어서 함께 있지 않다는 사실이 슬퍼진다"는 뜻이었다. 즉, 행동의 '이유'는 언뜻 겉으로 드러나는 것과 전혀 다를 때가 많으니, 어떻게든 진의를 알아챌 수 있어야 데이팅 앱에 가입하든 기쁨의 환호성을 지르든 하지 않겠는가? 길리언 플린의 소설 《나를 찾아줘》의 첫 페이지에서도 남편 닉은 아내의 마음을 도통 알 수 없다며 이렇게 속으로 묻는다. "에이미, 무슨 생각 하고 있어?" 그런데 그걸 어떻게 알 수 있을까? 점쟁이를 찾아가 물어볼 수도 없지 않은가. 이어지는 닉의 말마따나, "아내의 뇌를 실타래처럼 풀어내 샅샅이 훑으면서 생각들을 붙잡아 파악해 보려고" 해야 할까? 그럴 수야 없을 것이다. 천만다행히 그보다 훨씬 좋은 방법이 있다. 소설을 무진장 탐독하여 속마음 읽는 기술을 연마하는 방법이다. 모든 스토리의 목적이 바로 내 행동과 남의 행동을 해석하고 예상할 수 있게 해 주는 것이니까. 게다가 뇌를 들여다보는 방법에 비하면 누가 봐도 훨씬 깔끔한 방법 아닌가.

한마디로 정리해 보자. 우리가 스토리를 찾는 목적은 현실을 벗어나기 위해서가 아니라 현실을 살아가기 위해서다.

덧붙여, 독자의 뇌가 본능적으로 궁금해하지 않는 것이라면 이런 게 있다. '작가가 다음엔 어떤 기막힌 비유를 구사할지 궁금하네. 이제 또 무슨 주옥같은 표현으로 나를 매혹시키려나?' 흔히 생각하는 것과 달리 우리 뇌는 서정적인 문체에 별로 개의치 않는다. 우리가 찾는 것은 미려한 문장도 시적인 표현도 아니요, 심지어 극적인 플롯도 아니다. 그보다 훨씬 깊고 의미심장한 것이다. 이 찬란하고 모질고 아름다운 세상에서 어떻게 하면 살아남을 수 있을까? 그것도 폼나게? 우리가 찾는 것은 그 답이 되어 줄 내밀한 정보다. 우리의 본능적 반응을 끌어내는 것도 그것이요, 독자의 관심을 사로잡고자 하는 작가가 통달해야 할 것도 그것이다. 하지만 그전에 먼저 답해야 할 질문이 있다. 그렇다면 스토리란 무엇인가?

스토리란 과연 무엇인가

우선, 스토리가 '재미있게' 만든 것이라는 옥스퍼드 영어사전의 정의부터 폐기하자. 영 잘못 짚은 정의다. 그럼 음식은 오로지 맛있게 만든 것인가. 게다가 사전 정의가 대개 그렇지만 막연하기 짝이 없다. 결국 뭐든 재미있기만 하면 다 스토리라는 건데, 작가에게 도움이 될 말은 아닌 것 같다. 그래도 옥스퍼드

편찬자들이 맞게 짚은 게 하나는 있으니, 스토리는 재미있지 않으면 안 된다는 것이다. 음식이 맛있어야 하는 것과 마찬가지다. 맛 없는 음식은 아무리 영양이 풍부해도 냉장고 구석에서 썩어 가는 것처럼, 재미 없는 소설은 독자에게 외면받고 책장에 꽂힌 채 먼지만 쌓여 갈 것이다.

그렇다면 스토리를 재미있게 만드는 요인은 대체 뭘까? 아름다운 문체도, 극적인 사건도 아니라면 무엇이 독자를 혹하게 할까? 호기심을 자극해 도파민을 분비시키는 것이 열쇠라면, 우리의 호기심이 향하는 곳은 어디일까? 스토리란 대체 무엇일까?

한마디로 말해서 스토리란, 어떤 일들이 일어나는 가운데 어려운 목표를 추구하는 누군가가 영향을 받는 과정, 그리고 결과적으로 내적 변화를 일으키는 과정이다.

이제 그 정의를 찬찬히 뜯어 보자.

스토리 속에서 일어나는 '일들'이라 함은 '플롯'을 가리킨다. 소설의 외양을 이루는 사건들이다. 플롯 자체는 스토리가 아니며, 그렇게 생각하면 큰 오해다.

'누군가'는 '주인공'을 가리킨다. 차츰 살펴보겠지만, 플롯 속에서 일어나는 모든 일은 주인공에게 어떤 영향을 미치느냐에 따라 그 의미와 감정적 무게가 정해진다. 그리고 주인공은 뭔가 어려운 목표를 추구하고 있다.

'어려운 목표'는 간단히 생각하면 이른바 '스토리 문제story problem'라고 하는 것이다. 모든 스토리는 점점 고조되는 한 가지 문제를 주인공이 불가피하게 마주하고 풀어 나가는 과정이 중심이다. 쉽다면 문제라고도 할 수 없고, 스토리도 성립하지 않을 것이다. 그저 피상적인 문제여서도 안 된다. 주인공이 번번이 자신의 어떤 내적 갈등과 씨름하게 만드는 문제여야 하며, 그 결과 주인공의 세상 보는 관점이 막바지에 크게 바뀌어야 한다.

그 '내적 변화'가 바로 스토리의 핵심이다. 주인공이 겪는 외적 난관, 즉 플롯이 주인공의 세계관을 어떻게 변화시키느냐 하는 것이다.

노파심에서 덧붙이자면, 스릴러나 미스터리를 쓸 때도 스토리의 내적 차원을 소홀히 해서는 안 된다. 하드보일드 형사물이든, 법정물이든, 아니면 그 비슷한 무엇이든 예외는 없다. 수사관은 범인이 누구인지 밝혀내는 데 그치지 않고 '어떻게' 그리고 '왜' 그랬는지를 알아내야 한다. 그리고 '왜'는 항상 내적 요인일 수밖에 없다. 범인이 범죄를 저지른 진짜 이유는 무엇인지, 도대체 '무슨 생각'이었는지. 그 답은 결국 어렵사리 밝혀진다. 오히려 각종 미스터리물이야말로 내적 차원이 더 복잡한 경향이 있다. 범인, 희생자, 수사관 등 주요 인물마다 행동을 일으키는 내적 동기가 따로 있고, 각자의 주관적 시점으로 묘사되기 때문이다.

스토리란 결국 외부가 아닌 내부에서 벌어지는 일들이다. 수많은 소설이 그 점을 간과하는 탓에 실패한다. 우리가 스토리를 찾는 이유는 그저 흘러가는 사건을 구경하기 위해서가 아니다. 주인공의 입장에서 '이제 어떻게 해야 할지' 고심하고, 주인공의 눈으로 사건을 경험하기 위해서다. 우리는 그 경험에 매료된다. 호기심에 가득 차서, 그 경험이 가르쳐 줄 내밀한 정보를 갈구한다. 그렇다, 주인공의 내적 투쟁이 곧 스토리의 전깃줄이다. 그것이 우리의 관심에 불을 붙이고 스토리를 밀고 나가는 힘이다.

그러나 작가들이 골치 아플 수밖에 없는 게, 스토리에 반응하는 행동이야 누구나 태어나면서부터 아무 생각 없이 할 수 있지만, 독자의 뇌를 장악하는 스토리를 '쓰는' 능력은 처음부터 타고나지 않는다. 사회적 스토리텔링 능력이라면 탁월한 사람이 많지만(가십을 퍼뜨리고, 일화를 전하고, 최악의 데이트 경험담을 흥미진진하게 들려주는 등), 무無에서 가상의 세계 하나를 통째로 창조한다는 건 전혀 다른 얘기다. 인간의 뇌에는 그런 능력이 기본으로 탑재되어 있지 않다.

애초에 흥미진진한 스토리를 쓰는 능력이 흥미진진한 스토리를 알아보는 능력처럼 우리 뇌에 단단히 새겨진 본능이었다면, 우리는 모두 유명한 작가가 되어 있을 것이다. 풀장 딸린

저택에 앉아 쉬고 있으면, 옆에서는 비서들이 해외 판권이니 영화 계약이니 고액 강연이니 하는 요청들을 처리하느라 바쁠 것이다. 다만 비서를 고용하기가 쉽지 않을지도 모른다. 세상 사람이 다 유명한 작가일 테니까. 문제는 그것만이 아니다. 그 넘쳐나는 훌륭한 작품들을 누가 다 읽어 주겠는가?

이미 짐작했겠지만, 스토리 쓰는 일은 꽤 어렵다. 그건 맞다. 하지만 결코 흔히 생각하는 것만큼 어렵지는 않다. 수많은 작가가 첫걸음도 떼기 전에 좌절하는 이유가 있다. 너무 당연한 수순이라고 생각한 나머지 조금도 의심하지 않고, 우선 글 잘 쓰는 법부터 배우리라 결심하는 것이다. 문제는, 글 잘 쓰는 법을 배우려다가 스토리를 완전히 놓쳐 버린다는 것.

2장

허구의 타파
: 글쓰기에 관한 착각

———

문학의 어려움은 단순히 쓰는 것이 아니라
의도한 바를 쓰는 데 있다.

▶ 로버트 루이스 스티븐슨

"독자의 마음을 사로잡으려면 글 잘 쓰는 법을 배워야 한다."
우리가 유치원 때부터 누누이 들어 온 가르침이다. 마치 '명문
가'가 되면 저절로 '이야기꾼'이 될 수 있다는 식이다. 좋은 글
을 쓰려면 작문의 원리, 양식, 기법 따위가 무엇보다 중요하다
는 말을 우리는 귀에 못이 박힐 정도로 듣는다. 그러니 믿지 않
을 도리가 있겠는가? 아름다운 문장은 늘 찬미의 대상이고, 잘
못 찍은 쉼표는 비난의 대상이다. 앞에서 알아봤듯이 독자의
본능적 반응을 이끌어 내는 열쇠는 스토리이건만, 정작 스토리

를 이야기하는 사람은 아무도 없다. 스토리는 종잡을 수 없는 뜬구름처럼 취급받는다. 작문의 원리만 통달하고 글 잘 쓰는 법만 배우면 마술처럼 뿅 하고 나타나는 것인 양 간주된다.

'글을 잘 쓴다'는 건 과연 무엇인가? 흔히 거론하는 요건들을 나열해 보자. 우선 근사한 인물, 흥미로운 상황, 극적인 장면, 치열한 갈등, 호소력 있는 대화, 주옥같은 비유, 아름다운 문장 등을 떠올린다. 그런 다음 스토리에 생명을 부여한다는 감각적 디테일을 듬뿍 가미한다. 거기까지 했으면 이제 남은 일은 당신의 창의성을 마음껏 펼치는 것뿐. 수호천사를 찾든 뮤즈를 부르든 아니면 천지신명께 빌든. 그러면 짠! 스토리가 눈앞에 나타난다.

확실한 성공 공식처럼 들린다. 한 가지 문제가 있다면, 통하지 않는다는 것이다. 목소리, 구조, 드라마, 플롯 같은 글쓰기 양식들은 스토리에 종속된 수단일 뿐이다. 그 반대의 관계가 아니다. 아름다운 글이나 흥미로운 캐릭터, 온갖 드라마 등에 힘을 부여하는 것은 스토리다. 독자의 호기심을 순식간에 불러일으켜 압도적인 긴박감으로 읽지 않을 수 없게 만드는 것도 스토리다. 단단히 홀린 독자의 세계관을 변화시키고 현실에서의 행동을 바꿀 힘이 있는 것도 스토리다. 그래서 효과적인 글쓰기를 논할 때 타협 불가능한 유일한 요소가 스토리인 것이다. 나머지는 모두 덤일 뿐이다. 오해할까 봐 덧붙이면, 글 잘 쓰는 법을 배우는 게 무익하다는 말이 아니다. 유익하다. 하지만 그 두 가지 중 필수 요건은 스토리뿐이다. 그리고 앞으로 계속 살펴보겠지만, 스토리의 본질을 이해하고 그 이해를 바탕으로 밑그림을 그려 나간다면, 독자의 관심을 사로잡고 붙드는 데 필요한 모든 것을 배울 수 있다.

　그런데 밑그림을 생각해 보기 전에 먼저, 글쓰기에 관련된 수두룩한 허구들을 반드시 타파하고 갈 필요가 있다. 하나같이 의도는 좋으나 우리를 엉뚱한 길로 이끌기 쉬운 오해들이다. 모두 고질적이고 만연하면서 유혹적인 까닭에 위험한 관념들이지만, 왜 소용이 없는지 분명히 알고 나면 쉽게 물리칠 수 있을 것이다. 이 장에서는 '플롯 짜기'나 '무작정 쓰기' 기법에 의존하면 왜 스토리에서 오히려 더 멀어지게 되는지, 아름다운 글은 그 자체만으로는 왜 아무 의미가 없는지 짚어 본다. 또, 설령 문학 작품이라 해도 잘 쓴 글이 오히려 독자에게 외면받는 경우를 알아본다. '영웅 서사 구조' 같은 구조 모형을 적용하면 스토리에 해가 되는 이유, 그리고 앞으로 밑그림을 잡으면서 써 나가게 될 장면들에도 해당되는 얘기지만 이른바 '형편없는 초고'를 잘 쓰는 게 생각보다 훨씬 중요한 이유도 살펴본다.

'명문'의 허구

정신이 번쩍 드는 질문이 하나 있다. 많은 문학계 사람들을 불편하게 할 만한 질문이다. 우리 뇌가 '명문'을 갈구하고 독자들이 명문에 매료된다면, 과연《그레이의 50가지 그림자》 3부작이 무려 1억 부나 팔릴 수 있었을까? (이 글을 쓰는 시점에 1억부라는 것이고 그 숫자는 꾸준히 늘고 있으니 당신이 이 책을 읽을 때쯤에는 아마…… 상상에 맡긴다.)

이 소설을 탐탁지 않게 여기는 사람이 그 숫자를 접했을 때 취할 수 있는 태도는 두 가지밖에 없다. '뭘 쥐뿔도 모르는 독자가 세상에 1억 명이나 있구나, 불쌍한 호구들' 아니면 '도대체 어떻게 된 일이지?'다. 어쩌면 혹시, 이 소설의 성공에는 '아름다운 글' 이상의 무언가가, 그보다 더 흡인력 있는 무언가가 있는 게 아닐까?

독자들의 반응을 보면 그런 의문은 더 커진다. "글은 지지리도 못 썼는데, 책을 손에서 놓을 수가 없다"는 식이다. 이 소설의 골수팬들을 포함해 그 아무도, 저자 E. L. 제임스가 "글을 잘 쓴다"고는 하지 않는다. 글을 끔찍이도 못 쓴 것은 맞다. 그러니까 '아름다운 글'이라는 기준으로 봤을 때는 그렇다. 여주인공 아나스타샤 스틸의 입에서 "맙소사Holy crap"라는 말이 40번 나온다는 사실을 무슨 수로 변명하겠는가. "맙소사"는 한 사람이 평생 딱 한 번만 사용해야 할 표현이다. 만약 이미 네 살 때 한 번 썼다면 그걸로 끝이다. 그뿐인가, 여주인공이 "내 안의 여신inner goddess"이라는 말을 이찌나 자주 하는지, 아무 페이지나 펴서 그 말이 나왔을 때 술 마시는 게임을 하면 술이 남아나지 않을 것이다. 이걸 아름다운 글이라고 할 수 있을까? 어림 턱도 없다. 그럼에도 이 3부작의 판권을 획득한 랜덤하우스 출판사는 그 해에 흑자 전환에 성공했다. 심지어 편집장에서 물류창고 직원에 이르기까지 관련된 모든 사람에게 연말 보너스로 5천 달러씩 지급하기까지 했다. 여기엔 글의 '질'이 아닌 뭔가가 있음이 틀림없다. 그게 바로 스토리다. 이 소설에는 치명적인 매력의 스토리가 있다. 문학에 꽤나 조예가 있는 독자들이 남몰래 숨어서 열독하는 것도 아마 그래서일 것이다. 독자들은 으슥한 밤, 집안 식구들 모두 곤히 잠든 것을 확인하고, 창문에 블라인드를 확실히 내렸는지 점검하고, 반경 10킬로미터 내에 같은 독서 모임의 회원이 아무도 없는지 체크하고 나서 《그레이의 50가지 그림자》에 은밀히 빠져든다.

우리는 글을 쓸 때, 그동안 교육받은 작문의 원리에 치중하느라 이런 스토리의 힘을 보지 못한다. 아름다운 글의 힘으로 독자를 매혹할 수 있으리라고 굳게 믿는다. 포장지를 선물로 착각하는 셈이다.

아름다운 글이 중요한 게 아니라면, 우리는 왜 그리도 철석같이 잘못 믿고 있을까? 여기엔 크게 두 가지 이유가 있다.

초장부터 우리를 압도하는 생리적 반응

첫 번째는 바로 생리적인 이유다. 잘 만든 스토리가 가장 먼저 하는 일은 우리 뇌에서 '이것은 스토리다'라고 감지하는 부위를 잠재우는 것이다. 그래서 우리가 스토리에 일단 빠져들면 그게 절대 스토리로 느껴지지 않는다. 꼭 현실처럼 느껴진다. 더군다나 우리 뇌는 주인공이 겪는 일을 우리가 실제로 겪을 때와 똑같은 신경 회로를 통해 경험하게 되어 있으므로 더욱 그렇다. 《그레이의 50가지 그림자》를 읽는다고 인정하는 독자들은 그게 무슨 말인지 잘 알 것이다. 그 책을 읽는다는 건 아나스타샤 스틸에 관한 이야기를 읽는 게 아니다. '내가 곧 아나스타샤 스틸이 되는 것'이다. 그러니 스토리에 한번 몰두하면 '작가가 어떻게 이리도 진짜처럼 생생한 세계에 나를 빠뜨렸는가' 하는 것은 결코 알 수도 없고 또 알고 싶지도 않다. 우리는 그저 이 상황을 즐기고 싶고, 그 속에 빠지고 싶을 뿐이다.

그러는 와중에도 두어 가지는 눈에 들어온다. 왜냐, 눈에 빤히 보이니까. 예를 들면 문체가 그렇다. 그래서 우리를 홀린 것이 저자의 '목소리'라고 오해하기가 무척 쉽다. 친구에게 "그 작가 너무 좋아! 글이 정말 기발하고 위트 넘치고 예리해. 나 완전 팬이야!"라며 칭찬을 늘어놓곤 한다. 즉 자기가 작가의 글솜씨에 사로잡혔다고 생각하고, 나중에 누가 쓴 서평이라도 읽게 되면 그런 생각은 한층 더 굳어진다. 서평에는 대개 그 책의 인상적인 문장 몇 개가 인용되어 있다. 흥미진진한 소설임을 보여 주기 위해 뽑은 문장들이다. 우리는 그 문장들을 읽으며 너무 좋아서 까무러친다. '와, 어떻게 하면 저렇게 멋진 문장을 쓸 수 있을까?'라고 생각한다. '와, 스토리를 어떻게 쓰면 저런 문장이 그렇게 강력한 힘을 발휘할 수 있을까?'라고 생각하는 사람은 없다.

스토리에 홀딱 빠졌을 때도 눈에 들어오는 것이 하나 더 있다. 바로 플롯이다. 겉으로 일어나는 사건들, 즉 소설의 외양이다. 그도 그럴 것이, 플롯이야말로 구체적이고 명확하며 눈에 뻔히 보이는 부분이니까. 그러니 우리는 흡족한 탄성과 함께 책의 마지막 장을 덮으며 이렇게 생각한다. '그래, 그렇구나. 모름지기 작가란 문장을 아름답게 쓰고, 좋은 플롯을 짜내야 하는 거야! 그리고 나서 재능이 있다면 스토리는 저절로 나오겠지!'

극소수의 축복받은 작가에게는 맞는 말이다. 심지어 스물 넷이라는 나이에 매혹적인 소설을 눈 깜짝할 새에 써내서 우리처럼 평범한 사람들의 기운을 빠지게 하는 작가도 있다. 그러니 우리가 그런 작가들을 주목하면서, 어떤 방법과 기교를 썼나 들여다보고 어떻게 하면 그대로 본떠서 우리 소설에 적용할 수 있을지 고민하는 것도 당연하다. 우리가 작가라면 우선 글을 잘 써야 한다고 믿는 두 번째 이유가 바로 거기에 있으니까.

뛰어난 작가는 형편없는 조언을 하기 쉽다

글쓰기를 가르치는 사람은 대개 출중한 작가들이다. 그런 작가들은 처음부터 남들과 달리 스토리 쓰는 소질을 타고난 경우가 많다. 스포츠 선수 가운데 운동신경을 타고난 사람들은 우리가 아무리 호랑이 기운이 솟아나는 시리얼을 먹고 온갖 운동으로 몸을 단련해도 결코 흉내조차 낼 수 없는 것과 마찬가지다. 그런데, 언뜻 의아하게 들릴지 모르지만 그런 작가들이라고 해서 잘 가르친다는 법은 없다. 오히려 그 반대인 경우가 많다. 사람은 자기가 처음부터 잘하는 것보다 경험으로 깨우친 것을 훨씬 잘 가르치는 법이다. 어떤 일을 처음부터 잘하는 사람은 모든 사람이 그런 능력을 기본적으로 타고난다고 생각한다. 워낙 자기 몸의 일부처럼 자연스러운 기능이기에, '어떻게' 한다는 건 생각해 본 적이 없다. 그냥 그런 것일 뿐이다. 예를 들면, 누구나 걸을 줄 알지만 그 방법을 고심하는 사람은 없다. 부엌에 과자를 가지러 가려고 일어섰다고 하자. 그때 '자, 어디 보자. 일단 오른쪽 다리를 앞으로 내밀고, 그다음 내 기억으로는 아마……' 이렇게 생각하는 사람은 없다. 그냥 두 다리가 알아서 척척 움직일 뿐이다. 참 편리하지 않은가?

그런데 어떤 사람이 당신에게 이렇게 묻는다고 하자. "제가 한 번도 걸어 본 적이 없는데요, 기초를 좀 간단히 알려 주실 수 있나요?" 당신은 이렇게 대답한다. "그럼요, 세가 맨날 하는 거랍니다. 그냥 두 다리를 서로 엇갈려 가면서 계속 내밀면 돼요. 이렇게요." 그러면서 우아하게 방안을 한 바퀴 돌아 보인다. 상대방이 고개를 갸우뚱하며 묻는다. "네, 무슨 말인지는 알겠는데요, 그걸 '어떻게' 하는 거예요? 어느 근육을 먼저 움직여야 하는지 어떻게 알죠?" 당신은 눈만 껌벅거리며 멀뚱히 바라볼 뿐이다. 정확히 어떻게 걷는 것인지 설명할 수 있겠는가? 어떤 근육을 어떻게, 어떤 조합으로 움직여야 한 걸음을 내디딜 수 있는지? 심지어 냉장고까지 걸어가려면? 따져 보면 걷는다는 것은 무의식적 결정과 반사 작용과 신경 신호가 일사불란하게 조율되어 일어나는 엄청나게 복잡한 과정인데, 거기에 대해 조금이라도 생각해 본 사람은 극소수일 것이다. 이른바 '근육 기억'이라고 하는, 아무 생각 없이 저절로 일어나는 작용이다.

타고난 이야기꾼도 마찬가지다. 그런 사람은 자기 작업을 세세히 분석하거나 독자의 반응을 이끌어 내는 비결을 고민하지 않고도 잘 쓴다. 워낙에 스토리 감각을 타고나서 소설이 저절로 알아서 써지면서 본인도 생각지 못했던 전개에 매번 놀랄 정도니 행운아가 따로 없다. 글재주가 좋아서 그러는 것도 아니고, 뮤즈의 도움을 받아서도 아니다. 그저 그들의 인지적 무의식이 스토리 형태의 글을 써내는 데 천부적인 소질이 있는 것뿐이다. 그들은 저절로 글이 써지니, 글쓰기란 '원래 그런 작업'이라고 생각한다. 실상은 본인이 '원래 그런 사람'인데 말이다.

소설가 E. L. 닥터로의 유명한 말도 그런 발상에서 기인한다. "글쓰기는 밤에 차를 운전하는 것과 같다. 보이는 것은 헤드라이트 불빛이 닿는 근방뿐이지만, 그런 식으로 목적지까지 갈 수 있다."[1] 그래, 맞다. 그 사람은 그런 식으로 목적지까지 가서, 《래그타임》이라는 베스트셀러를 떡 써낸다! 하지만 평범한 우리 같은 사람이 그렇게 따라 했다가는, 스토리가 갈팡질팡 오리무중으로 어수선하게 나아가다가 결국 어두침침한 낭떠러지에서 밑도 끝도 없이 추락해 끝나기 십상이다. 그뿐이 아니다. 스토리에 대한 기본적인 이해를 어느 정도 갖추었다 해도 그걸로는 충분치 않을 때도 있다. 어떤 작가들은 데뷔작이 큰 성공을 거두지만 독자들이 정확히 무엇에 매료되었는지 몰라서 차기작, 차차기작은 줄줄이 실패하고 만다.

깜깜한 어둠 속에서 무턱대고 써 나가기만 하면 스토리가 만들어진다는 발상의 폐해는 무척 크다. 거기에서 나온 개념이 바로 '무작정 쓰기' 기법이다. 이 기법은 작가들을 무척 유혹하면서 널리 퍼져 있지만 큰 해를 끼치고 있다.

'무작정 쓰기'의 허구

글쓰기 원리 중에 이런 게 있다. '글을 쓰는 가장 좋은 방법은 자리에 앉아 마음을 비우고 무작정 부딪쳐 가면서 감으로 쓰는 것이다.' 이 '무작정 쓰기' 기법을 일컬어 가장 정통적인 글쓰기 방법이라고 하는 사람들도 있다. 워낙 쉽고 간단하고 순수해 보이는 방법이니 유혹적일 만도 하다. 그냥 막 달리면 된다! 모조리 쏟아 내라. 그러다 보면 자신이 운명처럼 쓰게 될 스토리가 비로소 모습을 드러낸다. 글을 쓰기 전에 자기가 쓸 스토리를 미리 알아서는 안 된다. 그건 창의성을 가로막고 뮤즈의 심기를 불편하게 하는 금기 사항이다. 시인 로버트 프로스트도 이렇게 말하지 않았는가. "작가가 놀라움을 느끼지 못하면 독자도 느끼지 못한다." 좋게 말해서 좀 미심쩍은 글쓰기 조언인데, 일부에서는 이를 극단적으로 해석해 마치 케빈 코스트너 주연의 영화 〈꿈의 구장〉에 나오는 주문, "야구장을 지으면 전설의 선수들이 돌아온다"를 방불케 할 만큼 철석같이 믿으니, 프로스트도 머리를 긁적일 게 틀림없다. 쉽게 말해 '무작정 쓰면 스토리가 마법처럼 나타난다'는 것이다. 그 결과는? 작가도, 독자도, 똑같이 놀라곤 한다. '엥, 스토리가 재미있을 줄 알았는데 엉망진창이네.'

그런데 무작정 쓰기의 결과가 참담할 뿐이라면, 그 매력은 어디서 나오는 걸까? '자리에 앉아 모조리 쏟아 내는' 방식에 우리는 왜 그리도 큰 유혹을 느낄까? 그 답은 간단하다. 우리는 본능적으로 쉬운 일을 택하게 되어 있다. 그건 나쁜 게 아니다. 우리가 나약하거나 게을러서도 아니다. 머리를 써서 뭔가를 궁리하는 데는 에너지가 무척 많이 든다. 사람의 뇌는 부피로 볼 때 몸의 2퍼센트를 차지할 뿐이지만 사용하는 에너지는 몸 전체의 20퍼센트에 이른다. 생각을 하면 열량이 소비되는 것이다. 그래서 될 수 있으면 임기응변으로 넘기려는 성향이 우리에게는 하나의 생존 본능으로 장착되어 있다. 그래야 귀중한 에너지를 아껴서 정말 예기치 못한 사태나 진짜로 위험한 상황, 불가피한 난관 등(모두 스토리가 다루는 경험들이기도 하다)을 맞닥뜨렸을 때 쓸 수 있지 않겠는가.

그리고 사실 처음에는 아무 고민 없이 막 써 내려가는 것이 아주 쉽게 느껴진다. 해방감마저 든다. 게다가 빈 종이를 멍하니 바라보는 괴로움에서 벗어나 모조리 쏟아 내다 보면 기분만 좋은 게 아니라 옳게 하고 있다는 확신마저 든다. '아, 이게 바로 베스트셀러 작가로 가는 길이구나!' 하는 생각에 젖기 쉽다. 그러다가 임기응변의 짜릿함이 차츰 시들해지면서, 32페이지쯤, 아니면 127페이지나 327페이지쯤 가서 뭘 더 어떻게 해야 하는지 알 수 없게 된다. 3페이지밖에 못 가서 그렇게 되는 경우도 적지 않다.

아마 어떤 느낌인지 알 것이다. 앞만 보고 달려가면서 원고를 쑥쑥 생산하고 있었는데, 별안간 길을 잃은 기분이다. 마치 드넓은 황야 한복판에 서 있는 것 같고, 그다음은 이렇게 되는지, 뭐가 중요한지, 스토리가 어디로 가는지 도무지 알 수 없다. 당신은 생각한다. '다 내 잘못이야. 난 무능한 작가야. 유능한 작가라면 다음에 어떻게 되는지 저절로 알겠지. 그런데 난 아무리 헤드라이트를 비춰 봐도 깜깜한 안갯속이야.' 그렇지 않다. 당신이 무능한 작가여서 그런 게 아니다. 당신은 스토리 만드는 법을 배우지 못했을 뿐이다.

여기서 '무작정 쓰기' 기법과 관련해 흔히 이야기하는 허구 하나를 마지막으로 지적해야겠다. 흥미진진한 스토리를 만들려면 창의성의 고삐를 확 풀어 줘야 한다는 것이다. 그렇지 않다. 창의성이란 것은 맥락이 있어야 한다. 다시 말해 고삐를 매어 주어야 한다.

맥락이 있어야 의미가 부여되고, 무엇이 왜 중요하고 중요하지 않은지 결정된다. 맥락이라고 하는 잣대가 있어야 독자는 그 잣대를 가지고 모든 일의 의미를 가늠할 수 있다. 장미꽃 한 송이는 단순히 장미꽃 한 송이가 아니다. 이웃집 훈남이 보내는 사랑의 메시지라면, 봐도 봐도 감탄스럽다. 결혼 10주년 기념일에 남편이 밤늦게야 내민 시든 꽃이라면, 실망스럽기 짝이 없다. 여자친구에게 장미꽃을 선물하기로 했다가 깜빡하는 통에 헤어지는 계기가 되었다면, 장미꽃은 과거의 아픈 실수를 떠올리게 하는 상징이다. 이 예들의 공통점은 무엇일까? 장미꽃의 의미는 꽃이 등장하기 전 과거에 있었던 일들에 의해 정해졌다. 현재를 만드는 것은 과거다. 그러나 '무작정' 써 나가면 과거는 없다. 맥락을 부여해 줄 과거가 없다면, 장미꽃은 그저 평범하고 예쁜 꽃일 뿐이다. 누가 관심이나 갖겠는가? 소설의 맥락을 제공해 주는 것은 소설이 시작되기 전 과거에 있었던 일들이다. 물론 닥터로처럼 타고난 이야기꾼은 스토리의 속성을 인지적 무의식 속에서 처음부터 이해하고 있으니, 그런 소설가에게 과거와 현재는 저절로, 알아서, 한꺼번에 만들어진다. 우리에게 그런 천부적인 능력이 있었다면 우리도 베스트셀러 작가가 됐을 것이다.

그러므로 창의성의 고삐를 풀어 줄 것이 아니라, 스토리의 기원이 되는 과거에 붙들어 매야 한다. 현재가 뿌리내릴 과거가 없다면, 일어나는 일들이 모두 밋밋하고 제각각이니 독자의 눈에는 마구잡이로 보일 뿐이다. 그렇게 쓴 원고는 비록 근사한 대목이 군데군데 있을지라도 갈아엎고 다시 써야 한다.

'형편없는 초고'의 허구

이쯤에서 당신은 이런 생각이 들지도 모른다. '초고는 원래 형편없는 거 아니야? 어니스트 헤밍웨이도 그렇다고 했잖아!' 그렇다, 맞는 말이다. 하지만 헤밍웨이가 정녕 무슨 뜻으로 그런 말을 했는지 오해하기 쉽다. 비범한 작가인 앤 라모트도 오해하고 말았다. 라모트는 "진짜, 진짜 형편없는 초고"라는 개념을 전폭적으로 지지하는데, 그에 따르면 그 정의는 이렇다. "아이가 쓴 것 같은 초고로서, 어차피 아무도 안 볼 것이고 나중에 다듬을 수 있으니 일단 모조리 쏟아 내고 멋대로 마구 벌여 놓은 원고."[2]

소설의 밑그림에 대해서든, 소설 전체의 초고에 대해서든, 전혀 맞지 않는 말이다. 아무도 안 보기는커녕, 세상에서 가장 중요한 사람이 보게 되어 있다. 바로 당신이다. 게다가 그렇게 몇 달 동안 무작정 쓰고 나서 남는 것은 제각기 따로 노는 사건 모음에 불과할 가능성이 크다. 그저 산만하게 목적 없이 벌여 놓은 사건들일 뿐이다. 다듬어 봤자 나아질 것도 없다. 다듬을 내용이 없으니까. 더군다나 그동안 생긴 애착 때문에 한 부분이라도 손질하고 삭제하고 고치려면 왠지 신성한 뭔가를 건드리는 것 같다. 그래서 글의 순서만 이리저리 바꿔 보면서 적당히 만져 주면 어떻게 해결이 되지 않을까 하지만, 안 된다. 글의 순서를 이리저리 바꿀 수 있다는 것 자체가 소설에 내적 논리가 없다는 증거다.

초고란 아무래도 형편없기 마련일까? 아마 그럴 것이다.

그래서 더 자랑스러운 것이기도 하다. 그러나 착각은 결코 금물이다. 진짜 스토리가 담겨 있는 형편없는 초고와, 아무렇게나 마구 쏟아 놓은 형편없는 초고는 하늘과 땅 차이다.

　한 가지 좋은 소식은, 지금 말한 것과 정반대의 글쓰기 원리도 있다는 것이다. 나쁜 소식은, 그것도 폐해가 똑같이 크다는 것이다.

'플롯 짜기'의 허구

이른바 '플롯 짜기'라고 하는 글쓰기 원리가 그것이다. 한마디로 말하면, 글을 한 자라도 쓰기 전에 먼저 플롯, 즉 소설의 외양을 이루는 사건들의 개요를 짜 놓아야 한다는 것이다. 다시 말해 "옛날 옛적에"부터 "오래오래 행복하게 살았답니다"에 이르기까지 모든 사건을 작가가 정해 놓고 시작해야 한다는 것인데, 정답을 아깝게 살짝 비껴간 얘기다. 첫 페이지를 쓰기 전에 소설의 밑그림을 반드시 짜 놓아야 하는 것은 맞다. 문제는 짜 놓아야 할 대상을 잘못 짚었다는 것. 내적인 스토리가 아니라 외적인 플롯에만 주목하고 있으니, 주인공이 이미 갖고 있는 내적인 '왜'가 아닌 외적인 '무엇'에 치중하는 결과가 된다.

　플롯 짜기는 스토리의 외양을 이루는 사건들을 배치하는 것으로 시작한다. 소설의 첫 페이지부터 시작하는 것이다. 주인공의 구체적인 과거는 안중에 없다. 과거에 따라 플롯 속 사건은 물론, 주인공이 세상을 바라보는 시선, 주인공의 행동, 그리고 그 밑바탕에 깔린 '왜'가 정해지는데도 말이다. '플롯 싸기'는 주객이 전도된 개념이다. 플롯 속 사건을 만드는 목적이 무엇인가? 주인공으로 하여금 구체적이면서도 정말로 힘든 어떤 내적 변화를 일으킬 수밖에 없게 하는 것이다. 그렇다면 작가는 플롯 구상에 들어가기 전에 먼저 그 내적 변화가 무엇인지 '구체적'으로 알아야만 한다. 플롯부터 먼저 짠다는 것은 이렇게 말하는 것과 다를 바 없다. "내가 지금부터 어떤 사람의 인생에서 진짜 힘들고 운명적인 일련의 사건들이 일어나는 이야기를 쓸 참인데, 그 사람이 어떤 사람인지는 나도 전혀 몰라."

가능할 턱이 없다. 뮤즈와 접신이라도 해서 완성된 책 내용을 불러 주는 대로 받아 적으면 모를까. 그런데 완성된 책이라고 하면 바로 다음에 소개할 글쓰기 관련 허구가 생겨난 원천이기도 하다. 비단 책뿐만이 아니라 영화, 연극, 신화 등이 모두 그 기원이라 할 수 있다.

'외적 스토리 구조 모형'의 허구

주인공을 구상하기 전에 플롯을 짠다면 소설의 외피에서 벗어나지 못한다. 외적 사건의 틀에 갇혀 버리는 것이다. 주인공의 내적 스토리가 마련되어 있지 않아 길잡이로 삼을 것이 없으니, 어디로 가야 할지 막연해지기 마련이다. 소설의 긴장, 갈등, 드라마가 모두 오로지 플롯에서 기인해야 할 텐데, 무슨 일이 어떤 순서로 벌어지는지 도대체 어떻게 정해야 하나?

그런 상황에 처한 작가들을 돕기 위해, 이른바 '스토리 구조'라고 하는 여러 가지 모형이 나와 있다. 이런 모형의 문제는, 사실 스토리와 관계가 없어서 스토리 구조라고 할 수가 없다는 점이다. 정확히 말하면 플롯 구조인데, 둘은 너무나 다른 개념이다. 그런 스토리 구조 모형의 시초이자 가장 칭송받는 것이 바로 조지프 캠벨Joseph Campbell이 주창한 '영웅 서사 구조'다. 뒤이어 등장한 구조 모형들도 마찬가지지만, 그 기본 전제는 신화, 소설, 영화 등을 관찰하면 비슷한 구조와 모양새가 많이 나타난다는 것이다. 그런데 그런 모형들은 아이러니하게도, 영웅의 내적 투쟁을 암시하기도 하고 '여정'이니 '도전' 같은 말들을 수없이 언급하지만 정작 그 투쟁이 실제로 어떤 것인지에 대해서는 아무 언급이 없다. 내적 투쟁을 어떻게 고안해야 하는지, 그 투쟁이 플롯 설계에 어떤 역할을 하는지도 물론 알 수 없다. 대신 사건들의 순서 자체에만 주목하는데, 마치 남녀공용 프리사이즈로 나온 '시련'이라는 틀 안에 어떤 영웅이든 집어넣으면 된다는 식이다. 가령 20페이지쯤에서 어떤 '엄청난' 일이 벌어지고, 50페이지쯤 가서 뭔가 '위험한' 일이

터지고, 100페이지쯤에서 아주 '고통스러운' 일이 일어나는 것이다. 아닌 게 아니라, 성공적인 스토리는 이 모형들이 제시하는 외적 패턴을 따르는 경우가 실제로 많다. 그러니 그 모양새를 본뜨기만 하면 스토리를 만들 수 있다고 착각하기가 대단히 쉽다. 나는 지금까지 이 부류에 속하는 원고를 놀랄 만큼 많이 읽어 보았다. 그런 원고는 초장부터 금방 알아차릴 수 있다. 사건의 전개가 뻔히 내다보이니까. 형식에만 매달렸을 뿐, 이렇다 할 내용이 없다.

생각해 보자. 그런 모형들은 하나같이 소설, 신화, 영화 등 수많은 '완성작'에 바탕을 두고 있다. 그런 신화의 원형을 창작한 사람들이 과연 '외적 스토리 구조 모형'을 본떠서 이야기를 만들었을까? 그러고 싶어도 그럴 수가 없었다. 당시에는 지금처럼 편리한 작법 안내서가 있었던 것도 아니고, 아예 문자가 생겨나기 훨씬 전에 기원한 것들도 많으니까. 다들 구조가 아니라 내용을 토대로 스토리를 풀어냈을 뿐이다. 그런 개요를 바탕으로 소설을 쓴다는 것은 정교하게 본뜬 사람의 심장 모형을 세심히 조립하기만 하면 알아서 쿵쿵 뛰리라고 기대하는 것과 같다. 그러면 얼마나 좋겠는가!

스토리의 구조란 잘 풀어낸 스토리에서 나온다. 밖에서부터 안으로 만들어 들어갈 수 있는 게 아니다. 외적인 스토리 구조 모형을 바탕으로 소설을 써 보려다가 크게 낙심하는 작가들이 많다. 주어진 지시를 성실히 따른 결과, 소설의 겉모양은 올바른 구조와 착착 맞아떨어진다. 그럼에도 그 스토리 구조 모형의 원천인 소설, 영화, 신화와 비교하면 흥미가 턱없이 떨어지는 결과물이 된다.

그때 딱 빠지기 쉬운 착각이 '좀 기름칠하고 광내면 해결되겠지' 하는 것이다. 스토리 속으로 뛰어들어 안에서부터 다시 써 나가야 하는 데다, 십중팔구 첫 페이지부터 재작업해야하는 마당에, 도리어 밖에서부터 다듬어 들어가는 작업에 몰두한다. 이러면 얄궂게도 소설의 문제가 고쳐지기는커녕 더 부각되기 쉽다. 그전까지는 외적 사건들에 중점이 있었다면, 이제는 아름다운 문체에 중점이 놓인다. 아름다운 문체라는 것은 방수용 실리콘과도 같아서, 독자를 안으로 불러들이기보다는 외피에 가둬 버리고 만다. 다시 말해 독자는 글 자체에 감탄할 뿐, 정작 그 글이 들려주는 스토리에 빠져들지 못한다. 이렇게 되면 작가의 본의가 결코 아니건만 독자는 슬슬 짜증이 난다. 작가가 좀 잘난 척하는 느낌이 없지 않다. 마치 "내 글솜씨 끝내 주지?" 하는 것 같다. "내 존재는 잊고 스토리에 푹 빠져!" 해야 할 텐데 말이다.

지금까지 알아본 세 가지 기법, 즉 무작정 쓰기, 플롯 짜기, 외적 스토리 구조 모형 따르기가 다 통하지 않는다면, 대체 어떻게 해야 할까? 해법의 열쇠는 앞에서 알아봤던, 스토리가 우리 뇌에 미치는 작용에 있다. 해법의 처음도 중간도 끝도 주인공의 내적 투쟁과 연결되어 있다. 그것이 곧 스토리의 전깃줄이다. '속 이야기'를 만드는 게 먼저다. 그게 없이는 플롯을 만들 수가 없다. 그렇다면 어떤 식으로 해야 하는지 간단히 살펴보자.

과거 없이 현재 없다

아주 간단히 말해, 스토리란 누군가가 어떤 불가피한 문제와 씨름하면서 바뀌어 가는 과정이다. 그 점을 이해하지 못하면 오랜 시간을 들여 매끈한 외관의 소설을 써낸다 해도 그저 이런저런 사건의 지루한 묘사에 그치고 말 뿐이다. 반면 그 원리를 깨우친다면 독자의 넋을 빼앗는 흥미진진한 소설을 쓸 수 있다.

여기서 중요한 사실은, 누군가가 바뀌어 가는 과정을 이야기하려면, '바뀌기 전'의 상태가 어땠는지 작가가 구체적으로 알지 않으면 안 된다는 것이다. 어떤 문제를 이야기하려면 문제의 구체적인 원인을 알아야만 한다. 우리가 살면서 번번이 깨닫는 점이지만, 우리 눈앞에 나타난 골치 아픈 문제는 사실 갑자기 튀어나온 게 아닐 때가 많다. 수년, 수십 년, 심지어 태어나서 지금까지 쌓여 왔던 무언가가 원인일 수 있다.

당신이 들려줄 스토리가 시작되는 곳은 책의 첫 페이지가 아니다. 그보다 훨씬 전의 과거다.

모든 소설은 거두절미하고 중간에서 시작하는 법이다. 고대 로마의 시인 호라티우스는 이미 3천 년 전에 '인 메디아스 레스in medias res', 즉 '사태 한가운데에서' 시작하는 것이 '아브 오보ab ovo', 즉 '알(시초)에서부터' 시작하는 것보다 훨씬 낫다고 설파했다. 그가 쓴 《시학詩學》에 호메로스의 《일리아스》를 칭찬하는 대목이 나온다. "그는 트로이 전쟁 이야기를 알에서부터 시작하지도 않고, 항상 사건으로 급히 뛰어들어 청자를 사태 한가운데로 끌고 들어간다."[3]

오해해서는 안 되는 것이, '인 메디아스 레스'는 문학적 기법이 아니다. 그냥 당연한 사실이다. 설마 소설 첫머리를 이렇게 시작하는 사람이 있을까? "아킬레우스는 바다의 여신 테티스와 미르미돈족의 왕 펠레우스의 아들로, 어느 선선한 봄날 아침에 태어나……." 아마도 없을 것이다.

문제는, 작가들이 이 '인 메디아스 레스'라는 개념의 뜻을 오해해서, 그냥 진행 중인 사건의 한복판에 독자를 밀어 넣고 설명은 나중에 하는 기법 정도로 알고 있다는 것이다. 그런 뜻이 아닐 뿐더러, 그렇게 하는 건 큰 실수다. '왜'를 쏙 빼놓고 이야기해 버리면 독자에게는 그저 온갖 사건 모음으로만 보이기 쉽다. 심지어 어떤 작가들은 '무엇'을 지면에 펼치는 데 골몰한 나머지 '왜'에 대해서는 본인조차 까맣게 모르기도 한다.

정확히 짚고 가자. 소설의 본체는 중간에서 시작하는 게 맞다. 무엇의 중간이냐, '스토리의 중간'이다. 소설의 첫 페이지부터 펼쳐지는 것은 '스토리의 후반부'다. 플롯이 거기서부터 진행된다. 그리고 후반부, 즉 소설 본체에는 전반부의 내용이 플래시백, 대화, 단편적 기억의 형태로 상당 부분 들어간다. 주인공이 현재 상황을 해석하고 어떻게 해야 할지 고민할 때 그런 것들이 등장한다. 거듭 말하지만 이 과정에서 버릴 것은 하나도 없다.

그러나 변함없는 사실은, 스토리의 전반부 없이 후반부가 있을 수 없다는 것이다. 전반부에서 문제의 근원이 무엇인지, 그리고 주인공이 원래 어떤 사람인지가 반드시 정립되어야 한다. 그런 연후에야 우리는 주인공이 그 문제와 씨름하다가 결국 변화하게 만드는 플롯을 구상할 수 있다.

이제 다음 몇 장에 걸쳐 그 전반부를 낱낱이 파헤쳐 보려고 한다. 그렇게 소설의 시작점을 정확히 잡고 난 다음에야 비로소 소설의 밑그림 작업을 정식으로 시작할 수 있다. 주인공의 스토리를 계속 만들어 나가면서 동시에 플롯을 구상하기 시작하는 것이다. 여기서 묘미는, 그때쯤이면 이미 플롯이 저절로 어느 정도 나타난 상태라는 것이다. 과거는 미래를 낳기 때문이다.

단테의 《신곡》 첫머리가 이렇게 시작되는 것도 놀랍지 않다.

우리네 인생길 한 중턱에
바른길 벗어나 정신을 차려 보니
컴컴한 숲속을 헤매고 있었네.[4]

자, 그렇다면 이제 그 숲속으로 들어가 보자.

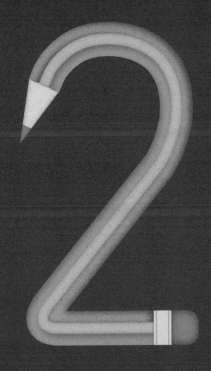

2

속 이야기
설계하기

STORY GENIUS

3장

만약에
: 예상을 깨뜨리자

아무리 터무니없는 아이디어라 해도 고려해 볼 가치는 있다.

▶ 윈스턴 처칠

우리 뇌는 확실한 것을 갈망한다. 굳이 뇌과학의 설명을 빌리지 않아도 자명한 사실이다. 확실히 알아 두어야 미리 대비할 수 있으니 생긴 습성이다. 심지어 날씨 전문 채널까지 만들어 놓고, 그걸 보면서 마트에 갈 때 옷을 따뜻하게 챙겨 입을지 말지 결정한다.

하지만 미래를 알 수 있는 사람이 누가 있겠는가. 아무리 용한 기상 예보관이라도 알 수 없다. 물론 어떤 일이 일어나리라고 예상은 해 볼 수 있다. 세금은 오를 것이고, 둘째 삼촌은 명절 가족 모임에서 또 민망한 질문을 할 것이고, 뉴욕 양키스는 1998년 시즌만큼 좋은 성적을 다시는 내지 못할 것이다. 그러나 100퍼센트 확신은 불가능하다. 그래서 우리는 '만약에⋯⋯라면?'이라는 가상의 시나리오를 늘 머릿속으로 상상하곤 한다. 몽상가라면 몽상가인데, 목적이 있는 몽상가다. 미래에 어떤 예상치 못한 문제들이 떼로 우리를 기다리고 있을지 모르니, 미리 대비해 무사히 치르려는 것이다. 그도 그럴 것이, 우리가 정말 확실히 아는 것은 하나밖에 없다. 예상 밖의 일은 늘 허다하게 벌어진다는 것. 그러니 미리 적절히 대비하여, 눈보라 속에서 반바지에 샌들 차림으로 나돌아 다니는 바보는 되지 말아야 하지 않겠는가.

스토리라는 것이 있어서 우리는 미래를 머릿속에 그려볼 수 있고, 그럼으로써 예상 밖의 일에 미리 대비할 수 있다. 불의의 시나리오에 뒤통수를 맞지 않으려면 우리에게는 항상 스토리가 필요하다. 예상을 깨는 일은 늘 있기 마련이니까. 그래서 이런저런 가상적 시나리오를 눈앞에 펼쳐 줄 작가가 우리에게 언제나 필요한 것이기도 하다.

아이들용 그림책에서 대작 판타지 소설에 이르기까지 모든 스토리는 '만약에⋯⋯라면?'이라는 질문에서 출발한다. 그런 질문을 우리가 꼭 의식적으로 던진다는 것은 아니지만, 무언가 평범치 않은 것이 우리의 상상력을 자극하면서 스토리의 아이디어가 싹트곤 한다. 비유하자면 한밤중에 집 창문으로 돌멩이가 날아와 딱 하고 부딪치는데, 마치 바위가 날아와 유리창이 산산조각 난 것처럼 심상치 않게 느껴지는 것이다. 아주 사소한 아이디어도 소설의 시발점이 될 수 있다. 단편적인 정보, 미묘한 개념, 단 하나의 인상적인 장면이라 해도 우리의 관심을 빼앗아 익숙한 현실 세계에서 흥미롭고 궁금한 '만약'의 세계로 우리를 순간이동하게 만드는 힘이 있다.

우리가 가장 먼저 할 일은 그 최초의 별난 아이디어를 가지고 스토리가 될 만한 '만약에' 질문을 만드는 것이다. 쉬울 것 같지 않은가? 무언가 평범치 않은 것을 상상하고, '만약에'라는 말만 앞에 갖다 붙이면 소설 쓸 준비 끝! 아닌 게 아니라, 우리가 유치원 때부터 배운 글쓰기 방법이 바로 그거였다. 다 좋은데, 그걸로는 안 된다는 게 문제다. 아무리 예상 밖의 전개를 상상한다 해도, 그것만으로는 이야깃감으로 삼을 만한 '만약에'가 나오지 않는다.

이 장에서는 소설의 시발점이 될 '만약에' 질문을 밋밋하게 만들면 왜 위험한지 짚어 본다. 또, '만약에' 질문은 무언가 예상 밖의 일이 주인공의 잘 짜인 계획에 초를 치는 내용이어야만 하는 이유와 그 질문을 제대로 만들려면 더 근원적인 어떤 것, 즉 우리가 전하고자 하는 요점을 밑에 깔아 주어야만 하는 이유를 살펴본다. 마지막으로, 스치듯 떠오른 어렴풋한 아

이디어를 가지고도 스토리가 될 만한 '만약에' 질문을 만들어
내는 방법을 알아본다.

유치원에서 우리가 완전히 잘못 배운 것

안타깝게도 나는 지난 세월 동안 스토리가 결여된 원고를 숱하
게 읽었다. 성실한 작가가 수년간 열과 성을 다해 써냈으나, 그
저 거창하고 파란만장하고 별난 사건 모음에 불과한 원고가 수
두룩했다. 바로 출판 에이전트들이 주저없이 거절하는 96퍼센
트에 해당하는 그 원고들이기도 하다. 원고에 첨부된 자신만만
한 소개 글로 볼 때, 작가들은 자신의 원고를 스토리가 충분히
될 뿐 아니라 무척 흥미진진한 스토리라고 확신하는 듯했다. 다
들 똑똑하고 알 만큼 아는 사람들이었는데, 그런 유능한 작가
들이 왜 하나같이 똑같은 잘못을 그리도 크게 저지르는지 나
는 오랫동안 궁금했다. 스토리의 속성에 대해 이렇게 오해하
는 이유가 도대체 뭘까? 그러다가 작년에 우연히 그 답을 어느
정도 알게 됐다. 뉴저지주의 어느 작은 교육구에 속한 학교들
을 대상으로 스토리를 적용한 글쓰기 수업을 진행하면서였다.
　알고 보니 학생들은 스토리란 '거창하고 파란만장하고 별
난 사건 모음'이라는 관념을 유치원 때부터 주입받아 머릿속에
계속 간직하고 있었다. 그러니 그 관념을 뿌리 뽑기가 그리 힘

든 것이다. 학교에서 글짓기를 가르치는 방향이 그런 식이고, 수많은 원고가 실패하는 주된 이유도 거기에 있다. 초등학생 시절로 돌아가 그 경위를 짚어 보자. 학교 선생님들이 본의 아니게 심어 준 오해가 그 후로 우리의 글쓰기에 어떤 폐해를 유발했는지, 더 나아가 뇌과학적으로 그 같은 오해가 왜 지속될 수밖에 없는지 살펴보자.

음료수 한 잔 들고 편안하게, 초등학교 3학년 교실에 앉아 있는 당신의 모습을 상상해 보라. 선생님 말씀에 집중하고, 잡담 금지! 자, 글짓기 시간이 돌아왔다. 공책을 펴고 연필을 손에 쥐고, 선생님이 '만약에……라면?'이라는 제시문을 내주시길 기다리고 있다. 제시문은 바로 아래와 같은 것들이다. 실제로 뉴저지주의 공식 시험 문제에서 뽑은 문장들을 조금 축약한 것이다.

- 만약에 제인이 바닷가를 걷고 있다가 편지가 든 병을 발견했다면? 그다음에 일어날 일은…….

- 만약에 프레디가 아침에 눈을 떴을 때 집 뒤뜰에 성이 있다면? 성 안에서 이상한 소리가 들리더니, 그때…….

- 만약에 메리가 교실에 들어갔을 때 반짝이는 커다란 상자가 책상에 놓여 있다면? 상자를 열어 보니 그 안에는…….

아니나 다를까, 하나같이 유별나고 극적이며 예상 밖의 사건들을 제시하고 있다. 주인공이 일어나리라고 전혀 생각지 못했던 일들이니, 확실히 평범하지 않은 상황이다. 스토리의 출발점으로 삼기 좋을 것 같지 않은가? 우리 뇌가 늘 갈구하는, 뭔가 색다르고 유별난 사건이니까. 당장 집중하지 않으면 우리가 등을 돌리자마자 우리를 꽝 하고 가격할 어떤 문제가 발생할지도 모르니까. '예상치 못한' 일이 우리를 '놀라게' 하는 이유가 그래서 아니겠는가.

놀라면 호기심이 일어나는 법이니, 위의 제시문들은 스토리의 출발점으로 완벽할 것만 같다. 그러나 위의 예들은 놀랍기는 하되 한 가지 중요한 요소가 빠져 있어서 제대로 된 스토리가 나올 수 없다. 앞에서도 이야기했던 그 요소는, 바로 '맥락'이다. 그렇다면 그 중요성은 왜 그리도 간과하기 쉬운지 한번 알아보자.

놀라면 일단 주목한다

우리는 놀라게 하면 당장 관심을 보인다. 예상이 깨졌기 때문이다. 일단 관심을 갖고 나면 이게 대체 무슨 일인지, 우리에게 좋은 일인지 나쁜 일인지 머리를 굴려 판단하려고 한다. 놀랐을 때 이렇게 '정신 차리고 주목'하는 반응은 하나의 생존 기제다. 이런 본능이 없다면 우리는 아무리 경고 신호가 와도 가볍게 무시할 것이다. 이런 본능이 있기에 우리는 놀라운 일이 일어났을 때 평소의 규칙이 깨졌음을 깨닫고 미처 생각지 못했던 가능성을 열심히 고민한다. 분명히 집 앞에 차를 주차해 놨는데, 차가 없다. 배우자가 평소 6시에는 집에 들어오는데, 밤이 깊도록 무소식이다. 키우는 개에게 배변 훈련을 틀림없이 시켜 놓았는데…… 아뿔싸. 이처럼 예상치 못한 일에 우리가 놀라는 이유는, 앞일에 대한 우리의 생각이 틀린 것이 되고, 잘 짜놓은 계획이 어그러져 당장 대응하지 않으면 안 되기 때문이다. 아무리 사소한 계획이라도, 가령 하루 일을 마친 후 퇴근하기, 배달 음식 주문하기, 좋아하는 옛날 영화를 백 번째 다시 보기 같은 것이라도 마찬가지다.

패턴이 깨지면 그때까지 품고 있던 믿음을 재고해 볼 수밖에 없다. 우리 뇌는 그렇게 돌아간다. 이른바 '패턴에 열중하는 성향'이 있어서, 태어날 때부터 주위를 끊임없이 살피며 일정한 패턴을 찾는다. '내가 울음을 터뜨리면 저 마음씨 좋은 사람이 맘마를 주는구나, 알았어!' 하는 식이다. 패턴을 통해 우리는 아무 원칙도 질서도 없어 보이는 두려운 무언가를 믿을 만한 규칙으로 만들어 편안히 받아들일 수 있다. 말하자면 'A라면 곧 B'와 같은 형태다. 그렇다고 우리가 그 패턴을 꼭 좋아한다는 뜻은 아니다. 다만 그런 패턴에 어떻게 무사히 대처해야 할지 알고 있다는 뜻이다. 우리가 '모르는 천사보다 아는 악마를 계속 찾는' 이유도 그래서일 것이다.

우리는 일단 어떤 패턴을 발견하면 머릿속에 그 패턴에 관한 스토리를 만든다. 그런 패턴이 '왜' 생기며, 따라서 어떻게 대처해야 하는가를 말해 주는 스토리다. 그런 다음 그 모든 것을 의식 속에서 까맣게 잊어버린다. 기억력이 나빠서가 아니라, 믿음직스러운 인지적 무의식 속에 그 정보를 넣어 두었기 때문이다. 인지적 무의식은 우리가 매일 맞닥뜨리는 평균 35000건의 결정 중 거의 전부를 관장하는 우리 뇌의 일부분이다. 인지적 무의식 덕분에 우리의 의식은 부담을 덜고 그 대신 '예상 밖의 일'이 일어나지 않는지 더 주시할 수 있다. 우리는 뻔히 예상되는 일에 대해서는 구태여 고민하지 않는다.

예컨대, 어젯밤에 '내일 해가 꼭 떠야 할 텐데. 내일 할 일이 산더미인데 해가 안 뜨면 깜깜해서 어쩌나' 하며 잠자리에 든 사람은 없을 것이다. 그런데 만약 해가 진짜로 뜨지 않았다면? 그야말로 익숙한 패턴이 보기 좋게 깨진 것이니, 딱 스토리의 소재가 될 만하다. 그런 상황을 헤쳐 나가는 것이야말로 일상의 테두리를 벗어나는 일 아니겠는가.

그러니 우리가 스토리의 출발점으로 삼을 '만약에……라면'은 '익숙한 패턴을 깨는 놀라운 일'이 되어야 하는 게 맞다. 그럼 그냥 '만약에 해가 뜨지 않는다면'에서 출발하면 되는 것 아닌가? 뭐가 문제인가?

부실하기 짝이 없는 '만약에'

우리가 유치원 때부터 숱하게 접해 온 '만약에' 제시문들도 나름대로 일리는 있다. 스토리의 아이디어가 되는 최초의 실마리가 무언가 놀라운 일, 우리의 예상을 뒤집는 일에서 시작되는 것은 맞다. 하지만 그것만으로는 턱없이 부족하다.

프레디가 성을 발견했으면, 그래서 어떻다는 말인가? 메리가 책상 위의 커다란 상자를 발견하고, 제인이 편지가 든 병을 발견했다 한들, 그게 무슨 상관인가? 아무리 일반적인 외적 패턴이 확실히 깨졌다 해도 그게 왜 프레디, 메리, 제인에게 중요한지 우리가 모르면, 그건 그냥 이런저런 별난 일들에 불과하다. 그걸로는 스토리도 안 되고 아무것도 안 된다. 기껏해야 "와, 별일이네!" 정도의 반응을 이끌어 낼 뿐이다.

그런 제시문은 유치원생 작가에게도, 고령의 작가에게도, 전혀 도움이 되지 않는다. 말 그대로 마구잡이여서 밋밋하기 짝이 없으니, 그저 무의미할 뿐이다. 그런 제시문에서 출발하면 무엇을 어떻게 써 나가건 상관이 없다. 프레디가 알고 보니 왕이다! 아니, 마법사다! 갖고 있는 장난감들이 살아 움직인다! 뭐든 안 될 게 없으니, 작가로서 해방감을 만끽할 수 있지 않을까? 그냥 창의력을 우주 끝까지 마음껏 펼치기만 하면 되니까.

인뜻 생각하면 그럴 것 같지만, 실제로는 가능성이 무한히 열려 있으면 오히려 멍해지기 마련이다. 사람은 선택지가 많을수록 아무것도 선택하지 못한다는 연구 결과가 수없이 많다. 게다가 선택의 폭이 지나치게 넓으면 불안해지기 쉽다. 수억 가지 선택이 가능하다면 무엇이 옳은 선택인지 어떻게 알겠는가? 잘못 선택하면 어떡하나? 그런 상황에서는 무엇을 택했더라도 사소한 난관에 부딪히자마자 우리 내면의 목소리가 구시렁대기 마련이다. '거 봐, 내가 뭐랬어. 그거 말고 다른 걸 택하랬잖아!'

아이들이 그런 제시문을 받으면 멍해지곤 하는 이유도 마찬가지다. 그런 무한한 선택에 봉착했을 때 어른들은 핑계를 대고 빠져나갈 수나 있지("아차, 중요한 일을 깜빡했네! 뭐더라…… 그래, 냉장고 청소!") 아이들은 그럴 잔머리도 없다. 선생님이 지켜보고 있는데 어쩌겠는가. 뭐든 쓰지 않으면 안 된다. 그래서 써내는 게, 대개는 제시문 못지않게 극적이고 마구잡이인 데다 무의미한 사건들의 나열이다. 이를테면 이런 식이다.

프레디가 성 안으로 들어가 보니 화성에서 온 광대가 있었다. 광대는 유니콘 모양의 우주선을 타고 지구에 와 있었다. 프레디가 우주선에 올라탔더니 시간이 거꾸로 흘러 중세 시대가 되었다. 용감한 기사가 거대한 보라색 문어와 결투를 벌이고 있었다. 그런데, 그러다가…… 프레디가 눈을 떴더니 모든 것이 꿈이었다. 끝.

내가 무슨 말을 하는지 이해될 것이다. 그런 제시문은 제대로 된 스토리를 쓰는 데 전혀 도움이 안 된다. 아이들이 쓰는 스토리가 걸핏하면 "모든 것이 꿈이었다"로 끝나는 것도 그래서가 아닐까. 아무리 어린 초등학생도 이야기가 사면초가에 빠졌다는 것은 직감할 수 있다. 다른 탈출구가 없다 싶으니, 드라마 대본을 쓰다가 중간에 막힌 작가들처럼 "모든 것이 꿈이었다" 하고 넘어가는 것이다.

안타깝게도, 스토리가 될 만한 제시문에 관한 오해는 초등학교 문밖을 나와서도 계속된다. 무슨 근거로 그렇게 말하냐고? 앞에서 아이들을 골치 아프게 했던 시험 문제와 다를 게 없어 보이는 제시문 세 개를 아래에 소개한다. 미국에서 가장 인기 있는 작법 강좌 사이트에서 뽑은 것들이다. 지면의 제약으로 표현을 다소 바꾸었으나 골자는 그대로다.

- 만약에 마법사가 던진 공포의 번갯불이 머리 위를 날아간다면? 얼음 파편으로 무장한 당신은 단검을 빼 들고 비열한 마법사를

향해 돌진한다. 그다음 벌어질 일은?

- 만약에 한밤중 개가 사납게 짖어 대는 소리에 잠에서 깨 창문을 내다보니, 창밖에서 누군가가 낭신을 똑바로 쳐다보고 있다면?

- 만약에 마을 장터에서 만난 점쟁이가 당신에게 좋은 일 하나와 나쁜 일 하나가 일어날 것이라고 말한다면?

셋 다 무언가 기이하고 외양상 극적인 일을 이야기하고 있지만, 그저 '예상치 못한 문제'만으로는 스토리를 끌고 갈 수 없다. 그건 고작해야 현재 벌어지는 하나의 외적 문제일 뿐이고, 해결하려면 기껏해야 외면적인 용기가 좀 필요할 뿐이다. 왜냐고? 필연적으로 플롯의 초점이 그 이상한 사건에만 놓이고 그 사건이 인물에게 미칠 영향에는 놓이지 않기 때문이다. 결과는, 거듭 말하지만, 거창하고 파란만장하고 별난 사건들의 나열일 뿐이다. 재미없는 소설을 쓰는 지름길이 따로 없다.

어떤 '만약에'가 주어져도
스토리의 출발점으로 만드는 비결

초등학교 선생님들이 뜻하지 않게 우리에게 잘못 심어 준 가르침을 반드시 타파해야 하는 이유가 있다. 그 관념이 우리 머릿속에 단단히 박혀서 글쓰기에 관해 오해하게 만들었을 가능성이 높기 때문이다. 앞의 인기 작법 강좌 사이트에서 뽑은 제시문만 봐도 알 수 있지 않은가. 맥락 없는 제시문이라는 개념은 우리의 집단 글짓기 의식 속에 꽤 깊이 뿌리박혀 있다. 어릴 때 자신도 모르게 내면화한 가르침은 벗어나기가 무척 힘들다.

내가 맡았던 뉴저지주의 학생들도 딱 그런 문제에 처해 있었다. 크레파스 색을 있는 대로 다 사용해 그림을 그리고 있는 어린 학생들을 그런 제시문의 횡포에 무방비로 노출되게 할 수는 없었다. 주 전체적으로 치러지는 시험 날짜가 다가오고 있었다. 어떤 밋밋한 제시문이 주어져도 그것을 발판 삼아 진짜 스토리를 쓸 수 있다는 자신감을 아이들에게 주려면, 무언가 구체적인 요령을 알려 주어야 했다. 그래서 한 가지 방법을 고안했다. 껍데기만 있는 제시문에 내적 차원의 문제를 도입하는 방법이었다. 어떻게? 스스로에게 묻는 것이다. 어른 작가들도 근사한 아이디어가 처음 어렴풋이 떠오르는 순간 스스로에게 물어야 할 그 질문은, 바로 이것이다.

'내가 말하려는 요점은 무엇인가?'

연령을 불문하고 작가들이 놓치기 쉬운 간단하면서 기초적인 사실이 하나 있다. 모든 스토리는 어떤 요점을 전한다는 것이다. 첫 페이지부터 그 목적으로 시작된다. 그러므로 작가는 첫 페이지를 쓰기 한참 전부터 그 요점이 무엇인지 알고 있어야 한다. 특히, 요점을 잡아 줌으로써 앞의 껍데기 제시문들에 하나같이 빠져 있는 요소인 '주인공이 내적 갈등을 빚는 원인'을 명확히 할 수 있다. 그것이야말로 스토리의 축이자 핵심이다. 따라서 가장 먼저 할 일은 '내가 이 스토리를 통해 말하려는 요점'을 결정하는 것이라고 아이들에게 일러 주었다. 요점을 잡아 주어야 스토리가 과연 어떤 종류의 내적 문제를 다룰 것인지 알 수 있기 때문이다. 예를 들어 보자.

- 힘들 때 뭉치는 게 친구다.
- 남들이 뭐라 하건 나 자신을 믿자.
- 다른 사람의 감정을 고려하여 신중히 행동하자.

아주 간단한 요점들이지만 이것만으로도 내적 차원의 효과적인 '스토리 문제'를 각각 상상해 볼 수 있다. 이를테면 다음과 같다.

- 단짝 친구들이 힘든 시련을 겪으며 서로의 우정을 시험하게 되는데, 결국 함께 뭉침으로써 헤쳐 나갈 수 있음을 깨닫는다. (예: 영화 〈스탠 바이 미〉)
- 한 인물이 평생 처음 해 보는 어려운 일에 도전하려고 하나, 주변 사람들이 모두 불가능하다며 말린다. 하지만 포기하지 않고 내면의 용기를 끌어모아 일생일대의 도전에 나선다. (예: 영화 〈뮬란〉)

- 한 인물이 아주 간절한 욕구를 품고 있는데 그 욕구를 이행하면 다른 사람에게 상처를 줄 수도 있기에, 행동에 옮길지 말지를 놓고 갈등한다. (예: 영화 〈은밀한 유혹〉)

이렇게 요점을 잡아 주면 앞서 살펴봤던 것과 같은 거창하고 극적인 '만약에' 상황 속에서 주인공이 치러야 할 내적 갈등을 짐작할 수 있다. 핵심 개념을 정리해 보자.

1 요점은 주인공의 내적 투쟁을 통해 입증되는 어떤 것이다.
2 '만약에'는 그 투쟁을 촉발시킬(그리하여 결과적으로 요점을 전할) 외적 플롯에 주목한다.

요점이 있다면 밋밋한 '만약에'도 스토리를 빚어 나가는 출발점으로 만들 수 있다. 여기서 중요한 말은 '출발점'이다. 역시 초등학교 선생님들이 착각했던 점인데, '만약에'로 시작하는 질문만 가지고 스토리를 바로 쓸 수는 없다.

그 질문을 명확한 요점과 결부시켜서 쓰면 흥미진진한 스토리의 씨앗이 될 수 있지만, 그래 봤자 어렴풋한 아이디어에 살을 붙여 나가기 위한 첫걸음을 뗀 것뿐이다. 스토리 자체는 구체적인 살로 빚는 것이라서, 질문을 아무리 완벽한 형태로 썼다 해도 그런 구체적인 것까지 나타낼 수는 없다. 그러니 당신이 쓰려고 하는 질문이 좀 엉성하고 부족해도 걱정하지 말자. 백지상태에서 만들어 가는 '만약에'와 이미 완성된 소설을 요약한 '만약에'는 큰 차이가 있다. 당신이 쓴 '만약에'는 단순하고 뻔하고 시시해 보일지도 모른다. 괜찮다. 그걸 바탕으로 소설 전체를 쓸 게 아니라, 어떤 구체적 가능성의 실마리로 삼는 것뿐이니까. '만약에'는 보물 지도상의 큼직한 'X 표시' 같은 역할이다. 그곳에서부터 파 들어가라고 알려 주는 것이다. 파다 보면 구체적인 것들이 나올 테니, 그것으로 스토리를 빚어내고 요점을 전하면 된다. 예를 들어 당신이 전하려는 요점이 "해묵은 원한은 뜻밖의 비극을 초래할 수 있다"라고 하자. 그 요점을 확실히 전해 줄 '만약에' 질문을 만들어 보면 다음과 같다. "만약에 두 10대 남녀가 불같은 사랑에 빠졌는데 알고 보니 두 집안이 철천지원수 사이라면?" 맞다,《로미오와 줄리엣》에서 살짝 가져온 것이다.

이 '만약에' 질문이 훌륭한 이유가 있다. 거기에 깔려 있는 놀라운 사실이 인물 자신에 관한 것이기에("당신 성이 뭐라고요? 헉!") 두 사람의 천진한 꿈은 필연적으로 좌절될 수밖에 없고, 갈등이 불가피하게 초래되는 가운데 둘은 세상 그 무엇보다 중요한 것을 지키기 위해 치열하게(결국 죽음까지 불사하며) 싸울 수밖에 없는 운명이다. 여기서 핵심은, '만약에'라는 질문 속에 애당초 피할 수 없는 외적 갈등(두 집안 간의 오랜 반목)이 깔려 있어서, 필연적으로 내적 갈등(집안의 뜻을 어길 수 없지만 함께 하고 싶은 열망이 너무 강함)을 불러일으키게 되어 있다는 것. 그 한 가지 문제만 놓고 봐도 이야기의 전개를 고조시킬 수 있는 방법이 무수히 많이 떠오른다.

사족을 달자면, 《로미오와 줄리엣》은 누구나 아는 고전적 스토리다. 그러니 당연히 어렵지 않게, 스토리의 핵심을 담은 데다가 전하려는 요점까지 암시하는 '만약에'를 짧고 강렬하게 뽑아낼 수 있다. 우리가 이미 아는 내용이니 얼마든지 가능하다. 이런 식으로 당신이 쓸 스토리의 방향을 미리 잡아야 한다는 뜻에서 예로 든거지, 꼭 이 예를 본떠야 하는 건 아니다. 게다가 당신이 쓸 '만약에'는 누구에게 보여 줄 것이 아니라 스스로 참고하기 위한 것이다. 그리고 딱 한 줄로 적지 않아도 된다. 서너 줄, 아니 다섯 줄이어도 좋다. 목표는 하나, 적절한 요점을 잡아 '만약에'라는 질문에 생명력을 부여하는 것이다.

자, 셰익스피어는 셰익스피어고, 그렇다면 막 구상에 들어간 작품의 '만약에'는 어떤 식으로 써야 할까? 이미 만들어진 작품을 분석하는 것과 처음부터 만들어 가는 과정을 관찰하는 것은 전혀 다른 일이다. 그러므로 지금부터 후자를 경험해 보자. 이를 위해 책 전체에 걸쳐 하나의 사례를 조명해 보겠다.

소설가이자 북코치로 활동하고 있는 내 친구 제니 내시Jennie Nash가 어렴풋한 아이디어를 놓고 만지작거리고 있었다. 그 아이디어를 단계별로 점차 발전시켜 나가는 과정을 이 책에서 공개할 수 있겠냐고 부탁해 허락을 받았다.

이제 제니의 사례를 살펴볼 텐데, 시작하기 전에 미리 말해 둘 것이 있다. 우리는 매끄럽게 잘 다듬어신 완성작만 보아와서 그런 작품도 한때 미숙하고 어설픈 단계를 거쳤다는 것을 잘 상상하지 못한다. 소설가가 앉은 자리에서 바로 "옛날 아주 먼 옛날에"라는 첫 문장부터 시작해 마지막 문장까지 한번에 원고를 써냈다고 생각하는 것도 무리가 아니다. 그러고 나서 원고를 출판사에 이메일로 보냈을 것이고, 다음날 바로 아마존에 전자책이 올라왔을 것만 같다.

이런 환상 때문에 능력 있는 예비 작가들이 첫 문장도 쓰기 어려워하는 경우가 많다. 무릇 스토리란 한꺼번에 나오는 것이며 게다가 곱게 다듬어진 문장들로 처음부터 이루어져 있어야 한다고 생각하는 것이다. 그래서 아무리 노력해도 그럴듯한 첫 문장조차 떠오르지 않으면 불길한 징조로 받아들이고, 포기하고 만다. 그러지 말자. 그건 마치 고운 '본차이나' 도자기를 보고 감탄하면서 그 은은하고 섬세하고 정교한 자태가 한번에 완벽한 모습으로 짠! 나타났다고 생각하는 것과 같다. 물론 실제로는 소뼈를 태워 부수고 규석을 빻고 고령토를 섞은 끈적끈적한 반죽으로 만들어진다. 그런 과정 없이 하늘에서 뚝 떨어졌다고 생각하는 사람이야 없겠지만, 소설의 경우는 어쩐지 그런 환상을 떨치기가 어렵다.

이 책에서는 그런 오해를 불식시키고자 한다. 매끈한 외양에 숨겨진 속 모습을 들여다보면서, 작가가 이야기를 빚을 재료를 준비하는 과정을 살펴보겠다. 이 책에 등장하는 내용 중 일부는 제니의 소설 속에 실제로 들어갈 것이고, 또 일부는 미진하고 조악한 채로 남을 것이다. 우리가 앞으로 보게 될 것은 어설픈 아이디어의 부스러기가 흥미진진한 소설의 밑감으로 변화해 가는 적나라한 과정이다. 그 과정을 보고 있노라면 교훈이 될 뿐 아니라 위안이 될 것이다. 그 어떤 부분도 처음부터 완벽할 필요가 없고 그럴 수도 없다. 아름다운 본차이나 도자기를 만드는 과정과 사실 다를 게 없다. 일단 필요한 성분들을 땅에서 파내고, 곱게 정제한 다음, 한데 섞어 바탕흙을 만든다. 그리고 그것을 가지고 소설을 차츰 빚어 나간다.

마지막으로 한마디 하자면, "형식이나 장르와 관계없이 스토리는 스토리"다. 하지만 누구나 좋아하는 유형이 있어서, 끌리고 공감 가는 장르가 있다. 제니는 현대 소설을 쓴다. 비록 당신이 애호하는 장르와 다를지라도, 제니가 밑그림을 그려 나가면서 거치는 단계들은 모든 장르에 공통으로 적용된다. 스릴러, 미스터리, 수사물 등을 쓸 때 약간의 차이는 있는데, 설명하는 과정에서 차차 언급하려 한다.

자, 그럼 연필을 깎아 놓고, 만년필에 잉크를 채우고, 노트

북의 먼지를 털자. 본격적으로 시작해 보자!

1단계: 처음 아이디어가 반짝했던 순간

셰익스피어는 로미오와 줄리엣이 얼락의 하룻밤을 보내고 나서 이승에서의 연을 오래 잊지 못하리라는 것을 아마 알았을 테고, 그렇다면 검이니 단도니 독약 같은 것이 등장해야 하리라는 생각을 처음부터 했을 것이다. 당신도 스토리에 들어갈 온갖 구체적인 것들을 이미 생각해 놓았을지 모른다. 아예 몇 챕터를 써 놓았을 수도 있고, 심지어 소설의 초고를 다 써 놓았을 수도 있다. 모두 잠시 잊어 주기 바란다. 시간을 되돌려, 스토리의 어렴풋한 아이디어가 처음 떠올랐던 순간을 복기해 보자. 심호흡을 하고 온몸의 감각에 집중하자. 눈을 감아도 좋다. 생각나는가? 처음 아이디어가 반짝했던 순간이?

어쩌면 무언가 놀라운 장면 하나가 당신의 관심을 끌었는지도 모른다. 작가 E. L. 코닉스버그의 경우가 그랬다. 그의 소설 《클로디아의 비밀》은 어린 남매가 집을 나가 뉴욕 메트로폴리탄 미술관에 일주일 동안 숨어 지내면서 벌어지는 이야기다. 작가의 설명에 따르면 소설의 아이디어가 처음 떠오른 계기는 이랬다. "세 아이를 데리고 미술관을 찾아가 1층의 시대별 방들을 둘러보는데, 어느 파란색 비단 의자 위에 놓인 팝콘 한 알이 문득 눈에 띄었다. 그 방 입구에는 출입을 막는 줄이 처져 있었다. 아니, 어떻게 팝콘 딱 한 알이 저 파란색 비단 의자 위에 덩그러니 놓여 있을까?"[1]

혹은 무언가 전하고 싶은 요점과 관련된 아이디어가 떠올랐는지도 모른다. 작가 스티븐 킹은 소설《언더 더 돔》과 관련해 이런 말을 했다. "나는 처음부터 이 소설이 오늘날 세계가 봉착한 심각한 생태적 문제를 다룰 기회라고 생각했다."[2]

또는 실제로 '만약에'라는 가상적 질문에 처음 관심이 꽂혔을 수도 있다. 예를 들면 "만약에 변호사가 아주 사소한 거짓말도 전혀 하지 못한다면?"(영화 〈라이어 라이어〉) "만약에 당신이 태어나지 않았을 때 세상이 어떤 모습이 되었을지 볼 수 있다면?"(영화 〈멋진 인생〉) 등이다.

아니면 제니의 경우처럼, 어떤 물음이 갑자기 떠오른 이후로 머릿속을 떠나지 않을 수도 있다. 좀 길지만, 제니의 말을 옮겨 본다. "개를 싫어하는 여자를 주인공으로 스토리를 써 보고 싶은 생각이 계속 있었어. 생각해 본 건 거기까지였지. 내 친구들은 아는 사실인데, 나는 어렸을 때 귀여운 미니어처 슈나우저 세 마리를 키우기도 했지만 사실 개를 좋아하지 않거든. 친구들이 '개의 어떤 점이 싫은 거냐'고 계속 묻는데, 나도 도통 알 수 없었어. 그런데 그 스토리 아이디어가 계속 머릿속에 맴돌아서 그 이유를 더 깊이 생각해 봤지. 예전에 아이들이 개를 키우게 해 달라고 조를 때마다 안 된다고 했었어. 절대 허락해 줄 생각이 없었지. 개를 키우면 어떻게 될지 안 봐도 뻔했으니까. 아이들은 개를 무척 좋아하고 아낄 것이고, 개는 언젠가 죽을 거야. 그렇게 되면 두 딸아이의 아픔을 보듬어 극복하게 해 주어야(그리고 나 자신도 아픔을 극복해야) 할 텐데, 결코 그런 일을 당하고 싶지 않았어. 어른이 된 딸들에게 한번은 그런 속내를 밝혔더니 경악스러워하더라고. 개를 키우지 못한 게 엄마의 그런 황당하고 비합리적인 신조 때문이었다니! 딸들은 충격받고 길길이 뛰었지. 황당하고 비합리적인 신조인 건 나도 알았지만, 어쨌든 내 신조는 그랬어. 그때부터 개를 싫어하는 소설 속 인물에 대해 더 깊이 생각해 보기 시작한 것 같아."

그러다가 이런 물음이 반짝하고 떠오르면서, 잡다한 기억과 생각 속에서 실마리가 잡히기 시작했다고 한다. "만약에 개를 싫어하는 여자가 있는데, 두려움 때문에 개도 사람도, 혹은 그 무엇도 사랑하지 못하고 있는 것이라면? 언젠가 찾아올 상실감을 굳이 겪을 이유가 없다고 생각하여, 그 잘못된 믿음을 평생 간직하며 살고 있다면? 그런데 어떤 일을 겪으면서(물론 개와 관련된 일), 그로 인해 자신의 착각을 뒤늦게 깨닫는다면?"

그렇다. 바로 그 사소하면서도 결정적인 순간을 계기로, 제니는 스토리를 구상할 수 있었다.

과제

이제 직접 해 볼 차례다. 당신이 지금 구상 중인 그 아이디어, 머릿속을 도통 떠나지 않는 그 아이디어에 처음 관심이 꽂혔던 순간을 한 페이지 이내로 서술해 보자. 제니가 개를 싫어하는 주인공의 아이디어를 처음 떠올렸던 순간처럼, 아이디어가 어렴풋이나마 떠올랐던 첫 순간을 최대한 정확히 적어 보자.

2단계: 나는 왜 여기에 관심을 쏟는가?

이제 스스로에게 물어보자. 내가 이걸 여기까지 끌고 온 이유가 무엇인가? 이 아이디어가 머릿속을 맴도는 이유가 무엇인가? 나는 왜 여기에 관심을 쏟는가? 내가 이 아이디어에 끌리는 이유를 파고들어 보자. 답이 뚜렷하게 떠오르지 않아도 걱정하지 말자. 아니면 처음 드는 생각이 '음, 생각해 보니 왠지 낮잠을 자고 싶네'여도 괜찮다. 정답이란 건 없다. 잘 생각해 보면 애초에 짐작했던 이유가 아니라 전혀 다른 이유가 있을 수도 있다. 더듬더듬 탐색해 나가면 된다. 이런 질문을 스스로에게 던지는 목적은 '내가 들려주고 싶은 스토리의 핵심'을 정확히 짚기 위해서다.

그런데 이 과정은 시작하자마자 좀 겁이 날 수 있다. '내게 진짜 중요한 건 무엇인가?'라고 스스로에게 진지하게 묻지 않으면 안 되기 때문이다. 하지만 그 과정에서 '어떤 것이 내게 갖는 의미'를 깨닫게 된다는 짜릿함이 있다. 작가 조앤 니니온도 이런 명언을 남기지 않았는가. "내가 글을 쓰는 목적은 다른 데 있지 않다. 내가 무슨 생각을 하고, 무엇을 보고, 무엇이 보이고, 그게 무엇을 뜻하는지, 그리고 내가 무엇을 원하고 무엇을 두려워하는지 알기 위해서다."[3] 우리가 이런 탐색 작업을 하는 이유도 마찬가지다. 모든 작가의 공통적인 소망이라면 바로 소통 아니겠는가. 타인에게 무언가를 전하는 것, 인류의 위대한 대화에 참여하는 것이 아닐까. 물론 가능하면 돈도 좀 벌어야겠고. 작가도 먹고 살아야 하니까.

제니가 앞의 그 질문에 관심을 쏟았던 이유는, 상실의 아픔이라는 감정을 늘 흥미롭게 생각했기 때문이다. 그렇다고 어릴 적에 아버지를 여의었다거나 애니메이션 〈밤비〉에서 엄마 사슴이 죽는 장면에 충격을 받았다거나 하는 사연이 있었던 것은 아니다. 그러나 평소에 '사랑과 죽음은 맞닿아 있다' '아픔 없이는 사랑할 수 없다' 같은 주제를 골똘히 생각하곤 했다. 제니가 생각하는 '상실의 아픔'이라는 개념에는 '후회'라는 개념이 섞여 있었다. 그 후회는 앞일에 대한 두려움 때문에 사랑하지 못한 것에 대한 후회였다. 제니는 "내가 좋아하는 소설 중에는 후회와 상실을 다룬 작품이 많다"면서, 가즈오 이시구로의《남아있는 나날》, 마크 솔츠먼Mark Salzman의《솔로이스트The Soloist》, 수전 브릴랜드Susan Vreeland의《히아신스처럼 파란 옷을 입은 소녀Girl in Hyacinth Blue》등을 예로 들었다. 그런 질문에 흥미를 느꼈기에 그런 종류의 스토리를 생각하게 되었고, 그러다 보니 스토리가 머릿속에서 빚어지기 시작했다.

과제

지금 구상 중인 스토리에 당신이 왜 관심을 쏟는지 한 페이지 이내로 적어 보자. 정답은 없다. 무엇이든 머리에 떠오르는 이유를 적으면 된다. 유치해 보여도 좋다. 해 보면 자신이 관심을 가진 이유가 애초에 생각했던 이유와 전혀 다르다는 것을 깨닫고 놀랄지도 모른다.

3단계: 내가 말하려는 요점은?

여기서 생각해 볼 질문은 한마디로 '나는 독자들이 이 책을 읽고 나서 무엇에 대해 생각해 보길 바라는가?'이다. 당신은 인간의 본성에 대해 무엇을 말함으로써 사람들이 장래에 큰코다치지 않게 도움을 주려고 하는가? 물론 스토리를 탐색해 나가다 보면 요점이 중간에 살짝 바뀌거나 확대될 수도 있고 심지어 뒷걸음질 칠 수도 있다. 하지만 요점 없이는 글을 써 나갈 수 없다. 요점이 있어야 비로소 스토리에서 다룰 문제를 구체화해 나갈 수 있을 뿐 아니라, 주인공에게 그 문제가 어떤 의미로 다가올 것인지 생각해 볼 수 있다. 일단은 대략적으로 단순하게 잡아도 좋다. 이를테면 '친절한 행동이 무엇보다 중요하다' '사람은 자기가 생각하는 것보다 위기에 강하다' '과학기술은 우리가 미처 알지 못하는 방식으로 인간을 무력화하고 있다' 이 정도여도 된다. 구체적인 내용을 지금 확정하는 것이 아니라, 어디를 들여다봐야 할지 위치를 잡는 것이다. 모든 일이 그렇듯, 깊이 파 들어갈수록 나중에 쓸 만한 것을 더 많이 건져 낼 수 있다.

그렇다면 제니가 말하려는 요점은 무엇일까? 직접 들어 보자. "내가 처음 떠올렸던 아이디어에는 우리가 상실의 두려움 때문에 사랑을 경험하지 못한다는 개념이 들어 있었어. 그럼 내가 말하려는 요점은 그 반대가 될 것 같아. 사랑은 그 대가를 감수할 만한 가치가 있다는 것. 사랑하고 상실을 겪는 편이 사랑을 전혀 하지 않는 편보다 낫다는 것."

여기서 이런 생각이 들지도 모른다. '엥, 그건 클리셰잖아! 그런 걸 작가 모임 동료들에게 보여 줬다간 비웃음만 살 거야.' 사실 작가들이 그런 고민을 털어 놓는 경우가 많다. 지금 쓰고 있는 주제가 너무 흔하고 시시해서 아무도 관심을 갖지 않을까 봐 걱정된다는 것이다. 그러나 아이러니하게도, 사람들은 바로 그런 주제에 관심이 있다. 왜냐고? 사랑이라든지 우정, 신뢰 같은 흔하고 일상적인 주제야말로 모든 사람이 겪는 것이고, 우리는 일상을 새롭게 살아가는 데 도움이 될 깨달음을 늘 갈구하기 때문이다. 우리가 평생을 살아도 화성의 로봇이 되어 외계인과 싸울 일은 없겠지만, 누구나 까다로운 인간관계를 풀어나갈 요령에는 목마르다. 그러므로 화성의 로봇을 다루는 소설이라 해도 그 중심에는 사랑, 우정, 신뢰 같은 것이 있어야 할 것이다. 제니의 요점인 '사랑은 그 대가를 감수할 만한 가치가 있다'는 믿음도 사실 개인의 사회적 생존은 물론 인류의 존속을 위해서도 무척 중요하다. 사랑은 육체적 결합을 낳음으로써 다음 세대의 탄생으로 이어지니까.

그러니 안심하자. 사실 거의 모든 스토리는 클리셰에서 출발한다. 클리셰란 진부한 주제, 너무 익숙해서 고리타분하게 느껴지는 것을 뜻한다. 그걸 새롭게 만들어 주는 게 스토리의 역할이다. 영국 문인 새뮤얼 존슨은 이렇게 말하기도 했다. "작가의 가장 매력적인 능력 두 가지는 새로운 것을 친숙하게 만드는 것과 친숙한 것을 새롭게 만드는 것이다."[4]

당신의 요점이 처음에 너무 평범해 보여도 당황할 필요가 없다. 제니의 경우도 그랬다. 제니가 생각한 요점은 나름대로 좋은 출발점이고, 그것만 있어도 어디를 좀 더 파 봐야 할지 알 수 있다. 다시 말해, 자연스럽게 스토리의 형태가 떠오른다. 그것은 아마도 깊은 상실감, 막심한 후회, 자신을 지키기 위한 선택과 그 여파에 관련된 스토리일 것이다.

과제

당신의 스토리가 전하려고 하는 요점을 간단명료하게 단 몇 줄로 잡아 보자. 처음에는 좀 산만하고 어수선해 보여도 괜찮다. 스토리가 전하려고 하는 단 하나의 요점을 계속 압축하면서 찾자. 진짜 핵심만 남기는 것이 목표다.

4단계: '만약에' 써 보기

이제 구체적인 아이디어가 있고, 전하려는 요점이 있으니, 그 둘을 가지고 '만약에'를 써 보자. 첫 시도에 완벽히 써내는 게 목표가 아니다. 아니, 그러려고 하면 오히려 해롭다. 작가들이 글쓰기를 포기하는 가장 큰 이유가 그것이다. 집을 지으려면 기초를 놓고, 뼈대를 세우고, 마감하는 과정을 밟아야 하는데 그 모든 일을 한 번에 해내려고 하는 것이다. 그러면 집이 지어지기는커녕 벽돌 더미에 파묻혀 헤어나지 못하게 된다. 그러므로 일단 기초부터 놓아 보자. 당신의 '만약에' 질문도 여러 층으로 이루어지고, 손볼수록 더 좋아진다.

제니는 앞서 어렴풋이 떠올랐다고 한, 첫 '만약에' 질문에서 내가 조금 다듬어 달라고 했더니 이렇게 적었다. "진지한 관계를 맺기 두려워하는 한 여자가 자신의 착오를 뒤늦게 깨닫는다면?"

잘된 '만약에'라고 할 수 있을까? 어림도 없다. 문제와 해결이 소박하게 담겨 있긴 하지만, 추상적이어도 너무 추상적이다. 게다가 개가 중심이 되는 소설을 쓴다고 했는데 개의 언급은 전혀 없다. 그걸 가지고 스토리를 써 나간다면 막연하고 피상적인 장면만 잔뜩 나오고, 개 한 두 마리 덤으로 등장하는 게 다일 것이다. 제대로 된 스토리가 나올 수 없다.

제니는 무엇이 부족한지 확실히 파악하고, 이번에는 이렇게 썼다. "만약에 평생 사랑과(그 대상이 사람이든 사물이든 개든) 거리를 두며 살아온 한 여자가 어떤 상실의 아픔으로 인해 어쩔 수 없이 개 한 마리와 친해졌다가 자신의 착오를 뒤늦게 깨닫는다면?"

훨씬 나아졌지만, 더 치밀하게 만들어 줄 여지가 있다. 지금은 이 여자가 아파하는 이유가 무엇인지도 알 수 없고, 이 개가 어떤 개이며 여자와 개 사이에 어떤 일이 일어난다는 것인지 의문점이 많이 남는다. 다음은 제니가 다시 고쳐 쓴 결과다. 보다시피 한 문장에 담는 것은 포기했다. "만약에 평생 사랑과

(그 대상이 사람이든 사물이든 개든) 성공적으로 거리를 두고 살았다고 믿어 온 한 여자가 모든 것을 잃기 직전의 상황에 내몰린다면? 친밀했던 유일한 사람과 평생 몸담았던 직업, 심시어 현실 감각마저 잃게 되고, 상실의 고통에 제정신이 아닌 여자에게 사태를 바로잡을 기회는 단 한 번 있다. 그러나 그전에 자신이 자살할 생각이 없음을 주변 사람들에게 납득시켜야만 한다. 결국 남의 개를 한두 시간 훔칠 계획을 세운다. 그러면 애견인인 주변 사람들이 개를 입양한 자신을 보고 정서적 안정을 되찾을 것으로 안심하리라는 생각에서다. 하지만 훔친 개를 도무지 떼어낼 수가 없게 되자 의외의 진실과 마주하게 된다. 피할 수 없는 상실의 아픔을 견디게 해 주는 힘의 원천은 자신이 평생 기피해 온, 타인과의 '관계'라는 것."

빙고! 맥락도 있고, 놀라움도 있고, 갈등으로 인해 초래될 결과도 있어서 소설의 '전깃줄', 즉 인물의 내적 투쟁을 촉발하기에 충분하다. 그런데 그 투쟁이 과연 무엇인가? 머릿속에 질문이 바로 쏟아진다. 이를테면, 개를 왜 도무지 떼어내지 못할까? '사태를 바로잡는다'고 했는데 무슨 사태? 누구를 위해? 그리고 이 여자는 어떤 사람인가? 현재로선 제니도 막연할 뿐이다. 그래도 괜찮다. 아니, 그래야 한다. 막연함이 핵심이다. 지금 당신의 '만약에'는 책의 내용을 남에게 소개하거나 독자의 관심을 끌기 위한 것이 아니다. 플롯 짜기에 들어가기 전에 무엇을 찾아내야 하는지 스스로 명확히 하기 위한 것이다.

과제

할 수 있는 한 충분히 살을 붙이되 간단명료하게 '만약에'를 적어 보자. 산만하고 어수선해서는 안 된다. 첫 시도가 엉망이어도 걱정하지 말자. 계속 시도해 가며 뭔가 구체적이면서 맥락과 갈등이 있고 의외의 결과를 살짝 암시하는 '만약에'를 만들어 보자. 한마디로, 당신이 말하려는 요점이 전해지게끔 만들면 된다.

4장

누구
: 어떤 이의 삶을
뒤집어 놓을 것인가?

글쓰기의 위대함은 전적으로 우리를 자기 자신에서 벗어나
타인의 삶 속으로 들어가게 만드는 데 있다고 생각한다.

▶ 셔우드 앤더슨

앞에서 만든 '만약에'는 잠시 접어 두자. 그렇다, 이해한다. 이제 멍석을 근사하게 깔아 놓은 마당이니 흥미진진한 아이디어가 샘솟을 테고, 상상의 나래를 펼치며 플롯을 마음껏 모색해 보고 싶은 마음이 굴뚝같을 것이다. 그렇다면 나도 말릴 자신은 없다. 하지만 생각해 보자. 아무도 "누구의 플롯인가?"라고는 묻지 않는다. 작가는 늘 "누구의 스토리인가?"라는 질문을 받기 마련이다. 당신이 플롯을 구상하기 전에 답해야 하는 질문도 마찬가지다.

알다시피 스토리와 플롯은 전혀 다르다. 스토리가 먼저고, 스토리는 인물에서 나온다. 그것도 단 한 명의 인물, 즉 주인공에서 나온다. 다른 모든 인물과 사물은 주인공의 스토리에 쓰려고 만드는 것이다. 소설의 힘은 작가가 주인공 속으로 얼마나 깊이 들어가느냐에 달려 있다. 그럼으로써 비로소 플롯이 만들어지고 생명을 얻는다. 따라서 우리가 생각해 봐야 할 질문은 '내 소설에 마련된 시련의 무대에 누구를 올릴 것인가'가 아니라, '누구를 시험하기 위해 시련의 무대를 지을 것인가'이다.

이 장에서는 왜 모든 스토리는 주인공이 있어야 하는지 알아본다. 또, 플롯을 짜기 전에 반드시 주인공을 구체적으로 압축해야 하는 이유를 살펴본다. 주인공만 정해지면 바로 '만약에'가 만들어지기 시작한다는 것과, 갈등과 충격 측면에서 스토리의 요점을 전하고 소설을 끌고 가기에 가장 적합한 주인공 고르는 요령을 설명한다. 주인공은 왜 보통 한 명인지 생각해 보고, 중심인물이 두 명 이상인 것처럼 보일 때 '핵심 주인공'을 명확히 하는 방법을 알아본다.

한 사람을 편애해야 할 필요성

내가 스토리 분석가로 작가들 앞에서 처음 수업했던 때의 기억이 생생하다. 몇 명 되지 않는 친근한 분위기의 모임이었는데, 작가들이 돌아가면서 자기 소설의 도입부를 읽으면 내가 피드백을 주는 식으로 진행했다. 작가들도 긴장했지만 나도 무척 긴장했다. 해 줄 말이 하나도 없으면 어떡하나? 바보 같은 소리를 하면 더 큰일이다. 다행히 그런 일은 없었다. 모두 금방 수업 방식에 편안하게 적응했고, 나는 긴장이 풀렸다. 어느덧 마지막 사람이 읽을 차례였다. 우리가 맛있게 먹고 있던 그 쿠키를 구워 온 작가였다.

도입부를 들어보니 인물이 셀 수 없을 만큼 많이 등장했다. 그 인물들이 다들 굉장히 열심히 무언가를 하는데, 무엇 때문에 그러는지조차 잘 알 수 없었다. 나는 가슴이 뛰기 시작했다. 무슨 질문을 해야 하나? 무슨 상황이 벌어지고 있는 건지, 그게 누구에게 왜 중요한 건지, 상황이 어디로 흘러가는 건지, 도대체 알 수가 없었다. 일단 시간을 끌 생각이었다. 작가가 마침내 낭독을 마치고 기대에 찬 눈빛으로 나를 바라보았고, 나는 헛기침을 하고는 유일하게 떠오르는 질문을 했다.

"제가 멍청해서 그런 걸 수도 있는데, 일단 좀 여쭤봐야 할 것 같아요. 중심인물이 누군지 잘 모르겠네요?" 대답을 듣고 나면 그 온갖 사달이 도대체 뭐였는지 좀 감이 오지 않을까 싶었다.

작가는 진심으로 당황한 듯 눈만 깜박거렸다. 공간에는 정적이 흘렀다. 순간 불안했다. 혹시 다들 속으로 나를 비웃고 있

는 게 아닐까? '그걸 모르다니 우리 선생님 정말 멍청하네, 당연히 ○○가 주인공이잖아!'

마침내 작가가 입을 열었다. "저도 모르겠는데요. 등장인물이 너무 많아서 딱히 생각을 안 해 봤어요. 중심인물이 꼭 있어야 하나요?"

분명한 건, 그 작가 역시 멍청하지 않았다는 것이다. 아주 흔한 실수를 했을 뿐이다. 스토리는 이런저런 사건으로 이루어진다는 오해에서 비롯된 실수인데, 많은 사람이 그런 오해를 할 만하다. 그렇다면, 왜 꼭 한 사람을 주인공으로 정해야 할까?

주인공의 두뇌는 독자가 드나드는 관문

그 질문에 답하려면 인간은 왜 스토리 본능이 있느냐 하는 이야기로 다시 돌아가야 한다. 세상은 온갖 사건들로 북적거려서, 거의 언제나(특히 아침에 눈을 뜨고 난 직후에는 더) 혼란스럽기 짝이 없다. 우리의 생존은 자기 주변의 혼란상을 잘 이해하는 데 달려 있다. 여기서 이해란 흔히 말하는 일반적·객관적 의미가 아닌 실질적·주관적 의미의 이해로서, '이게 나한테 어떤 영향을 미칠 것인가'를 파악하는 것을 가리킨다.

그래서 발달한 것이 스토리고, 스토리의 역할은 그 혼란상을 아주 현실적인 필터를 통해 걸러서 보여 주는 것이다. 그

필터는 바로 주인공이 받는 구체적 영향이다. 주인공이 우리의 분신이 되는 것이다. 사건은 그 자체로는 아무 의미가 없으니, 우리가 책상을 신들린 듯 넘기는 이유는 사건이 '누군가에게 갖는 의미' 때문이다. 즉, 주인공은 우리가 소설 속 세상으로 들어가는 관문인 셈이다. 앞서 얘기했듯이 스토리에 빠져든 사람의 두뇌는 남의 일을 수동적으로 관찰하는 상태가 아니라 마치 자기 일처럼 능동적으로 경험하는 상태가 된다. 주인공의 경험을 말 그대로 '나의 경험'으로 만드는 것이다.

중심인물이 없다면 독자는 자기가 직접 관여할 이유가 없는 셈이니 모든 사건이 밋밋하게만 느껴지고 따라가기도 굉장히 어렵다. 무슨 일이 벌어지는지 알아도 그게 왜 중요한지, 또 말하려는 요점이 무엇인지는 알 길이 없다. 왜냐, 스토리의 요점은 사건에서 나오는 게 아니라, 사건에 부딪힌 주인공이 '이걸 도대체 어떻게 해야 하나' 고민하며 속에서 치르는 투쟁에서 나오는 것이니까. 그 보이지 않는 내적 투쟁이 바로 이 책에서 계속 얘기하는 '전깃줄'이다. 내적 투쟁이 있어야 외적 사건과 주인공의 내적 변화가 연결되어 사건이 의미를 가질 뿐 아니라, 우리가 사건을 어떻게 구상해야 할지 알 수 있다. 즉 플롯이 거기서 나온다.

그렇기에 모든 스토리는 인물이 끌고 가게 되어 있고, 또 중심인물이 먼저 잡혀야만 하는 것이다. 순수 문학 소설뿐 아니라 모든 장르가 마찬가지다. 주인공이라는 '샘'이 있으면 플롯은 거기서 결국 흘러나오기 마련이다. 그러므로 플롯은 물론이고 스토리를 구상하기 전에 우선 주인공이 누구인지 확실히 알 필요가 있다.

주인공은 '아무나'가 아니라 '누군가'

이쯤에서 이런 생각이 들지도 모르겠다. '난 주인공이 누구라고 벌써 다 적어 놨는데? 내가 쓴 '만약에'에 나와 있다고. 로미오와 줄리엣도 아까 그 '만약에'에 나와 있었잖아. 나도 그런 식으로 했어.' 그런데 문제는, 로미오와 줄리엣의 경우는 우리가 아는 그 완성된 인물들이 자동으로 떠오른다는 점이다. 이름하여 '앎의 저주'라고 하는 현상이다. 쉽게 말해 우리는 뭔가를 알고 나면 그걸 모르는 상태가 상상이 잘 안 된다. 반면 새로 창작한 주인공의 경우는 '만약에'를 잘 써 봤자 대략적인 묘사일 뿐이고, 실제로 어떤 사람인지는 정해진 게 거의 없다. 비운의 연인 로미오와 줄리엣에게 처음부터 부여된 특성이라면 '서로를 향한 강한 끌림' 그리고 '간섭이 심한 부모' 정도일 뿐, 둘은 캐릭터로서 전혀 모습이 갖춰지지 않은 상태였다. 가령 줄리엣은 못된 소녀, 로미오는 야비한 소년이 될 수도 있었다. 아니, 줄리엣은 시녀, 로미오는 시종이 될 수도 있었다. 혹시 아나, 셰익스피어가 술 몇 잔 들이켜고 썼으면 줄리엣은 다람쥐, 로미오는 펭귄이 될 수도 있었다. 당신의 주인공도 마찬가지다. 추상적인 '아무나'가 되어선 안 된다. 구체적인 '누군가'가 되어야 한다. 그래서 그 사람이 지나온 과거에 비추어 볼 때 첫 페이지부터 그 인물에게 일어나는 일들이 다 필연성 있게 다가와야 한다.

다시 말해 설령 '만약에' 속에 주인공을 심어 놓았다 해도, 이제 그 인물의 모습을 갖추어 줄 차례다. 위기 속에 뚝 떨어진 추상적인 '아무나'에 불과했던 사람을, 그 사태를 자초한 구체적인 '누군가'로 만들어 줄 때다. 여기서 '자초'했다는 것은 비난받아야 한다는 뜻이 아니다. 누구나 자기가 과거에 했던 행동의 결과로 좋든 싫든 현재 상황에 이른 것 아니겠는가. 다음 장에서 자세히 논하겠지만, 우리는 어릴 때 주입받은 잘못된 믿음으로 인해 어떤 궤도에 올라 벗어나지 못함으로써 어떤 사태가 발생하는 데 자기도 모르게 기여하는 경우가 많다. 그런가 하면 로미오와 줄리엣처럼 타고난 환경 때문에 곤란에 빠지는 경우도 있지만, 그럴 때도 인물의 행동을 이끄는 것은 그전부터 갖고 있던 열망과 두려움이다. 그러므로 주인공에게 무슨 일이 일어나는지보다, 그 일이 일어나기 직전에 주인공이 과연 어떤 사람이었는지, 주인공이 변화하는 건 확실한데, 어떤 상태에서 변화하는지가 더 중요하다.

이런 부분이 스토리를 쓸 때 가장 어려운 부분이라고 할 수 있다. 말 그대로 무에서 유를 창조해 내는 것과 다를 바 없기 때문이다. 그러니 스스로를 너무 나무라지 말자. 어려운 일이니 어렵게 느껴지는 게 당연하다. 하지만 기억하자. 앞으로 계속 언급하겠지만, 구체적인 것은 구체적인 것을 낳는다. 일단 주인공을 구체화하는 작업에 들어가면 그 순간부터 주인공의 모습은 점점 더 선명해질 것이다.

다행인 점은, 주인공이 누구인지 상상해 볼 수 있는 기본 정보가 이미 있다는 것이다. 앞에서 당신의 스토리가 전하려는 요점이 무엇인지, 독자에게 무엇을 말하고자 하는지 생각해 봤을 것이다. 이제 생각해 봐야 할 질문은 '내면이 크게 바뀜으로써, 즉 내적 변화를 겪음으로써 그 요점을 구현해 줄 수 있는 사람은 누구인가?'이다. 그 사람의 내적 투쟁이야말로 이런저런 결단을 낳아 플롯을 밀고 나가는 힘이다. 스토리의 본질은 세상이 주인공을 어떤 '사건' 속에 밀어 넣느냐에 있지 않다. 주인공이 그 사건에 어떤 '의미'를 부여하느냐에 있다.

나만의 주인공 찾기

그럼 대체 어떤 식으로 파고들어야 하는지 알아보기 위해, 아직 주인공이 없는 '만약에'를 하나 살펴보자. 당신의 '만약에'도 아직 주인공이 없다면, 스토리를 빚어내는 데 가장 유리한 주인공을 찾아 나가는 요령도 이 사례를 통해 알아볼 수 있다.

"만약에 우리가 내일 아침 눈을 떴는데 인터넷이 통째로 사라지고 없다면?"

우리 모두 경험해 본, 달갑지 않은 돌발 상황이다. 네트워크가 다운돼서 온라인 접속이 안 될 때의 당혹감은 누구나 익숙하다. 인터넷이 통째로 사라진다면 거의 모든 사람이 곤란해질 게 분명하고, 수없이 다양한 혼란상을 생각해 볼 수 있다. 극적인 일들이 워낙 많이 일어날 수 있으니, 바로 글쓰기에 돌입하지 않을 이유가 없어 보인다. 그래서 글을 써 나가다 보면 자기도 모르게 주인공 후보가 수없이 많이 만들어져 있을 것이다. 귀가 솔깃한 방법이긴 한데 피하는 게 좋다. 왜냐고? 그렇게 만들어진 주인공감들은 하나같이 극적인 사건들의 올가미에 얽혀 허우적댈 테고, 스토리는 인물들을 싣고 벼랑으로 추락하기 쉬우니까.

잊지 말자, 플롯이 주인공을 제약하는 게 아니라 그 반대의 관계여야 한다.

자, 그럼 이 '만약에'가 말하려는 요점이 간단히 다음과 같다고 하자. "첨단기술은 득도 많지만 실도 많은 양날의 검으로, 잘못되었을 때의 여파는 상상을 뛰어넘는다." 그렇다면 주인공은 누가 되어야 할까? 생각해 볼 만한 후보 하나는 의학 연구원이다. 이름은 로빈이라고 하자. 로빈은 머리가 좋아서 여섯 살 때부터 멘사 회원이었고 학교를 수석 졸업했지만 여자라는 이유로 남자 동료들이 받는 연구비 지원을 받지 못하고 있다. 주위의 시선도 차갑다. '여성다운' 옷차림에 전혀 관심이 없는 것도 한 이유일지 모른다. 로빈은 평생 하이힐을 신어 본 적이 없고(하이힐 신고 어떻게 뛴담), 화장도 하지 않고(얼굴이 갑갑하잖아), 주름장식 달린 옷도 입지 않고(실험실에서는 거추장스럽기만 하지), 액세서리도 차지 않는다(도대체 그런 걸 왜?). 작은 연구실을 혼자 운영하는데, 치명적인 좀비 바이러스가 24시간 내에 전 세계에 퍼지리라는 사실을 지금 막 알게 됐다. 자신이 개발한 해독제가 바이러스의 확산을 막을 수 있으리라 99퍼센트 확신하는 그녀, 이제 마지막으로 온라인 실험 하나만 수행하여 완벽히 검증한 후 대중에게 알리는 일만 남았는데…… 인터넷이 통째로 사라져 버린다.

와, 스케일이 꽤 큰 스토리 같다. 영화로 만들어도 될 듯하다. 게다가 인터넷이 사라지면 벌어질 상황은 수없이 많이 떠오르니 그중에서 입맛대로 구체적 사건을 바로 따오면 된다. 더군다나 로빈의 삶에 관해 구체적인 디테일 몇 가지를 상상해 본 것만으로도 벌써 그녀가 과거에 어떤 어려움에 직면했고 어떻게 살아왔을지 살짝 감이 오기 시작한다. 어디를 더 파보면 좋을지가 어느 정도 보인다.

그런데 생각해 보자. 인터넷이 사라진다는 것이 '플롯'에는

지대한 역할을 하겠지만, 스토리의 요점을 과연 뒷받침해 준다고 할 수 있을까? 다시 말해, 인터넷이 사라지면 로빈은 자기 업무를 하는 데 날벼락을 맞겠지만, 그 이상의 영향을 내적으로 받을까? 그것으로 우리가 첨단기술에 관해 말하려는 요점을 입증할 수 있을까? 될 것 같기도 하지만, 안 될 것 같기도 하다. 주인공 후보를 좀 더 찾아보자.

이런 젊은 남자는 어떨까. 이름은 마이크라고 하자. 얼마 전 피닉스대학을 온라인으로 졸업했다. 친구가 1천 명쯤 있는데, 다 페이스북 친구고 실제로 만나본 적은 한 번도 없다. 사실 그는 5년 전부터 부모님 집 지하실 밖으로 나온 적이 거의 없다. 게다가 최근에 눈이 휘둥그레질 만한 연봉을 받는 게임 개발자로 취직해 재택근무를 하게 되었으니 밖으로 나올 일도 없다. 돈도 돈이지만, 성공하려면 밖으로 나가야 한다고 늘 다그치던 부모님의 생각이 틀렸다는 것을 증명한 게 더 기뻤다. "제 말이 맞았죠?"라고 외치면서 어찌나 짜릿했던지, 죄송한 마음에 부모님에게 6개월짜리 세계일주 크루즈 여행을 예약해 드렸고, 부모님은 지난주에 출발했다. 지금까지는 모든 게 만족스럽다. 필요한 물건은 뭐든 온라인으로 주문하고, 저녁에는 채팅방에서 친한 친구들과 노닥거린다. 하루 종일 잠옷 차림으로 지내도 상관없다. 적어도 자기가 생각하기엔 성공한 삶이다. 그런데 그때, 인터넷이 통째로 사라진다.

마이크의 스토리는 로빈의 스토리보다 스케일이 훨씬 작다. 인터넷이 사라짐으로써 인류 전체에 닥칠 결과(로빈이 빨리 위기를 알리고 치료약을 내놓지 않으면 모든 사람이 좀비로 변하는 상황)보다는 마이크라는 한 사람에게 닥칠 결과에 주목한다. 또, 두 주인공 모두 어떤 관점에서는 외톨이 기질이 있다는 공통점이 있지만, 마이크는 첨단기술과 뗄 수 없는 삶을 산다는 점이 부각되고 있는 반면 로빈은 그렇지 않다. 다시 말해 첨단기술이 품은 '양날의 검'이 더 날카롭게 느껴지는 것은 마이크의 스토리다. 그러므로 마이크가 주인공으로 훨씬 더 알맞은 후보다.

주인공감이 둘 이상이면?

여기서 이런 생각이 들지도 모르겠다. '잠깐, 주인공이 둘 이상일 수도 있다고 하지 않았나? 로미오와 줄리엣만 봐도 주인공이 둘이잖아? 이 스토리도 주인공이 둘이면 안 돼?' 가령 마이크와 로빈이 옆집에 사는 이웃이라면 어떨까. 어릴 때부터 서로 지독히 싫어했는데, 이제 힘을 합쳐 해독제를 만들고 세상에 알려야 하는 운명이라면? 그러다가 서로 눈이 맞아도 좋겠고. 아예 셰익스피어를 살짝 본떠 로미오와 줄리엣 같은 비운의 연인으로 만들면 어떨까? 마이크가 고집한 끝에 해독제를 먼저 맞았다가 죽은 듯하자, 로빈도 뒤를 따라……

물론 안 될 건 없다. 하지만 이번에도 좀 생각해 볼 점이 있다. 우선, 위에서 볼 수 있듯이 로빈의 스토리와 마이크의 스토리를 한데 엮으려고 하면 외적인 플롯 구성점plot point들이 저절로 막 떠오른다. 뒤에서 설명하겠지만, 그게 큰 도움이 될 때도 있다. 그러나 지금 단계에서 플롯 구성점이 마구잡이로 갑자기 쏟아지면 플롯이 폭주할 우려가 있다. 플롯이 외적인 거대·극적 클라이맥스를 향해 질주하는 가운데 주인공들은 그냥 휩쓸려 갈 뿐이다. 그렇게 되면 로빈과 마이크는 이야기를 끌고 간다기보다 그 부속품이 되어, 결국 "그 순간 눈을 떠보니 모든 것이 꿈이었다"로 끝맺고 싶어지는 끔찍한 소설이 될 가능성이 농후해진다. 주인공을 두 명 두려면 유념해야 할 것이, 두 주인공의 전깃줄, 즉 내적 투쟁을 각각 드러내야 한다는 점이다. 그리고 두 사람의 투쟁이 맞물리면서 결국에는 하나의 강력한 요점이 전해져야 한다. 물론 가능하다. 하지만 어렵고, 복잡하게 꼬이기 쉽다. 그래서일까, 주인공이 두 명, 때로는 세 명이나 네 명인 것처럼 보이는 소설이라 해도 잘 보면 거의 항상 내가 말하는 '핵심 주인공'이 있다. 다시 말해 스토리의 '진짜' 주인공이 있어서, 독자는 은연중에 그 사람의 눈을 통해 나머지 사람들을 바라보게 된다.

여러 명처럼 보이는 주인공

택배 회사 직원이 홀로 무인도에 표류하여 윌슨이라는 이름의 배구공과 대화하면서 살아가는 스토리가 아니고서야, 대부분의 소설에는 인물이 수두룩하게 등장하고 그중에는 적잖은 비중의 조연들도 많다. 만약 당신의 소설에서 몇 명의 인물이 주인공 자리를 놓고 경합 중이라면, 무조건 한 명만 택해야 할까? 꼭 그런 건 아니다. 하지만 대부분의 작가는 한 명만 택한다. 그래야 소설 쓰기가 더 수월할뿐더러, 작품이 훨씬 흥미로워지는 경향이 있기 때문이다.

그래서 중심인물이 몇 명 있는 것처럼 보이는 소설도 잘 생각해 보면 그중에서 '더 중심'에 있는 것처럼 느껴지는 인물이 한 명 있는 게 보통이다. 비록 모든 중심인물이 자기만의 스토리가 있고, 충분히 구체화되어 있으며, 결말에 이르러 변화를 겪기도 하지만, 곰곰이 되짚어 보면 한 인물이 바로 떠오른다. 우리가 소설을 읽는 동안 의식했건 의식하지 못했건, 소설 속 모든 것의 의미는 결국 그 인물에 의해 정해졌다.

그 사람이 '핵심 주인공', 곧 진짜 중심인물이다. 우리는 그 인물의 시점에서 모든 일을 경험한다. 심지어 다른 인물의 시점에서 이야기가 서술될 때도 마찬가지다. 예를 들어 보자. 에두아르도 산티아고Eduardo Santiago의 흥미진진한 첫 소설《내일은 입맞추리라Tomorrow They Will Kiss》는 60년대 말에 쿠바를 떠나 미국 뉴저지주 유니언시티에 정착하는 젊은 여성 세 명, 그라시엘라, 임페리오, 카리다드의 삶을 조명한다. 챕터마다 셋 중 어느 한 사람의 1인칭 시점으로 이야기가 서술되며 세 사람이 지면에서 차지하는 분량은 대략 비슷하다. 세 사람 모두 저마다의 특유한 관점과 목표, 잘못된 믿음을 품고 있다. 각자 자기가 주인공이며 나머지 둘은 자기 스토리의 조연이라고 생각하는 게 틀림없다.

하지만 작가 산티아고는 처음부터 알고 있었다. 임페리오와 카리다드가 어떻게 생각하든 간에 주인공은 사실 그라시엘라라는 것을. 그 점을 독자에게 어떻게 전달했을까? 작가는 다른 두 사람이 하는 생각이나 추측 또는 행동 대부분이 그라시엘라가 추구하고 있는 목표(미국에서 계속 살고, 일자리를 유지하면서, 자기만의 방식으로 진정한 사랑을 찾는 것)와 어떤 식으로든 연관지었다. 두 사람은 그라시엘라에 초점을 두고 이야기를 하며, 독자 못지않게 그라시엘라를 신경 쓰는 듯하다. 독자는 두 사람의 눈을 통해 그라시엘라를 바라보면서 그라시엘라를 더 잘 알게 되기도 하지만, 그보다는 두 사람이 그라시엘라를 오해하는 모습에서 두 사람이 무슨 생각과 의도를 품었는지, 그리고 그라시엘라가 무엇을 조심해야 하는지 알게 되는 경우가 많다.

그러므로 독자는 임페리오나 카리다드가 화자 역할을 하는 챕터를 읽을 때마다 둘의 일거수일투족을 주시하며 속으로 묻곤 한다. '그라시엘라가 저걸 알면 어떻게 될까? 그라시엘라가 목표를 이루는 데 도움이 될까, 아니면 더 힘들어질까?' 독자는 마음속으로 그라시엘라를 응원하고 있으므로, 두 사람과 그라시엘라의 관계가 삐걱거릴 때마다 두 사람을 의심스러운 눈으로 바라보게 된다.

그렇다고 독자가 임페리오나 카리다드에게 관심을 두지 않는다는 말은 아니다. 분명히 관심은 있다. 하지만 독자는 항상 그 둘을 그라시엘라의 스토리에 종속된 인물로 인식한다.

따라서 이 소설은 언뜻 보기에 중심인물이 세 명인 것 같지만 실제로는 한 명, 그라시엘라뿐이다. 작가 산티아고는 그라시엘라의 스토리를 위해 다른 두 인물을 창조한 것이고, 그라시엘라의 스토리가 있기에 두 사람의 행동에 의미가 부여된다. 거듭 말하지만, 스토리는 주인공의 것이다.

소설이 시작되기 전날 주인공의 모습

당신이 생각해 놓은 '만약에'와 전하고자 하는 요점을 바탕으로, 이제 혹독한 시련을 안겨 줄 만한 적당한 주인공감을 골랐는가? 나름대로 잘 살고 있다가, 당신이 공연히 끼어드는 바람에 날벼락을 맞을 사람이 정해졌는가? 눈을 감아 보자. 그 사람의 모습이 보이는가? 소설이 시작되기 바로 전날 주인공의 모습을 그려볼 수 있어야 한다.

당신의 주인공은 아마 자기가 큰 문제 없이 살고 있다고 생각할 것이다. 원하는 최선의 삶은 아닐지라도 그런대로 잘 지내고 있다. 지금까지 살아온 경험이 있으니 앞일이 웬만큼 예상되고, 무탈하게 살아가는 요령도 대략 파악해 놓았다. 그런데 그가 모르는 사실이 있다. 곧 당신이 개입하여 자신의 예상을 깨뜨리고, 안전지대에 머물고 있던 자신을 미지의 세상에 내던지리라는 것. 하지만 잊지 말자. 당신이 쓸 소설은 그가 미지의 세상을 헤쳐 나가는 과정이 다가 아니다. 소설의 중심은, 그가 거의 평생 준비해 온 어떤 여정이다. 본인은 아직 그걸 모르고 있을 뿐.

다시 말해, 당신의 주인공은 '어중간한' 지점에서 출발하지 않는다. 아주 특정한 지점에서, 아주 확고한 신념을 안은 채 출발하며, 당신의 소설이 할 역할은 그 신념을 뒤흔드는 것이다. 따라서 그 신념이 무엇이고 여정이 무엇이며 예상을 어떻게 깨뜨릴 것인지 궁리하기에 앞서, 여정이 시작되기 전, 자신에게 닥칠 일들을 까맣게 몰랐던 그의 모습을 알아야만 한다.

그러려면 그 시점에서 주인공이 어떤 사람인지를 한두 문단 정도로 요약해 써 보자. 간략한 스케치 정도면 충분하다. 이것을 대략적인 얼개로 삼아 앞으로 차차 살을 붙여 나간다고 생각하자. 앞에서 썼던 '만약에'처럼, 어디를 파 보아야 할지 위치를 잡아 주는 역할이다. 거기서 건져낸 구체적 정보로 주인공을 빚어 가면 된다.

제니는 자신의 주인공에 관해 아래와 같이 적었다.

주인공이 될 여자는 아주 많은 것을 빼앗겨야 하는 운명이므로, 일단 많은 것을 안겨 주어야 했다. 잘나가는 직업이 있고, 깊게 사귀는 남자가 있지만 결혼이나 동거는 자기가 거부했으며, 안락한 집에서 오랫동안 살고 있는 것으로 정했다. 그리고 매사에 좀 우쭐한 면이 있어야 했기에, 누가 봐도 성공했다고 보일 만한 직업을 계속 고민했다. 돈만 많이 버는 게 아니라 사회적 지위라든지 남들의 찬사 같은 게 따르는 직업. 내가 작가이고 또 늘 작가 이야기를 쓰고 있으니 작가는 배제하려고 무척 애를 썼다. 앱 개발자나 근사한 커피숍 프랜차이즈의 창업자도 생각해 봤다. 그래도 계속 떠오르는 게 작가였다. 파트너 한 명과 공동 작업을 하면서(여자는 스스로 인정하고 싶지는 않을지 몰라도 그 파트너를 사랑하고 있다) 엄청난 성공을 거둔 작가. 처음에는 큰 시사회를 앞둔 영화 시나리오 작가로 할까 했다. 그런데 영화는 대본을 쓰고 나서 한참 후에야 상영되니 TV 드라마나 웹드라마 쪽으로 생각을 틀었다. 그러면 집필과 방영 시점의 간격이 훨씬 짧아진다(사고가 날 소지가 훨씬 많아진다). 마술사 듀오 '펜 앤드 텔러Penn & Teller'처럼 한 사람은 시끄럽고 한 사람은 말이 없는 작가 듀오를 상상해 봤다. 주인공은 조용한 쪽이다. SNS도 하지 않고 인터뷰에서도 말을 거의 하지 않아서 얹혀 간다는 비판에 시달리지만 실상은 그녀가 어려운 일을 도맡고 있다. 실제로 글은 그녀가 다 쓰고, 팀을 이끄는 주역은 그녀다. (파트너는 거기에 불만을 품고 있을 만하다.)

주인공은 집필 파트너인 남자친구와 함께 만족스러운 삶을 살고 있다. 매일 함께 작업하고, 한 팀으로 활동하고, 어디든 같이 다니며, 연인 관계다. 하지만 동거나 결혼은 하지 않는다. 남자의 재촉에 결혼 직전까지 간 적은 한 번 있다. 그러나 여자는 누군가와 너무 가까워졌다가 치러야 할 대가가 끔찍이 두려웠기에, 차마 실행에 옮길 마음이 나지 않았다. 여자는 현재 상황을 내심 흐뭇해한다. 남자친구와 무척 만족스러운 관계를 누리면서도, 앞으로 마음 아플 일은 없을 테니까. 자기는 미련을 떨 일도, 무력해질 일도, 방황할 일도 없을 것이라 생각한다.

위의 스케치를 읽어 보면, '만약에'에서 가정한 사건으로 시작하는 게 아니라 그 직전 상황에 대한 것임을 알 수 있다. 아직은 애달픔도 상실의 아픔도 없다. 앞으로 애달픔과 상실의 아픔을 유발하게 될, 주인공에게 가장 중요한 것이 무엇인지 말해 주고 있을 뿐이다. 다시 말해 위기가 닥치기 직전 주인공이 어떤 사람이었는지가 나타나 있다. 주인공은 삶이 지금처럼 계속되리라 믿고 있고, 그런 삶이라면 능숙하게 살고 있으니 별문제가 없다. 주인공의 직업이나 남자와의 관계는 대략적으로 나타나 있을 뿐이지만, 그걸로 충분하다. 아직은 주인공의 윤곽을 잡으려는 제니의 첫 시도일 따름이다. 제니는 이때부터 주인공의 이름을 '루비'라고 하기로 했다.

이렇게 소설이 시작되기 바로 전날 주인공이 어떤 사람이었는지 상상해 보면, 그가 어떻게 그 상태에 이르렀는지도 궁리해 볼 수 있다. 곧 주인공에 대해 훨씬 많은 사실을 알게 될 것이고, 스케치에서 밝힌 대략적인 디테일은 차츰 확대되어 갈 것이다. 제니는 이제 루비의 모습을 처음 상상해 봤을 뿐이다. 이것은 아직 루비 본인의 모습이라고 할 수 없다. 소설을 끌고 갈 '진짜' 루비를 빚기 위한 첫 찰흙 덩어리라고 보면 된다.

과제

소설이 시작되기 전에 주인공이 어떤 사람이었는지 간략하게 스케치해 보자. 머리카락 색깔, 벽장 속에 든 물건 등을 일일이 적고 싶은 충동이 들더라도 자제하자. 짧게 핵심만 적는다. 핵심은 다음과 같다. 속을 들여다보면 어떤 사람인가? 어떤 신념을 가졌는가? 무엇을 원하는가? 인생에서 구체적으로 어떤 지점에 와 있는가? 늘 그렇듯이, 주인공의 행동에는 내적인 이유가 얽혀 있어야 한다. 중요한 건 주인공의 행동보다 그렇게 행동하는 이유다. 그 간단한 원리를 절대 잊지 말자.

5장

왜
: 주인공이 관심을 쏟는 이유는?

———

모든 극의 본질은
인간은 자신의 행동이 초래할 결과에서 벗어날 수 없다는 것이다.

▶ 해럴드 헤이즈

이제 스토리가 될 만한 '만약에'도 만들어 놓았고 그로 인해 평
온하던 삶이 곧 뒤바뀔 주인공도 구상해 놓았다. 그다음으로
생각해 봐야 할 질문이 있는데, 너무 뻔하게 생각될 수도 있다.
소설이 시작되자마자 불거질 갈등이 주인공에게 왜 중요한가
하는 것이다. 당신은 머리를 긁적거리며 의아해할지도 모르겠
다. '아니 지금 외계인이 쳐들어 와서 지구가 쑥대밭이 될 참인
데?' '지금 자기가 해적에 납치당할 건데?' '곧 자기가 살인 용
의자로 몰릴 텐데?' 그러면서 이렇게 생각할 만도 하다. '그런

일이라면 당연히 중요하지, 그럼 안 중요해? 그런 일에 신경 안 쓰이는 사람이 누가 있어?'

맞는 말이다. 그래서 우리는 한발 더 들어가, 스토리의 진짜 본질에 해당하는 질문을 던져야 한다. 그런 일이 다른 누구도 아닌 주인공 본인에게 무슨 의미가 있는가? 구체적으로 어떤 계획이 틀어지는가? 주인공이 어쩔 수 없이 맞서야 할 두려움은 무엇인가? 결국 추구할 수밖에 없는 오랜 소망은 무엇인가? 잊지 말자. 당신이 쓸 소설의 본질은 '만약에'라는 상황 속에서 주인공이 겪게 될 외적 변화가 아니다. 그 변화가 주인공에게 '왜' 중요한지가 본질이다. 그리고 그 답을 찾을 방법은 하나뿐, 스토리의 핵심이 묻혀 있는 광맥을 더 깊이 파 들어가는 것이다. 그 광맥은 바로 주인공의 과거다.

주인공의 모든 것은 과거에서 비롯된다는 사실을 간과하기가 아주 쉽다. 소설 첫 페이지에서 인생이 시작되는 사람이 어디 있겠는가(진짜로 첫 페이지에서 세상에 태어났다면 몰라도). 모든 주인공은, 아니 모든 인간은, 태어난 순간부터 지금까지 꽉 찬 삶을 살아왔다. 설령 게으름뱅이라 할지라도 어쩌다 소설 속에 끌려 들어와 지면에 등장할 때까지 하루하루 매 순간을 어떤 식으로든 살아왔다. 백지상태에서 등장하는 사람은 없다. 심지어 기억상실증 환자도 자신이 기억하지 못하는 과거가 항상 따라다니며 탈을 일으킨다. 과거는 우리가 현재의 의미를 가늠하는 창구다. 그리고 현재는, 즉 지금 이 순간 주인공의 삶 속에서 벌어지는 일들은, 과거에 겪었던 모든 일이 초래한 결과다.

이렇게 생각해 보자. 당신의 주인공은 이미 짜인 플롯 속에서 맡은 역할만 수행하는 배우가 아니다. 내일 하루도 과거 경험에 따른 자신의 계획대로 흘러가리라 믿으면서 하루하루 살아가는 사람이다. 그런데 계획대로 흘러가지 않는다. 작가로서 당신의 역할은 주인공의 예상이 깨지게 해 주는 것이다. 왜냐, 우리가 본능적으로 스토리에서 기대하는 것이 바로 예상치 못한 상황에 대처하는 지혜니까. 예상치 못한 일이 벌어져야 재미있어진다. 설령 일이 주인공의 예상대로 진행된다 하더라도, 생각했던 것과 아주 다른 느낌으로 다가오면서 전혀 '뜻밖의 문제'를 낳게 해 주어야 한다.

따라서 이 장에서는 불변의 원리 한 가지에 주목하고자 한다. 당신이 주인공의 계획을 뒤엎으려면 먼저 그 계획이 뭔지도 알아야 하지만, 그게 주인공에게 '왜' 중요한지를 꼭 알아야 한다는 것. 그러지 않으면 계획이 틀어졌을 때 주인공이 어떤 행동을 보일지 어떻게 알겠는가. 그러므로 우선 주인공의 최초 목표를 더 구체적으로 잡아 보겠다. 즉, 주인공이 소설에 처음 등장할 때 원하는 게 무엇이며, 어떤 잘못된 믿음에 발목이 잡혀 있는지 생각해 본다. 그런 다음은 무엇보다 중요한 질문을 고민할 차례다. 주인공은 지금 원하는 그것을 '왜' 원하는가, 그리고 '왜' 그놈의 잘못된 믿음에 그토록 꼼짝 못 하느냐 하는 것이다. 그러나 겁낼 필요는 없다. 그런 정보를 캐내려면 주인공의 과거를 파고들어야 하지만, 살아온 삶을 송두리째 헤집는 것이 아니라 앞에서 생각해 본 '만약에'와 '누구'를 지도 삼아, 특정한 몇 순간만 파낼 테니까. 그리고 이때 쓸 삽은 바로, 세계 어느 언어에서나 최고로 능글맞고 뻔뻔스러운 단어인 "왜?"다.

"왜?"라고 왜 묻는가

인간의 뇌는 의미를 찾는 기계다. 우리는 모든 것을 액면 그대로 받아들이지 않고 그 이면의 원리를 알아내려고 하는 본능이 있다. 우리는 '왜'를 알고 나면 '무엇'에 대한 인식이 근본적으로 바뀌기 때문이다. 반면 대부분의 다른 동물은 세상을 겉으로 보이는 대로 받아들인다. 오로지 사건에 반응하면서 살 뿐, 앞일을 꼼꼼히 계획하는 일은 없다. 인간은 세상을 대하는 방식이 다른 종과는 근본적으로 다르다. 끊임없이 겉모습 이면을 파고들면서 앞일을 내다보는 데 도움이 될 정보를 열심히 찾고, 무슨 일이 닥치든 잘 헤쳐 나갈 수 있게끔 준비한다. 그런 면에서 "왜?"라는 질문은 진화가 인간에게 선사해 준 가장 정밀하면서 간단하고 유용한 생존 도구였다고 해도 과언이 아니다.

그래서일까, 하버드대의 폴 해리스Paul Harris 아동심리학 교수에 따르면 아이들이 두 살에서 다섯 살 사이에 약 40000건의 질문을 한다는 연구 결과도 있다고 하는데, 아이 키우는 부모들은 그보다 훨씬 많다고 생각할지도 모르겠다. 어쨌든 재미 있는 사실은, 네 살 무렵이면 사실이 아닌 설명을 요구하는 질문이 대부분이 된다는 것이다.[1] 우리는 일단 피상적인 '무엇'을 대략 이해하고 나면 저절로 관심을 옮겨 훨씬 더 흥미로우면서 모호한 '왜?'를 묻게 되어 있기 때문이다.

코미디언 루이 C. K.가 제작과 주연을 맡은 HBO 시트콤 〈럭키 루이〉의 한 장면이 그 점을 잘 보여 주고 있다. 루이는 다섯 살짜리 딸이 지금 밖에 나가서 놀면 왜 안 되냐고 묻자, "새벽 5시라서 깜깜하니까"라고 대답한다. 그 정도면 답이 충분히 됐을 것 같지만, 천만의 말씀. 딸은 장난기 어린 표정으로 모든 대답에 "왜?"라고 되묻는다. 루이의 답변은 객관적 사실에서(해가 아직 안 떴으니까) 겸연쩍은 고백을 거쳐(해가 왜 뜨는지는 나도 몰라) 구체적인 이유에 이른다(학교 수업 시간에 집중 안 했으니까, 맨날 마약에 취해 있었으니까, 인생이 어떻게든 알아서 풀릴 줄로만 알았으니까). 마침내 루이는 답답한 마음에 그간의 모든 주관적 경험으로 깨우친 교훈을 불쑥 내뱉는다. "우리는 세상에서 혼자니까." 딸은 그제야 어깨를 으쓱하며 "알았어" 하더니 먹던 시리얼을 다시 먹기 시작한다. 지금 자기가 아빠의 세

계관 밑바탕에 있는 핵심을 끄집어냈다는 사실은 까맣게 모른 채.[2]

"왜?"라는 질문이 인간의 생존에 가장 요긴한 도구일 뿐 아니라 작가가 가장 애용하는 도구라는 것은 어렵지 않게 이해할 수 있다. 작가가 인물의 행동에 깔린 이유를 모른다면 그다음 행동이 무엇인지 어떻게 알겠는가?

물론 그 이상의 용도도 있다. 특히 작업 초기에 소설의 밑그림을 빚을 재료를 만들 때 꼭 필요하다.

정답이 아직 없어도 "왜?"라고 묻기

위의 시트콤 장면에서 보았듯이, 무엇이 어떤 사람에게 '왜' 중요한지 물어서 소득이 있으려면 그 사람의 과거 속에 뭔가 끄집어낼 만한 요소가 있어야 한다. 소설의 주인공을 만들 때도 마찬가지다. 우리가 원하는 내적 투쟁과 딱 관련된 뭔가가 과거 속에 있어야 한다. 그러므로 처음부터 우리 목표는, 소설 속에서 주인공이 행동을 일으키고 변화할 만한 동인을 그의 과거 속에 넣어 주는 것이다. 그런데 문제가 있다. 지금으로선 과거를 아직 안 만들었으니 소설 내용이 어떻게 될지 모른다는 것. 그렇다면 이도 저도 못하는 진퇴양난 아닌가.

그렇지 않다. 곧 알아보겠지만, 우리는 이미 '만약에'와 '누구'를 구상하면서 플롯 · 요점 · 주인공에 대한 전략적 정보를 충분히 입수했으므로, 상당히 정교한 삽질로 의미를 캐낼 준비가 되어 있다. 물론 무에서 유를 만들어 내는 일이니 처음에는 막연할 것이다. 그래도 다행인 점은, 일단 구체적 사실 몇 가지를 잡아 나가다 보면 그것들이 저절로 알아서 새끼를 친다는 것이다. 현재는 과거의 산물이니만큼 주인공의 과거를 깊이 파고들수록 그의 미래, 즉 소설의 플롯은 더 선명해질 것이다.

왜냐고? 어릴 적에 부모님이 늘 얘기하셨듯이, 우리의 행동에는 결과가 따르는 법이니까. 결과는 당장 나타나기도 하고, 오랜 세월 후에 나타나기도 한다. 그러므로 주인공이 과거에 했던 행동을 알면 미래에 닥칠 사건을 구상하는 데 반드시 도움이 되기 마련이다.

여기서 다행히도, 주인공의 과거를 전체적으로 파고들 필요는 없고 전략적으로 파고들면 된다. 많은 작가가 빠지는 함정이기도 하니 주의할 필요가 있다. 다시 말해 주인공의 이력을 일대기 스타일로 세세히 공들여 적으려고 하는 작가가 많은데, 이를테면 두 살 때 고양이 꼬리를 잡아당긴 일부터 지난주에 사하라 사막에 얼음 공예 학교를 차리기로 결정한 일까지 죄다 적는 식이다. 그건(일대기를 적는 것도, 사막에 얼음 공예 학교를 차리는 것도) 절대 좋은 생각이 아니다. 3장에서도 비슷한 말을 했지만, 인물의 이력을 본격적으로 적다 보면 오히려 정보 과다로 멍해지기 마련이니 정보가 아예 없는 것만 못하다.

또 그러다 보면 스토리와 전혀 관련이 없는 이야기를 이것 저것 하고 싶어지는 역효과가 난다. 많은 시간을 들여 생각해 낸 아이디어들이 아깝기 때문인데, 시간은 시간대로 들이고 스토리는 더 나빠지니 최악의 결과다. 설상가상으로, 인물의 이력이란 것은 일반적인 방식으로 적다 보면 추상적 정보가 구체적 정보인 양 들어가기 쉬워진다. 그렇게 작성한 이력은 단순히 외적 사건의 나열에 지나지 않게 된다. 설령 망망대해를 펼쳐 놓았다 해도, 물이 얕디 얕아서 아무리 깊은 곳도 발목에 차지 않으니 파고들 게 없다. 요컨대 장황한 이력은 피상적인 '무엇'만 가득하고 내적인 '왜'는 거의 없다는 게 문제다. 주인공이 '무엇'을 했는지 훑어볼 수 있을 뿐, '왜' 그랬는지는 전혀 알 수 없다. 당신이 만들 주인공은 모든 행동의 밑바탕에 점차 발전해 가는 어떤 '이유'가 깔려 있어야 한다. 그렇지 않다면 아무리 거창하고 외양상 극적인 사건이 터져도 소용이 없다. 한편 강력하고 개인적인 '이유'가 깔려 있다면, 가령 집에 배관수리 기사를 불러야 하는 평범한 상황도 더없이 흥미진진해질 수 있다.

그런 예가 있냐고? 있다.

가장 중요한 건 "왜?"

〈참새들의 춤Sparrows Dance〉이라는 작은 영화가 있다. 등장하는 인물은 단 두 명. 주인공은 한때 배우로 조금 잘나갔으나 광장 공포증에 시달려 두문불출하는 젊은 여자다. 여자는 아파트 문밖으로 나가지 못할 뿐더러 배달기사가 가져다주는 음식도 문을 열고 받지 못한다. 문 밑으로 배달비를 밀어 넣고, 멀어지는 발걸음 소리에 불안하게 귀를 기울이다가, 사람이 사라진 게 확실하면 그제서야 조심스럽게 문을 열고 바닥에 놓인 봉지를 낚아챈다. 다행히 돈은 있어서 그런대로 불편 없이 살고 있다. 필요한 건 뭐든 배달시키면 그만이니, 사실상 아파트 밖으로 나갈 일이 없다. 아무 문제 없다.

그런데 딱 한 가지 문제가 있다. 외롭다는 것. 조그만 TV에 틀어 놓은 옛날 흑백영화 속에서 의미심장한 대화를 나누는 두 남녀를 응시하는 여자. 그 얼굴에 쓰여 있는 동경의 표정에서 그녀의 고뇌가 짐작된다. 여자는 타인과의 관계를 갈망하는 것이 틀림없다.

우리는 플롯이 본격적으로 시작되기 전에 이미 그 두 사실을 알게 된다. 그녀가 원하는 것은 사랑이다. 그녀의 발목을 잡는 요인은? 집구석에서 한 발짝도 못 나가는 데다 사람을 안에 들일 생각도 없는데 진실한 만남을 기대할 수 있을 리가 없다.

희망이 없어 보이지 않는가? 정말 불가피한 무슨 일이라도 일어나지 않는 한 주인공은 평생을 그렇게 두려움과 동경의 세계에 갇혀 살지도 모른다.

바로 이때 플롯이 등장한다.

그녀가 두려움에 맞서서 원하는 것을 추구할 수밖에 없게 만드는 사건은 과연 무엇일까? 한번 생각해 보자. 의식주가 모두 보장된다 해도, 아파트에서 살려면(아니 주거 형태와 관계없이) 필수불가결한 한 가지는 무엇일까?

정답은 로맨틱한 것과는 한참 거리가 먼, 제대로 작동하는 배관 시설이다.

여자가 어느 날 아침 일어나 보니 변기에서 물이 줄줄 새어 화장실 바닥이 흥건하다. 배관 수리 기사를 부를 수밖에 없는 상황이고, 수리 기사가 그 집에 방문하면서 일어나는 일을 축으로 플롯은 진행된다. 문제가 생긴 화장실이 그녀에게 왜 중요한 의미가 있을까? 일반적인 사람의 경우 '당연히 빨리 해결해야 할 일' 정도의 이유겠지만, 그녀의 경우는 전혀 다르다. 우리는 생판 모르는 수리 기사가 집에 찾아와도 그가 커다란 렌치와 공구함을 들고 있고 예약 사이트에서 평점이 중간 이상 된다면 별 고민 없이 문을 열어 준다. 하지만 그녀에게는 그 상황에서 문을 열어 줘야 하는 것 자체가 세상에서 가장 힘든 일이다.

다시 말해, 그녀의 경우는 행동을 재촉하는 내면의 간절한 목표가 있고, 행동을 가로막는 선명한 두려움이 있다. 이런 스토리가 없었다면 우리는 한 여자가 수리 기사를 불러 배관을 고치는 내용의 영화를 두 시간 동안 보게 되었을 것이다. 혹시 배관 수리 기사 지망생이라거나 배관 수리하는 것을 구경하기 좋아하는 특이한 취향의 사람이라면 모를까, 그런 영화를 누가 보겠는가.

그러나 〈참새들의 춤〉은 단지 한 여자가 고장 난 배관을 수리하기 위해 거치는 과정을 그린 영화가 아니다(비유적 표현이라면 그 말도 틀리지는 않겠지만). 한 여자가 두려움을 극복하고 바깥세상으로 조심스러운 첫발을 다시 내딛는 과정을 그린 영화다. 물론 그녀가 태어난 날부터 아파트에 틀어박히기 시작한 시점까지는 참으로 많은 일이 있었겠지만, 그 대부분은 이 스토리와 관련이 없다. 영화를 만든 감독도 그 점을 잘 알고 있었기에, 그녀의 내적 투쟁과 연관이 없는 내용은 영화 속에 나오지 않는다. 주인공은 끊임없이 회피하고 저항하고 반발한 끝에 결국 자신의 두려움과 정면으로 맞닥뜨려야 하는 상황에 처한다.

자, 그렇다면 당신의 주인공이 치러야 할 내적 투쟁의 정체는 무엇일까? 발전시키기에 앞서 일단 처음에 어떻게 가닥을 잡아야 하나? 주인공의 내면에서 결투를 벌이는 두 세력에 주목하자. 그가 원하는 것(욕구), 그리고 그를 가로막는 잘못된 믿음(두려움)이다. 모든 스토리는 그 두 개의 불씨에서 시작해 불붙고 타오른다. 바로 그 투쟁이 스토리의 '전깃줄'이 되어 줄 것이다.

주인공이 품은 불씨

작가는 우선 주인공이 무엇을 원하는지, 그리고 어떤 잘못된 믿음에 가로막혀 있는지를 알아야 하며, 플롯 구상은 그다음 일이다. 이제 너무나 당연한 말로 들려서 세상에 그걸 간과하는 사람이 누가 있을까 싶을 것이다. 오산이다. 최근에 소설가 지망생들 앞에서 수업을 한 적이 있다. 수강생 대부분은 자기 소설의 2고 또는 3고 작업 중이었다. 한 사람 한 사람에게 돌아가며 물어봤다. 스토리가 시작될 때 주인공이 이미 원하고 있는 것이 무엇이냐고. 단 한 사람도 제대로 대답하지 못했다. 질문 자체에 당황하는 수강생이 많았다. 나야 늘 해 온 일이 소설가 지망생들이 쓴 원고를 읽는 것이니, 그 자리를 채운 수강생들처럼 똑똑하고 유능하고 알 만큼 아는 사람들도 그런 쉬운 사실을 놓친다는 게 이제 새삼 놀랍지도 않다. 알고 나면 이마를 치며 "아, 이런 바보!"라며 한탄할 자명한 사실이지만, 때로는 명백하고 단순한 사실일수록 놓치기 쉬운 법이다.

그러니 확실히 정리해 두자. 모든 주인공은 소설 속으로 내던져지기 직전에 두 가지 불씨를 품고 있다.

1 뿌리 깊은 욕구. 아주 오랫동안 품어 온 어떤 소망.

2 그 욕구의 충족을 가로막는 본인만의 잘못된 믿음. 자신의 발목을 잡는 두려움의 근원.

이 두 갈등 세력이 합쳐져 소설의 전깃줄을 이룬다. 소설 속 모든 사건은 그 전깃줄에 닿아 있어야 한다. 그래야 주인공의 감정을 흔들어 어떻게 해야 할지 고민하게 만들 수 있고, 독자는 주인공에게 가장 중요한 게 무엇인지 알 수 있다. 다시 말해, 어떤 사건이 펼쳐지고 플롯상의 변곡점이 전개되든지 간에 독자는 이 둘을 잣대 삼아 그 의미를 가늠하며 주인공의 반응을 예상하게 된다.

이제 당신이 직접 소설의 전깃줄을 만들 수 있도록 조금 더 깊이 파 들어가 보자. 그 욕구란 어떤 것이고 잘못된 믿음에 따른 두려움이란 어떤 것인지 분명히 정의해 보자.

1단계: 주인공이 이미 원하고 있는 것은 무엇인가?

간단한 질문 같지만 그렇지 않다. 애인이나 배우자의 어깨를 잡고 흔들며 "뭘 원하는지 말로 해 달라고!" 소리치고 싶었던 사람이라면 무슨 말인지 알 것이다. 이거다 저거다 딱 잘라 말하기 어려운 '복잡한' 문제일 수 있다. 질문을 받은 본인조차 자기가 무엇을 원하는지 모르는 경우도 많다. 그래서 "그냥 행복해지고 싶을 뿐"이라는 등 막연하게 원론적으로 대답하는데, 작가들도 주인공이 무엇을 원하느냐고 물어보면 딱 그런 식으로 대답하곤 한다. 그 밖의 인기 답변으로는 "조건 없는 사랑을 원한다" "돈이 많으면 좋겠다" "모든 게 지금만 같길 바란다" 등이 있다. 현실에서 애인이나 배우자가 자기는 정말 그냥 행복해지고 싶을 뿐이라고 하면 우리는 바로 이렇게 따질 법하다. "그래서 그 행복이란 게 뭔데? 내가 널 행복하게 해 주지 않는다는 말이야?" 그리고 구체적으로 무엇이 상대를 행복하게 해 줄지를 놓고 토론에 들어갈 것이다.

반면 작가들은 "내 주인공은 행복을 원한다"라는 명제만으로 충분하다는 듯, 그것으로 자족하는 경향이 있다. 너무 추상적이어서 무의미한 명제일 뿐이다. 눈을 감고 상상해 보자. 뭔가 보이긴 하는가? 아마 딴 생각만 날 것이다. 추상적인 관념만 있고 그게 실제로 뭘 말하는지 알 수 없으면 관심이 갈 리가 없다. 그럴 때 우리 뇌는 정말로 자신에게 중요한 구체적인 것으로 슬금슬금 관심을 옮기게 되어 있다. 이를테면 점심시간이 얼마나 남았는지 같은 것이다.

정말 배고프면 뭐라도 먹고 와야겠지만, 이럴 때는 그보다 이렇게 묻자. 과연 무엇이 내 주인공을 행복하게 할까? 정확히 무슨 일이 일어나야 주인공이 소망을 이루고 행복해질까?

한마디로, 일반적인 것에서 구체적인 것으로 좁혀 들어가야 한다. "나는 행복해지고 싶다"는 일반적이다. "정확히 이것이 나를 행복하게 해 줄 것 같다"는 구체적이다. 무엇이 자기를 행복하게 하리라는 그 생각이 실제로 옳은지 아닌지가 중요한 게 아니다. 그 욕구를 구체화해서 눈에 보이게 하는 것이 중요하다. 외부에 실재하는, 분명한 대상으로 만들어 주어야 한다. 다시 말해 주인공이 구체적인 행동을 통해 구체적으로 실현할 수 있는 일이어야 한다. 예를 들면 이런 것이다. "어릴 때 날 괴롭히던 로널드가 온 동네 사람들이 보는 앞에서 내 흙투성이 차를 혀로 핥아 깨끗이 닦아 놓는다면 난 행복하겠다." 참 생생하지 않은가! 이 사람의 개인사를 파고들면 뭔가 건질 게 많을 것 같다. 원론적이거나 막연하거나 추상적인 부분이 하나도 없는 대답이다. 반면 "나를 있는 그대로 사랑해 줄 사람을 만나고 싶다"는 함량 미달이다. 구체화해야 한다. 그게 실제로 어떤 모습일지, 머릿속에서 영사기가 돌아가듯 선명하게 그려 볼 수 있어야 한다.

제니가 구상한 모습은 다음과 같다.

소설이 시작되기 직전, 루비의 소망은 남자친구(이름은 헨리라고 할게)와 집필 작업을 계속 함께하는 거야. 밤낮으로 나란히 붙어서 뭔가를 같이 만들고 구상하는, 몸과 마음이 그와 밀착된 삶이지. 매끼 식사를 같이 하고, 자타가 공인하는 단짝으로 활동하며 모든 순간을 함께하려고 해. 그게 다 훌륭한 작품을 만들기 위해서라는 게 표면적인 이유지만, 루비에게는 친밀감과 사랑을 최대한 만끽하기 위한 방법이지.

훌륭하다! 읽이 보면 그녀가 어떤 내적 갈등을 안고 있는지 감이 온다(본인은 의식하고 있는지 모르겠지만). 즉, 루비는 사랑하는 남자와 평생 깊은 관계를 누리면서도 남들처럼 관계가 단절되어 아픔을 겪을 일 없는, 그런 삶을 꿈꾼다. 그것이 바로 루비가 품고 있는 뿌리 깊은 욕구다.

주인공의 소망이 꼭 현실적으로 실현 가능해야 하는 것은 아니다. 제임스 딘과 사랑의 도피 행각을 벌이는 꿈을 남몰래 품고 있는 사람도 있지 않은가. 물론 제임스 딘은 1955년에 사고로 사망했으니 엄밀히 말하면 불가능한 일이지만, 타임머신이 등장하는 미래 소설에서라면 꼭 불가능할 것도 없지 않을까! 사실상 실현 불가능한 꿈을 꾸는 사람이야 많다는 얘기다. 운동 못하고 지독한 근시에 키 작은 남성도 프로 농구 톱스타를 꿈꿀 수 있고, 60세 여성도 올림픽 수영 대표가 되겠다는 꿈을 포기하지 않을 수 있다. 주인공의 소망이 꼭 실현 가능해야 하는 것은 아니다. 구체적이기만 하면 된다.

사변 소설, 판타지, 역사 소설 등을 쓰는 경우, 이야기의 배경이 되는 세계의 규칙을 새로 만들어서 무엇이 가능하고 불가능하며 그 이유는 무엇인지 정립해야 한다. 그때도 모든 사건에 깔려 있는 인간적 요소, 즉 감정과 심리의 차원은 변하지 않는다는 사실을 기억하면 위안이 될 것이다. 당신이 쓸 이야기는 세상을 바라보는 인간의 관점이다. 그 '인간'의 의식을 가진 자가 로봇이든, 유령이든, 외계인이든 마찬가지다.

과제

인물이 소설에 처음 등장할 때 무엇을 원하고 있는지를 한 문단으로 짤막하게 적어 보자. 인물 스스로 이루어질 가능성이 전혀 없다고 생각하는 소망이어도 괜찮다. 앞의 장에서 작성했던 주인공의 스케치에서 단서를 찾을 수 있을 것이다. 설령 주인공이 자기가 무엇을 원하는지 콕 집어서 말하지 못한다 할지라도 당신은 말할 수 있어야 한다. 최대한 구체적으로 적는다. 눈 감고 상상해 보자. 눈을 감았을 때 그 모습이 머릿속에 그려지지 않는다면 아직 안 된 것이다.

2단계: 주인공은 그걸 왜 원하는가? 어떤 의미이길래?

주인공이 외적 세계에서 원하는 게 무엇인지 정했다면, 이제 그보다 더 중요한 내적 차원을 생각해 볼 차례다. 주인공은 그걸 왜 원하는가? 바로 이 '왜'가 독자의 두뇌를 단박에 혹하게 하는 데 큰 역할을 한다. 우리는 실제 삶에서나 소설에서나,

타인의 마음속에서 이런저런 것이 어떤 의미인지 무척 궁금해한다. 사람들이 밖으로 내보이는 모습의 이면을 들여다보고 싶어 하는 것이다. 그도 그럴 것이, 사람들은 속내를 잘 드러내지 않는 게 보통이다. "남들 앞에서 힘든 티를 내지 말라"는 격언을 너무 잘 지킨다고 할까. 그 힘든 모습을 다루는 게 스토리다. 우리가 예의를 지키느라, 또 남들의 평가가 두려워서 꽁꽁 감추고 있는 속을 드러내는 게 스토리다. 예의란 게 결국 진짜 속마음을 숨기는 것 아니겠는가. 그런데 우리는 자기 속을 그렇게 꼭꼭 숨기면서 정작 남의 속은 몹시 궁금해한다는 게 아이러니다. 우리가 염탐꾼이라서가 아니라(염탐꾼인 건 맞지만), 나만 그렇게 느끼는 게 아니라는 걸 알면 무척 위안이 되기 때문이다. 더 나아가 자기 자신의 단점이라고만 여겼던 부분이 긍정적일 수도 있다는 사실을 깨닫고 해방감을 느끼기도 한다.

그러므로 독자에게 주인공이 원하는 게 뭔지 알려 주는 것만으로는 한참 부족하다. 그 소망이 과연 이루어질지 여부에 독자가 관심을 쏟게 만들려면? 그걸 이룬다는 게 주인공에게 어떤 의미인지 알아야 한다.

제니는 루비에 대해 이렇게 구상해 보았다.

루비가 원하는 건 타인과의 깊은 관계와 사랑을 부담 없이 누릴 수 있는 '프리패스'야. 그 프리패스를 얻는다는 게 루비에게 어떤 의미냐고? 골치 아프고 종잡을 수 없는 삶을 마음 편히 사는 거지. 머리를 좀 굴린다면 충분히 가능한 목표고. 상실의 아픔을 완전히 피할 수는 없겠지만, 마음을 다 내주지만 않는다면 가슴 찢어질 일도 없고 미련한 꼴이 될 일도 없다고 믿으니까. 그런 관계를 유지한다면 나중에 어떤 대가가 있더라도 남들처럼 처참한 고통은 겪지 않으리라는 심산인 거지.

꽤 훌륭하지만, 아직 뭔가가 미흡하다. 그러니까 루비는 앞에서 소망한다고 했던 헨리와의 관계를 통해 어떻게 이 '프리패스'를 얻게 되는 건지? 그게 그거라고 생각할 수도 있는데, 그렇지 않다. 구체적으로 밝혀 주어야 한다. 제니는 그 연관성을 이렇게 밝혔다.

루비는 더없이 친밀한 관계를 갈망해. 그리고 그걸 누리면서 동시에 사랑의 괴로운 부작용은 피하는 방법을 찾았다고 생각하지. 바로, 결혼을 포함해 남들이 일반적으로 맺는 진지한 관계를 피하는 거야. 루비는 지금 '안전하다'고 느껴. 적어도 자기 생각엔, 지금 헨리와 유지하고 있는 공동 작업 관계는 어느 모로 보나 성공적이야. 하지만 그런 생각은 철저한 오산이라는 게 앞으로 스토리를 통해 드러날 거야.

됐다. 이제 루비가 무엇을 원하며 왜 그걸 원하는지도 알게 되었다. 덤으로 그게 지금 이루어졌다고 스스로 생각하는 이유까지 알게 되었으니, 도움이 많이 될 것 같다.

과제

다음의 질문에 답해 보자. 당신의 주인공은 지금 원하는 것을 왜 원하는가? 그걸 이룬다는 것이 자신에게 어떤 의미인가? 그게 이루어진다면 자신이 어떤 사람임을 보여 주게 되리라고 생각하는가? 여기서 유의하자. 목표가 이루어졌을 때 세상이 주인공을 보는 시선은 주인공의 생각과 전혀 다를 수도 있다. 물론 목표 실현이 자신에게 갖는 의미조차도 생각과는 전혀 다른 경우가 허다하다. 그 점이 바로 스토리가 말하려는 요점일 수도 있다.

3단계: 잘못된 믿음이라고? 나한텐 진리처럼 느껴지는데!

이제 주인공이 원하는 것과 그게 자신에게 중요한 이유를 알게 되었으니, 그다음 질문이 있다. 그걸 왜 이루지 못하는가? 나이키의 슬로건 "Just do it"처럼 그냥 하면 안 되나? 글쎄, 우리가 건강을 챙겨야겠다고 마음만 먹으면, 자동으로 몸에 좋은 음식만 먹고, 매일 운동하고, 일찍 잠자리에 드는가? 인생이란 본래 그렇게 돌아가지 않는다. 왜냐고? 다음 장에서 자세히 살펴보겠지만, 우리에게는 인지적 무의식이라는 일종의 지하 창고가 있어서 과거 경험으로 배운 교훈을 필요할 때 바로 참고할 수 있도록 항시 대기 상태로 보관한다. 그런데 그 인지적 무의식이 자기 딴에는 잘한다고 하면서 우리를 잘못된 방향으로 이끌기 쉬운 게 문제다.

당신의 주인공이 손쉽게 목표를 이루지 못하는 까닭은 머릿속에 오래전부터 박혀 있는 잘못된 믿음 때문이다. 작법 용어로 주인공의 '치명적 결함'이라고 하는 것과 비슷한 개념인지도 모르겠다. 그런데 그 말은 혀를 끌끌 차는 듯한 느낌이 든다. "그런 엄청난 결함이 있다니 부끄러운 줄 알아야지, 이번에는 부디 교훈을 깨닫길" 하는 듯한, 부정적이고 비판적인 느낌이다. 혹은 주인공이 안고 있는 '상처'라고 부르는 경우도 들어 보았을 것이다. 그 말은 반대로 주인공을 불운한 피해자처럼 보이게 하는 문제가 있다.

우리는 판단을 접어 두고 그것을 있는 그대로 '잘못된 믿음'이라고 부르자. 주인공은 잘못된 믿음을 진심으로 옳다고 믿고 있다. 주인공이 그 잘못된 믿음을 어떻게 극복하느냐 하는 것이 바로 당신이 써 나갈 스토리의 본질이다.

미스터리나 수사물의 경우는 형사나 범인 또는 둘 다를 움직이는 동력이 바로 이 잘못된 믿음일 수 있다. 물론 연속물이라면 형사는 사건을 해결하는 것이 주된 역할일 테니 변화가 거의 없는 인물일 수도 있겠지만, 그렇다 해도 역시 과거 경험으로 얻은 교훈을 바탕으로 판단과 추측을 내리고 단서를 분석한다는 점이 중요하다. 그리고 범인은 애당초 어떤 잘못된 믿음이 행동의 동력일 수밖에 없고, 독자가 알고 싶어 하는 게 바로 그것이다. 현실에서나 소설에서나 우리는 끔찍한 범죄 이야기를 접할 때마다 가장 궁금해하는 게 '저런 짓을 왜 했을까? 무슨 생각이었을까?' 아닌가. 그게 바로 그 사람의 잘못된 믿음이다.

잘못된 믿음이란 정확히 무엇일까? 여타 믿음과 같지만, 잘못된 것이다. 당연한 말을 해서 미안한데, 잘못된 믿음도 믿음이다. 다시 말해 본인에게는 옳은 믿음과 구별이 안 된다. 여기서 아주 중요한 사실이 있다. 잘못된 믿음이 옳다고 느껴지는 이유는 주인공이 멍청해서도, 사리 분별을 못 할 만큼 큰 결함이 있어서도 아니다. 주인공의 지난 삶 속 어떤 결정적인 순간에 '실제로 옳았기' 때문이다. 물론 '일반적으로 옳은 것'과는 거리가 있다. 우리가 가진 특유의 잘못된 믿음은 어려운 상황에서 불쑥 떠올라 위기를 모면하게 해 주었던 것인 경우가 많다. 우리는 그 순간 "아하!" 하고 깨달으면서 세상의 이치처럼 '보이는' 어떤 원리를 짐작한다. 그런 다음 그 어렵게 얻은 팁을 가지고 나름의 목표를 잡는다. 험난한 고비에서는 그 잘못된 믿음이 길을 알려 주리라고 믿으며.

꿋꿋한 신념

한 예로, 〈주인공Protagonist〉이라는 제목의 탁월한 다큐멘터리가 있다. 네 남자가 각자의 이야기를 들려주는데, 저마다 특이하고 색다른 사연이지만 근본적으로는 똑같은 이야기라는 것을 관객은 곧 깨닫게 된다.

그중 가장 간단한 것은 마크 피어폰트의 이야기다. 마크는 동성애자다. 기독교 근본주의 신자들이 모여 사는 동네에서 인정 많은 이웃들의 사랑을 듬뿍 받으며 자랐다. 하지만 어릴 때부터 자신이 남들과 다르다는 걸 느꼈는데 아무리 생각해도 이유를 알 수 없었다. 그는 남들보다 세심했고 엄마와 많은 시간을 보냈으며, 엄마는 아들을 보살펴 주고 늘 아들이 겉돌지 않게 신경 써 주었다. 그러다가 열한 살인가 열두 살 무렵의 어느 날, 학교에서 한 아이가 자기에게 "하나님은 패곳을 싫어하셔!"라고 했다(패곳faggot은 남성 동성애자를 비하하여 부르는 말―옮긴이). '패곳이 뭐지?' 모르는 말이어서 평소 엄마 말대로 사전을 찾아봤다. 사전에는 그 단어의 본래 뜻만 나와 있었다. '하나님이 장작 다발을 싫어하신다고? 거 참 이상하네.' 나중에야 그 아이가 무슨 뜻으로 한 말인지 알게 되었고, 세상이 무너지는 것 같았다. 그에게 무엇보다 중요한 것은 하나님의 사랑이었다. 그 순간 이후로는 '내가 동성애자라면 하나님이 나를 싫어하실 것'이라는 잘못된 믿음이 모든 행동의 동력이 되었다. 그는 결혼하고 자녀를 두었으며, 다른 남성 동성애자들에게도 (여자와) 결혼하라고 조언해 주었다. 비록 겉으로는 완벽해 보이는 삶을 살았지만, 그가 얼마나 치열한 내적 갈등을 끊임없이 겪어야 했을지 쉽게 상상이 되고 공감이 된다.

주인공이 가진 특유의 잘못된 믿음을 알아야, 그 믿음을 극한으로 몰아 주인공의 눈을 틔워 줄 스토리를 만들 수 있다(스토리의 요점이 무엇이냐에 따라 안타깝게도 주인공이 깨달음을 얻지 못할 수도 있지만). 그러므로 작가는 그 잘못된 믿음이 무엇인지 알고 나서 글쓰기에 들어가야 한다. 물론 주인공은 그게 잘못된 믿음이라는 걸 금방 깨닫지는 못할 것이며, 하물며 그게 자기 소망의 실현을 가로막고 있다는 생각은 더더욱 쉽게 하지 못할 것이다. 그도 그럴 것이, 잘못된 믿음은 주인공 이외의 사람이 보기에도 항상 명백하게 잘못된 것은 아니다. 사회가 옳다고 장려하는 믿음이라도 극단적으로 고수할 경우 전혀 옳지 않은 것도 있을 수 있다.

한 예로 초등학교 때 배운 아주 단순하고 자명해 보이는 격언을 생각해 보자. "정직이 최선의 방책이다." 그럴듯해 보인다. 하지만 정말 그럴까? 정직이 언제나 최선의 방책일까? 그리고 정직이라는 게 정확히 뭘까? 라디오 프로그램 〈디스 아메리칸 라이프This American Life〉에서 최근에 이 같은 질문을 다루었다. 진행자 아이라 글래스가 인터뷰한 마이클이라는 남성은 부모에게서 어떤 경우에도 결코 거짓말을 해서는 안된다고 교육받았다. 그래서 누가 무엇을 물어보든 반드시 정직하게 대답해야 한다고 믿었다. 게다가 상대가 물어보지 않았어도 진실을 말해 주어야만 한다고 생각했다. 그러지 않으면 '부작위에 의한 거짓말'을 한 셈이니까.

그래서 마이클은 데이트 상대를 만나면 자신에 관해 알아야 할 정보를 모조리 솔직히 공개해서 다시 만나는 게 좋을지 상대가 잘 판단하여 결정할 수 있게 해 주었다. 결과는 안 봐도 뻔했다. 채용 면접 자리에 가면 "본인의 가장 큰 단점은 무엇입니까?"라는 단골 질문에 적나라할 만큼 상세하게 대답했다. 역시 결과는 뻔했다. 마이클은 자신의 정직함에 남들이 보이는 반응으로 미루어 볼 때 그들에게 뭔가 문제가 있는 게 분명하다고 오랫동안 생각해 왔다. "당혹스러워할 게 아니라 제 말을 잘 들어보고 '와, 그렇군요. 좋습니다. 솔직하시네요. 그 점을 높이 삽니다' 이래야 맞는다고 생각했지요."[3]

그러다가 마침내 어떤 생각이 들었다. '정직'만 내세우는 바람에 남들의 감정을 알아차리지 못했던 것 아닐까. 모든 사람이 항상 정직한 세상은 '사람들이 감정을 느끼지 못하는 세상'과 다를 바 없다는 것을 깨달았다. 생각해 보니 자기는 무조건적인 정직을 실천하다가 남의 마음을 읽는 능력을 잃어버린 상태였다. 그래서 아무와도 교감을 나눌 수 없었다. 더군다나, 무조건적으로 정직한 태도에는 자기가 옳다고 생각하는 게 당연히 옳다는 판단이 깔려 있었다. 즉, '그 바지를 입으면 뚱뚱해 보이는지 아닌지'에 대한 최종 심판자가 자신이라고 암묵적으로 간주하고 있었던 것이다.

그가 배운 교훈은 무엇일까? "타인의 머릿속은 아수라장임을 잊지 말자"이다. 그의 설명에 따르면 이런 뜻이다. "사람들이 왜 어떤 말을 하는지는 머릿속에서 발생하는 수많은 요인으로 인한 것이며, 나로서는 그 요인들이 뭔지 알 수 없다."

마이클이 보기에는 타인의 머릿속이 아수라장 같다는 것이다. 하지만 당사자들 생각은 전혀 다르다. 즉, 우리가 생각하기에 우리 머릿속은 전혀 아수라장 같지 않다. 우리는 각자 주변 만사를 철저히 주관적인 방식으로 이해하는 데 여념이 없기 때문이다. 그래서 마이클의 말처럼, 결국 관건은 사람들이 '왜' 어떤 말을 하는지 알아내는 것이다. 지금 우리가 할 일이 바로 그것이다. 주인공의 말과 행동 이면에 있는 '왜'를 알아내는 것이다. 그래야 독자의 머릿속이 아수라장이 되는 것을 막을 수 있다.

마이클의 잘못된 믿음은 바로, "정직이 최선의 방책"이라는 이 금언을 극단적으로 철저히 실천해야 한다고 생각한 것이었다.

루비의 경우는 어떨까? 어떤 잘못된 믿음 때문에 타인과 진정한 관계 맺기를 자제하게 되었을까?

제니는 앞에서 생각해 보았던 내용을 토대로 다음과 같이 구상해 보았다.

루비를 괴롭힐 주된 감정은 후회일 거야. 헨리와 최대한 깊은 관계를 맺는 것을 의도적으로 기피한 데 대한 후회. 특히 스스로 우쭐해 하면서 자기가 그 누구보다—심지어 헨리보다—똑똑하게 처신한다고 생각했다는 데 대해 자책감이 밀려올 거야. 꽤 아프겠지.

루비가 진지한 관계를 맺기 두려워한다는 건 우리가 이미 알고 있어. 클리셰가 맞지. 리사, 네가 뭐라고 할지 나도 알아. 더 깊이 파 들어가서 루비의 잘못된 믿음이 뭔지, 그래서 뭐가 두려운 건지 딱 짚어 달라고 하겠지. 으아!

자, 한번 해 볼게. 루비의 잘못된 믿음은, 사람은 다른 사람과 진정한 관계를 맺으면 '약해진다'고 생각하는 거야. 그 이유는 우선, 자신의 본모습이 손상된다는 거지(자신의 삶 속에 타인을 받아들이려면 늘 어느 정도 타협해야 하므로). 게다가 상처받기 쉬운 상태가 돼(상대가 떠나가거나 죽거나 사랑이 식지 않으리라는 보장이 없으니까). 또 힘의 불균형 상태가 초래되지(내가 상대방만 바라보고 있는 것을 이용해 상대방이 나를 힘들게 할 수 있고, 그 반대도 가능). 루비는 관계를 갈망하지만, 두려워하는 마음도 그만큼 커.

짜잔! 세니가 이세 소설의 전깃줄을 만든 것 같다. 이 전깃줄을 스토리 전체에 깔아 주면 된다. 그 전깃줄의 이름은, '깊은 관계에 대한 갈망 그리고 그 대가가 너무 크다는 두려움 간의 싸움'이다.

과제

당신의 주인공이 가진 잘못된 믿음을 정의해 보자. 주인공이 원하는 게 무엇이며, 어떤 두려움 때문에 그것을 이루지 못하는지 최대한 간단명료하게 적어 보자. 염두에 둘 질문 하나는 '주인공의 잘못된 믿음을 고려할 때 그가 우려하는 최악의 사태는 무엇인가' 하는 것이다. 머릿속에 생생히 그려 보자. 시간을 충분히 들여 여러 가능성을 탐색해 보고, '좋은 글'을 써야 한다는 걱정은 접어 두자. 글의 흠을 잡는 뇌 부위를 차단해 버린다(너무 시끄럽게 굴면 마음속에서 꽁꽁 묶어 버리든지 하자). 광맥을 찾기까지는 몇 페이지에 걸쳐 횡설수설해야 할지도 모른다. 괜찮다. 계속 파 들어가다 보면 마침내 소설을 끌고 갈 갈등 관계의 두 축을 건져 낼 수 있을 것이다.

6장

세계관
: 세상을 바라보는 주인공의 시선

과거는 절대 죽지 않는다. 심지어 지나가지도 않았다.

▶ 윌리엄 포크너

주인공의 소망과 그 실현을 가로막는 잘못된 믿음을 파악했으니, 이제 다음으로 생각해 봐야 할 질문은 '그 둘의 싸움은 어디서 벌어지는가?'이다. 외부 세계에서? 물론 아니다. 그보다 훨씬 넓은 세계에서 펼쳐진다. 마음의 준비를 하기 바란다. 이제 소설의 사령실 속으로 뛰어들 테니까. 모든 의미의 원천이자 전깃줄을 통해 항상 전기가 공급되는 그곳은 바로, 주인공의 두뇌다. 그곳은 주인공의 주관적 세계관이 장악하고 있다. 주인공은 끊임없이 과거의 사건에 비추어 현재를 해석함으로

써 미래의 목표를 추진하고자 한다. 주인공이 책의 지면에서 살아 숨 쉬려면, 주인공의 두뇌가 우리 두뇌와 똑같은 식으로 작동하지 않으면 안 된다. 그렇게 만들려면 방법은 하나, 주인공에게 나름의 특정한 세계관을 부여해야 한다. 바로 주인공 스스로 경험을 통해 힘들게 이룩한 세계관이다.

여기서부터 당신이 캐낼 것은 그저 배경 재료가 아니다. 소설의 밑그림을 만들 원료다. 이 발굴 과정에서 글로 써낼 실제 장면은 거의 항상 소설에 최종적으로 들어가게 된다. 앞으로 갔다가 뒤로 갔다가 하는 작업 방식이 언뜻 이상해 보일 수도 있다. 그도 그럴 것이, 소설을 읽다 보면 전개가 워낙 매끄럽게 이어져서 마치 작가가 첫 페이지부터 마지막 페이지까지 일사천리로 써 내려간 것처럼 보이는 착시 현상이 일어나기 쉽다. 그러나 스토리란 순차적으로 만들어지지 않는다. 한 유명 소설가는 내게 이렇게 한탄하기도 했다. "독자들은 제가 타이핑 속도만 늘리면 책을 더 많이 낼 수 있다고 생각하는 것 같아요." 비록 소설을 읽는 행위는 순차적이지만, 쓰는 행위는 그렇지 않다.

따라서 이 장에서는 소설의 사령실을 구축하기 위해, 먼저 세계관이란 무엇이며 시점이란 무엇인지 정의한다(흔히 생각하는 의미와는 차이가 있다). 그런 다음 우리의 세계관은 뇌의 원리상 어디에서 비롯되며 어떻게 발전해 나가는지 살펴본다. 또,

우리가 모든 것을 주관적으로 분석할 수밖에 없는 이유도 알아본다. 마지막으로, 주인공 머릿속의 필터를 실제로 만들어 나가면서 그 과정에서 외적 플롯에 들어갈 만한 요소를 생성해보자.

세계관이란 무엇인가

레이먼드 카버는 단편 소설집《사랑을 말할 때 우리가 이야기하는 것》에서 사랑이란 과연 무엇인지 물었다. 사랑처럼 누구나 흔히 말하는 것도 한마디로 정의하기는 무척 힘들다는 이야기인데, 세계관도 마찬가지다. 특히 글쓰기 분야에서는 더욱 그렇다. 이참에 확실히 정의해 보자. 그전에 먼저 우리의 발목을 잡는 흔한 오해 세 가지를 바로잡고 가야겠다.

오해1: 세계관은 세계 전체의 모습이다

당신이 창조할 세계 전체를 한눈에 내려다본 모습이 곧 세계관이라고 오해하기 쉽다. 그렇지 않다. 우리가 잡아 나갈 것은 '주인공의 세계관'이며, 그것도 어디까지나 주인공이 겪게 될 내적 변화와 관련된 범위에 한해서다. 즉, 주인공의 세계관을 통째로 가리키는 것도 아니다. 주인공은 가령 정치나 종교 문제, 또는 체크무늬와 물방울무늬가 섞인 패션이 과연 적절한

가를 놓고 확고한 의견이 있을지도 모른다. 하지만 현재 스토리와 관련이 없는 부분이라면 당신도 독자도 굳이 알 필요가 없다.

당신이 찾아내야 할 이 매우 특정한 세계관은 주인공이 소설 속 모든 것을 보고 판단하는 데 사용할 '렌즈'다. 스토리와 관련된, 주인공의 주관적 시점이다. 시점 이야기가 나왔으니 우리가 타파해야 할 두 번째 오해로 넘어가 보자.

오해2: 시점은 기법상의 차이일 뿐이다

작법 이론에서는 '시점'을 서술 방식으로만 취급하는 경향이 있다. 즉, 글을 1인칭 시점으로 쓰느냐("나는 말했다"), 2인칭 시점("너는 말했다") 또는 3인칭 시점으로 쓰느냐("그는 말했다") 같은 아주 협소하고 기계적인 정의로만 이야기할 때가 많다. 누군가의 시점을 '전달'하는 기법상의 차이에만 주목할 뿐, 그 시점을 어떻게 구상하여 어떻게 지면에 구현해야 하는지에 대해서는 일언반구도 없다. 형식만 따지고 내용을 논하지 않는 셈이다. 말하자면 좋은 와인을 논할 때 와인을 맥주잔, 물잔, 플라스틱잔 등 어디에 따라 마시는 것이 좋은지만 따지는 것과 같다. 반면 이 책에서 주인공의 '시점'이라고 하면 "나는 말했다"로 적느냐 "그는 말했다"로 적느냐가 아니라 주인공이 자신이 속한 세상을 어떤 식으로 판단하느냐 하는 것을 가리킨다.

다행인 점이라면 주인공의 시점, 즉 세계관은 글을 1인칭 시점으로 쓰든 2인칭 시점으로 쓰든 3인칭 시점으로 쓰든 변함이 없다는 것이다. 그러나 주인공의 세계관이 정확히 무엇이며 어디서 기원했는지, 또 스토리와 어떻게 맞물리는지의 문제를 시간을 들여 고민해야 한다는 말을 작가들에게 해 주는 사람이 거의 없다. 그래서 작가들은 흡사 카메라를 방불케 하는 주인공의 눈을 통해 모든 것을 객관적으로 기술하는 경향이 있다. 바로 우리가 타파해야 할 세 번째 오해다.

오해3: 주인공은 카메라다

일전에 아주 재능이 뛰어난 젊은 작가와 작업한 적이 있다. 작가는 이후에 데뷔 소설의 선인세를 백만 달러 이상 받기도 했다. 그런데 그가 내게 찾아 왔을 때는 큰 문제를 하나 안고 있었다. 자기도 모르게 주인공의 시점을 마치 카메라 렌즈처럼 간주하는 우를 범하고 있었던 것이다. 그 렌즈는 주변에 일어나는 일들을 주인공 본인에게 미치는 영향과 무관하게 수동적으로 기록할 뿐이었다. 주인공은 유능하면서 상당히 눈치가 빨랐다. 주변 사람들의 문젯거리를 줄줄 읊었지만, 자기와 직접 관계되는 일은 아무것도 없었기에 독자가 주목할 이유도 없었다. 그러니 독자는 긴박감을 느낄 것도 없고, 궁금해할 것도 없고, 가슴 졸일 것도 없었다. 비록 문장은 뛰어났으나, 소설은 막연하고 추상적이고 무료한 느낌으로 늘어지고 있었다. 그 한 가지 문제를 바로잡자 성공의 길이 열렸다. 작가는 주인공의 내적 투쟁이 무엇인지 짚어 냄으로써, 실제로 중요하고 시급한 일들에 주목하는 쪽으로 플롯을 짤 수 있었다. 늘어지던 소설이 흥미진진해지기 시작했다.

잊지 말자, 주인공이 세상을 보는 렌즈는 결코 중립적이지 않다. 그 렌즈는 항상 '믿음'이라는 내밀한 정보에 비추어 눈앞의 모든 것과 그에 따른 자신의 행동을 해석한다. 놀라운 사실은 그다음이다. 그 믿음은 하나하나가 다 주관적인데, 그 이유는 주인공이 자기 세상에 함몰되어 '실제 세상'을 보지 못해서가 아니라, 실제 세상이란 존재하지 않기 때문이다. 적어도 우리가 교육받아 알고 있는 의미의 실제 세상은 존재하지 않는다.

나만의 암호 해독기

우리는 일반적이고 객관적인 현실이라는 게 존재한다고 배웠다. 각자가 가진 경험은 달라도 기본적으로 똑같은 세상을 본다는 것이다. (정신적으로 정말 큰 문제가 있는 사람은 예외지만, 그런 사람은 치료를 잘 받아서 우리가 있는 실제 현실로 빨리 돌아오길 빌어 주곤 한다.) 그런데 그게 그렇지가 않다.

우리 뇌가 우리에게 보이는 세상을 만들어 내는 원리는 이렇다. 우리는 태어난 순간부터 매일같이 주변 환경과 상호 작용한다. 그때마다 우리 뇌는 유용한 정보를 허겁지겁 빨아들이며 세상의 이치를 짐작한다. 여기서 통념을 뒤집는 사실은, 우리가 학습하는 게 '객관적' 진리가 아니라는 것이다. 다시 말해, 누구나 사물의 의미를 똑같이 해석하지 않는다. 모든 학습은 개인의 경험에 비추어 주관적으로 이루어지므로, 똑같은 객관적 사물도 사람마다 다르게 해석한다. 요컨대, 의미란 것은 항상 주관적이다. 그래서 우리가 겉으로 사물의 의미를 똑같이 생각하는 것처럼 보일 때도, 그 이유는 서로 전혀 다른 경우가 많다. (아니면 누구 한 사람이 자신의 진짜 생각을 밝히길 꺼려서일 수도.)

집, 구름, 사랑, 배우자가 우리 생일을 또 잊었다는 사실…… 등 모든 것에 우리가 의미를 부여하는 기준은 단 하나, 우리의 개인적 경험이다. 우리는 경험을 통해 그런 것들이 무엇을 나타내며 또 어떤 식으로 돌아가는지 배운다.

인지과학자 벤저민 K. 버건이 《말보다 생생한Louder Than Words》이라는 흥미로운 저서에서 지적하듯, 우리 각자 사물에 다른 의미를 부여하는 이유는 누구나 주관적으로 인식한 바를 가지고 의미를 구성하기 때문이다. 그에 따르면, "우리는 저마다 경험도 다르고 기대와 관심도 다르기에, 우리 귀에 들리는 말들의 '의미를 창조해'(강조 표시는 내가 넣은 것이다) 각자만의 특이한 색깔로 칠한다."[1]

그런데 그게 과연 무슨 뜻일까? 버건이 권하는 연습을 한 번 해 보자. 내가 두 단어를 제시하면 바로 눈을 감고, 가장 먼저 떠오르는 모습을 머릿속에 뚜렷이 그려 보자. 낮인지 밤인지? 실내인지 실외인지?

자, 그럼 두 단어를 제시하겠다. '짖는 개'.

글쓰기 수업 시간에 이 연습을 해 보니 아래와 같이 다양한 답들이 나왔다.

- 여섯 살 때 체크무늬 민소매 원피스를 입고 학교 갔다 집에 오는 길에 커다란 핏불이 누런 송곳니를 드러내고 제게 달려들던 모습이 떠올랐어요.

- 옛날에 키우던 프레드라는 이름의 바셋하운드가 제가 퇴근하고 집에 올 때마다 목청이 떠나가라 짖으며 좋아서 어설픈 춤을 추던 모습이 떠올랐어요. 아, 그 개가 너무 그립네요.

- 이웃집에서 키우는 잭 러셀 테리어가 밤새 쉬지 않고 짖는 모습이 떠올랐어요. 저는 불면증에 시달리고, 일은 밀려 있고, 아내와는 걸핏하면 싸우고……. 이런, 제가 별소리를 다 하네요!

사람마다 떠올리는 심상이 다 다르다는 데 주목하자. 무섭게 위협적으로 짖는 저먼 셰퍼드를 떠올리는 사람이 있는가 하면, 실크 방석에 우아하게 앉아 있는 포메라니안을 떠올리는 사람도 있고, 현관문을 열고 들어서면 꼬리를 흔들고 기쁘게 짖으며 우리를 맞이하는 덕에 인생을 살 만하게 만들어 주는 믹스견을 떠올리는 사람도 있다.

떠오르는 심상만 다른 게 아니다. 그 심상이 불러오는 느낌, 우리에게 일으키는 반응, 우리 삶에 미친 영향이 모두 다르다. 우리의 믿음 체계에 미친 영향은 말할 것도 없다. 어렸을 때 개에게 공격을 받았던 사람이라면 그 후로 개를 절대 가까이 하지 않고 개 키우는 사람들까지 피하고 있을지 모른다. 또는 황금빛 들판을 슬로모션으로 뛰어오는 추억의 TV 드라마 속 '명견 래시'의 모습을 떠올린 사람이라면, 지금 코끝이 왠지 찡해지면서 전 재산을 동물보호단체에 기증하는 것으로 유언장을 수정하고 싶어질지도 모른다.

한편 '짖는 개'라는 두 단어를 들었을 때 아무도 절대 떠올리지 않는 것이 있다면 바로, "늑대와 근연 관계에 있는 가축화된 포유류로서 매우 다양한 품종이 있는 동물(학명 Canis familiaris)"일 것이다. 개의 사전적 정의, 즉 '객관적'이라고 하는 일반적 사실이다. 요컨대, 우리는 어떤 것을 떠올리거나 어떤 행동을 할 때도 절대 '일반적으로' 하지 않는다. 사실 생각해 보면 불가능한 얘기다. 예를 들어, 일반적으로 학교에 다녀 보았는가? 일반적으로 시장에 가거나, 일반적으로 사랑에 빠져 보았는가? 우리는 매 순간 모든 것을 '구체적으로' 한다.

어쨌든 '짖는 개'라고 하면 그래도 개를 상상하지, 다른 동물을 상상하지는 않는다. 하지만 '고문실'이나 '장미꽃 길'처럼 좀 개념적인 단어로 가면 일반적 개념과 구체적 대상의 괴리가 더 커진다. 그래도 비록 마구잡이일망정 뭔가 구체적인 모습이 떠오르긴 한다.

사랑, 의리, 미움, 신뢰처럼 완전히 추상적인 단어로 가면 더더욱 모호해진다. 그야말로 철저히 개념적인 영역이기 때문이다. 그런 단어를 들으면 사람마다 의미를 다르게 해석하고 다른 심상, 다른 행동 원칙, 다른 믿음, 다른 결론을 떠올릴 것이다. 그런 개념들을 테마로 제시해 보라고 작가들에게 요구하는 사람도 많지만, 그건 다 일반적 범주일 뿐이다. 무엇이든 채워 넣을 수 있는 '빈칸'에 불과하다. 그것만으로는 "좋은 얘기네, 그래서 하려는 말이 뭔데?"라는 반응만 부를 뿐이다. 내가 늘 하는 말이지만, 스토리는 구체적 사실 속에 있다. 그리고 구체적 사실의 원천은 항상, 결국 주인공이다. 중요한 건 의리의 일반적인 의미가 아니다. 그것이 주인공에게 어떤 의미인가? 주인공은 무엇에 대해 의리를 지키는가? 왜? 그러려면 치러야 할 대가는 무엇인가? 그런 것들을 알아내기 위해선 먼저 생각해 볼 게 있다. '구체적'이란 게 과연 무엇인가?

얼마나 구체적이어야 구체적인 건가?

앞 장에서 당신이 이런저런 '왜'를 꽤 구체적으로 잡아냈던 것 기억하는가? 물론 당신은 주어진 과제를 잘 수행했지만, 그 답변들은 아직 너무 일반적일 수밖에 없다. 거기서 한참 더 들어가야 한다. 그래도 그것으로 소기의 목적을 다 한 것이니 괜찮다. 어디를 파야 할지 분명히 나타나 있으니, 스토리의 땔감이 될 구체적 내용을 거기서 캐내면 된다. 그런데 구체적이라는 게 정확히 뭘까?

'구체적'이라는 것은 '실제 있었던 일 그대로'를 뜻한다. 요약이나 개괄이 아니라 사건이 펼쳐지는 매 순간의 모습 그 자체를 가리킨다. 그런데 모조품을 그럴듯하게 만들어 놓고 구체적으로 내용을 잡아 놓았다고 오해하기 아주 쉬운 게 문제다. 다이아몬드 같은 큐빅, 금 같은 황철석, 피카소 진품 같은 위작이 그렇듯, 모조품을 진짜로 착각하기가 어찌나 쉬운지 당혹스러울 정도다. 특히 지금처럼 백지상태에서 막 시작한 경우, 주인공에 관해 조금이라도 구상해 놓으면 다 구체적으로 느껴진다. 아무것도 없는 상태보다야 훨씬 구체적이니 그럴 수밖에 없다.

한 예로, 일전에 완다라는 주인공이 등장하는 소설을 쓰는 작가와 함께 작업한 적이 있다. 완다는 일류 청부 살인 업자인

데 이제 일에서 손을 떼려고 한다는 설정이었다.

꽤 구체적인 것 같지 않은가?

내가 작가에게 말했다. "와, 재미있는 설정이네요. 애초에 그녀가 청부 실인 업자가 되고 싶었던 이유는 뭐예요?" 작가는 나를 쳐다보며 눈을 깜박거리더니 깊은 숨을 들이마셨다. 그러고는 아주 오랫동안 말이 없었다. 딱히 생각해 본 적이 없는 게 분명했다. 마침내 그가 입을 열었다. "아마, 유기 불안이 있는 게 아닐까요?" 틀린 말은 아니었다. 유기 불안 없는 사람이 어디 있겠는가. 없다고 하는 사람은 스스로 자각하지 못하고 있을 뿐이다.

작가가 우선 생각해 봐야 할 질문은, '완다는 구체적으로 왜 유기 불안을 갖게 되었느냐' 하는 것이었다. 그녀의 유기 불안을 촉발한 사건을 알고 나면 그녀가 생각하는 유기란 무엇인지, 또 그게 어떻게 살인을 업으로 삼는 계기가 되었는지가 상당히 구체적으로 드러날 테니까.

예를 들어 보자. 완다의 부모님은 아마도 딸을 애지중지하고 애정 표현을 아끼지 않았을 것이다. 완다가 중학교 1학년 때 학교 연극에서 주연을 맡았고 아빠가 꼭 와서 보겠다고 약속했다. 그런데 오는 길에 타이어가 펑크 나는 바람에 10분 늦게 도착했다. 완다가 무대에 올라 객석을 봤을 땐, 아빠를 위해 맡아 놓은 자리가 비어 있었다. 완다는 가슴이 무너졌고, 그 후로 아무도 믿지 못하게 되었다. 그렇다면 우리는 완다가 어떤 사람인지, 또 얼마나 사람을 쉽게 불신하는지 어느 정도 알 수 있다.

아니면 이건 어떤가. 완다는 요즘 엄마 아빠가 표정이 어둡고 어딘가에 정신이 팔려 있는 것 같아 걱정스럽다. 학교에서 올A를 받은 성적표를 엄마 아빠에게 보여 주면 만사가 풀리리라고 생각하며 집으로 간다. 그런데 골목에 접어들자 집이 처참히 부서져 있고, 엄마 아빠는 보이지 않고, 이웃들은 완다의 눈을 피한다. 복지 기관 공무원들이 완다를 데리고 간다. 그런 경우라면 완다는 전혀 다른 사람이 된다. 유기 불안의 성격이 앞서와는 확연히 다르다.

자, 그런데 여기서 완다의 작가도 놀랐고 당신도 놀랄 만한 사실이 있다. 위의 두 시나리오는 유용하지만 여전히 너무 일반적이라는 것이다. 물론 둘 다 완다의 '유기 불안'을 촉발한 구체적 사건을 명확히 짚고 있지만, 그래 봤자 외적인 사건의 기술에 불과하다. 완다가 내적으로 어떤 영향을 받았는지는 알 수가 없다. 그전까지는 어떤 믿음을 갖고 있었는지, 왜 그런 믿음이 있었는지, 그 사건으로 인해 그 믿음이 어떻게 바뀌었는지, 전혀 알 수 없다. 다시 말해, 그 순간에 완다가 인간의 본성에 대해 무슨 결론을 내렸기에 그 후로 지금까지 같은 믿음을 간직하게 되었는지 알 길이 없다. 완다가 변화했음을 밝히는 것만으로는 부족하다. 구체적으로 어떤 상태에서 어떤 상태로 내적 변화를 일으켰는지 밝혀 주어야 한다.

앞에서 주인공의 시점은 카메라 렌즈가 아니라고 했듯이, 어떤 장면을 글로 쓸 때는 영상을 보면서 영상의 내용을 말해 주듯 써서는 안 된다. 사건 한가운데에 있는 주인공의 머릿속 으로 독자를 들여보내 주어야 한다. 여기서 중요한 점이 있다. 독자가 주인공의 시점으로 사건을 본다는 것은 사건을 바라보 는 주인공의 생각을 독자에게 들려준다는 뜻이다. 그것도 대략 적인 생각이 아니라, 이게 지금 무슨 상황이고 도대체 어떻게 해야 할지를 고민하는, 구체적인 생각이어야 한다. 소설의 모 든 문단에 주인공의 그런 생각이 녹아 있어야 한다.

스토리의 중심을 파고들자: 기원 장면the origin scene

당신은 주인공의 잘못된 믿음을 이미 명확히 잡아 놓았으 니, 주인공이 왜 그런 잘못된 믿음을 갖게 됐는지도 대략적으 로는 알고 있을 것이다. 아마 그 기원이 된 장면이라든지 사건 또는 트라우마 같은 것을 생각해 놓았을 것이다. 예컨대 제니 가 구상하고 있는 장면은, 주인공과 가까운 사람이 세상을 떠 나면서 주인공이 고통을 감수하면서까지 사랑할 필요가 없다 는 믿음을 갖게 된다는 내용이다. 처음 제니가 주목했던 어렴 풋한 아이디어가 상실의 아픔과 관련된 것이었음을 생각하면 매우 적절한 선택이다.

제니는 다음과 같이 구상해 보았다.

자, 누구를 떠나보내는 것으로 할 것인가. 엄마나 아빠는 너무 디즈니스러워서 피하고 싶어. 언니나 친구는 글쎄, 내가 원하는 느낌이 아닌 것 같아. 이유는 나도 설명을 못 하겠네. 남자친구? 아니야, 그건 너무 빤해. 그러면 나이가 루비보다는 많고, 루비의 애정과 신뢰를 받는 사람이면 어떨까. 선생님 비슷하게 말이지. 아 맞다! 절친의 엄마나 아빠가 좋겠어. 루비가 자기 부모보다 더 친하다시피 지내고, 그 친구에 대해 질투심이 들 만큼 좋은 부모. 괜찮은 것 같아. 나도 그런 기분을 느꼈던 기억이 나. 내가 보기에 완벽한 가족을 둔 친구가 있었는데, 내가 그 가족들에게 좀 집착했어. 그때 우리 엄마 아빠는 사이가 나빠서 이혼 절차를 밟고 있었거든. 그리고 절친의 아빠가 루비에게 뭔가 해 주겠다고 약속하고는 바로 죽는 건 어떨까. 이를테면 루비가 쓴 글을 읽어 주겠다고 하고 말이지.

그래, 알아. 구체적인 장면을 말해 달라고 할 거지? 좋아 해 볼게. 그래서 절친의 아빠가 죽는데, 루비가 보기에는 이상할 만큼 절친(이름은 '베스'라고 하겠음)과 그 가족들이 입은 타격이 너무나 커. 루비는 모든 게 예전처럼 돌아가기를 바라고, 주말에 열리는 축구 시합이 좋은 계기가 되리라 생각해. 베스와 자기가 같은 팀이거든. 그런데 막상 보니 그보다 더 잔인한 일이 없는 거야. 베스의 가장 열렬한 팬이었던 베스의 아빠가 그 자리에 없으니까. 베스는 슬픔을 가누지 못해. 루비는 그렇게 완벽하던 가족도, 넘치던 사랑이 사라지니 어떤 대가를 치르는지 똑똑히 확인하지.

좋은 출발이다. 바로 이런 식으로 구체적인 순간을 구상하면 된다. 그렇지만 아직 장면 자체를 쓴 것은 아님에 유의하자. 현재로선 대략적인 스케치에 불과하고, 곧 이 내용을 확장해 소설의 한 장면을 본격적으로 쓰게 될 것이다. 제니의 스케치가 힘이 있는 이유는 루비의 예상이 완전히 깨지기 때문이다. 루비는 친구네 가족처럼 사랑이 넘치는 가족을 갈망했다. 그런데 친구의 아빠가 죽자, 가족에게 남은 텅 빈 자리가 너무 크다는 것을 알게 된다. 그 구멍은 쉽게 채워지지 않고, 친구 가족은 이전과는 완전히 다른 모습이다. 루비로서는 그렇게 다정한 사랑도 처음 보았지만, 그 사랑이 남긴 극심한 고통도 처음 보는 것이었다. 그때 루비는 사랑에 아주 값비싼 대가가 따른다는 것을 깨닫는다. 그리고 사랑은 그 대가를 감수할 만한 가치가 없다는 교훈을 새긴다. 이런 장면이라면 루비의 세계관을 확실히 바꿀 만하다. 그 깨달음은 하루 이틀이 아니라 앞으로 오랫동안 남아, 루비가 세상을 바라보는 렌즈가 될 것이다.

변화에는 항상 이전과 이후가 있다

다음으로 할 일은 이 운명적 전환점을 본격적인 장면으로 그려내는 것이다. 무슨 일이 일어났는지도 알 수 있고, 주인공이 사태를 정확히 어떻게 해석했는지도 알 수 있는 장면이다. 그 내용은 엄청난 사건일 수도 있다. 완다가 처참히 부서진 집을 발견한 것이 그 예다. 아니면 사소하고 평범해 보이는 사건일 수도 있다. 완다의 아빠가 학교 연극에 10분 늦게 도착한 것이 그 예다. 중요한 건 그 순간이 외양상 얼마나 극적이냐가 아니라, 주인공이 내적으로 어떻게 반응했느냐 하는 것이다. 당신의 주 임무는 장면이 진행되는 동안 주인공의 관점이 어떻게 바뀌는 지 추적하는 것이다. 주인공은 장면이 시작될 때 A라는 믿음을 갖고 있다가, 장면이 끝날 때는 전혀 다른 B라는 믿음을 갖게 된다. 새로 생긴 잘못된 믿음이 이전의 믿음을 어떻게 몰아내 는지 독자에게 보여 주어야 한다.

그런데 여기서 혹시 이런 생각이 들지 않는가. '가만있자, 그 말은 내가 주인공에 대해 아는 게 좀 있어야 이 장면을 쓸 수 있다는 거 아닌가? 원래 갖고 있던 믿음이 뭔지를 알아야 하는 거 아닌가?' 옳은 말씀이다. 설령 여섯 살짜리 주인공이 라 해도 세계관은 있다. 게다가 본인은 그 세계관을 의심해 본 적도 없다(어른들도 거의 그렇지만). 의심할 이유가 뭐가 있겠나, 자기가 보기엔 '세상은 원래 그런 것'인데. 그러니 앞으로 매우 놀랄 만도 하다. 요컨대, 주인공의 세계관이 바뀌려면 애초에 어떤 세계관이 정립되어 있어야 하지 않을까?

그렇다. 이렇게 과거의 결정적 순간을 만들어 낼 때도, 더 과거로 거슬러 올라가 구체적 정보 몇 가지를 수집해야 한다. 그래야 판을 깔 수 있다. 어떻게? 장면을 쓰기 전에 다음의 네 가지 질문에 답해 보자. 앞으로 어떤 장면을 쓰거나 구상할 때도 늘 생각해 봐야 하는 질문들이다.

- 장면이 시작될 때 주인공이 가진 믿음은?
- 그렇게 믿는 이유는?
- 이 장면에서 주인공의 목표는?
- 주인공이 이 장면에서 일어나리라 예상하는 일은?

하나씩 간단히 살펴보자.

장면이 시작될 때 주인공이 가진 믿음은?

당신은 소설 전반에 걸쳐 주인공이 씨름할 잘못된 믿음이 무엇인지 이미 정해 놓았다. 그렇다면 그 믿음은 기존의 어떤 믿음을 몰아내고 뿌리내렸을까? 주인공이 '중립' 상태에서 새 믿음으로 옮겨간 것이 아님에 유의하자. 이미 자기가 가진 믿음이 있고, 장면이 진행되는 내내 그 믿음을 고수하려고 무척 애를 쓸 것이다. 루비의 경우 그 믿음은, 사랑이 넘치는 가족은 세상에 분명히 존재할 뿐 아니라 그런 가족의 울타리가 있어야 무탈하게 살아갈 수 있다는 것이다.

그렇게 믿는 이유는?

주인공에게 기존의 믿음을 심어 준 경험은 구체적으로 무엇인가? 주인공 자신도 아마 생각해 본 적 없을 테니, 당신이 탐정 역할을 해야 한다. 주인공의 과거를 파고들어 그 믿음이 옳음을 보여 주는 하나의 순간을 뽑아 보자. 다행인 점은, 선택할 수 있는 후보가 아마 많겠지만 그중에서 하나만 고르면 된다는 것이다. 예를 들어 주인공의 기존 믿음이 '부모님은 내가 힘들 때 늘 보살펴 준다'라면, 그 사실을 잘 보여 준 순간으로는 주인공이 아팠을 때 아빠가 출근하지 않고 집에서 닭고기 수프를 끓여 주면서 온종일 책을 읽어 주었던 때를 들 수 있을 것이다. 잘못된 믿음이 뒤통수를 때릴 때 주인공이 '아냐, 그럴 리 없어, 왜냐하면……' 하면서 곧바로 떠올릴 구체적 기억이 무엇일지 생각해 보자.

이 장면에서 주인공의 목표는?

이 장면이 시작될 때 주인공은 장면의 끝쯤에서 어떤 목표를 이루고자 하는가? 당신이 쓸 모든 장면에서 주인공은 어떤 목표가 있다는 사실을 잊지 말자. 글쓰기 관습이 그런 것이 아니라, 삶이 그렇다. 목표가 없으면 정체 상태에 빠지기 마련이다. 아니, 정체 상태조차도 목표가 있다. 언제까지나 상황을 지금과 똑같이 유지한다는 목표다. 사실 그것도 힘든 일 아닌가.

주인공이 이 장면에서 원하는 결과가 무엇인지, 대략적으로가 아니라 구체적으로 생각해 보자. 그러려면 이 장면의 구체적 내용을 더 확정해야 한다.

　루비가 원하는 것은 무엇일까? 루비는 비록 큰 상실을 겪었다 해도 삶이 꼭 바뀔 필요는 없다는 것을 확인하고 싶어 한다. 다시 말해 모든 것이 예전처럼 돌아가리라는, 세상 누구도 이룰 수 없는 소망을 품고 있다.

주인공이 이 장면에서 일어나리라 예상하는 일은?

　인간은 '어떻게 되면 좋겠다'는 소망과는 별개로, '어떻게 될 것 같다'는 예상을 뚜렷이 품고 모든 상황에 임한다. 그러지 않는다면 눈앞에 일어난 일의 의미를 어떻게 가늠하겠는가? 소설의 장면 속에서 이 점은 갈등과 긴장의 원천일 때가 많다. 예상과 실제의 부조화를 받아들이려고 애쓰면서도 힘든 기색을 남에게 들키지 않으려고 하는 주인공의 모습을 흔히 볼 수 있다. 그래서 장면 내에서 주인공이 무슨 예상을 품고 있는지를 당신이 알아야 하는 것은 물론, 독자에게도 뚜렷이 전달하지 않으면 안 된다. 독자가 주인공의 머릿속 예상을 모르면, 예상이 들어맞았는지 빗나갔는지 어떻게 알겠는가? 십중팔구 예상이 완전히 뒤집어지겠지만 그 여부를 알 길이 없다.

　그런데 여기서 흥미로운 점이 하나 있다. '예상이 뒤집어진다'고 했는데, 그게 원하던 외양상의 결과를 꼭 얻지 못한다는 말은 아니다. 원하던 결과를 얻었지만 자기가 생각했던 것과 정반대 이유로 그렇게 되었음을 깨달으면서 거기서 잘못된 믿음이 비롯될 수도 있다. 결국 '내적' 예상이 깨진 것이니 아주 좋은 일이다. 중요한 건 내적 차원이니까. 예를 들어, 회사에서 몇 년 동안 헌신적으로 일했으니 이번에 승진할 것이 확실하다고 예상하며 두근거리는 마음으로 상사의 호출에 사무실로 갔다고 하자. 아니나 다를까, 승진이 맞다. 그런데 나중에 알고 보니 승진한 이유가, 상사가 당신이 새 임무를 제대로 못할 거라고 확신하고, 그렇게 되면 자기 아들을 그 자리에 앉히려고 머리를 쓴 것이었다. 주인공의 예상이 외적으로는 맞았지만 내적으로는 빗나간 셈이다.

독자에게 이런 것을 어떻게 다 알릴 수 있을까? 우선 독자를 주인공 머릿속으로 들여보내 주어야 한다. 주인공은 자신의 바람과 예상을 저울질하면서 어떻게 하면 자기에게 조금이라도 더 유리한 결과가 될까 궁리 중일지도 모른다. 혹은 속으로 결과를 확신하는 상황이라면(아마 과신이겠지만), 앞일을 이미 기정사실처럼 머릿속에 그리고 있을지도 모른다. 그러면 독자는 더 감정 이입하곤 한다. 알 만큼 아는 독자들인지라, 주인공의 예상이 박살날 게 뻔해 보이기 때문이다.

루비의 예상도 산산이 깨질 운명이다. 아래는 제니가 내놓은 답이다.

루비는 베스 아빠의 죽음이 그리 큰 타격을 남기지는 않으리라 예상한다. 자기 가족과 달리 그 가족은 사랑이 넘치니, 다들 사랑의 힘으로 상실을 극복하고 일상으로 돌아갈 수 있으리라 생각한다.

그런데……!

과제

각 질문에 대한 제니의 답을 읽으면서 당신의 주인공은 무슨 생각을 품고 '기원 장면'에 등장해야 할지 생각해 보았으리라 믿는다. 시간을 잠깐 들여(잠깐으로 부족하다면 더 여유를 갖고) 위의 네 질문에 대한 답을 메모하듯 적어 보자. 앞으로 어떤 장면을 쓰든 필요한 사전 작업이므로 유익한 연습이 될 것이다.

장면 쓰기

이제 주인공의 예상이 보기 좋게 빗나가고 세계관이 비뚤어질 장면을 실제로 써 볼 차례다. 주인공은 이 일을 겪고 나서 마음이 멍들고 상처받을 수도 있고, 의기양양할 수도 있고, 큰 탈을 면했다고 생각할 수도 있다. 어쨌거나 자기 입장에서는 앞으로 세상을 살아가는 데 도움이 될 중요한 교훈을 깨우친 것이다.

이 '기원 장면'은 하나의 사건을 시간 순서대로 서술한다. 구체적이어야 하며, 시간, 장소, 맥락이 정해져야 한다. 외적인 사건만을 서술해선 안 되고, 주인공이 머릿속으로 사건과 대화에 반응하면서 무슨 생각을 하는지 독자에게 알려 주어야 한다. 독자를 스토리의 사령실에 앉혀 주자. 주인공의 머릿속 생각과 입으로 나오는 말은 서로 다를 때가 많은데, 그게 포인트다.

주인공의 머릿속 생각 이야기가 나왔으니 말인데, 작가들이 가끔 저지르는 실수가 있다. 기원 장면이 주인공의 어린 시절을 배경으로 할 때가 많다 보니 나타나는 현상인데, '아이의 생각'을 지나치게 단순하고 피상적이며 뻔하게 그리는 것이다. 전혀 그렇지 않다. 아이들 생각이 어른들 생각보다 더 고도화되어 있을 수 있다. 사회적 관습이나 완곡어법의 제약을 받지 않고 세상사에 질리지 않은 덕분이다. 아이들은 모든 것이 새롭고 낯설기에 전부 눈에 담고 궁금해한다. 아이들 생각은 더 원초적이기에, 어른들 생각보다 훨씬 정직할 때가 많다. 사고의 깊이도 어른보다 깊지는 않을지언정 어른 못지않다. 문학사의 최고 명작들 몇 권만 예로 들어도 그 점은 분명해진다. 하퍼 리의 《앵무새 죽이기》에서 화자 스카웃은 여섯 살이다. 에마 도너휴의 《룸》에서 화자 잭은 다섯 살이다. 조너선 사프란 포어의 《엄청나게 시끄럽고 믿을 수 없게 가까운》에서 화자 오스카는 개중 나이가 많은 아홉 살이다. 요컨대, 주저하지 말고 깊숙이 파고들자. 어린 주인공이 위기 속에서 상황을 예리하게 통찰하는 모습을 그려 보자.

깊숙이 파고드는 데 대해서도 한 가지 조언을 하면, 이 장면을 1인칭으로 쓰는 것을 권한다. 눈앞에 닥친 사건을 주인공의 시점에서 경험하는 최선의 방법이기 때문이다. 설령 소설 자체를 3인칭으로 쓸 계획이라 해도, 이 배경 스토리backstory 장면은 모두 1인칭으로 쓰는 것을 권하고 싶다. 주인공의 배경 스토리든, 보조인물의 배경 스토리든 마찬가지다. 나중에 소설의 첫 장면을 쓸 때 3인칭으로 되돌아가면 된다.

마지막으로, 주인공 외에 다른 인물들도 등장할 테니 잠시 시간을 들여 사람마다 가진 동기가 무엇일지 생각해 보자. 만인의 일거수일투족에 깔린 '왜?'를 고민하는 작업은 언제 시작해도 너무 이르지 않다. 법정에 선 변호사들이 항상 답을 다 알고 질문하는 것처럼, 당신도 다음 질문의 답을 알고 나서 인물들에게 행동을 요구해야 한다. "그 사람은 왜 그랬을까? 자기에게 어떻게 유리해지리라는 생각이었을까?"

원하는 장면을 만족스럽게 그려 내려면 초고를 몇 번은 써야 할 것이다. 나중에 알아보겠지만, 장면을 구상하고 밑그림 화하고 쓰는 작업은 여러 층에 걸쳐 이루어지기 때문이다. 제니도 그런 과정을 밟았고, 여섯 번쯤 쓴 끝에 비로소 제대로 된

형태에 도달했다. 완성된 루비의 기원 장면은 다음과 같다.

내 주변에서 죽은 사람은 앤더슨 아저씨가 처음이었고, 나는 죽음이란 얼마나 고요한 깃인지 처음 알게 되었다. 앤더슨 가족의 집에는 묘한 침묵이 감돌았다. 뛰어다니는 사람도, 말다툼하는 사람도, 벽에 공을 던지는 사람도 없었다. 베스와 남동생들은 마치 방전된 것처럼 보였다. 전에 노라 언니가 대학에 진학하러 집을 떠났을 때 느낌과 비슷했다. 너무 빨리 움직여도, 너무 큰 소리로 말해도, 속마음을 말해도 안 될 것 같은 느낌. 끔찍했다.

결코 말할 수 없었던 내 속마음은 앤더슨 아저씨의 죽음으로 내가 실망했다는 것이다. 아저씨는 죽기 한 달쯤 전에 나와 약속했었다. 스파게티를 먹던 일요일 저녁이었다. 식탁 반대편에서는 남자아이들이 롤빵을 던지고 있었고, 앤더슨 아줌마가 아이들을 말리고 있었다. 나무 식탁에 앉아 있던 베스가 자기 아빠를 보며 말했다. "루비가 희곡 쓰고 있대."

나는 하마터면 입속에 든 우유를 뿜을 뻔했다. 그건 비밀이기도 했지만, 우리 가족 같으면 식사 자리에서 그런 말을 들었을 때 그냥 옅게 웃으며 고개를 끄덕이고 말 일이었으니까. 그래, 좀 쓰다 말겠지, 다 어린애 변덕이지, 하는 식으로. 그런 창피를 당하고 싶진 않았다.

신발 속 발가락을 오그리며 마음의 준비를 하는데, 앤더슨 아저씨는 눈빛을 반짝였다. "희곡?" 하더니 무슨 내용인지, 다 쓰면 자기가 읽어 봐도 되는지 물었다. 나는 긴장을 풀고 숨을 쉬었다. 아저씨는 내가 희곡을 완성하리라는 걸 의심하지 않았다. 읽을 만하리라는 것도 의심하지 않았다. 나도 그때 처음으로 그런 자신감이 들었다.

몇 주 후에 희곡을 다 썼다. 그리고 이틀 후, 아저씨가 죽었다. 소식을 듣고 울음이 멎지 않았다. 베스나 그 집 동생들과 엄마가 불쌍해서가 아니라, 내가 불쌍해서 울었다. 기분이 참담했다. 그 집에서 말할 수 없었던 내 속마음이다. 어떻게 말할 수 있겠는가? 내 친구는 숨도 제대로 못 쉴 지경인데 내가 상처받았다는 말을 어떻게? 베스와 베스 엄마는 한마디 말도 하지 못하는데 내가 어떻게 소파에 주저앉아 울 수 있겠는가? 나는 그저 죽은 남자의 딸의 열두 살짜리 절친이었을 뿐이다. 내가 할 일은 그냥 자리에 앉아, 교회 아줌마들이 차려 놓은 과자를 먹으며, 실망하지 않은 척하는 것뿐이었다.

장례식이 치러지던 교회 안도 조용했다. 물론 오르간 연주가 있었고, 누가 참새에 관한 슬픈 노래를 불렀고, 여러 사람이 애도사를 읊었지만, 여전히 묘한 정적이 감돌았다. 마치 삼백 명의 사람들이 무언의 약속이라도 한 것 같았다. 우리 모두 아무 일도 없었던 척해야 하며, 그러려면 최대한 소리를 내지 말아야 한다는 약속이었을까.

앤더슨 가족들은 맨 앞줄에 앉아 있었고, 내 머릿속에는 한 가지 생각이 맴돌았다. 아빠 없는 딸이 된 베스의 기분이란 어떤 것일까? 하지만 생각해 보면 나는 이미 아빠가 없는 것 같은 기분이었다. 우리 아빠는 베스 아빠처럼 책을 읽어 주지도 않았고, 내 축구 시합을 보러 오지도 않았고, 베스 아빠처럼 학교 선생님이면서도 내가 쓴 이야기나 시나 희곡에 관심이 없었다. 집에 있을 때도 서먹했고, 사실 나를 좋아하지 않는 듯한 느낌마저 들었다. 눈을 감고 아빠가 죽었다고 상상해 봤지만, 별다른 느낌이 없었다. 마음 한구석은 살짝 가벼워졌다. 아빠가 죽으면 이제 아빠가 보고 싶은 척할 필요가 없으니까. 나는 그 순간 울음이 나오기 시작했다.

장례식 일주일 후에 우리 팀과 호넷 팀의 시합이 있었고, 나는 베스에게 시합에 나오라고 졸랐다. 그러면 베스가 다시 좀 편해지고 웃기도 하지 않을까. 내 절친 베스로 다시 돌아오지 않을까. 베스만큼 축구를 좋아하는 사람은 없었다. "시합 나가자, 재미있을 거야." 내가 보챘다.

자기 아빠가 죽은 후 처음으로, 베스가 내 눈을 똑바로 쳐다봤다. 눈빛이 어찌나 어둡고 슬프던지 조금은 죽은 사람처럼 보였다. 나는 보지 말아야 할 걸 보다가 들킨 사람처럼 침을 꿀꺽 삼켰다. 베스가 입을 열었다. "아빠가 나 시합할 때마다 매번 보러 왔어. 어떻게 그런 말을 해? 아빠 없이 어떻게 축구를 해?"

베스가 무척 힘들다는 건 알았지만, 그 말은 이해가 되지 않았다. 우리 아빠는 한 번도 내 시합을 보러 온 적 없지만, 나는 상관없이 잘했다. 경기는 관객이 누구냐와 상관없는 일이다. 경기를 하는 사람은 나와 팀원들이니까. 내가 뭘 모르고 있나 하는 생각이 들었다. 아빠가 보러 오면 정말 축구가 더 재미있어지나?

"한번 해 보는 것도 좋을 거야." 나는 뭔가에서 헤어나지 못하는 내 친구를 구해야 한다는 절박한 심정이었다.

베스는 고개를 가로젓고는 다시 시선을 돌렸다.

시합 날이 왔고, 팀원들과 몸을 풀고 있는데 운동장 건너편에 베스와 베스 엄마가 보였다. 운동장을 가로질러 오는데 걸음이 그날 교회에서처럼 느리고 불안했다. 한 걸음 한 걸음이 천근만근, 몹시 힘들어 보였다. 나는 소리치며 손을 흔들었다. 베스가 내 말대로 와 줘서 기뻤다. 이제 모든 게 잘될 것 같았다. 그러나 두 사람은 고개를 들지 않았다. 베스 엄마는 검은 선글라스를 끼고 있었고, 두 사람은 의자와 아이스박스 따위를 잔뜩 들고 있었다. 베스의 두 남동생은 소풍 바구니와 모포 한 장을 끌며 따라왔다. 금방이라도 앤더슨 아저씨가 성큼성큼 다가와 짐을 다 들어 주고 도와줄 것 같았는데, 보이지 않았다. 그 모습은 영영 볼 수 없을 터였다.

다들 두 사람 쪽을 보면서 보지 않는 척했다. 이제 나도 마찬가지였고, 그런 내가 싫었다.

두 사람은 운동장 바깥의 평소 앉던 자리로 곧장 왔다. 베스는 유니폼을 입고 있었지만, 우리 쪽으로 달려오지 않았다. 엄마를 거들어 의자 하나를 펴고, 그 옆에 또 하나를 폈다. 앤더슨 아저씨의 의자였다. 무언의 공허한 추모식이었다.

베스 엄마가 한마디 말없이 의자에 바로 앉았다. 남자아이들은 공을 잡으려고 하지도, 아이스박스를 열지도, 잔디밭에서 씨름하지도 않고 모포에 조용히 앉아 있었다. 그때 베스가 정강이 보호대를 차고 돌아서더니 우리 쪽으로 달려왔다. 이제 됐다 싶었다.

감독님이 우리를 모두 불러 모았다. 우리는 평소처럼 둥글게 둘러서서 어깨동무를 했다. 그런데 갑자기 베스의 어깨가 들썩이는 게 느껴졌다. 베스는 울고 있었다. 그냥 조용히 눈물방울을 흘리는 정도가 아니라, 숨을 몰아쉬며 울부짖고 있었다. 얼굴이 심하게 일그러져 터질 것 같았다. 내 가슴이 쿵쾅거렸다. 내 잘못이다. 내가 오라고 졸랐으니까. 다들 그 자리에 얼어붙어서 베스가 오열하는 모습을 지켜만 볼 뿐, 아무도 어떻게 해야 할지 모르는 듯했다. 베스 엄마도 마찬가지여서, 의자에 그대로 앉은 채 마치 물에 빠진 사람이 무엇이라도 움켜잡듯 팔걸이를 꽉 쥐고 있었다. 베스는 얼굴을 두 손으로 감싸고 마치 슬로모션처럼 운동장 가로 걸어갔다. 빈 의자 앞에 무릎을 꿇더니 이마를 땅에 대고 울부짖었다. "제발, 제발, 제발."

제발 어떻게 해 달라고는 말하지 않았지만, 굳이 말할 필요도 없었다. 모든 것을 되돌려 달라는 애원이었다.

늘 베스에게 질투심을 느끼던 나였지만 그 순간 베스가 불쌍했다. 불현듯 모든 게 뚜렷해졌다. 이건 사람에게 벌어질 수 있는 최악의 사태다. 그런 일이 내 친구에게 벌어졌다. 이제 열두 살인 내 친구에게. 어쩌면 영원히 회복할 수 없을지도 모른다.

정말 다행이라는 생각이 들었다. 나는 앞으로 저런 고통을 겪을 일이 없을 테니.

이 장면에서 주목할 요소

- 첫머리에 루비에게 의외였던 사실(죽음이란 매우 고요하다는 것)이 언급되고 있다. 주인공의 예상을 깨는 내용이 시작된다는 것을 독자가 바로 알 수 있게 하는 효과가 있다.

- 루비가 현재 상황을 이해하기 위해 과거를 회상하면서, 매우 구체적이고 의미심장한 기억을 떠올리고 있다. 스파게티를 먹던 그날 저녁의 기억을 통해 독자는 베스의 가정 생활을 눈에 선하게 그릴 수 있다. 추상적 설명 대신 생생한 순간 포착으로 그 집의 가족 관계 양상을 잘 드러내고 있다. 독자를 현장으로 이동시켜 직접 느끼게 해 준다.

- 루비가 자신의 가족 생활을 베스와 비교하여 독자에게 자신의 세계를 엿보게 해 주고 있다. 우리는 루비의 부모가 어떤 사람인지 짐작할 수 있고, 루비에게 언니가 있다는 것도 알 수 있다.

- 루비가 베스네 가족이 가진 사랑의 힘을 믿는 이유기 루비의 기억을 통해 독자에게 전달되고 있다.

- 루비의 예상이 두 가지 차원에서 깨지고 있다. 먼저 앤더슨 아저씨가 희곡을 읽어 주리라는 예상이 그가 죽으면서 깨진다. 그리고 상황이 전개되면서 훨씬 더 중대한 내적 예상이 완전히 깨지고 만다. 그것은 곧, 베스네 가족이 누리던 사랑이 가족들을 무너뜨리는 대신 강하게 지켜 주리라는 것.

- 루비는 이 장면에서 매우 명확한 목표가 있었다. 상황을 예전처럼 되돌려 베스가 본모습을 되찾게 해 주는 것이었다.

- 말미에서 루비의 예상이 어긋나면서 세계관이 바뀐다. 루비는 그 전까지 갈망했던 것을 가질 일이 없다는 생각에 오히려 안도한다. 그것은 바로, 베스네 가족에서 보았던 것과 같은 끈끈한 관계다.

과제

주인공의 세계관이 바뀌고 잘못된 믿음이 머릿속에 뿌리내린 순간을 포착해 보자. 그 순간 이후로 잘못된 믿음은 주인공이 세상을 보는 관점을 물들이게 된다. 소설의 한 장면을 본격적으로 써 보자. 제대로 써내려면 시행착오를 몇 차례 거쳐야 할 수도 있다. 몇 가지 시나리오를 자유롭게 시험해 보면서 느낌이 딱 오는 것을 찾아보자. 앞서 제니의 경우처럼, 아마 당신의 삶 속에서 불현듯 떠오르는 순간들이 있을 것이다. 기억을 불러일으키는 소재들이 발굴의 손길을 기다리고 있을 것이다. "아는 것을 쓰라"는 격언은 결국 우리 감정이 아는 것을 쓰라는 말 아니겠는가.

7장

원인과 결과
: 인과율의 묘미

원인과 결과, 수단과 목적, 씨앗과 열매는 서로 분리할 수 없다.
결과는 원인 속에서 이미 꽃피고 있고, 목적은 수단 속에,
열매는 씨앗 속에 이미 들어 있기 때문이다.

▶ 랠프 월도 에머슨

내가 여섯 살 때 원했던 게 있었다. 조랑말이었다. 간절히 바라고 꿈꿨다. 갖게 해 달라고 조르고 또 빌었다. 말의 모습도 상상했다. 몸은 검은색, 갈기와 꼬리는 크림색이었다(그런 조랑말은 실제로 존재하지 않지만 내 상상 속에서는 너무 예뻐 보였다). 지금도 눈을 감으면 그 모습이 보이고, 사과를 야금야금 받아먹으며 내 손바닥을 간지럽히는 주둥이의 부드러운 촉감이 느껴지는 것 같다. 그러나 마당에서 나를 기다리고 있을 조랑말을 상상하며 현관문을 열 때마다, 눈앞엔 아무것도 없었다. 하는

수 없이 교훈을 새길 수밖에 없었다. 마음속으로 상상한다고 현실이 되는 건 아니구나.

　내 인생에 조랑말은 없다는 사실을 마침내 받아들이고 나니, 갑자기 기분이 밝아지고 마음이 편해졌다. 가질 수 없는 것을 애타게 갖고 싶어 하는 바보가 세상에 어디 있겠는가. 나는 조랑말이 뭔지 처음부터 몰랐던 사람처럼 조랑말 생각을 금방 까맣게 잊었다. 적어도 내 머릿속에서, 조랑말은 세상에 존재하지 않았다.

　물론 농담이다. 그럴 리가 있겠나. 하지만 안타깝게도 그런 식으로 믿는 사람이 꽤 많다. 사람은 어떤 사실을 받아들이고 나면 더 이상 그것 때문에 괴로워할 이유가 없다고 생각한다. 누구라도 그렇게 믿고 싶을 것이다. 진리가 우리를 자유롭게 해 줄 뿐 아니라 욕구의 좌절로 초래되는 온갖 고통과 번민까지 없애 준다면 얼마나 좋겠는가? 그러나 대부분의 사람은 경험으로 알고 있다. 조랑말이 한순간에 사라지지 않듯이, 조랑말을 향한 욕구도 한순간에 사라지지 않는다는 것을.

　당연한 얘기겠으나, 조랑말을 차고에서 키우는 걸 부모님이 허락해 줄 리 없는 현실을 깨달았다고 해서(차고에 공간은 충분했는데!) 조랑말을 향한 내 끊임없는 열망이 사라지지는 않았다. 너무 낯간지러운 말일지 모르지만, 마음 가는 데 이유가 어디 있겠는가. 연애 이야기로만 생각할까 봐 덧붙이자면, 연애 뿐 아니라 모든 분야가 그렇다. 장난감 말이든 조랑말이든 유니콘이든, 무엇을 원하는 마음은 막을 수가 없다.

일단 우리가 무엇을 원하면, 이루어질 턱이 없다고 해서 그 욕구가 순식간에 소멸되지 않는다. 오히려 욕구가 더 부채질되기 쉽다. 우리의 주인공으로 말할 것 같으면, 그가 품고 있는 욕구는 세월이 흐르면서 모습이 좀 바뀌었을지는 모른다. 심지어 그런 건 절대 원하지 않는다고 스스로를 용케 속였을지도 모른다. '조랑말? 그런 걸 누가 갖고 싶어 한대?' 하면서. 물론 착각이다. 그게 정말이라면 내적 갈등이란 있을 수 없을 테니, 스토리가 나올 수 없다.

잘못된 믿음도 마찬가지다. 앞 장에서 당신이 주인공에게 잘못된 믿음이 생겨난 순간을 멋지게 그려 냈던 것을 기억하는가? 그 순간은 주인공의 과거 속 깊숙이 묻혀 있었다. 그런데 욕구와 마찬가지로, 돌이나 신발짝처럼 묻혀 있던 게 아니라 씨앗처럼 묻혀 있었다. 씨앗은 바로 뿌리를 내렸고 꿈틀꿈틀 계속 뻗어 나갔다. 주인공의 행동에 적극 관여하면서, 가슴속 소망의 실현을 가로막았다. 그러면서 그 잘못된 믿음은 자라나고, 배배 꼬이고, 열매를 맺었다.

그렇지만 이 과정을 얼버무리고 싶은 유혹을 뿌리치기가 무척 어렵다. 그래서 주인공이 욕구와 잘못된 믿음을 품은 이래 겪어 온 부작용을 생략하고, 스토리의 시작점으로 건너뛰곤 한다. 가령 남자 주인공이 열세 살 때 여자는 골칫거리니 무조건 멀리하기로 결심했다고 하자. 그 성급한 결심으로 인한 부작용이 전혀 없다가 마흔두 살에 이르러 소설이 시작된다? 그럴 수는 없다. 틀림없이 살아오는 동안 번번이 사랑 혹은 아픔 따위의 시련이 닥치면서 자신의 결심을 거듭 시험하고 가다듬고 단련해야 했을 것이다.

그러니 지금은 소설 첫머리로 훌쩍 건너뛸 때가 아니다. 이 장에서는 주인공의 잘못된 믿음으로 인해 삶이 어떻게 비딱하게 흘러갔는지 조명해 보는 시간을 좀 갖겠다. 이를 위해, 세 차례에 걸친 갈등 속 기로의 순간을 스토리에 맞게 써 본다. 자신의 잘못된 믿음 덕분에 그런 순간들을 무사히 치르고 오늘에 이르렀다는 게 주인공의 생각이다. 물론 이제 곧 삶의 장난으로(즉 플롯의 장난으로) 평생의 소망을 추구할 수밖에 없는 상황에 놓이면서, 잘못된 믿음을 결국 극복하게 되겠지만.

플롯 풀어내기

그런 장면들을 쓰다 보면 좋은 점이 많다. 우선, 효과적이고 구체적이며 의미심장한 재료를 건져낼 수 있다. 주인공이 세상을 보는 시선에 관련된 것뿐 아니라 주인공의 행동을 유발하고 플롯을 밀고 나갈 구체적 기억, 생각, 공상 등을 얻을 수 있다. 또,

소설 전체의 방향을 잡아 줄 인과 경로를 수립하는 데도 도움이 된다. 그뿐이 아니다. 과거에 주인공의 세계관 형성을 도운 (좋은 방향으로든 나쁜 방향으로든) 핵심 인물들을 여기서부터 창조해 나가게 된다. 그 인물들은 소설에서 모종의 역할을 할 가능성이 높은데, 그들이 언제 그리고 왜 주인공과 목적이 엇갈리는지, 서로 간에 무엇을 숨기는지, 언제 서로를 끔찍이 오해하는지 등을 여기서 알 수 있다. 한마디로, 지금부터 만들어 갈 주인공의 구체적 과거 덕분에 소설이 시작될 때는 아주 구체적인 포탄들이 공중에 쏘아 올려져 있을 것이다. 그리고 그 포탄들이 차례로 떨어지면서 피할 수 없는 갈등의 풍파를 일으키게 된다.

이렇게 생각해 보자. 플롯이란 곧 '업보karma'다. 여기서 업보란 다친 새끼 고양이를 보살펴 주면 꿈꾸던 직장에 취직하게 된다는 식의 추상적 인과응보를 말하는 것이 아니고, 직접적 인과 관계를 가리킨다. 가령 대학 학력을 속였다면 꿈꾸던 직장에 취직이 확정될 찰나에 그 거짓말이 문제가 되리라는 것이다. 다시 말해, 주인공이 과거에 대학 학력을 속인 것으로 당신이 정했다면 미래에 그게 문제가 되어 결정적 순간에 그의 뒤통수를 때릴 것을 당신은 이미 내다봤다는 이야기다. 스토리에 맞물리는 순간들을 주인공의 과거에 심어 줌으로써 밑그림을 탄탄하게 구축할 재료를 마련할 수 있다. 당신이 써낼 장면들은 과거 주인공의 삶을 좌우했고 지금도 장악하고 있는 순간들을 담게 된다. 아닌 게 아니라, 그 장면 중 다수는 소설 본문에 기억이나 회상의 형태로 등장하게 된다. 그래서 지금 써 놓는 것이 중요하다. 또 같은 이유로, 우리가 아직 플롯 작업에 들어가지는 않았지만, 이 단계는 '사전 조사'가 아니라 '집필 작업'에 해당한다.

덤으로 이 연습의 장점이 또 하나 있는데, 장면을 흥미진진하게 쓰는 능력을 부쩍 키울 수 있다는 것이다. 주변 상황에 대한 주인공의 '내적' 반응에 집중해야 하기 때문이다. 무슨 생각을 하는지, 상황을 어떻게 이해하는지, 행동의 원인은 무엇인지 등에 주목함으로써, 스토리텔링의 여러 요소 중에서도 무척 난해하면서 어디서도 잘 가르쳐 주지 않는 부분을 스스로 숙달할 수 있다. 아이러니하게도 바로 그게, 가장 중요한 요소이자 말 그대로 독자의 두뇌를 사로잡는 요소이기도 하다.

독자의 두뇌가 갈망하는 것은 무엇일까? 주인공의 두뇌와 동기화되고 싶어 하는 것이다. 주인공은 어려운 결정을 놓고 고심하며, 그 결정에는 분명한 결과가 따르기에 우리는 그 결과를 상상하고 예상해 볼 수 있다. 최고의 가상 현실이 아닐 수 없다. 우리라면 비슷한 난관에 처했을 때 어떻게 할지 통찰해 볼 기회니까. 방금 동기화된다고 했는데, 엄연한 생물적 사실을 말한 것이다. 그 개념을 처음 소개한, 우리 시대의 숨은 선각자가 있었다.

'정신 융합'의 진실

1966년 당시에 시몬 윈셀버그Shimon Wincelberg를 선각자로 칭송하는 사람은 없었다. 그러나 TV 드라마 〈스타트렉〉의 작가로서 벌컨족 두 사람의 두뇌를 서로 동기화하는 기술인 '정신 융합mind meld'을 고안해 낸 장본인이니, 선각자임에 틀림없다. 모든 게 과학적 사실이니까. 물론 벌컨족만 할 수 있다는 건 사실이 아니다. 그리고 상대방의 얼굴에 손가락을 짚고 해야 한다는 것도 사실이 아니다. 하지만 당시는 아날로그 기술에 의존하던 때였으니 아날로그식으로만 생각했던 것을 이해해 주자. 두뇌에서 두뇌로 정보가 전해지는 실제 원리를 세심하게 파악하지 못한 것을 어찌 탓하랴.

그 원리가 제대로 밝혀진 것은 〈스타트렉〉에도 나오지 않았던 fMRI 기술의 발전을 통해서였다. 촬영한 뇌 영상을 관찰해 보니 스토리를 열심히 듣고 있는 사람의 뇌는 스토리 화자의 뇌와 동기화되는 것으로 나타났다. 말 그대로 거울처럼 똑같이 동작하는 것이다.

마음이 맞을 때 '주파수가 맞는다'고 하는 것처럼, 그런 현상이 실제로 일어나면서, 상대의 경험이 곧 나의 경험이 된다.

소설을 읽을 때도 똑같은 현상이 일어난다. 뇌파가 주인공의 뇌파와 동기화되면서 우리가 주인공이 된다. 주인공과 경험을 생생히 공유하면서, 함께 문제 해결과 목표 달성에 힘쓰게 된다. 〈스타트렉〉에서 정신 융합 기술을 많이 선보였던 인물 스팍도 이 현상의 설명을 들으면 고개를 끄덕이리라. 스토리의 진화적 목적이 바로, 예상치 못한 상황을 방 안에 편히 앉아 간접 체험할 수 있게 해 주는 것 아니겠는가. 그래야 그런 상황에서 살아남기 위한 힌트를 얻어서 나중에 유사한 상황이 오면 대비할 수 있으니까.

인지심리학자이자 소설가인 키스 오틀리는 윈셀버그보다 디지털 환경에 조금 더 익숙했던 것 같다. 그는 픽션을 "마음이라는 소프트웨어상에서 돌아가는 시뮬레이션"으로 정의하며 이렇게 말한다. "게다가 무척 유용한 시뮬레이션이다. 사회 세계를 잘 헤쳐 나간다는 것은 무수히 맞물린 인과 요인을 따져 보아야 하는 일이라 극히 까다롭기 때문이다."[1]

영민한 작가는 끊임없이 "왜?"라고 묻는다고 했던 것을 기억하는가? 어떤 일이 왜 일어났는지 알려면 항상 그 밑바탕에 깔린 원인을 보아야 한다. 다시 말해, 소설의 구체적인 장면을 쓸 때는 주인공이 어떤 행동을 하는 표면적 이유가 아닌 진짜 이유를 계속 뒤져야 한다. 현실에서도 실상은 늘 겉보기와 다르지 않은가. 그 실상을 밝혀내는 게 스토리가 할 일이다. 즉,

결과 뒤에 숨은 뜻밖의 원인을 드러내는 게 스토리다. 삶은 인과율에 의해 움직이고, 당신이 써낼 장면들과 당신이 작성할 밑그림도 마찬가지다. 그러므로 지금부터 당신이 구상할 모든 것은 인과 관계를 바탕으로 하지 않으면 안 된다.

아름답고 절대적인 인과율

세상은 참으로 정신없이 돌아가고, 미묘하며 복잡다단한 데다 신경 써야 할 것도 많으니, 도무지 모든 게 말이 안 되는 것처럼 보일 때가 많다. 그럼에도 절대 변하지 않는 두 가지 사실이 있다.

1 모든 것에는 이유가 있다. '절대자'의 의도가 깔려 있다는 뜻이 아니라, 무에서 유가 나올 수 없다는, 고정불변의 단순한 물리 법칙을 말하는 것이다. 바꿔 말하면, 결과에는 항상 원인이 있다. "왜?"에 대한 답은 항상 존재한다.

2 우리는 '진짜' 이유를 알기 위해 스토리를 찾는다. 어떤 일이 왜 일어났고 어떤 행동이 왜 벌어졌는지, '실제' 원인을 알고 싶어 한다. 아무리 강조해도 지나치지 않으니 한 번 더 말하겠다. 스토리는 그저 오락이 아니다. 스토리는 우리가 삶을 살아가는 데 쓰는 도구다. 직장 동료의 특이한 룸메이트 이야기에서 우리 눈에 들어오는 모든 언론 기사, 블로그 글, 트윗에 이르기까지, 우리는

스토리를 파고들며 주변 사람과 세상에 대한 정보를 얻는다. A라는 원인이 어떻게 B라는 결과를 낳는지에 관한 내밀한 정보를 획득한다. 그러므로 작가가 현상 이면의 원인을 밝혀 인과적 전개를 분명하고 그럴듯하게 보여 주지 않는다면, 독자는 스토리를 따라갈 수도 없고 스토리에 관심을 두지도 않는다.

밑그림 작업을 할 때 인과율은 무척 유용한 도구다. 깜깜한 밤을 비추는 강력한 손전등 불빛처럼, 모든 것 이면의 논리를 드러내 준다. 소설의 두 차원, 즉 내적인 스토리 차원과 외적인 플롯 차원에 모두 의외로 쉽게 적용할 수 있는 수학적 원리이기도 하다. 내적 차원의 질문은 "주인공은 자신이 가진 믿음 또는 과거 경험으로 인해 이 상황에서 무엇을 하게 될까?"이다. 외적 차원의 질문은 "다른 인물들과 세상은 주인공의 행동에 어떻게 반응할까?"이다. 다시 말해, 인과율은 밑그림의 바탕이 될 내적 논리와 외적 논리를 모두 제공하여 매 사건이 다음 사건으로 확실히 이어지게 해 준다.

들고 나면 너무 당연한 소리 같아서 문제될 리 없어 보인다. 아이러니하게도, 어디에나 항상 있다는 바로 그 이유 때문에 간과하기 쉬운 게 인과 관계다. 그래서 작가들은 "그다음은?"이라는 질문에 부딪쳤을 때 허허벌판에 떨어진 기분을 느끼곤 한다. 스토리의 그다음이 어떻게 되는지를 전혀 모른다.

아니, 지금의 상황을 초래한 이면의 논리도 모른다. 생각해 보려 해도 골치만 아프다. 이렇다 할 인과적 전개가 없어서 모든 게 말이 되지 않으니 당연하다.

인과라는 탁월한(그리고 편안한) 논리를 활용하면 그런 골치 아픈 느낌이 말끔히 사라진다. 굉장히 구체적인 질문이 떠오르고, 다음으로 일어날 수 있는 일에 대해 무척 구체적인 답이 나온다. 뒤에 나올 밑그림 작업을 할 때 우리가 할 일이 바로 이것이다.

너무 말끔한 인과 경로를 가지고 밑그림을 만들면 스토리가 뻔해지지 않을까 염려하는 사람도 있을 텐데, 걱정할 필요 없다. 그다음 일어날 수 있는 일이라고 했지, 그다음 꼭 일어날 일이라고는 하지 않았다. 인과 경로는 필연적 결과를 예언하는 게 아니라 가능한 결과들을 제시할 뿐이다. 다만 그 가능한 결과 하나하나가 모두 선행 원인에 의해 타당하게 유발될 수 있어야 하고, 그것이 포인트다.

이렇게 'A이므로 따라서 B'라는 연결고리가 있으면 소설 속 사건들이 개연성을 갖게 되고, 독자는 다음에 일어날 일을 예상해 볼 수 있다. 어떤 가능성들이 실제로 있으며 그것들이 주인공에게 어떤 의미인지 독자가 알 수 있기 때문이다. 애니메이션 〈사우스 파크〉의 공동 제작자이자 작가인 거장 트레이 파커도 그 점을 강조했다. 뉴욕대학교 시나리오 수업에 예고 없이 나타난 그는, 놀라고 반가워하는 학생들 앞에서 설명하길, "장면과 장면이 '그런 다음'으로 연결되면 지루하고, 모든 장면은 '따라서' 또는 '하지만'으로 연결되어야 한다"고 했다. 이어서 그의 말을 옮겨 본다. "이런 아이디어가 생각났다고 합시다. '이렇게 되고, 그런 다음 이렇게 되고…….' 절대 안 됩니다. 이런 식으로 돼야 해요. '이렇게 되고, 따라서 이렇게 되고, 하지만 이렇게 되고…….'"[2] 바꿔 말하면, 스토리는 선행 사건과 후행 사건이 인과 관계로 엮이면서 만들어진다는 것이다. 고개가 끄덕여지지 않는가?

여기까지 듣고 난 당신은 당장 펜을 집어 들고 주인공의 잘못된 믿음의 기원에서 소설 첫 페이지에 이르는 인과 경로를 단숨에 요약하여 써 내려가고 싶어질지 모른다. 그리 어렵지 않을 것 같다. 한 시간 정도면 할 수 있을 듯하다. 그런데 그건 불가능하다.

왜냐고? 요약할 게 아무것도 없으니까. 현실에서는 과거를 요약한다고 하면 오랜 세월 동안의 아주 구체적인 경험도 한두 문장으로 간추리는 게 이상하지 않다. 그도 그럴 것이, 그 숱한 경험을 일일이 세세하게 설명할 시간이 어디 있겠는가? 아니 그보다도, 그걸 장황하게 늘어놓으면 누가 앉아서 듣고 있겠는가? 그래서 우리는 과감하게 요약하고, 그런 다음 전략적으로 결론을 내린다. 이런 식이다. "우리 아버지는 아무리 힘든 상황에서도 늘 의연하셨다. 전혀 아무 문제 없는 양 행동하셨다. 나는 그렇게 하는 게 일반적인 줄 알았다. 용감하다고까지 생각했다. 그래서 나는 어려운 상황이 닥치면 아무 일도 없는 척 하는 것 외에는 대처할 방법을 모른다." 하지만 누가 요청하면 "힘든 상황"(외적 사건)이라든지 "의연한 행동"(우리가 인지한 아버지의 내적 반응), "일반적인 줄 알았다"(사후에 깨달은 교훈이 아닌, 당시 상황 속에서 내린 구체적 결론) 같은 말들이 무슨 뜻인지 구체적인 예를 무진장 들 수 있을 것이다.

그러나 당신의 주인공에 대해서라면 요약하려고 해도 할 게 없다. 왜냐, 당신의 주인공은 앞 장에서 썼던 한 장면 말고는 구체적인 과거가 없으니까. 당신이 주인공에게 결정적인 구체적 순간들을 만들어 주기 전까지는 당신의 소설은 아직 일반론에 머물 뿐이고, 주인공의 과거는 갓난아기처럼 깨끗할 따름이다. 현실에서라면 경악스럽고 황당할 일이다. 예가 필요한가?

나는 누구인가? 또 여긴 어디인가?

아침에 눈을 떴는데 내가 누군지 모르거나, 내 신념이 무엇인지 모르거나, 그날 뭘 해야 할지 모르는 상태라고 해 보자. 그렇다, 대학 다닐 때 그런 일이 실제로 한두 번 있었을 수도 있다. 하지만 그런 질문의 답은 아주 선명하게 금방 찾아왔으리라. 머리가 깨질 것 같은 두통을 느끼며 다시는 폭음하지 않겠다는 부질없는 다짐도 읊조렸을 만하다. 그런데 그런 일이 매일 일어난다고 해 보자. 폭음 말고, '난 누구고 내 목표는 무엇인가?'를 고민해야 하는 상황 말이다. 매일 아침 아무것도 모르는 백지상태로 하루를 시작해야 한다면 얼마나 끔찍할까! S. J. 왓슨의 소설 《내가 잠들기 전에》에 그 기분이 잘 묘사되어 있다. 주인공은 기억상실증에 시달리는 여성이다.

> 내겐 야망이 없다는 걸 깨달았다. 그런 게 있을 수 없다. 오직 정상적인 기분을 느끼고 싶을 뿐이다. 남들처럼 살고 싶을 뿐이다. 경험을 쌓아 가고, 오늘과 내일을 이어가면서. 성장하고 싶고, 배우고 싶고, 교훈을 얻고 싶다. (……) 훗날 문득 보니 삶이 다 지나갔고 살 만큼 살았는데, 그 결과라 할 게 하나도 없으면 어떻게 해야 할지 모르겠다. 추억의 보물 창고도, 풍부한 경험도 없고, 축적된 지혜를 전해 줄 수도 없을 테니. 사람이란 곧 축적된 기억 아니면 무엇이겠는가?[3]

맞는 말이다. 그럼에도 작가들은 주인공에게 축적된 구체적 기억을 거의 알지 못한 채 집필을 시작하곤 한다. 하지만 사람이 뇌를 어디 잠깐 맡겨 두고 다닐 수는 없으니, 주인공도 사람이라면 자기가 쌓은 지식을 항상 지니고 다니지 않겠는가. 당신의 주인공은 첫 페이지에 등장할 때 그런 지식을 이미 온전히 지니고 있고, 등장하는 순간부터 거기에 이끌려 행동한다.

점점 확대되는 문제

주인공을 본의 아니게 기억상실증 환자로 만들 수는 없으니, 당신이 지금부터 할 일은 세 개의 장면을 심도 있게 써 보는 것이다. 바로, 소설이 시작될 때 주인공 눈앞에 나타날 문제를 잉태하고 지속하고 확대하는 데 기여한 장면들이다. 명심하자. 소설의 첫 페이지부터 마지막 페이지까지 당신의 스토리를 이끌 인과 경로는 소설의 첫 페이지에서 시작하지 않는다. 그럼 어디서? 당신이 앞 장에서 썼던 기원 장면에서 시작했다. 소설의 첫 페이지는 아마 그 인과 경로의 중간쯤에 위치하게 될 것이다. 주인공의 배경 스토리를 왜 꼭 알아야 하는지는 이미 앞에서 논했지만, 배경 스토리를 간과하는 작가들이 놓치는 점이 또 하나 있다. 주인공의 과거는 소설에서 '대립 세력 역할'을 하는 큰 축이라는 것. 주인공의 과거를 알아야 주인공이 내적 · 외적으로 과연 무엇에 맞서고 있는지 구체적으로 알 수 있다.

그러므로 우리는 주인공이 욕구와 잘못된 믿음 사이에서 내적 싸움을 치르면서 스토리와 관련된 삶의 결정을 내리게 된 과정을 조명할 필요가 있다. 그 경로상의 세 전환점을 이제 장면으로 써 보자. (물론 더 많은 장면을 쓰거나 구상해 놓고 싶을 수도 있겠지만, 일단은 셋으로 시작해 보자.)

장면들은 시간 순서대로 진행되며, 각각 주인공의 삶 속 한순간을 포착해 보여 줄 것이다. 바로, 주인공이 잘못된 믿음에 이끌려 어떤 큰 결정을 내린 순간이다. 그 결정으로 인해 삶의 방향이 외적으로 바뀌고, 일이 더 커지게 되며, 소설의 첫 페이지를 향해 나아가는 인과 경로상에 한 점이 찍히게 된다. 하나같이 주인공에게는 쉽지 않은 결정이다. 각 장면에서 주인공은 아마도 소망 실현에 바짝 다가갈 것이다. 그때 무슨 일이 벌어지면서 잘못된 믿음이 고개를 들고 소망 실현을 가로막는다. 결국 주인공의 욕구는 더 간절해지고, 잘못된 믿음은 더 강화된다. 동시에 잘못된 믿음은 새로운 의미를 획득하면서 주인공의 삶에 더 광범하고 큰 영향을 미치게 된다.

1단계: 전환점 찾기

일단 주인공의 삶을 상상해 보자. 범위는 기원 장면에서부터 소설의 시작점이 될 만한 곳에 이르기까지다. 시작점을 정확히 몰라도 괜찮다. 그건 다음 장에서 확정할 테니까. 그래도 어디서 시작하는 것이 좋을지 지금쯤 어렴풋이 감을 잡고 있으리라 생각한다. 기원 장면에서 소설 시작점까지는 아마 수년, 아니 수십 년의 시간 간격이 있을 것이다. 그 시기 동안 주인공은 욕구와 잘못된 믿음 사이에서 갈등하며 삶의 전환점이 된 결정을 여러 차례 내렸을 것이다. 지금쯤은 당신의 스토리에 대해 알고 있는 부분이 상당히 많을 테니, 그런 부분에만 초점을 맞추어도 전환점으로 삼을 후보 몇 개가 바로 떠오를 것이다.

후보들을 검토하면서 염두에 두어야 할 점이 있다. 주인공이 삶의 기로에 섰던 순간을 골라야 한다. 그리고 그 순간에 내린 결정의 여파가 그 후로 점점 확대되어야 한다. 단순히 주인공이 잘못된 믿음에 따라 행동한 전형적 사례를 아무거나 골라선 안 된다.

물론 주인공의 잘못된 믿음이 발동하여 잠시 말썽을 일으킨 일은 따져 보면 꽤 많겠지만, 대부분은 일회성 사고였을 것이다. 예를 들어 주인공이 '친절하게 구는 사람일수록 사기를 칠 가능성이 높다'는 잘못된 믿음을 갖고 있다고 하자. 그렇다면 탈이 많이 날 만하다. 가령 주인공이 새 옷에 기름얼룩을 묻혀 안타까워하는 것을 보고 세탁소 점원이 무상으로 세탁해 주겠다고 하자, 주인공은 확 의심이 든 나머지 옷을 낚아채 달아나 버렸고, 그 후로는 10킬로미터나 먼 거리에 있는 세탁소에 다니고 있는지도 모른다. 참 불편하고 피곤한 일이긴 한데, 사실 인생 전체로 보면 무슨 문제가 되겠는가? 아무 문제도 되지 않는다. 비록 주인공의 잘못된 믿음을 여실히 드러낸 사례이긴 하지만 말이다.

그런 것 말고, 주인공이 치열한 내적 갈등을 겪으면서 잘못된 믿음을 근본적으로 강화하게 되는 외적 전환점을 찾아보자. 제니는 루비의 배경 스토리를 생각해 보고 후보 네 개를 추려냈다. 아래는 제니가 각 후보를 평가한 과정이다. 제니가 처음 떠올린 아이디어부터 살펴보자.

언니 노라가 강아지를 입양한 것을 루비가 알게 되는 순간. 노라는 얼마 전 수의과대학에 합격해 먼 지역으로 떠나갔고(부모에게서 몸도 마음도 최대한 멀어지고 싶었기에), 루비만 쓸쓸하고 마음 불편한 집에 남아 있어. 이게 왜 중요한 순간이냐 하면, 두 자매는 부모의 허락을 받지 못해서 한 번도 개를 키워본 적이 없거든. 그리고 루비는 언니가 그 강아지에게 푹 빠지게 될 거라고 확신해. 자기에게는 앞으로 다시는 그런 사랑을 주지 않을 거고. 그러면서 이런 의문을 품어. 강아지가 내 자리를 그렇게 쉽게 차지할 수 있다면, 언니는 나를 사랑하기는 했던 걸까?

제니가 이 아이디어를 떠올리고 보니 정면으로 맞닥뜨려야 할 문제가 있었다. 작가들이 자주 고민하는 문제이기도 한데, 대단히 비호감인 관점을 가진 주인공을 구상해야 하는 것이다.

내가 주인공으로 삼은 사람은 개를 싫어하는 여자야. 외견상 결코 호감이 가지 않는다는 건 알지만, 그렇기에 내게는 더 흥미로운 면이 있어. 개에 대한(그리고 사랑과 상실과 아픔에 대한) 내 감정을 살펴볼 기회이기도 하고. 그런 것들과 씨름하면서 아주 극적인 상황을 겪는 인물을 만드는 거지. 루비는 끝에 가서도 개를 좋아하게 되진 않을 거야. 그건 내가 100퍼센트 확신해. 하지만 개를 좋아하는 사람들을 훨씬 더 잘 이해하고 공감하게 될 거야. 스토리를 짜기에 아주 훌륭한 상황이라고 생각해. 물론 큰 도전이긴 한데, 그래서 재미있기도 하고.

작가들은 자기가 정말 소설로 쓰고 싶은 주인공감이 있어도 '호감도'가 떨어질까 봐 주저하는 경우가 많다. 그런 경우에 큰 위안이 될 만한 사실이 있다. 호감도는 핵심이 아니다. 공감이 가면서, 결점도 있고 약점도 있는 것이 핵심이다. 스토리에서(아주 솔직히 말하면 현실에서도) 전적으로 호감형인 사람은 왠지 좀…… 따분하다. 심지어 수상쩍기까지 하다. 어느 모로 봐도 자상하고 호감형이고 완벽한 사람을 보면 우리는 '흠, 저 사람 지하실에 뭘 감추고 있는 거 아니야?' 하는 생각이 든다. 더 중요한 점은, 이게 양자택일의 문제가 아니라는 것이다. 현실 속의 사람도, 주인공도, 한쪽으로 딱 잘라 분류할 수 없다. 우리는 누구나 온갖 특성이 섞여 있다.

자, 그럼 제니의 소설로 돌아가자. 제니가 다음으로 떠올린 세 장면은 위의 '노라가 개를 키우는' 장면보다 더 강력하므로 제니는 그 세 장면에 집중할 생각이다.

남자와 사랑에 빠지는 것을 자제함으로써 자기가 강해지고 계속 안전할 수 있다는 깨달음을 루비가 처음 얻은 순간. 무척 중요한 장면이야. 앤더슨 아저씨 장면이(그리고 자신의 잘못된 믿음이) 루비에게 곧바로 어떤 여파를 남겼는지 보여 주어야 하니까. 그렇다면 루비가 아직 어린 나이여야 하겠지. 가령 열세 살 정도. 그런데 어떤 남자애와 거의 사랑에 '빠질 뻔' 하는 거야. 베스가 소개해 준 아이지. 베스와의 우정을 유지하고 싶어서 베스가 이끄는 대로 따라가며 남자애들을 만나는데, 놀랍게도 한 아이가 자기 마음에 들어와. 루비는 사랑에 빠지는 것을 애써 자제하고, 그 결과 강해진 자신을 느껴. 그리고 사랑은 사람을 약하게 만든다는 잘못된 믿음이 더 깊어지게 돼.

완벽하다. 문제가 처음 심화되기 시작한 순간을 살펴볼 수 있는 장면이다. 다시 말해 루비의 잘못된 믿음이 어떤 식으로 가지를 뻗고 행동을 좌우하기 시작했는지 확인할 수 있다. 한편 소설의 중심축은 루비가 헨리와의 관계를 재평가하는 과정이 될 테니, 제니의 다음 관심사는 루비의 잘못된 믿음이 두 사람의 관계에 처음부터 어떤 영향을 주었느냐 하는 것이었다.

제니가 다음으로 떠올린 장면은 세월이 좀 흐르고 나서다.

　루비는 헨리를 만나자마자 처음으로 마음이 맞는 사람을 만났
다고 느껴. 평생 기피해 온 공감, 교감, 끌림 같은 감정이 느껴
지면서 자기도 모르게 경계를 늦추고, 사랑에 빠져들지. 한동
안은 행복하게 지내지만, 자기가 헨리에게 얼마나 의존하게 되
었는지 깨닫자 그를 잃을지도 모른다는 두려움에서 어떻게든
벗어나야 한다고 생각하지. 결국, 헨리에 대한 자신의 감정은
흔한 욕망일 뿐 전혀 사랑이 아니라고 스스로 확신하며 그와
헤어져. 그때부터 루비는 사랑과 친밀감은 환상이라고 믿고,
다시는 그런 환상에 어리석게 속지 않으리라고 다짐해.

　이것도 좋다. 소설의 전깃줄을 이루는 두 요소, 루비의 욕
구와 잘못된 믿음이 상호 작용하면서 서로를 강화하는 모습을
살펴볼 수 있다. 당신의 주인공처럼 루비도 항상 두 가지 목표
를 갖고 있으니, 하나는 타인과(이제는 헨리와) 깊은 관계를 맺
는 것이요, 다른 하나는 자신의 잘못된 믿음(그런 관계는 너무
위험하며 어리석은 짓이라는)을 계속 붙들고 놓지 않는 것이다.
이런 장면에서는 아마도 루비의 욕구가 잘못된 믿음을 잠깐 누
를 공산이 크다. 잘못된 믿음은 잠시 수면 밑으로 사라지지만
없어지지는 않는다.

제니는 루비와 헨리의 연애 관계에 계속 초점을 맞추고 싶었다. 루비가 아무리 부정하더라도 그 관계는 루비에게 계속 강한 영향력을 발휘할 수밖에 없기에, 제니는 가장 결정적인 전환점으로 바로 건너뛰었다.

루비가 헨리와 결혼할 수 없음을 깨닫는 순간. 두 사람은 10년 간 공동 작가로 일해 왔고 서로 사랑하지만, 둘 다 결혼을 두려워해. 헨리의 경우는 부모의 결혼 생활이 불행했기 때문이야(이건 지금 임의로 지어냈어). 두 사람은 미래를 약속하지 않은 채 오랫동안 잘 지내 왔지만, 루비가 다른 여자들과(그리고 자기 어머니와) 다르다는 걸 깨달으면서 헨리는 생각을 바꾸고 루비와 결혼하고 싶어져. 헨리가 청혼하고 루비가 거절하는 일이 반복되다가, 헨리가 워낙 간절히 원하니 루비가 결국 마지못해 허락해. 하지만 결혼 날짜가 다가올수록 루비는 몹시 불안해지면서 숨도 제대로 쉬기 힘들어 해. 극심한 스트레스로 침대에서 일어나지도 못하니 식을 올릴 수가 없고, 헨리도 자기가 압박했던 것을 후회해. 그래서 둘은 다시 이전 상태로 돌아가고, 얼마 후 작업한 드라마가 초대박을 터뜨리게 돼. 이 모든 것은 루비가 보기에 자신의 잘못된 믿음이 확실하고 옳은 세계관이라는 궁극적 증명이야. 사랑의 혜택을 누리기 위해 사랑에 '올인'할 필요는 없는 거지.

좋다! 좀 클리셰이긴 하지만, 일단은 괜찮다. 세 장면이 서로 맞물려 발전해 나가므로 효과적이다. 그러면서 루비의 잘못된 믿음이 욕구에 대한 반응을 낳고 행동으로 이어지는 모습을 잘 보여 주고 있다.

과제

당신의 목표는 전환점이 될 장면 세 개를 가려내는 것이다. 스토리와 직결되는 정보, 가장 쓸 만한 재료가 나올 장면을 골라서, 소설을 '사태 한가운데에서' 시작할 수 있도록 준비하자. 셋보다 훨씬 많은 장면이 떠오를지도 모른다. 그중 일부는 바로 버려질 테지만 일부는 선택한 세 장면 외에 추가로 탐색해 볼 수도 있다. 어쨌든 목표는 최소 세 개의 장면을 선정하는 것이고, 이 장면들이 스토리의 전개가 고조되어가는 첫 부분을 이루게 될 것이다. 제니처럼 스케치하되, 최대한 구체적으로 해본다. 구체적으로 적을수록 장면이 더 뚜렷해진다는 것을 잊지 말자. 구체적 정보는 저절로 발전해 나가지만, 일반적 정보는 그렇지 않다.

2단계: 장면 쓰기

이제 이 세 개의 스케치를 바탕으로 본격적인 장면을 써 보자. 과연 어떻게 하는 것인지 참고하기 위해, 제니의 세 장면

중 첫 번째 장면을 살펴보자.

결국 베스의 기분이 나아진 계기는 축구가 아니었다. 남자였다. 베스는 자기의 아픔을 이용해―그 비극적인 아우라로―남자애들을 꾈 수 있다는 걸 알아냈다. 첫 남자친구는 베스를 무척이나 감싸주는 자상하고 다정한 사람이었는데, 베스는 처음에 오히려 그 점이 싫었다. 아빠가 엄마를 대하던 모습이 생각나서 힘들다고 내게 털어놓았다. 결국 베스는 그 애를 찼는데, 묘한 쾌감이 느껴지면서 자기도 놀랐다고 했다. 이제 세상에 불행한 사람은 자기만이 아니었다. 불행은 나눌수록 좋다고 하지 않는가. 나는 그 말이 무슨 뜻인지 갑자기 완전히 이해가 됐다.

베스가 나와 거리를 두기 시작한 것은 이 시기였다. 자기가 겪고 있는 일들을 나는 이해하지 못한다고 생각했다. 아빠 일도, 남자애들 일도. 나는 베스 집에 가서 전처럼 함께 놀아 보려고 했다. 전에는 남동생들이 게임하면 비집고 들어가고, 뒷마당에서 총싸움하면 구경하고 했지만, 이제 그런 걸 하는 사람은 없었다. 집 안은 죽은 듯이 고요했고, 남동생들은 각자 방에 틀어박혀 나오지 않았고, 베스 엄마는 소파에서 자고 있었고, 냉장고는 텅 비어 있었다. 나도 앤더슨 아저씨의 죽음 때문에 아직 화도 나고 슬프기도 했지만, 나는 여전히 나였다. 앤더슨 가족은 비통함에 완전히 다른 사람들이 되어 있었고, 모두들 예전에 내가 알던 모습이 아니었다.

그렇다고 달리 문제될 건 없었지만, 베스가 없으면 나는 완전히 혼자라는 게 문제였다. 나는 부모가 방치한 듯한 집에 혼자 남은 열세 살 아이였고, 남자든 여자든 친구든 적이든 사귈 줄을 몰랐다. 나는 관계를 맺는 데 필요한 능력이나 기술이 없는 것 같았다. 베스를 되찾아야만 했다. 그래야 다 잘될 거라는 확신이 생길 것 같았다.

어느 날 베스가 점심시간에 내게 와서 말을 걸었다. "오늘 밤에 스케이트장으로 와."

반가움과 두려움에 가슴이 뛰었다. "스케이트 타게?" 묻자마자 바보 같은 소리를 했다는 깨달음이 밀려왔다. 베스는 스케이트를 타러 그곳에 가지 않았다. 건물 위층에 아이들 파티룸이 있는데 청소년들이 몰래 들어가서 논다고 들었다. 그곳에서 이런저런 일이 있다고들 숙덕거리는데 나는 무슨 소리인지 잘 알아들을 수 없었다. 뭘 아는 게 없으니 내가 그저 바보처럼 느껴졌다.

베스가 웃었다. "아니, 브라이언의 친구가 있는데 너보고 예쁘다고 했대."

"알았어." 말은 그렇게 했지만, 그 남자애와 만나서 뭘 해야 하는 건지, 엄마 아빠에게 어디 간다고 거짓말을 해야 할지는 알 수 없었다. 내 머릿속은 베스를 되찾을 생각뿐이었다.

컴컴한 스케이트장에 들어서니 마이클 잭슨 노래의 강한 비트가 울리는 가운데 건물 전체가 에너지로 요동하는 것 같았다. 공기는 서늘했지만 땀이 났다. 베스가 일러 주길 매점 아저씨가 팝콘을 퍼 담을 때 위층으로 통하는 문으로 몰래 들어가라고 했었다. 때를 기다리다가 살며시 들어갔다.

어두운 방 안 여기저기에 커플들이 누워 있었다. 소파 위에도 있고, 벽 쪽에도 붙어 있었다. 나는 공포로 얼어붙은 채 그 자리에 서 있었다. 베스가 섹스를 하는 건가? 나보고도 섹스를 하라는 거였나? 그때 갑자기 누군가가 내 팔을 잡았다.

"루비? 베스는 저기 있어." 모르는 남자애였다. 나를 지목했다는 애인 것 같았다.

구석 쪽을 보니 베스가 열여섯이나 열일곱쯤으로 보이는 남자애 무릎에 앉아 있었다. 치마가 허리춤까지 올라가 있었지만 옷을 벗고 있지는 않았다. 방 안에 옷을 벗은 사람은 없었다. 하지만 나는 마음이 놓이기는커녕 겁에 질렸다. 돌아서서 복도로 내달렸다.

남자애가 나를 바짝 쫓아왔다. "오지 마." 내가 말했다.

그 애가 내 어깨를 잡고 나를 돌려세우더니, 벽에 밀어붙였다. 나는 뭔가에 얻어맞으리라는 각오를 하며 눈을 꼭 감았다. "야, 왜 그러는데?" 그 애가 말했다.

입술을 앙다물었지만, 나도 모르게 눈물이 차오르더니 뺨을 타고 흘러내렸다. 그 애가 이제 나를 두고 갈 줄 알았다. 그런데 "따라와" 하더니 내 손을 잡아끌며 사람들 틈을 헤치고 나아갔다. 나를 이끌고 아래층으로 내려가 건물 밖으로 나갔다. 밖은 깜깜한 밤이었다. 그가 불빛에서 살짝 비껴나 있는 벤치를 손으로 가리켰고, 우리는 나란히 앉았다. 그는 여전히 한 손으로 내 손을 감싸 쥔 채, 미동도 하지 않았다. 아무 말도 하지 않았다. 쿵쾅거리던 내 가슴이 차츰 진정되어 갔다.

우리는 그렇게 한동안 말없이 앉아 있었다. 그렇지만 그 침묵은 내가 그때까지 알던 침묵과 전혀 달랐다. 우리 집의 공허한 침묵도 아니고, 베스 집의 경직된 침묵도 아니었다. 편안한 침묵이었다. 안전한 침묵이었다. 그때 그 애가 내 쪽으로 몸을 기울이더니, 내게 부드럽게 키스했다.

그 순간 암울한 공포가 걷잡을 수 없이 밀려왔다. 별안간, 느닷없이, 급작스럽게, 내게 뭔가 잃을 것이 생긴 것이다. 이 남자애. 이름도 모르는 아이. 이제 잡은 손을 꼭 쥐고, 웃어 보이는 일만 남았다. 그때 나는 선명히 깨달았다. 베스를 되찾으려면 어떻게 해야 하는지를.

마음을 억누르며 손을 빼냈다. 있는 힘을 다해 일어섰다. "나가야 해."

그 애가 당황스러워하며 얼굴을 일그러뜨리며 말했다. "안돼, 가지 마."

나는 건물 문을 향해 걸어갔다. 문손잡이를 잡으려는 순간, 마치 약속이라도 한 듯 베스가 문을 밀고 나왔다. 베스의 시선은 여전히 절망적인 동경의 눈빛을 한 채 벤치에 앉아 있는 남자애로 향했다가, 내게로 향했다. 나는 씩 웃었다. 그것은 승리자의 교활한 웃음이었다. 베스도 나를 보고 씩 웃었다.

그 순간 확실히 알 수 있었다. 우리는 내일 밤에도 이곳에 오리라는 것을. 그리고 내가 이 남자애를 또 마주친다면, 처음 보는 사람처럼 무심히 지나치리라는 것을.

이 장면에서 주목할 요소

- 루비가 현재 상황을 이해하기 위해 앤더슨 아저씨의 죽음에 관련된 기억을 떠올리고 있다.

- 루비가 끊임없이 갈등을 겪고 있다. 마음이 통하는 관계를 갈망하지만, 주변에 남은 사람이 베스밖에 없다. 그래서 베스와 다시 이어지기 위해 무엇이든 하기로 결심한다. 설령 평소에 하지 않던 행동이라 해도 할 생각이다.

- 루비는 자신의 그 결심 때문에 두려워한다. 두려움은 갈망과 늘 함께하는 법이다.

- 루비는 갈구하던 관계를(베스가 아니라 남자애와) 갑자기 이루게 되자 막심한 두려움을 느낀다. 그리고 여기서도 과거의 경험과

교훈을 떠올리고 있다.

- 결국 루비는 잘못된 믿음이 더 강해지고, 동시에 자신이 원하던 바를 이루었다고 생각한다. 즉, 베스와 마음이 통하는 관계를 맺었다고 생각하지만, 물론 그것은 진짜 관계라고 할 수 없다.

- 루비가 그 순간에 경험한 게 또 하나 있다. 진정한 관계가 실제로 어떤 느낌인지 맛본 것이다. 이 경험은 관계를 향한 루비의 욕구를 더 부채질할 것이 틀림없다.

- 마지막으로, 여기서 루비가 새로 한 경험은 앞으로 오랫동안 루비의 행동을 이끄는 동력이 될 가능성이 높아 보인다.

거듭 말하지만 제대로 해내지 못할까 봐 걱정할 필요 없다. 세 전환점 중 첫 번째부터 시작하여, 시간 순서대로 장면을 하나씩 써 보자. 당신은 이미 산전수전 겪어 보았다. 기원 장면을 이미 써내지 않았는가. 그 기원 장면이 지금 톡톡히 도움이 될 테니, 잠깐 다시 읽어 보자. 주인공의 머릿속에 들어가 주인공의 눈으로 세상을 보자. 그 상태에서 지금 쓰려고 하는 세 장면을 바라보자. 위에서 제니가 쓴 것처럼 장면에 충분히 살을 붙여 쓰는 것을 목표로 해 본다. 시간이 상당히 걸릴 만한 작업이니 조급하게 생각하지 말고 필요한 만큼 얼마든지 시간을 들여 각 장면을 생생히 빚어내 본다. 다행인 점은, 세련되게 쓸 필요도, 아름답게 쓸 필요도 없다는 것이다. 점점 확대되어 가는 주인공의 삶 속 전환점들을 포착해 보여 주기만 하면 된다. 충분히 보람 있는 작업이다. 이 작업을 마치면 다음 질문을 고민할 준비가 되기 때문이다. 잘 모르는 소설가들이 위험천만하게도 처음부터 고민하곤 하는 그 질문은, '소설을 어디에서 시작할 것인가?'이다.

8장

언제
: 주인공을 움직이게 하는 순간

모든 것에는 시작이 있기 마련이다.
그리고 그 시작은 반드시 그전의 무언가와 관계가 있다.

▶ 메리 셸리

앞의 다섯 장은 탐색 작업이었다. 말 그대로 사태 한가운데에서 소설을 시작할 수 있도록 스토리의 전반부를 다지는 과정이었다. 뼈대는 마련했으니, 본론을 구상할 때가 눈앞에 다가왔다. 이제 소설의 첫 페이지로 들어가기 전에 마지막 질문 하나가 남아 있다. 우리는 어느 틈에 벌써 작가들이 그 무엇보다 어려워하는 문제에 도달한 것이다. 그것은 바로 '언제'의 문제다. 소설의 시작점을 언제로 잡을 것인가?

간단히 말해, 주인공이 오랫동안 품어 온 소망의 추구를 더 이상 미룰 수 없게 되는 시점으로 잡으면 된다. 물론 주인공은 자신의 잘못된 믿음 때문에(그리고 뒤에서 살펴보겠지만 인간의 생리 때문에) 이번 고비도 조용히 넘기고 싶은 마음일 것이다. 사람은 아무리 간절히 원하는 게 있다 해도 변화를 기피하게 되어 있으니까. 아마 그래서겠지만, 우리를 내적으로든 외적으로든 변화하게 만드는 유일한 원인은 바로 '불가피한 외적 요인'이다. 즉, 무슨 수를 써도 피하거나 벗어날 수 없는 문제가 우리를 향해 돌진해 오고 있어서 도저히 행동에 나서지 않으면 안 되는 상황이 되어야만 한다.

잘 만든 서사의 밑바탕에는 항상 그런 갈등이 깔려 있다. 다시 말해 스토리의 본질은 변화이며, 우리는 본능적으로 변화를 기피하게 되어 있다. 우리는 누가 변화를 요구하면 자동으로 '취소' 버튼에 손을 가져간다. 좀 더 강하게 요구하면 본능적으로 황소처럼 버틴다. '아무리 압박해 봐라, 내가 변하나' 하는 식이다. 실제로 힘든 상황이 닥치면 우리는 어떻게 하는가? 할 수만 있다면 간식을 챙겨서 영화를 틀어 놓고 조용히 지나가기를 바라지 않는가? 누구나 그러고 싶은 마음일 것이다. 그런데 여기서 재미있는 점이 있다. 그때 우리가 보는 영화가 무슨 내용일까? 애초에 우리가 피하려고 했던 바로 그 내용이다. 위험, 난관, 내적 갈등, 변화, 결국 어렵게 얻어 낸 보상, 그런 것들이다.

현실에서는 그렇게 기피하는 것을 스토리에서는 그토록 갈구한다니 어찌 보면 참 아이러니하다. 그런데 알고 보면, 전혀 아이러니한 게 아니다. 애초에 스토리가 진화한 주된 이유가 그것이니까. 우리가 현실에서 열심히 피해 다니는 변화를 간접 체험하면서 그 비용을 체감하고 혜택을 거두게 해 주는 것, 본 무대에 서기 전에 하는 예행 연습 같은 것이라고 생각하면 된다. 살다가 불가피하게 아늑한 안전 구역에서 쫓겨나 가슴이 쿵쾅거리고 식은땀이 날 때, 낯선 땅으로 용감히 발을 내딛기 위한 연습인 것이다. 스토리 덕택에 우리는 마음속의 나침반을 만들 수 있다. 그 나침반을 가지고 살면서 번번이 부닥치는 불의의 사태를 헤쳐 나갈 수 있다. 더군다나 그런 일은 꼭 최악의 순간에 닥치곤 하니 말이다. 물론 당신의 주인공과 관련해 중요한 문제는, 그 최악의 순간이 언제인가 하는 것이다.

그런 차원에서, 이 장에서는 설령 좋은 변화라 해도 변화란 왜 그리 힘든지 그 이유를 우선 살펴보겠다. 그런 다음, 소설 전반을 관통하는 플롯 문제를 결정하되 문제로 인해 초래될 결과를 처음부터 예상할 수 있게 해 준다. 또, 소설을 처음부터 끝까지 끌고 갈 '시한폭탄'을 만들어 줄 것이다. 마지막으로, 플롯 문제를 소설의 전깃줄에 단단히 묶어 줌으로써, 모든 고비에서 주인공이 필사적으로 분투할 수밖에 없도록 만든다. 물론 종국에는 애쓴 보람이 있게 될 것이다.

불가피한 문제란 사실 꽤 좋은 것

지금까지 주인공은 살면서 자신의 잘못된 믿음이 흔들렸을 때도 늘 출구가 있고 버틸 방법이 있었으므로 그 믿음을 계속 유지할 수 있었다. 그러나 소설이 시작될 때 주인공의 잘못된 믿음이 아직 완전히 물리치지 못한 게 있으니, 그것은 바로 주인공이 품은 욕구다. 아마도 그 갈등을 지금까지는 잘 승화해 왔을 것이다. 즉, 두려움과 욕구가 나란히 공존하는 일종의 불편한 휴전 상태를 유지해 왔을 것이다. 주인공은 자신의 잘못된 믿음에 굳이 맞서지 않음으로써 갈등을 회피하는 데 선수가 되어 있다. 그러므로 소설이 시작되기 직전에 주인공은 자기가 딱 원하는 인생을 살고 있다고 생각하며 자축하고 있을지도 모른다. 혹은 조금 더 현실적인 쪽으로 생각해 보면, 인생은 영 별로지만 달리 어찌할 도리가 없으니 받아들이고 살기로 했을 것이다. 다시 말해 주인공은 평소처럼 쪽배에 앉아 망망대해 한복판을 떠다니고 있고, 풍랑은 비록 잔잔하지는 않을지라도 익숙하고 훤하다. 현재로선 가라앉거나 헤엄쳐야 할 일이 없다. 자신이 엄청나게 취약한 상태인 줄도 모르고 둥둥 떠다니는 주인공을 보며 당신은 불쌍한 마음마저 든다. 지금 그 연약한 쪽배를 들이받을 어뢰가 출격 준비 중이고, 주인공은 곧 일상이 뒤집힌 채 상어가 우글거리는 바다로 내던져질 테니까.

스토리는 그런 식으로 시작된다. 주인공은 모든 것이 순항 중이라고 생각하지만, 그때 '꽝!' 하는 충격과 함께 인생이 "착각하지 말라"는 메시지를 던진다. 그게 바로 플롯의 역할이다. 어떤 사건을 일으켜 주인공을 행동에 나설 수밖에 없게 만드는 것이다. 그리고 그건 알고 보면 아주 잘된 일이다. 불가피한 문제의 묘미가 바로 거기에 있다. 우리는 불가피한 문제에 부닥치고 나서야, 늘 소망해 왔지만 솔직히 너무 겁나서 엄두가 안 났던 변화를 비로소 시도한다.

존 F. 케네디가 그 점을 똑 부러지게 표현했다. 어떻게 전쟁 영웅이 되었느냐는 질문에 씩 웃더니 이렇게 대답했다고 한다. "본의가 아니었습니다. 타고 있던 배가 침몰당했거든요."[1]

"고통 없이는 얻는 것도 없다"는 말이 정말 맞다. 고통 이야기가 나왔으니 말인데, 설령 좋은 변화라 해도 변화란 힘든 것이니만큼, 이제는 당신이 주인공을 다루는 태도에 변화가 필요하다. 지금까지 당신은 애정을 담아 주인공을 빚어 왔다. 운명의 장난으로 잘못된 믿음을 굳혀가는 모습에 공감하기도 했다. 잘못된 믿음에 이끌려 찜찜한 결정을 내렸을 때는 안됐다는 마음도 들었을 것이다. 남들이 모르는, 그의 감춰진 진짜 동기가 무엇인지 알고 있으니까. 그러나 지금부터는 마음을 모질게 먹지 않으면 안 된다. 이제 플롯을 짜서, 주인공이 가장 취약해지는 시점에 뒤통수를 쳐야 하기 때문이다. 인생이 그에게 일격을 가할 때가 된 것이다. 영화 〈대부〉의 오싹한 명대사를 빌려서 표현하면 "절대 거절할 수 없는 제안"을 할 때가 되었다고 해야 할까(침대에 놓인 말 머리까지는 없길 바라야겠지만).

　여기서 많은 작가가 실수를 한다. 당신은 나쁜 사람이 아닌 데다, 그동안 정든 주인공에게 작정하고 고통을 주고 싶지는 않다. 그렇다 보니, 소매를 걷어붙이고 일격을 준비하기보다는 봐주면서 살살 하고 싶어진다. 부당한 일을 당하게 하고 싶지는 않다. 누명을 씌우고 싶지도 않다. 섣불리 비판하고 싶지도 않다. 그런데 여기서 중요한 사실이 있다. 그게 당신 탓이 아니다. 삶의 장난, 즉 플롯 때문이다. 그리고 삶은 원래 공평하지 않다. 그래서 우리가 스토리를 필요로 하는 것 아니겠는가. 그 모든 부당한 일들을 어떻게 헤쳐 나가야 할지 깨우쳐서 스스로 억울한 일을 당하지 않게끔 힘과 지혜를 키워야 하니까. 삶이 당신의 주인공을 힘들게 하지 않는다면, 주인공은 무엇이 공평하고 공평하지 않은지 알 길이 없다. 하물며 이 부당한 세상에서 살아남기 위한 용기와 투지와 열정과 슬기를 발휘할 수 있을 리 없다. 다시 말해, 주인공은 우리에게 가르쳐 줄 것도 없고 가르쳐 줄 능력도 없는 사람이 되리라. 그러니 영화 〈이브의 모든 것〉의 명대사를 빌려 말하자면, "안전벨트를 꽉 매자. 순탄치 않은 밤이 될 테니." 당신의 주인공에게도 건투를 빈다.

변화는 왜 그렇게 힘든 걸까?

우리는 왜 '오늘 할 수 있는 일을 계속 내일로 미루기'의 명수일까? 지나고 나서 그때 해 놓을 걸 하고 꼭 후회하면서도? 고집불통이어서일까? 게을러서? 아니면 겁쟁이여서? 그런 경우도 있긴 하겠지만(우리가 대놓고 인정하진 않지만) 그게 이유는 아니다. 알고 보면 우리가 변화에 저항하는 것은 절대 개인적 결점 때문이 아니다. 좀 안심이 되지 않는가(나는 많이 안심이 됐다). 우리는 본능적으로 변화에 저항하게 되어 있다. 변화하지 않으려고 필사적으로 버티기도 한다. 이건 사실 태곳적부터 이어져 온 생존 기제다. 진화적으로 볼 때 거의 예외 없이, 변화를 거부하면 고집쟁이가 되는 게 아니라 똑똑한 사람이 됐으니까. 여기서 '거의'라고 한 것에 유의하자.

그 이치를 말하자면 이렇다. 자발적 변화란, 다시 말해 강력한 외부 요인 없이 스스로 행하는 변화란, 우리의 가장 기본적이고 생물학적 섭리인 생존 원칙에 위배된다. 호사스럽거나 편안한 생존이 아니라, 말 그대로 오늘 하루 죽지 않고 살아 있는 생존을 말한다. 목숨이 붙어 있다면 아무리 고달프다 해도 일단 무사한 것이니, 괜히 법석을 피워 잘 가고 있는 배를 흔들 이유가 뭐가 있겠는가?

안전이 먼저고, 변화는 그다음이다. 그럼 앞에서 '거의'라고 한 건 뭘까? '변화하는 게 좋겠다'를 넘어 '변화가 꼭 필요한 때'가 있기 마련이다. 변화를 거부하고 말고가 무의미해지는 상황이 있다는 뜻이다. 가령 배가 저절로 마구 흔들리기 시작하면 바닷물에 뛰어들 수밖에 없다. 다시 말해, 변화는 불가피한 외부 요인이 있을 때 촉발된다. 그런 게 없으면 우리는 급한 일이 없으니 일단 하루쯤 더 미루고 만다. 나쁜 습관인 줄 알면서 습관을 고치지 않는 묘한 습성도 그렇게 설명할 수 있을 것이다. 그러니 이제 그만 자책해도 좋다. 당신이 작년 겨울에 팔아 치우겠다고 다짐한 고물차를 아직 몰고 있는 것도, 맛도 없는 냉동 가공식품을 끊어야지 하면서 꼬박꼬박 먹고 있는 것도, 이번 달에(솔직히 올해 들어) 아직 한 번도 운동하러 안 나간 것도, 다 당신 탓이 아니다. 그게 다 생물적 이치다.

이렇게 변화를 기피하는 현상을 전문 용어로 '항상성'이라고 한다. 항상성이란 한마디로, 생체가 일단 평형 상태에 이르면 그 특정한 평형 상태를 계속 유지하려고 하는 경향이다. 과거 경험을 통해 그 상태가 안전하다는 게 증명됐으니 그럴 수밖에 없다. 그래서 아메바, 참새, 인간을 막론하고 모든 생물은 물리적 생존이 보장되는 환경(가령 물과 음식, 적당한 온도, 거처 등)을 발견하면 꼼짝하지 않고 '복지부동'하는 게 본능이다. 생존이라는 게임에서는 지금까지 잘 숨 쉬고 살았으면 하던 대로 계속하는 게 승리 비결인 것이다. 단, 인간이 진화했던 옛날 무법천지 세상에서 그랬다는 얘기다. 그게 문제다. 지금은 그런 세상이 아니니까.

아주 최근까지도 인간은 먹이사슬의 한 고리였다. 그 점에서는 오늘날의 닭이나 메밀과 다를 바가 없는 처지였다. 그래서 거의 쉬지 않고 경계 상태를 유지해야만 했다. 석기시대 초기의 그 험난하던 환경에 적응하기 위해 인간의 뇌는 진화했고, 그때 형성된 본능이 지금도 우리를 안전하게 지켜주기 위해 열심히 일하고 있다. 진화적으로 볼 때 '안전하다'는 건 오직 임박한 물리적 위험으로부터 안전하다는 것을 뜻했다. 그리고 임박한 위험으로부터 안전한 것만 해도 대성공이었다. 만세!

그 후로 세상은 석기시대와 비교하여 상당히 달라졌지만, 우리 뇌의 신경 회로는 아직 상황이 바뀐 것을 모른다. 우리가 진화했던 옛 세상에 계속 맞춰져 있다. 새벽부터 밤까지 물과 음식과 거처를 찾아다니면서 한 눈으로 굶주린 늑대를 바짝 경계하던 시절에 아직도 살고 있는 것이다. 우리 뇌에 여전히 그 옛날의 신경 회로가 탑재되어 있다는 사실은 이상할 게 없다. 길고 긴 석기시대 동안 세상은 큰 변화가 없었고, 진화적으로 볼 때 현대적 세상은 불과 몇 초 전에 탄생한 셈이니까.

그런데 문제는, 인간의 활동으로 세상이 변하면서(물은 수도꼭지에서, 음식은 마트에서, 거처는 대출로 마련) 우리의 안전 개념도 변했다는 것이다. 목숨을 부지하는 것만으로는 이제 부족하다. 우리는 물리적 생존뿐 아니라 행복한 삶도 원한다. 성취감과 목적의식을 원하고, '좋은 집, 행복한 가정, 넉넉한 은행 잔고'로 대표되는 안락함도 물론 원한다. 오늘날 '안전하다'는 것은 그런 것을 뜻한다. 하지만 그런 안전을 추구하는 일은 "사자다! 도망가!"라는 외침을 들었을 때만큼 절대적 긴박감이 느껴지지 않는다. 장래성 없는 직장을 그만두는 일, 내일 하면 어떻고, 모레 하면 어떤가. 아니 그냥 계속 다니면 또 어떤가. 그런다고 제 명대로 못 사는 건 아니지 않은가. 요컨대, 우리는 답답하게도 자발적 변화를 거부하는 본능이 여전히 뇌에 새겨져 있어서, 소망을 실현하는 데 필요한 변화를 이행하지 못할 때가 많다는 것이다. 그래서 등장한 게 스토리고, 우리는 기본적으로 스토리에 의존해 복지부동 원칙의 예외를 포착하고 그에 대처하는 법을 배운다. 다 우리에게 익숙한 방식대로 행복하게 잘 살기 위해서다.

그러므로 주인공은 소설이 시작될 때 아마 자신의 변화 욕구를 얕보기도 하고, 보류하기도 하고, 때로는 고의로 무시하기도 하면서 많은 시간을 보냈을 것이다. 바꿔 말하면, 자기합리화를 하는 것이다. 의식적으로 할 때도 있겠지만, 대개 자기 딴에는 세상을 전략적으로 해석하면서 그에 맞춰 행동하고 있을 뿐이다.

여기에 바로 자발적 변화의 마지막 걸림돌이 있다. 그것은 바로, 깜깜한 어둠 속에서도 밝은 면을 보는 우리의 능력이다. 물론 우리는 그런 성향이 있기에 격동의 시기를 버텨낼 수 있고, 또 종종 전화위복의 기회를 얻기도 한다. 하지만 나쁜 상황을 좋은 척하다가는 그 때문에 망할 때가 있다. 왜냐고? 나쁜 상태에 워낙 익숙해지다 보니 좋은 게 뭔지도 잊어버리는 것이다. 한때 문제로 인식했던 것도 이제 문제처럼 보이지 않는다. 그러면 곤란해지는 게, 문제는 여전히 그대로인데 이제 감시도 방해도 받지 않고 자유로이 활보하게 된다. 그러다 보면 문제가 수면 밑에서 점점 커지다가 종국에는 터져 버리고, 자기합리화는 다 무의미해진다.

당신의 주인공도 똑같다. 문제의 폭발력이 마침내 주인공이 더는 무시할 수 없을 만큼 커지는 그 순간이 소설의 시작점이 될 때가 많다. 바로 그 순간을 콕 집어내는 것이 우리가 이 장에서 앞으로 할 일이다. 그러려면 먼저, 당신의 주인공이 첫 페이지부터 마지막 페이지까지 소설 전반에 걸쳐 씨름할 외적 문제를 확실히 정해야 한다. 그 첫걸음으로, 주인공이 처한 곤경에 대해 지금까지 알고 있는 것들을 점검해 보자.

시작점 찾기: 과연 문제는 무엇인가?

주인공의 곤경과 관련해 가장 먼저 생각해 볼 질문이 있다. 어떤 불가피한 외적 변화가 닥쳐야 주인공이 갈등에 빠지면서 내면의 싸움이 촉발될 것인가? 다시 말해, 주인공이 알게 모르게 처해 있는 위기는 과연 무엇인가? 누가(또는 무엇이) 주인공의 연약한 쪽배를 겨냥하고 있는가? 주인공 본인이 원인 제공자일 수도 있다는 점을 유념하자. 사실 음모론자들의 단골 메뉴인 외부 세력의 공격보다 훨씬 강력하면서 무자비한 것이 바로 스스로를 옥죄는 이른바 '자기 방해'일 수 있다.

지금까지 작업해 오면서 당신도 소설 첫머리에 펼쳐질 상황 한두 가지쯤은 아마 생각해 보았을 것이다. 소설 전반을 관통하는 플롯 문제가 아주 명백한 경우도 있다.《나를 찾아줘》의 경우, 남편이 아내의 갑작스러운 실종에 대처해야 한다.《반지의 제왕》의 경우, 강력한 힘을 가진 절대 반지가 악인의 손에 들어가려 한다.《죠스》는 상어,《모비 딕》은 고래가 문제다.

하지만 임박한 외적 문제라고 할 게 없으면 어떻게 해야 할까? 아니면 문제는 많은 것 같은데 딱히 눈에 띄는 하나가 없다면? 예를 들면, 제니의 스토리는 루비가 사랑이란 어떤 것인지 깨닫는 내용이다. 우리는 사랑으로부터 벗어날 수도 없고 사랑으로 인한 아픔을 대비할 수도 없다는 것. 루비는 갖은 애를 쓰며 아닌 척하지만 사실 헨리와 사랑하고 있는데, 스스로 (또 헨리로 하여금) 그 사랑을 온전히 만끽하지 못하게 억누르고 있다. 또한 다른 사람들과는 돈독한 유대를 전혀 맺지 못하고 있다. 삶의 한 측면이 통째로 막혀 있는 상태다. 루비는 앞으로 어떤 식으로든 그 부조화를 해결하면서, 그 과정에서 성장도 하고 나아갈 힘도 얻을 것이다.

좋다, 그렇다면 플롯은 이렇게 되나? 루비가 그런 내적 변화를 일으키려면 어떤 외적 사건이 일어나야 하나? 실제로 어떤 외적 문제가 루비 앞에 놓여 있나?

지금까지 제니가 설명한 내용 속에는 딱히 단서가 될 만한 게 없다. 지금으로서는 아직 일반론에 불과한 말들이기 때문이다. 제니는 상실의 아픔이 큰 역할을 한다는 것까지는 생각해 놓았다. 그런데 정확히 무엇을 상실한 아픔일까? 앞에서 제니가 썼던 '만약에'로 돌아가 보면, 루비가 직업을 잃을 위기에 처한다고 했고, 사태를 바로잡을 기회는 단 한 번이라고 했다. 하지만 그 사태란 게 과연 뭘까? 제니가 생각해 놓은 구체적 정보는 헨리가 그 과정에서 큰 역할을 한다는 것뿐이다. 당신도 비슷한 난국에 처해 있을지 모른다. 그래도 걱정할 것 없다. 지금까지 조사 작업을 많이 해 놓았으니, 아마 잘 보면 문제 후보감 몇 개가 눈에 들어올 것이다.

다음은 제니의 구상 과정이다.

확실한 건 루비가 굉장히 괴로워지리라는 거야. 자기가 다칠 일 없게 철저히 대비했다고 생각했던 사랑 때문에. 너무 큰 충격을 받아서 한동안은 숨도 제대로 못 쉴 거야. 그러려면 헨리에게 무슨 일이 생겨야겠지. 헨리가 다른 사람과 사랑에 빠지거나, 다른 사람과 자거나, 아니면 다른 사람과 집필 파트너가 되거나, 어쩌면 죽을 수도 있을 거야. 바람피우는 내용의 스토리를 쓰는 건 내가 전혀 관심이 없어. 그런 쪽은 영 흥미가 안생겨. 그렇다면 헨리가 루비와 헤어지기로 결심하거나, 아니면 뭔가 나쁜 일을 당하거나 둘 중 하나겠어. 그리고 루비의 직업도 위태로워져야 하니까 드라마와 관련된 어떤 중요한 일이 동시에 일어나야 할 것 같네. 루비의 신뢰성에 의문을 제기하는 사건 말이지. 절박한 상황에 놓인 루비는 뭔가를 증명해야만 하는데, 흠, 뭘 증명해야 할까. 나도 모르겠어. 자기가 헨리와의 공동 작업에서 정말로 중추적인 역할을 했다는 것? 자기가 헨리를 정말로 사랑했다는 것? 자기가 그렇게 냉혹하고 무정한 또라이가 아니라는 것?

위에서 제니는 루비에게 적절한 내적 갈등을 일으킬 만한 외적 사건의 후보를 생각해 보고 있다. 이제 제니의 목표는 가장 중심이 되는 문제를 찾는 것이다. 저절로 점점 확대되면서 다른 문제들까지 모두 고조시키는 효과가 있는 문제여야 한다. 제니는 우선 현재의 대략적인 시나리오를 고려할 때 가능한 후보를 모두 뽑아 보았다.

- 헨리가 다른 사람과 작업하기로 결정한다.
- 헨리가 병에 걸려 작업을 하지 못한다.
- 헨리가 죽는다!
- 현재 집필 중인 드라마와 관련된 어떤 문제, 가령 마감 기한을 루비가 혼자 맞춰야 하는 상황.
- 장소가 LA이니까, 지진이 날 수도 있지 않을까? 도시 전체가 마비되고 드라마 방영은 보도에 밀려나는 거지.

제니는 뽑은 후보들을 살펴보다가 문득 이런 생각이 들었다.

가만있자, 개와 관련된 문제가 하나도 없는 게 이상하네. 플롯 자체가 루비가 개를 훔치고 나서 개에 대한 생각을 바꾸는 내용이 중심이 될 텐데 말이지. 루비가 TV에 나오는 사람이고, 또 방금 말했듯이 장소가 LA이니, 유명인의 개면 어떨까 자꾸 생각해 보게 되네. 그래서 개가 실종되자 당장 온 세상이 똘똘 뭉쳐서 그 개를 찾아 나서는 거지. 가령 루비가 조니 뎁의 개를 훔친다거나 말이야. 누군가가 단박에 개를 알아봐서 루비가 거의 소설 내내 개를 데리고 도망 다녀야 하는 그림이 그려져. 이것도 후보에 올려야 하지 않을까?

답은 '아니요'다. 제니가 위의 질문에서 보여 주었듯이 작가들이 잘 저지르는 큰 실수가 있는데, 플롯 속 사건을 스토리의 축으로 착각하는 것이다. 지금 우리가 하는 작업은 스토리를 확정하려는 것이고, 앞에서 살펴보았듯이 스토리는 플롯과 매우 다르다. 개 이야기는 플롯의 영역에 속한다.

과제

앞에 보인 제니의 예를 참고해 당신이 생각하고 있는 플롯에 대해 자유롭게 적어 본다. 그런 다음 거기에서 소설의 중심 문제에 대한 아이디어를 최대한 많이 뽑아 보자. 이미 생각해 놓았던 것, 새로 떠오르는 것, 억지스러워 보이는 것을 가리지 않고 적어 본다. 깔끔하게 정리하지 않아도 되니 걱정하지 말자. 최대한 많이 찾아내는 데에만 주력한다. 물론 최종적으로 버려지는 것들도 있겠지만, 이 작업은 스토리의 중심이 되는 문제만 찾아내기 위한 것이 아니다. 중심 문제로 인해 덩달아 불거지고 확대될 부차적 문제들도 발견할 수 있다. 이 작업에 들어가는 노력은 헛된 게 하나도 없다.

플롯 문제 후보 테스트해 보기

이제 후보는 나왔는데, 그중에서 어떻게 스토리의 중심 문제를 선정해야 할까? 극히 중요한 질문이다. 알다시피 소설이란 하나의 문제가 모든 것을 꼬이게 만드는 내용이기 때문이다. 당신이 쓸 소설의 내적 문제, 즉 전깃줄은 이미 정해져 있다. 이제는 하나의 외적 문제를 짚어 낼 차례다. 그 문세는 전깃줄과 이어짐으로써 결국 힘을 얻게 된다. 다행히도, 후보들의 잠재력을 가늠할 수 있는 테스트가 있다. 첫 번째 테스트는 외적 측면, 두 번째 테스트는 내적 측면에 관한 것이다.

플롯 문제 테스트 1: 소설의 첫 페이지부터 마지막 페이지까지 끌고 갈 수 있는 문제인가?

이 테스트는 세 개의 관문으로 이루어져 있다. 아래 세 관문을 모두 통과해야 한다.

점점 고조될 수 있는 문제인가?

첫 페이지부터 소설 내내 끄떡없이 힘을 유지하면서, 내적 투쟁을 촉발하며 점점 더 맹렬하게 질주하는 문제여야 한다. 쉬운 조건이 아니다. 아무 외적 문제나 골라서 될 일이 아니다.

그렇다고 무슨 어마어마한 일이 첫 페이지부터 벌어져야 한다는 말이 아니다. 문제의 스케일은 중요하지 않다. 지진, 해일, 운석 충돌이 꼭 일어나야 하는 게 아니다. 점점 확대되고 심각해지고 복잡해질 수 있는 힘이 있어야 한다. 전설적인 영화 제작자 새뮤얼 골드윈Samuel Goldwyn은 이렇게 말했다고 한다. "우리가 원하는 건 지진으로 시작해 점점 고조되다가 클라이맥스에 이르는 스토리다." 다시 말해, 아무리 시작이 거창하다고 할지라도 중요한 건 기세를 점점 '키워 나갈 수 있느냐' 하는 것이다. 그래서 단순히 주인공의 '오늘' 예상만 깨뜨리고 마는 사건으로 첫 장면을 시작해서는 안 되고, 소설 전반을 관통하는 문제를 먼저 고민해야 하는 것이다.

소설 첫머리에 일어나는 사건은 진득하게 오래가야 한다. 당신의 반려견처럼, 연인처럼, 슬프지만 우리 뱃살처럼, 죽 곁에 있어야 한다. 그러니 평범한 문제는 안 된다. 특히, 쉽게 풀리는 문제는 금물이다. 물론 주인공이 문제를 보고 첫눈에 식은 죽 먹기라고 생각할 수는 있다. 아니, 그렇게 생각할 공산이 크다. 하지만 빙산의 일각을 얼음 쪼가리로 착각한 것이어야 한다. 불로 말하자면 작은 불 여러 개를 차례로 끄는 일이어서는 안 되고, 작은 불 하나를 끄려고 나섰는데 그게 알고 보니 의외로 강력한 불이어야 한다. 요컨대, 소설이 작은 불로 시작하는 건 괜찮다. 그런 경우가 실제로 많기도 하고. 중요한 건, 주인공이 언뜻 사소해 보이는 불을 끄려다가 본의 아니게 불길을 키워서 결국 걷잡을 수 없는 큰불이 나야 한다는 것. 스토리란 바로 이런 것이다.

듣고 나면 워낙 타당한 얘기라서 좀 의외일 수도 있는데,

작가들이 그 반대로 플롯을 짜는 실수를 꽤 많이 한다. 즉, 서로 별개의 난관을 차례로 배치하고, 각 난관은 주인공의 투쟁을 서로 다른 면에서 조명하게 한다. 그런 식으로 하면 독자가 다 떨어져 나간다. 떨어져 나갈 독자가 애초에 있었다면 말이다. 이유는 다음과 같다.

- 주인공이 문제를 하나 해결할 때마다 소설이 끝난 느낌이 든다. 독자가 더 예상할 거리가 없어서 계속 읽을 이유가 사라지므로 소설의 힘이 빠져 버린다.

- 모든 난관이 그 의미와 무게감이 대략 비슷한 경향이라면, 1절에 이어서 2절, 3절, 4절…… 이런 식으로 반복되는 느낌이 든다.

- 작가가 비록 개개의 난관마다 주인공이 가진 능력의 특정 부분을 시험하도록 공들여 설계해 놓았더라도, 그런 것은 관념적인 구분에 지나지 않아 독자가 전혀 깨닫지 못한다. 게다가 주인공이 첫 문제를 해결하면서 얻은 교훈이 두 번째 문제에는 적용되지 않아서, 작가가 말하려는 요점이 뭔지 독자는 의아해진다.

소설을 그렇게 쓰다 보면 얼마 안 가서 작가 본인도 의아해진다. 다음 갈 길이 보이지 않는 것만큼 힘 빠지는 일도 없다. 그런 곤란에 빠지지 않으려면, 점점 확대되는 하나의 문제에 소설을 묶어 주어야 한다. 그래야 앞서 언급했던 '잣대'가

확실히 잡혀서 그 잣대를 기준으로 무엇이 적절하고 적절하지 않은지 판단할 수 있다. 그러면 흥미를 돋우기 위해 엉뚱한 특성, 극적인 사건, 무의미한 배경 스토리 따위를 마구잡이로 끼워 넣는 일은 하지 않게 될 것이다. 가령 당신의 이모가 '이모부처럼 썰렁한 농담만 늘어놓는 인물이 나오면 엄청 재미있을 것(덤으로 이모부가 읽고 반성하는 효과도 있겠고)'이라는 제안을 했다고 해서 그런 옆집 사람을 등장시킨다거나…….

문제 후보들을 훑어보면서 미흡한 것들을 제거하자. 너무 쉽게 해결되는 것, 너무 추상적이어서 주인공에게 의미심장한 (그리고 가급적이면 괴로운) 과제를 안겨 주기 어려운 것은 빼자.

제니가 앞에서 뽑았던 후보들을 검토해 보니, 모두 이 기준을 통과했다. 딱 하나, '지진'만 불합격이었다. 일시적인 문제에 불과해 더 이어 갈 여지가 없기 때문이다. 그러나 플롯 문제가 점점 크게 발전하려면 끄떡없는 힘만으로는 부족하다. '문제'라면 당연히 초래될 결과가 있어야 하지 않겠는가. 모든 문제 후보가 통과해야 할 관문이 또 있으니, 다음과 같다.

문제가 커져 감에 따라 주인공에게 불가피하게 '임박한' 현실적이고 구체적인 결과가 있는가?

주인공이 실패하거나 문제를 방치할 경우 초래될 사태가 명확해야 한다. 막연하거나 원론적이거나 불확실해서는 안 된다.

제니는 이 질문을 보자마자 이런 생각부터 들었다. '개 납치하는 시나리오 말이야, 후보에서 꼭 빼야 해? 이 테스트를 통과할 텐데!' 일리가 있다. 그도 그럴 것이, 루비가 유명인의 개를 납치하면 온 세상이 당장 찾아 나설 테니, 임박한 결과가 아주 확실하지 않은가. 언젠가는 개가 발견되거나 루비가 자수할 것이고, 루비는 죗값을 치러야 할 것이다.

맞는 말이다. 하지만 그건 여기서 말하는 임박한 결과가 아니다. 왜냐고? 현실적인 파장이긴 하지만 스토리가 아니라 엉뚱한 플롯 구성점에 근거하고 있기 때문이다. 그게 루비가 겪을 상실의 아픔과 무슨 상관이 있으며, 타인과의 관계와 사랑에 대한 잘못된 믿음을 극복하려는 싸움과 무슨 상관이 있는가? 소설의 전깃줄과 무슨 상관이 있는가? 별 상관이 없다.

그래서 제니는 다시 생각해 보고, 이번에는 후보 중에서 가장 극적인 사건에 주목했다. 바로 헨리의 갑작스러운 죽음이다. 일단 그 파장이 영원히 갈 테고(끄떡없는 힘!) 루비는 피할 수 없는 한 가지 문제에 맞닥뜨릴 것이다. 즉, 세상에서 가장 친밀한 사람을 잃고 살아가야 하니 삶이 완전히 바뀔 것이다. 루비에게 여러 가지 불가피한 결과가 임박할 게 틀림없다. 그렇다면 일단은 완벽한 선택처럼 보였다. 그러나 마지막 세 번째 관문에 부딪치자 제니는 생각을 바꿔야 했다.

그 결과가 일어나는 것을 막아야 하는 명확한 시한이 있는가?
즉, '시한폭탄'이 있는가?

완벽한 답인 줄 알았는데 이번에도 아니었다. 소설이 시작될 때 헨리가 이미 죽었다면, 헨리의 '데드라인(!)'은 이미 지난 셈이니까. 그러니 그의 죽음으로 인해 초래될 만한 결과는 많지만, 루비가 꼭 해야 하는 일이 딱히 있는 것도 아니고, 정해진 시한이 있는 것도 아니다. 제니가 이렇게 물었다. "좋아, 그럼 이건 어때? 소설이 시작될 때 헨리가 병원에 입원해 있고, 살날이 얼마 안 남은 거야. 기껏해야 한 일주일?"

그래도 부족하다는 것을 제니는 금방 깨달았다. 물론 헨리가 죽으면 무척 고통스러운 결과가 초래되긴 하겠지만, 그의 죽음이 임박했다는 사실로 인해 딱히 기로에 놓인 것도 없고, 루비가 거쳐야 할 여정이나 풀어야 할 문제도 없다. 처음부터 끝까지 분명한 결과는 오직 루비가 아주 많이 슬프리라는 것뿐이다. 루비는 아무것도 할 게 없다. 행동할 필요도 없는 것이다. 통상적으로 이런 법칙이 있다. 어느 시점에서든 주인공이 그냥 포기하기로 결정할 수 있는 경우라면, 즉 행동을 하지 않음으로써 개인적으로 치러야 할 대가가 크지 않다면, 스토리가 성립되지 않는다는 것. 이 상황은 그런 경우에 해당하므로 부적합하다.

제니는 다시 후보 목록으로 돌아가, 세 관문을 모두 통과할 만한 문제를 찾아보았다. 헨리가 다른 사람과 작업하기로 결정하는 아이디어는 버리기로 했다. 루비에게 안겨 주어야 할 상실의 아픔을 생각할 때 헨리의 죽음만큼 적절한 것은 없었다. 그렇다면 후보 중에서 비탄에 잠긴 루비를 행동에 나서게 만들 문제가 있을까? 하나가 있었다. 임박한 마감 기한이다. 제니는 이렇게 구상해 보았다.

내가 루비를 처음 스케치했던 내용으로 돌아가서, 이렇게 해 보면 어떨까. 소설이 시작되기 몇 달 전에, 헨리가 대작 영화의 시나리오를 혼자 맡게 된 거야. 그래서 루비와 같이 쓰던 인기 드라마는 이제 종영해야겠다고 하는 거지. 루비는 충격에 빠지고, 매일 다정하게 함께 글 쓰던 일상을 잃게 되었다는 생각에 괴로워해. 두 사람 사이의 갈등 때문에 드라마 최종 시즌의 대본은 퀄리티가 엉망이야.

사건이 전개되기 일주일 전, 제작진과 출연진은 최종화 촬영에 한창이야. 그런데 제작사 사장이 드라마 PD에게 대본을 다시 쓰라고 압박하는 거지. 헨리와 루비에게 딱 열흘의 기한이 주어져. 두 사람은 결말을 어떻게 수정할지를 놓고 언쟁을 벌이고, 언쟁의 여파로 인해 헨리에게 무슨 일이 생겨. 사고를 당했다고 하자고. 헨리가 글을 쓸 수 없게 돼. 의식을 잃고 사경을 헤맨다고 해도 되겠지.

이제 루비는 헨리의 죽음이 임박한 상태에서, 아주 짧은 시간 안에 결말을 다시 써야 해. 그것도 혼자서. 아마 거기엔 드라마를 마무리 짓는다는 의미만 있는 게 아닐 거야. 어떤 내용으로 쓸 것인가, 어떻게 결말을 낼 것인가도 중요한 거지. 어쩌면 루비가 자신의 참모습을 깨닫고 헨리에게, 더 나아가 온 세상에 알릴 기회인지도 몰라. 외부의 위협 요인도 있을 수 있겠지. 루비의 상태가 심각해지면 대신 결말을 고쳐 쓰겠다며 기다리고 있는 드라마 열혈 팬들이 있을지도 몰라. 그러니 루비가 충격과 아픔에 정신을 가누지 못하는 가운데, 사태를 바로잡을 기회는 단 한 번뿐. 문제는, 루비가 글을 한 자도 쓰지 못할 만큼 피폐한 상태라는 것.

그렇다! 이것이야말로 루비가 개인적으로 큰 대가를 치르지 않고는 피할 수 없는 외적 여정이다. 그로 인해 온갖 풍성한 요소들이 개입되기 시작하는 것을 볼 수 있다. 물론 루비는 그래도 두 손 놓고 방관하고 싶을 수 있겠지만, 이제는 행동하지 않으면 중대한 결과가 초래되어 자신에게 큰 여파가 있을 것이다.

예를 들면 어떤 걸까?

아주 좋은 질문이고, 구체적인 질문이므로 제니가 이제 그 답을 생각해 볼 수 있다. 생각만 해도 흥미로운 가능성들이 떠오른다. 이를테면, 루비는 자기가 팬들과 드라마 제작진을 실망시켰다는 사실에 직면해야 할 것이다. 짜증스러운 열혈 팬이 자기가 결말을 쓰겠다고 나서는 바람에 미칠 지경일지도 모른다. 더군다나 대본을 못 써낼 경우 팬들뿐 아니라 제작진까지 헨리가 집필진의 주축이었고 루비는 들러리였다는 추측에 확신을 더할지도 모르는 상황이다. 그렇게 되면 루비는 명성도 잃고 지금까지 이룬 최고의 업적도 잃으면서 다시는 일을 받지 못할지도 모른다. 즉, 스토리가 될 만한 구체적 사실이 많아서 충분히 발전시켜 나갈 수 있다.

제니가 뽑았던 문제 후보들 대부분이 시한이 있긴 했지만, 결국 주인공이 스토리와 직접 관련된 행동을 당장 취할 수밖에 없는 것은 하나뿐이었다. 그런데 여기서 흥미로운 사실이 있다. 지금 선정된 문제에는 사실 제니가 처음 떠올렸던 아이디어의 대다수가 반영되어 있다. 헨리가 다른 작업 파트너를 구하지는 않지만, 혼자 작업하기로 결정한다. 그러다가 어떤 사건이 일어나서 결국 헨리는 죽음에 임박하게 된다. 따라서 제니가 처음 생각했던 아이디어 중에서 아직까지 그 어느 것도 완전히 버려지지 않은 상태다. 지진만 빼고.

당신이 뽑은 플롯 문제 후보들을 대상으로 테스트 1을 수행해 보자. 세 관문을 모두 통과하는지 엄격하게 따져 본다. 아마 제니의 경우처럼 문제들이 점점 발전하기도 하고 서로 합쳐지기도 할 것이다. 그런 후에도 살아남은 후보가 몇 개 이상 있을 수 있다. 그렇다 해도 안심하지 말자. 첫 번째 테스트는 외적 측면에 대한 것이었고, 이제 내적 측면의 테스트가 남아 있다.

플롯 문제 테스트 2: 주인공에게 소설의 주제가 될 내적 변화를 일으킬 수 있는 문제인가?

'시한폭탄'이 있는 것만으로는 부족하다. 폭탄이 적절한 종류의 폭탄인지 즉, 시한 내에 해결해야 하는 문제가 소설의 전 깃줄에 항상 닿아 있는지 살펴보아야 한다. 이것은 사소한 조건이 아니다. 이 조건이 충족되어야 외적 문제가 소설의 요점을 확실히 전달할 힘을 갖기 때문이다. 어느 문제가 전깃줄에 가장 잘 이어져 있는지 알아보려면, 다음 두 질문에 답해 보자.

문제가 초래할 임박한 결과 때문에
주인공이 자신의 잘못된 믿음과 씨름할 수밖에 없는가?

"으악!"(제니의 비명이다.)

지금으로서 이 질문에 대한 제니의 답은 '아니요'다. 아직까지는 그렇다. 현재 시나리오는 전깃줄과 이렇게 저렇게 이어질 수 있는 여지가 분명히 있지만, 직접적으로 항상 이어진 고리가 없어서 소설의 동력을 만들어 주지 못한다. 루비로서는 당장 눈앞에 일어난 일이고 자기 파트너가 사고를 당했으니 어쩔 수 없이 해야 하는 일에 불과하다. 즉, 대체로 외적인 문제다.

제니는 현재 시나리오를 전깃줄에 더 단단히 묶어 줄 방법을 구상해 보았다.

이렇게 생각해 보면 어떨까. 그 드라마가 사실은, 아니 루비와 헨리가 지금까지 같이 써 온 작품이 모두, 루비 자신이 현실에서 경멸하는 삶을 대리 체험하는 공간인 거야. 진정한 관계를 토대로 한 삶이지. 루비는 사실 자신의 판타지를 활짝 펼치고 있는 거야. 헨리와 함께 집필하고 있으므로 헨리와 친밀감을 한껏 누리는 공간이기도 해. 즉, 루비는 사생활에서 자기가 피하려고 그토록 애쓰는 것을 자기도 모르게 일을 통해 체험하고 있어. 이제는 이 모든 사실을 받아들일 수밖에 없어. 대본 집필을 놓아 버릴 수는 없으니까. 결말을 고쳐 쓰지 않으면 안 되는 상황에서, 제대로 된 결말을 만들 방법은 하나뿐이라는 걸 깨닫게 돼. 바로, 지금까지 자기가 기피하고 폄하해 왔던 그런 사랑에 관해 이야기할 용기를 내는 것. 쇼는 계속되어야 하고, 루비는 자신의 잘못된 믿음을 직시할 수밖에 없어.

빙고! 소설 전반을 관통하는 플롯 문제와 소설의 전깃줄을 단단히 이어 줄 고리가 나왔다. 루비는 드라마의 결말을 고쳐 써야 하고, 이는 자신의 잘못된 믿음을 정면으로 맞닥뜨려야 하는, 무척 두려운 일이라는 것.

이제 남은 질문은 딱 하나다.

주인공이 자신의 목표 달성 여부와 관계없이
다가오는 결과로 인해 큰 감정적 대가를 치르게 되어 있는가?

마침내 루비의 경우 "물론!"이라고 답할 수 있는 질문이 나왔다. 그리고 모든 소설의 주인공이 그렇듯, 루비도 감정적 대가를 치름으로써 자신의 세계관을 완전히 뒤엎게 될 것이다. 잊지 말자. 우리가 찾는 플롯 문제는 주인공을 가차 없이 변화로 내몰 힘이 있어야 한다. 변화하거나, 적어도 변화하려고 필사적으로 애쓰게 만들어 주어야 한다.

됐다! 제니의 소설을 관통할 플롯 문제가 정해졌다. '루비가 마감 기한 내에 결말을 고쳐 쓸 수 있을 것인가?' 그게 이 소설의 중심 시한폭탄이다. 이제 그걸 가지고 스토리의 시작점을 결정할 수 있다.

여기서 중요한 사실이 있다. 다른 폭탄들은 모두 이 중심 폭탄에 맞춰서 움직이고 의미를 갖는다는 것이다. 즉, 다른 모든 문제는 소설을 관통하는 플롯 문제에서 파생되어 문제를 더 복잡하게 만들면서 시시각각 닥쳐오는 결과에 영향을 주어야 한다. 제니의 소설에서 그런 역할을 할 문제로는 헨리의 임박한 죽음, 결말을 자기가 쓰겠다고 하는 열혈 팬, 루비가 한두 시간만 빌리려고 했던 개를 두고 벌어지는 추격전 등이 있다.

과제

남아 있는 플롯 문제 후보들을 대상으로 테스트 2를 수행해 보자. 스토리의 전깃줄에 닿아 있으면서 소설 전체를 관통할 하나의 문제만 남긴다. 만족스러운 답을 얻으려면 아마 제니의 경우처럼 파고들고 다듬고 조정하는 작업을 좀 더 해야 할 텐데, 사소한 꼬투리를 잡는 작업처럼 보일지 모르지만 무척 중요한 작업이니 절대 거르지 말자!

모든 관문을 통과하여 두 테스트를 충족하는 하나의 플롯 문제에 도달할 때까지 포기하지 말고 매진하자.

서서히 윤곽을 드러내는 첫머리

이제 마침내 결정적인 질문을 던질 차례다. 소설의 시작점을 언제로 잡을 것인가? 구체적으로 무슨 일이 일어나야 연쇄반응을 통해 모든 일이 줄줄이 벌어지게 될까? 주인공이 안전지대 밖으로 첫 발을 내딛게 만들려면 무슨 일이 일어나야 할까? 좋은 소식은, 당신이 마련해 놓은 시한폭탄에 답이 있다는 것이다. 시한폭탄이 가장 결정적인 째깍 소리를 내는 타이밍을 짚어 내기만 하면 된다. 현실에서도 그렇듯이, 첫 번째 째깍 소리는 정답이 아니다. 째깍 소리 한 번으로 이상한 낌새를 눈치채는 사람도 거의 없다. 째깍 소리가 네 번이나 다섯 번은 들려야 비로소 의식되면서 뭔가가 심상치 않다는 느낌이 서서히 든다. 물론 그때쯤이면 문제가 대개 상당히 진행된 후다. 다음은 제니가 자신의 스토리를 관통하는 문제를 놓고 첫 번째 째깍 소리부터 결정적인 째깍 소리까지 차례로 구상해 본 것이다. 가만히 집 안에 앉아 고민만 하던 루비가 행동에 나설 수밖에 없는 타이밍이 있다. 함께 찾아보자.

첫 번째 째깍 소리 헨리와 루비가 마지막 화의 대본을 써. 평소 같으면 아주 원활했을 공동 작업이지. 둘만의 효율적인 방식이 있어서, 루비가 이런저런 아이디어를 내면 헨리가 질문하고 다

그치고 독려하여 살을 붙이고, 그런 다음 루비가 자리에 앉아 실제 집필에 들어가. 이미 수없이 해 본 방식이야. 그런데 이번에는 작업이 순탄치 않아. 함께 쓰는 마지막 대본이고, 헨리는 루비를 두고 영화 쪽 일을 하러 떠난다는 데 죄책감을 느껴(자기 혼자 해낼 수 있을지 불안한 마음도 아마 있겠지). 루비는 배신감에 화가 나 있고, 자기 감정을 숨기지 않아. 둘은 스토리의 결말을 놓고 의견 일치를 보지 못하고, 루비는 결국 헨리의 생각에 동의해 주지만 대본을 건성으로 써서 내. 드라마 PD(이름은 샤론이라고 하겠음)가 그대로 제작에 들어가자 루비는 놀라워해.

두 번째 째깍 소리　촬영이 한창이던 중, 제작사 측의 누군가가 결말의 막바지 수정을 요구해. 샤론은 체면을 구기고, 루비와 헨리는 엄청난 부담을 떠안아. 두 사람의 아물지 않은 상처가 다시 도지고, 둘은 어떻게 할지를 놓고 언쟁을 벌여.

세 번째 째깍 소리　두 사람의 언쟁으로 말미암아 헨리가 안타까운 사고를 당해. 자전거를 타다가 자동차에 치이는 걸로 할까 봐(우리 남편이 자전거를 타는데 늘 그런 위험이 있어). 의사들이 헨리의 예후를 살피고, 루비는 소식을 듣고 자기 귀를 의심해. 모든 것이 혼미한 상황.

네 번째 째깍 소리　헨리가 살날이 얼마 남지 않은 것이 확실해지고, 대본 완성 기한은 일주일도 채 남지 않은 상황이야. 루비는 글을 쓰기는커녕 숨도 제대로 쉬지 못하고, 비통한 마음과 현실 부정에서 헤어나지 못해.

다섯 번째 째깍 소리 그때 샤론과 드라마 팬들이 뭔가 일을 벌이는 통에 루비가 나설 수밖에 없게 돼. 한 열혈 팬(이름은 클레멘타인)이 대본을 썼는데, 샤론이 읽어 보니 충분히 쓸만하다 싶은 거야. 루비로서는 결코 받아들일 수 없는 일이니, 최종화를 벼락치기로 써내야겠다고 결심해. 하지만 지금까지 대본을 혼자 써 본 적도 없는데, 하물며 그렇게 빨리 쓴다는 건 말이 안 돼. 게다가 결말을 어떻게 지을 것인지부터가 문제야. 헨리가 원했던 쪽으로 할 것인가, 루비 자신이 최선이라고 생각했던 쪽으로 할 것인가. 루비는 갈피를 못 잡고 아무 일도 제대로 하지 못해. 식사도 못 하고, 잠도 못 자고, 계속 토하기만 해.

제니는 여기까지 구상하고 멈추었다. 이 정도면 루비의 스토리가 시작될 수 있는 플롯 구성점에 이르렀다는 생각이었다. 틀린 생각은 아니었다. 그렇지만 다섯 번째 째깍 소리에도 빠진 것이 있다. 무엇인지 알겠는가? 루비를 '어쩔 수 없이 행동하게 만들 무언가'가 없다. 나는 제니에게 한 단계만 더 나아가 보라고 요청했다. 이쯤에서 개가 등장하면 좋겠다고 했다. 제니가 구상한 여섯 번째 째깍 소리는 다음과 같다.

여섯 번째 째깍 소리 루비의 언니 노라(수의사, 루비가 결혼까지는 안 하더라도 개는 키웠어야 한다고 늘 생각하는 사람)는 동생이 심란해하는 것을 보고 정신줄을 놓을까 봐 걱정돼. 심지어 루비가 자살할지도 모른다는 생각에, 딴마음 먹지 못하도록 손을 써야겠다고 결심해. 루비를 집에서 데리고 나와 자기 집에서 지내게 하려는 거지. (알아, 의문이 들 수도 있어. 다 큰 성인에게 도대체 무슨 권한으로 그런다는 건가 싶겠지. 그건 좀 더 생각해 볼게.) 어쨌거나 루비가 생각하기에 이건 선을 넘은 행동이야. 이런 굴욕이자 불편이자 모독을 도저히 묵과할 수는 없어. 그래서 그다음 장면에서 결심하게 되는 거지. 개 한 마리를 한두 시간만 '빌리면', 노라가 납득하고 자기에게서 손을 뗄 것이며, 그래야만 힘든 작업을 해낼 가망이 조금이라도 있다고 생각하는 거야. 그런데 어쩌다 보니 개를 데리고 도망치게 돼. 물론 루비는 비통함에 넋이 나가 있으니 판단 능력이 온전한 상태는 아니지.

아하! 여섯 번째 째깍 소리가 정답이다. 이로써 독자는 외적인 플롯 문제의 한복판에 떨어져(대본을 수정해야만 한다), 전깃줄을 밟고 서게 된다(현재 루비는 가족, 팬들, 개를 막론하고 누구와의 관계도 믿지 못한다). 서론도 없고, 설명도 없고, 상황 그 자체뿐이다. 그런데 다음 장에서 제니가 이 장면을 글로 쓸 때

보면 알겠지만, 루비가 자신이 처한 상황을 이해하려고 할 때 이전 몇 번에 걸친 째깍 소리의 내용도 대부분 등장하여 보조하는 역할을 하게 된다.

플롯 측면에서도, 이어질 개 납치극은 나름의 강력한 시한폭탄을 안고 있어서 루비를 당장 뛰어다니게 만들 수 있다는 장점이 있다. 따라서 루비의 중심 문제를 끌고 갈 역할을 그 납치극에 맡기고 "달려라 달려!" 하면 된다.

앞에서 주인공이 빙산의 일각을 얼음 쪼가리로 착각한다는 얘기를 했는데, 이게 딱 그런 예다. 루비 생각엔 간단한 일일 테니까. 그냥 개를 휙 낚아채서 한두 시간 데리고 있다가 언니가 자기에게서 관심을 끄면 원래 있던 집 뒤뜰에 고스란히 되돌려 놓는다는 계획이다. 하지만 계획대로 될 리가 없고, 그게 물론 포인트다.

또, 겉으로 일어나는 사건이 스토리의 본질이 아님을 보여주는 좋은 예이기도 하다. 겉으로만 볼 때 개 납치극은 루비의 스토리와 아무 관련이 없다. 하긴 영화 〈참새들의 춤〉에서 변기 고장이라는 사건이 주인공이 광장공포증을 극복하는 것과 무슨 관련이 있었겠는가? 그 자체로는 아무 관계가 없다. 영화감독은 그 사건을 이용해 주인공이 어쩔 수 없이 다른 사람과 만남으로써 자신이 안고 있는 문제와 직면하게 한 것이다. 마찬가지로 제니는 개 납치극이라는 사건을 이용해 루비가 자신의 세계관을 흔들고 변화시킬 사람들을 만남으로써 자신의 잘못된 믿음과 맞닥뜨리게 할 것이다. 아마도 루비는 그 덕분에 결국 대본을 써내고 플롯 문제와 내적 스토리를 모두 해결하게 될 것이다.

과제

소설의 첫 장면으로 이어질 째깍 소리를 차례로 묘사해 보자. 그리고 주인공이 행동에 나설 수밖에 없는 시점을 짚어 보자. 그 시점에 이르면 저절로 알 수 있다. 강한 추진력이 느껴지면서, 주인공이 '지금 당장' 행동하지 않으면 안 된다는 느낌이 팍 올 것이다. 그렇게 될 때까지 시한폭탄을 계속 째깍거리며 가게 하자. 모든 요건이 충족되는 시점을 찾아내기 위해 시행착오를 주저하지 말자. 소설을 관통하는 플롯 문제, 중심 시한폭탄, 전깃줄이 모두 연관되어 있어야 한다.

그 시점은 세 번째나 네 번째 째깍 소리일 수도 있고, 일곱 번째일 수도 있다. 정해진 횟수는 없다. 어쨌든 그 시점을 확정했다면 이제 소설의 첫 장면을 파고들 준비가 된 것이다. 다시 말해, 밑그림 작업에 본격적으로 들어갈 수 있다.

하지만 그전에 축하하는 시간을 갖자. 당신은 지금까지 주인공의 과거를 파고든 덕분에 소설의 시작점을 알고 있을 뿐 아니라, 왜 그렇게 되어야 하는지, 또 어떤 큰일이 기다리고 있으며 그것이 주인공에게 어떤 의미인지도 알고 있다. 더 굉장한 건, 당신이 쓸 소설이 무엇에 관한 것인지도 알고 있다는 것. 진지하게 말하는데, 그런 작가는 놀랄 만큼 드물다. 작가에게 소설이 무엇에 관한 것이냐고 물어보면 플롯 속 사건을 감동적으로 열심히 설명해 주는 게 보통이다. 물론 작업에 대한 열성이 대단한 건 틀림없지만, 듣다 보면 이런저런 사건 모음처럼 생각될 뿐 스토리 같지가 않다. 처음엔 흐름을 따라가려고 애쓰다가, 나중엔 딴생각하지 않으려고 기를 쓰지만, 이런 생각이 자꾸 든다. '그래서 어쨌다는 걸까?'

반면에, 당신은 독자를 홀릴 소설을 만들 재료를 갖춰 놓았다. 당신의 소설이 들려줄 스토리에 관해 이미 상당히 많은 것을 알고 있으니까. 이제는 그 스토리를 구현해 줄 플롯 작성에 들어갈 차례다.

마지막으로 한마디 하자면, 여기서부터는 뇌과학 원리보다 글쓰기에 훨씬 더 집중할 예정이다. 당신은 무엇이 독자를 혹하게 하며 '왜' 그런 것인지를 이제 잘 알고 있다. 당신은 뇌의 작동 원리도 알고 있고, 스토리의 엄청난 힘도 이해하고 있다. 스토리가 우리 뇌의 언어라는 것도 알고 있다. 이제부터는 그 언어를 배우는 것을 넘어, 그 언어를 구사하게 될 것이다.

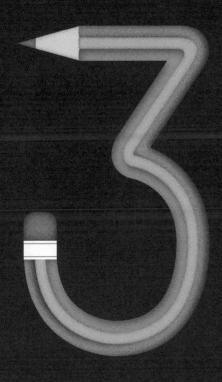

내적 투쟁을 일으킬
시련의 장 설계하기

9장

도입부 쓰기
: 장면 카드로 밑그림 그리기

움직임을 행동과 혼동하지 말라.

▶ 어니스트 헤밍웨이

그렇다면 소설의 밑그림이란 정확히 무엇이며, 전깃줄에 이어진 플롯을 만드는 데 어떻게 도움이 되는 걸까? 그 질문이 나오기만을 기다렸다.

소설의 밑그림이란 한마디로, 외적 플롯의 진행을 장면별로 나타낸 것이며, 그 진행 동력은 매 사건으로 인해 일어나는 주인공의 내적 투쟁이다.

이제 지금까지 밝혀낸 모든 것을 바탕으로 밑그림을 만들어 나갈 것이다. 그동안 당신은 소설의 시작점에 이르기까지 주인공이 살아온 과거의 모습을 이미 살펴보았다. 이제 그 과거를 더욱 깊이 파고들면서, 주인공이 자신의 과거로 인해 앞으로 어떤 사건들에 맞닥뜨릴 것이며 거기에 어떻게 반응할지를 결정할 차례다.

플롯을 전깃줄에 이어 주는 일이 쉽지 않아 보인다면, 좋은 소식이 있다. 당신은 그 작업을 지금까지 많이 했다. 앞에서 당신이 썼던 배경 스토리 장면들을 생각해 보자. 어느 장면에서든, 외적 사건을 끌고 가며 의미를 부여하는 것은 주인공의 내적 반응이다. 제니의 기원 장면을 예로 들어 보자. 거기엔 외적 사건만 있는 게 아니다. 물론 앤더슨 아저씨가 죽고 베스가 축구장에서 무너지는 사건이 묘사되지만, 무엇보다도 그런 사건이 루비에게 어떤 영향을 주는지가 그려지고 있다. 그 장면이 보여 주려는 것은 루비의 잘못된 믿음이 생겨나는 순간이다. '사랑은 결국 사람을 파멸시킨다'는 그 잘못된 믿음은 그 후 루비가 살아갈 삶의 궤적을 이끌어 간다. 이 점은 당신의 주인공도 마찬가지다. 미스터리 소설이라면 범죄자에 해당되는 얘기일 테고, 수사관에도 해당될 수 있다.

여기서 중요한 점이 있다. 밑그림을 구성하는 장면들이 각기 따로 놀아서는 안 된다. 각 장면은 점점 고조되어 가는 인과 경로상에 놓여 있어야 하며, 항상 앞 장면이 다음 장면을 유발하는 관계여야 한다. 그러므로 작업은 장면 단위로 하더라도,

항상 각 장면이 전체 경로상에서 맡은 역할을 잘 수행할 수 있도록 의식하면서 해야 한다. 그러지 않으면 아무리 장면을 훌륭하게 썼다 해도 스토리가 가다가 멈춰 버릴 뿐 아니라 그다음 장면이 필연적인 인과 관계로 이어지지 않는 문제가 생긴다. 밑그림을 짜면 그런 실수를 할 여지도 줄어들고, 각 장면을 생각보다 훨씬 직관적으로 쓸 수 있다.

그런데 매 장면이 그 앞뒤 장면과 맞물려서 매끄럽게 고조되는 하나의 스토리라인을 이루어야 한다면, 대형 롤 도화지라도 사서 거실에서 침실을 거쳐 주방까지 바닥에 쭉 펼쳐가면서 장면을 시간 순서대로 적어야 할까? 그렇지 않다. 그런 방법은 너무 번거롭고 구식인 데다, 수정이 어려워 유연성이 떨어지므로 플롯 짜기에 적합하지 않다. 우리가 쓸 방법은 전통적인 방법을 살짝 변형한, '스토리 장면 카드'라는 것이다.

인덱스카드를 이용하는 방법에 대해서는 아마 들어 보았을 것이다. 조금씩 다른 여러 카드 형태가 있지만, 그 개념은 기본적으로 같다. 카드 한 장에 장면 하나씩, 아무 준비 없이 생각나는 대로 쓴다. 그런 다음 카드들을 마음대로 이리저리 움직여 순서를 바꿀 수 있다. 아니, 바꾸는 게 좋다고 한다. 그 즉흥성이 인기의 비결이기도 하다. 카드를 골라 잡자! 공중에 던지자! 새롭고 기발한 순서로 배치해 보자!

그런데 그 방법은 심각한 결함이 있다.

인과 관계란 게 있으니, 한 장면을 옮기면 나머지 장면들이 앞뒤가 안 맞으면서 소설의 내적 논리가 대책 없이 꼬이기 쉽다는 점이다. 그렇긴 하지만, 지금은 장면의 순서도 바꿔야 하고 무엇보다 수많은 장면을 추가해야 하는 단계 아닌가. 그럼 소설의 서사 구조를 망가뜨리지 않으면서 장면을 옮기고 추가하려면 어떻게 해야 하나?

간단하다. 각 사건이 점점 고조되면서 인과 관계로 이어지는 양상을 추적 관리하면 된다. 그러면 어느 사건을 쉽게 이동할 수 있는지, 또 어느 사건을 이동하면 플롯이 모래성처럼 무너지는지 한눈에 알 수 있다. 또 무언가를 이동하고 나서 논리적인 허점이나 모순이 발생할 경우 바로 깨달을 수 있다. 사고로 치면 응급 환자가 병원에 바로 통보되는 셈이다. 따라서 그런 문제가 싱크홀이 되어 소설을 통째로 빨아들이기 전에 미리 조치할 수 있다.

그런데 플롯을 이런 식으로 만들어 나가면 너무 기계적이고 빤하게 되는 게 아닐까? 독자는 둘째 치고 작가가 보기에도 따분하지 않을까? 걱정할 필요 없다. 일단, 모든 장면은 논리적으로 일어날 수 있는 결과가 하나가 아니라 몇 가지 있는 게 보통이다. 독자는 어떤 가능성들이 있는지 알기에 이렇게 되면 좋겠다, 저렇게 되면 어쩌지, 하면서 계속 읽고 싶어지는 것이다.

그리고 우리가 이름을 '카드'라고 부르고는 있으나 인정할 건 인정하자. 작가라면 누구나 깃펜, 두꺼운 미색 종이, 손에 묻은 잉크 얼룩 등에 대한 로망이 있겠지만, 순수한 아날로그 방식은 단점이 명백하다. 특히 인덱스카드는 보통 5×3인치 규격으로 되어 있는데, 당신이 매의 눈이거나 돋보기라도 들고 작업하지 않는 한, 크기가 너무 작다. 또 펜으로 적으면 수정이 어렵고, 연필로 적으면 지우고 쓰고 하다 종이가 찢어질 우려가 있다.

따라서 디지털 방식으로 하는 편이 나을 것이다. 견본 양식을 마련해 놓고 원하는 만큼 자세히 적으면 된다. 그래도 아날로그 방식으로 하고 싶다면, 인덱스카드보다는 일반 크기의 종이가 낫다. 자, 그럼 서론은 이만 줄이고, 우리가 지금부터 사용할 '장면 카드'의 양식을 공개하겠다.

가장 먼저 적어 넣을 것은 '핵심 요점alpha point'이라고 하는 것이다. 핵심 요점은 소설의 외적 인과 경로에서 이 장면이 맡은 핵심적 역할이다. 이 장면에서 일어나는 가장 중요한 사건이라고도 할 수 있다. 핵심 요점은 "이 장면이 왜 필요한가?" "이 장면의 주 임무가 무엇인가?"라는 질문에 대한 답이 되어야 한다. 각 장면은 핵심 요점 덕분에 소설의 시간축 위에 자리를 잡게 된다. 모든 장면은 구체적인 핵심 요점이 있어야 하며, 어떤 장면 카드를 처음 만들 때는 채워 넣을 수 있는 정보가 핵심 요점밖에 없는 게 보통이다. 물론 괜찮다. 그렇지만 장면의 역할은 하나의 요점을 전하거나 하나의 변화를 일으키는 게 전부가 아니라는 것도 잊지 말자. 대부분의 장면은 그 안에서 몇 개의 서브플롯이 동시에 진행되기도 하고, 수많은 변화가 일어나 소설 전반에 여파를 남기기도 한다. 그래서 핵심 요점 바로 밑에 서브플롯을 적게 되어 있다. 앞으로 밑그림을 만들어 나가는 과정에서 여러 층을 추가하고 서브플롯을 전개함에 따라 기존의 카드에 계속 정보를 추가하게 된다. 그러나 한 장면에서 무엇보다 중요한 것은 역시 핵심 요점이다. 핵심 요점이 없는 장면은 무의미한 사건에 불과하기 때문이다.

카드는 가운데 선을 기준으로 좌측과 우측으로 나뉘어 있다.

- 좌측은 인과 관계의 '원인'을 나타낸다.
  - → '플롯' 칸에는 장면을 둘로 나눌 때 앞쪽에 일어나는 사건을 적는다.
  - → '전깃줄' 칸에는 주인공이 품은 동기를 고려해 그 사건이 주인공에게 왜 중요한지를 적는다.
- 우측은 인과 관계의 '결과'를 나타낸다.
  - → '플롯' 칸에는 사건이 초래하는 외적 결과를 적는다. 이 장면 내에서 벌어지는 결과라는 것에 유의하자. 다음 장면에서 벌어질 결과가 아니다.
  - → '전깃줄' 칸에는 사건이 주인공에게 일으키는 내적 변화, 즉

장면 번호:

핵심 요점:

_____ 서브플롯:

_____ 서브플롯:

	원인	결과
플롯	사건	사건의 결과
전깃줄	사건의 중요성	깨달음
		그래서?

깨달음을 적는다. (주인공이 나오지 않는 장면인 경우는 장면을 바라보는 시점을 제공하는 '시점 인물'에게 일어나는 깨달음을 적고, 주인공이 나중에 알게 될 때 주인공에게 일어날 깨달음도 적는다.) 이 깨달음은 반드시 행동으로 이어져야 하고, 주인공의 바로 다음 행동이 되기 쉽다. 다시 말해, 주인공이 자신의 전략에 크건 작건 어떤 수정을 가해야 한다.

잊지 말자. 모든 장면에는 외적 측면과 내적 측면 각각 힘들게 이루어진 어떤 변화가 있어야 한다. 다른 장르에서도 마찬가지다. 어떤 전개가 펼쳐지든, 가령 믿었던 단서가 흐지부지되었다 해도, 주인공은 그로 인해 어떤 통찰을 얻으면서 상황을 좀 더 잘 이해하게 된다.

플롯 차원의 변화는 외적인 변화이므로 당연히 눈에 더 잘 띈다. 깡통을 차면 데구루루 굴러간다. 은행을 털면 경찰이 쫓아온다. 키우는 햄스터에게 밥 주는 것을 잊으면, 끔찍하다. 그러다 보니 중요한 사실을 잊기 쉽다. 바로, 각 장면에서 어찌할지 고심하는 주인공의 '세계관'도 조금씩 바뀌어야 한다는 것. 모든 장면 속에는 전깃줄에 이어진 내적 투쟁이 있다. 그 내적 투쟁은 장면마다 별개가 아니라, 첫 페이지부터 마지막 페이지까지 고조되어 가는 단일한 투쟁이라는 큰 틀 안에서 진행된다. 매 장면에서 주인공이 어떻게 조금씩 바뀌어 가는지 기록

함으로써 주인공의 세계관 변화를 계속 추적할 수 있다. 그뿐 아니라 주인공이 다음에 할 행동, 그리고 무엇보다 중요한, 행동의 '이유'에 대해 통찰을 얻을 수 있다.

소설을 3인칭으로 쓴다면 주인공이 전혀 등장하지 않는 장면도 있을 것이다. 그럴 경우 카드의 윗부분인 플롯 영역은 똑같지만 아랫부분인 전깃줄 영역은 좀 달라진다. 왼쪽의 '사건의 중요성'은 그 장면의 시점 인물과 주인공 각각에 대해 적는다. 오른쪽의 '깨달음'도 마찬가지로 시점 인물이 깨닫는 것, 그리고 주인공이 나중에 상황을 알게 되었을 때 깨달을 것을 각각 적는다. 물론 주인공은 이 장면에서 일어난 일을 한참 동안 모를 수도 있지만, 그래도 알게 되면 어떻게 될지를 작가는 알고 있어야 한다. 독자도 궁금해하지 않겠는가. 이 사건이 주인공의 투쟁에 어떤 영향을 미칠 것인지, 독자들도 가늠해 볼게 틀림없다.

카드의 가장 아래쪽에는 '그래서?'라는 물음이 있다. 여기에는 이 장면에서 벌어진 일로 인해 다음에 일어날 일을 적는다. 핵심 요점처럼, 이것도 구체적이면서 행동에 기반한 사건이어야 한다. 개념적이고 감정에 기반한 것이어서는 안 된다. 예를 들어 헨리가 살 가망이 없음을 루비가 알게 되는 것이 '사건의 결과'라면, '그래서?'는 단순히 루비가 아주 슬프다는 것이어선 안 된다. 슬픈 루비가 무슨 행동을 할 것인지 말해 주어야 한다. 헨리를 잃는다면 연인과의 사별이기도 하지만 루비 혼자서 대본을 다시 써야 하는 상황이기도 하니, 어떻게 할 것 인가?

제니가 완성한 1번 장면 카드를 살펴보자. 앞에서 우리가 시한폭탄 째깍 소리 작업을 하면서 구상한 첫 장면을 다듬은 것이므로 이미 아주 명확하게 표현되어 있다.

이 장면 카드에서 주목할 요소

- 이 장면에서는 많은 일이 일어나고 있지만, 가장 중요한 요점이 '핵심 요점'에 구체적으로 담겨 있다. 즉, 루비가 이제 행동에 나서서 대본을 쓰려고 한다(적어도 생각은 그렇다는) 것이다. 그게 이 장면의 요점이자, 이 장면에서 꼭 일어나야 하는 일이다. 그러지 않으면 스토리가 앞으로 나아갈 수 없다. 루비가 집에 앉아 한없이 울고만 있을 수는 없는 노릇 아니겠는가. 그런 내용의 소설을 좋아할 독자는 없을 것이다.

- 간단명료하게 제시된 '서브플롯'은 이 장면에서 샤론과 노라가 하는 역할과 함께 두 사람의 깨달음을 명시하고 있다. 이를 통해 제니는 두 사람의 다음 행동을 예상해 볼 수 있다. 적을 만한 서브플롯이 없는 경우는 적지 않아도 된다.

- '사건'은 장면의 처음에 일어나는 사건이자, 주인공이 우선 반응해야 하는 사건이다. 하나의 사건일 수도 있고, 몇 개의 사건일 수도 있다. 여기서는 루비가 샤론의 전화를 받는 것, 그리고 이어서

핵심 요점: 루비가 마음을 추스르고 대본을 고쳐 써야겠다고 결심한다.

___샤론___ **서브플롯:** 샤론이 루비가 현실을 부정하고 있으며 열혈 팬이 결말을 써야 할 수도 있다는 것을 깨닫는다.

___노라___ **서브플롯:** 노라가 루비의 상태가 위험하다는 것을 깨닫는다.

	원인	결과
플롯	**사건** • 샤론이 루비에게 연락하여 드라마 결말을 마감시한(72시간 후) 내에 고쳐 쓰지 못하면 클레멘타인이라는 열혈 팬이 대신 써야 할 것이라고 통보하고, 루비는 아직 자기 손안에 있는 유일한 것을 잃게 될 처지가 된다. • 언니 노라가 불쑥 찾아와 루비의 건강을 염려한다.	**사건의 결과** • 루비는 샤론에게 결말을 고쳐 쓰겠다고 약속한다. 결말의 가닥도 잡지 못하고 있고 헨리의 사고 이후 한 자도 쓰지 못한 것은 말하지 않는다. • 루비는 노라의 염려가 도움보다 간섭으로 느껴진다. 루비가 노라를 돌려보내려고 하자, 노라는 내일 다시 와서 루비를 자기 집으로 데려가겠다고 한다.
전깃줄	**사건의 중요성** • 루비는 헨리의 사고 이후 극도로 심란한 상태다. 먹지도, 자지도, 일하지도 못하고 있고, 포기하기 직전이다. • 루비는 헨리 없이 대본을 써 본 적이 없다. • 루비는 이런 고통을 겪어 본 적이 없고, 자기가 겪으리라고 생각해 본 적도 없다. • 루비에게 드라마는 아직 유일하게 남아 있는 헨리와의 연결 고리이자 자신을 지탱해 온 일과의 연결 고리다.	**깨달음** • 루비는 노라가 무척 진지하고 생각보다 더 위협적인 존재임을 깨닫는다. 자기가 지금 슬프긴 해도 다른 문제는 전혀 없다고 노라를 납득시킬 방법을 찾기로 결심한다. **그래서?** 루비는 옷차림을 깔끔하게 하고 냉장고를 가득 채워 놓으면 노라를 납득시킬 수 있으리라 생각하고 마트로 향한다.

노라가 찾아오는 것이다.

- '사건의 결과'는 사건의 직접적인 결과다. 루비가 독자의 눈앞에서 변화를 보이고 있다. 루비는 대본을 쓰려고 마음먹는다. 그러려면 먼저 노라를 안심시켜야만 한다.

- 그 변화는 그저 피상적 행동이 아니라, 루비가 느끼는 '사건의 중요성'으로 인해 일어난다. 루비는 슬픔과 혼란으로 한계점에 이른 상태다. 하지만 중요한 것 하나를 아직 손에서 놓지 않고 있다. 그것은 바로, 헨리와 함께 집필하는 드라마 대본을 마무리 짓는 일이다. 그것만은 결코 포기할 수 없다.

- '깨달음'은 루비가 다음에 취할 행동을 이끌게 된다. 여기서 루비의 깨달음은 대본 작업과는 직접 관련이 없고, 현재 자신의 유일한 걸림돌이라고 생각되는, 노라의 염려에 관한 것이다.

- '그래서?'는 루비가 다음에 할 행동이 무엇인지, 왜 그러려고 하는지를 정확히 명시하고 있다.

과제

소설의 첫 장면 카드를 직접 만들어 볼 차례다. 장면 안에서 무슨 일이 일어나는지도 구체적으로 나타내야 하지만, 주인공의 내적 투쟁도 그 못지않게 구체적으로 드러내야 한다는 것을 잊지 말자. 둘은 서로 맞물린 관계이므로, 어느 한쪽이 없으면 무의미해진다. 주인공이 내면에 품은 동기는 겉으로 일어나는 사건에 감정적 무게와 의미를 부여할 뿐 아니라, 주인공 자신의 결정과 행동을 이끄는 역할을 한다.

필수 과정: 카드를 바탕으로 장면 쓰기

카드 작성이 생각보다 단순하고 정적인 작업이 아니라는 것을 느꼈는가? 작성할 때마다 스토리의 뼈대가 훤히 드러나면서 골치가 아파질 수도 있다. 장면의 내적 · 외적 인과 경로를 구체적으로 잡아 주다 보면 스토리의 논리적 허점이 드러나면서 어떤 부분을 더 파고들어야 할지 분명해질 때가 많다.

다음은 제니가 첫 번째 카드의 내용을 적고 나서 든 생각을 털어놓은 것이다.

이런, 이 장면을 완벽히 짜 놨다고 생각했는데, 지금 보니 먼저 노라에 대해 몇 가지를 알아야만 쓸 수 있겠네(사는 곳이 어디인지, 왜 하필 오늘 찾아오는지, 왜 동생에 관한 발언권이 이렇게 센지). 헨리가 정확히 어떻게 됐는지도 알아야 하고(혼수상태? 뇌사 상태? 여러 차례의 위험한 수술을 앞두고 있는 상태?) 헨리의 병상을 누가 지키는지도 알아야 해(친구? 형제? 어머니?). 그런데 그건 약과야. 둘이 쓰고 있는 드라마에 대해서도 알아야 할 게 너무 많아. 현재 몇 번째 시즌이고, 둘이 최종화의 결말을 처음에 어떻게 처리했는지 알아야 하니, 드라마 하나를 통째로 구상하고 지금까지 둘이서 내용을 어떻게 써 왔는지도 정해야 해. 나 울고 싶어.

이쯤에서 소설 쓰기란 참 힘들다는 사실을 되새겨 보는 것도 좋겠다. 무에서 새로운 세상을 통째로 창조하는 것 아니겠는가. 하나를 결정할 때마다 수많은 질문이 꼬리를 문다. '어떤 일이 일어난다'고 할 때마다 '그런 일이 왜 일어나는지' 고민해야 한다. 이렇게 장면 카드를 만들고 장면을 쓰기 위해 질문을 던지고 답을 찾는 과정은 밑그림 작업에 꼭 필요하다. 그 과정을 밟아야 스토리의 고수가 될 수 있다.

일단은 스케치에서 카드로, 또 거기에서 충분히 살을 붙인 장면으로 나아간다는 게 어떤 식인지 눈으로 직접 확인해 볼 필요가 있다. 그러므로 위에 나왔던 질문들(노라, 헨리, 헨리의 간병인, 드라마 스토리 관련)을 제니가 해결한 과정은 잠시 건너뛰자. 그 작업은 나중에, 장면의 구체적 사항을 결정해 의미를 부여하는 방법을 알아볼 때 다시 논의하겠다.

초고를 써 나갈 때 지금 꼭 결정하지 않아도 되는 아직 미정인 정보가 있다면, 빈칸을 나타내는 기호를 하나 정해 붙여 주고 넘어가면 된다. 예를 들어 [연도] [지명]처럼 적어도 되고, 그냥 [ ]라고만 적어도 된다. 장면을 다 쓴 다음에 [ ] 자리에 들어갈 구체적 정보를 결정해서 넣어 주면 된다.

그럼 제니가 쓴 첫 장면을 소개하겠다. 아직 미완성인 초기 원고지만, 뼈대는 모두 잡혀 있어서 앞으로 펼쳐질 스토리의 무대를 잘 열어 주고 있다.

> 쓰는 것만이 살길이다. 결론은 그거였다. 내가 드라마를 마무리 짓지 못하면, 앞으로 어떻게 고개를 들고 살겠는가? 마지막 대본을 쓰지 않고 헨리를 무슨 낯으로 보겠는가? 병원 침대맡에 앉아 삑삑거리는 기계음을 들으며 아들의 가슴이 오르내리는 모습을 지켜보고 있는 헨리의 어머니를 어떻게 만나겠는가?
>
> 헨리가 그렇게 된 것은 나 때문이었다. 우리가 싸우고 나서 헨리는 자전거에 올라탔고, 나는 붙잡지 않았다. 한 젊은 애가 혈중 알코올 농도 기준을 두 배 넘긴 상태에서 제한 속도의 두 배로 비탈길을 달려 내려오다가, 한눈을 팔았는지 아예 보이는 게 없었는지, 헨리를 들이받았다. 나와 지난 7년 동안 함께 글을 쓰며 함께 살아온 사람을.
>
> "신의 개입은 안 돼." 대본 속에서 어떤 사건이 뚜렷한 이유 없이 일어날 때, 헨리는 늘 지적했다.

그렇담 이건 도대체 뭐란 말인가? 일곱 시즌짜리 작품의 최종화를 촬영 중인 지금? 우리가 마침내 '로미오와 줄리엣(두 사람이 쓰는 드라마가 고전극을 현대적으로 패러디하는 내용이다—옮긴이)'을 살짝 비튼 결말로 결정하고 난 지금? 더할 나위 없이 가혹한 신의 개입처럼 느껴졌다. 이렇게 잔인한 일이 있을 수는 없다.

몸을 일으켜 차고로 갔다. 서늘한 공기 속에 우두커니 서서, 헨리의 자전거가 늘 걸려 있던 빨간색 고무 갈고리를 바라보았다. 헨리는 우편물은 자기 집으로 받아 보면서도 자전거는 여기에 두고 다녔다. 나는 빨간 갈고리를 뚫어지게 응시했다. 마치 마법의 힘으로 자전거를 되돌릴 수 있을 것처럼. 내 인생의 대본을 집필하는 신이라도 되어 시간을 되돌릴 수 있을 것처럼.

고쳐진 대본에서는, 헨리가 자전거에 올라타지 않았을 것이다. 우리가 싸우지도 않았을 것이다. 우리의 황금기를 끝내기로 한 그의 결정에 내가 그리 분통해 하지도 않았을 것이다.

이번 시즌이 시작되기 전, 헨리는 대작 영화의 시나리오 집필을 의뢰받았다. 헨리만이었다. 나는 아니었다. '사람들이 진짜 글 쓰는 사람은 헨리뿐이고 나는 그냥 홍보용인 줄 아는 게 분명해.' 난 그렇게 받아들였다. 우리는 할리우드에서 반길 만한 훈훈한 스토리의 주인공이었다. 음지에서 일하던 스태프 두 명이 작가로 변신해 주목을 받고 있으니까. 하지만 내 상상 속에서 세상 사람들은 이렇게 숙덕거리는 듯했다. '여자는 글 다듬는 일만 하고, 진짜 작업은 남자가 해.' 영화 제작자는 훌륭한 대본을 반값에 확보할 수 있다고 생각한 게 틀림없다. 그런데 헨리는 의뢰를 거절하기는커녕, 그대로 수락하고는 마지막 스토리로 로미오와 줄리엣을 택하자고 했다. 그전까지는 우리가 늘 철저히 기피했던 작품이다. 내겐 너무 불편한 스토리여서 겁이 났으니까. 알았다고 했다. 앞으로 작업도, 일상도 함께 꾸려나가지 못한다는 생각에 한 대 얻어맞은 듯 얼얼하고 허망해서 그냥 그러자고 했다. 그때는 함께 글을 쓰지 못한다는 것보다 더 나쁜 일은 세상에 없을 것 같았다.

차고 문을 닫고 냉장고로 향했다. 냉장고 안에는 작은 플라스틱 용기에 든 사과 소스 하나밖에 없었다. 꺼내서 억지로 몇 입 먹었다. 쓰는 것만이 살길이다. 쓰려면 먹어야 한다.

그때 전화벨이 울렸다.

제발 헨리의 [친척], [이름]이길. [이름]이 헨리가 깨어났다고 전화한 것이길. 헨리는 괜찮고, 나를 찾고 있으니 당장 와달라는⋯⋯.

전화기를 덥석 잡았다.

"여보세요?" 내 모든 바람과 두려움이 한데 부딪혀 폭발하는 듯한, 뭔가 요구하는 듯한 목소리였다.

드라마 PD 샤론이었다. 샤론은 하루 세 번씩 내게 전화했다.

지나치게 친절한 목소리로, 어떻게 되어 가고 있는지, 내게 필요한 게 있는지 물어보곤 했다. 나는 48페이지짜리 대본의 세 페이지를 수정한 상태였고, 대본을 제작진의 손에 넘겨야 하는 시한은 72시간 앞으로 다가와 있었다. 샤론에게 거짓말하기가 점점 더 힘들었다.

"어떻게 돼 가요?" 샤론이 물었다.

"쓰고 있어요. 잘 돼 가요."

"루비, 솔직히 말해 줘요."

나는 방 안의 큰 나무 테이블 위에 놓인 노트북을 멍하니 바라보았다. 헨리와 내가 원래 쓴 대본에서는 줄리엣이 임신하자 로미오가 독약을 주문한다. 자신이 자기 아버지처럼 막돼먹은 아버지가 되리라는 생각에 도저히 견딜 수 없기 때문이다. 줄리엣의 설득으로 로미오는 자살할 생각을 접지만, 줄리엣이 아기를 낳다가 죽고, 로미오는 이제 더할 나위 없는 두려움에 상실감까지 안고 하루하루 살아야 할 운명이다. 나는 그 결말이 마음에 들지 않았다. 비극적이지는 않고 슬프기만 해서 만족스럽지 못한 결말이라고 생각했다.

"지금 나만 시나리오 의뢰받은 것 때문에 화나서 삐딱하게 구는 거지?" 헨리가 물었다.

"그래, 화난 거 맞아. 그 사람들이 나한테는 안 물어본 것도 짜증 나고. 네가 SNS를 혼자 다 하니까 사람들은 나를 없는 사람 취급해. 날 뭘로 생각하는 걸까? 네 타이피스트? 그 사람들이 그래?"

"그건 아무것도 모르는 팬들의 추측일 뿐이야. 왜 그런 걸 신경 써?"

"영화 제작자들 생각도 그렇잖아, 아니야?" 그렇게 말하고 나는 고개를 돌렸다.

"루비, 내가 어떻게 할 수 있는 일이 아니잖아. 왜 나한테만 의뢰했는지는 나도 몰라. 그럼 내가 거기에다가 뭐라고 해? '싫습니다, 루비도 같이 계약하기 전엔 안 됩니다' 그럴까?"

"그럴 수도 있잖아?"

헨리는 일어서서 내 두 손을 감싸 쥐더니, 그대로 들어 올려 입 맞췄다. 그러고는 나를 끌어안았다. "루비, 우리 사이는 그대로야. 아무것도 바뀔 게 없어."

나는 허탈하게 웃었다. 모든 게 바뀔 게 뻔했다.

우리는 어정쩡하게 화해했고, 드라마는 제작에 들어갔다. 그러나 촬영이 끝나기 두 주 전, 문제가 불거졌다. 시간 단위로 꼬박꼬박 급여를 받는 배우들과 제작진을 불러 모아놓고, 샤론의 윗사람이 결말이 마음에 들지 않는다고 돌연 선언했다. 결말에 참신한 맛이 없다고 했다. 대본을 고쳐 쓰라는 지시가 떨어졌고, 이제 모든 사람이 우리 손끝만 바라보는 가운데, 시간은 째깍째깍 흘러가고 있었다.

"줄리엣을 살리자. 둘이 행복하게 잘 사는 걸로 하자고." 헨리가 제안했다.

"안 돼, 그건 절대 안 돼." 내가 말했다.

"네 개인적인 감정을 스토리에 개입시키지 마." 헨리의 그 말에 나는 평정심을 잃었다. 소리 지르고 악을 썼다. 나한테 스토리 쓰는 법 강의하지 말라고, 난 너라는 사람 필요 없다고 했다.

"지금 그걸 말이라고 하는 거야?" 헨리는 라이딩복을 입고, 빨간 갈고리에서 자전거를 내려 페달을 밟았다. 페인트 빛이 바랜 집을 나와, 잡초가 무성한 뜰을 지나, 해가 뜨거운 비탈길을 올라갔다. 만취한 그 젊은 애가 세상 거칠 것 없이 내달리고 있던 그곳으로.

"루비? 내 말 듣고 있어요?" 샤론의 목소리가 전화기에서 흘러나왔다.

작업에 대해 솔직히 말해 달라고 했던가. "솔직히요? 솔직히 말해서 다 쓸 수 있다니까요."

샤론이 땅이 꺼지게 한숨을 쉬더니, 입을 열었다. "말 꺼내기가 쉽지 않은데, 말할게요. 짐하고 얘기를 했는데, 오늘 근무 시간 안으로 확실히 약속을 해 주셔야 해요. 저희가 준비해 놓은 차선책이 있는데, 필요하면 당장 실행에 들어가야 하거든요. 물론 저도 그러고 싶진 않아요. 아무도 그걸 원하진 않아요." 샤론이 잠시 침묵하더니 나직한 목소리로 말했다. "그렇지만 원고

수정이 어려우시면, 누군가는 해야 하니까요."

그렇다. 최후통첩이었다. 나는 전화기를 내려놓고, 먹었던 애플 소스를 싱크대에 토했다.

"루비? 루비?" 전화기에서 샤론이 외치는 소리가 들려 왔다. 도움이 되지 못해 답답해서 지르는 소리였다.

나는 싱크대에 침을 뱉고, 전화기를 들었다. "미안해요."

"루비, 의사를 보내드릴까요?"

나는 맥없이 웃었다. 의사가 오면, 자책감을 몸에서 빼주는 시술이라도 해 주나? 도저히 못 끝내는 스토리를 끝내게 해 주는 치료법이라도 있나?

"괜찮아요? 걱정되네요." 샤론이 말했다.

딱 우리 언니, 노라 말투였다. 밥은 먹고 있니, 잠은 자고 있니, 오늘 밖에는 좀 나가 봤니? 두 사람 다 마치 아픈 아이나 다친 동물에게 말하듯 대하는데, 그게 무슨 소용인가? 이들은 유약한 여자들이 아니었다. 노라는 말과 개와 아이들을 엄격한 규율로 다스리면서 키우고 있었다. 샤론은 뼈 굵은 제작사 간부들도 눈물을 질질 짜게 만드는 거친 TV 제국을 다스리고 있었다. 우리 셋의 공통점이라면 강인하다는 것인데, 두 사람이 그리 쉽게 동정하는 모습이 실망스러웠다.

"걱정 마세요, 마감 맞출게요." 나는 물을 한 모금 머금고 입을 헹궜다. "그런데 궁금해서 그러는데, 차선책이 뭐예요?"

"클레멘타인이요."

"클레멘타인이요?" 내가 외쳤다. 열혈 팬 중에서도 최고 열혈 팬의 이름이다. 그녀는 우리 드라마 팬 사이트 중에서도 가장 인기 있는 사이트의 운영자인데, 모든 방영분을 분석하고 라이브 토론과 트위터 이벤트를 열고 사람들을 참여시켜 드라마에 없는 반전, 자기만의 결말, 자기만의 대본 등을 올리게 하고 있었다. 드라마를 다룬 언론 기사에는 그녀의 인터뷰가 자주 실렸는데, 그녀는 무슨 관계자라도 되는 양 말했다. 자기가 트위터와 페이스북으로 헨리와 몇 마디 나눈다는 이유만으로 특별한 위치에 있기라도 한 것처럼. 내 드라마를 세상 누구에게 넘겨준다 해도, 그녀에게만큼은 절대 넘겨줄 수 없었다.

"샤론, 지금 진심이에요?"

"내일 회사로 불러서 대본 작업을 시킬 거예요. 그러면 일요일까지는 결과물이 나올 거고요. 일이 너무 버거우시면 그렇게 진행하려고 해요."

"이건 내 작품이에요!" 내가 버럭 외쳤다. "저와 헨리의 작품이라고요. 죽어도 꼭 쓸 거예요. 클레멘타인을 부르든, 그 사람 대본을 백날 다듬든, 마음대로 하세요. 월요일에 촬영 들어갈 대본은 제 대본일 겁니다. 이 정도면 확실히 약속이 됐나요?"

"네, 확실히 알아들었어요." 샤론의 목소리는 내가 해내리라는 믿음이 전혀 없는 눈치였다. "필요한 것 있으면 알려 줘요."

나는 전화를 끊고 바닥에 주저앉았다. 할 수만 있으면 헨리에게 전화해 말하고 싶었다. 클레멘타인에게 트윗을 보내 손 떼게 만들라고, 걱정하지 말라고, 내가 결말을 고쳐 쓸 거라고 말해주고 싶었다.

고개를 무릎에 묻고 있는데, 갑자기 문을 두드리는 소리가 들렸다. "루비?"

노라였다. 나는 힘겹게 다가가 조심스럽게 문을 열었다.

"개 사료 사러 시내에 올 일이 있어서." 언니가 안으로 들어오는데, 더러운 청바지와 카우보이 부츠 차림에 플란넬 셔츠 소매를 팔꿈치까지 걷어붙이고 있었다. 발을 내디딜 때 부츠 뒷굽에서 말똥 같은 덩어리가 마룻바닥에 떨어지는 것을 보고 나는 움찔했다. 바닥이 더러워지는 게 신경 쓰여서가 아니라, 언니가 축사에서 바로 온 게 틀림없었기 때문이다. 마치 우리 집에 불이라도 나서, 나를 구조라도 해야 하는 듯 급하게. 개 사료 운운한 것은 순 거짓말이었다. 언니는 수의사니 특제 사료를 이미 대량으로 배송받고 있을 것이다.

언니는 냉장고로 향하면서 채소 스무디와 퀴노아, 수프를 좀 가져왔다고 했다. 그 모습을 지켜보던 나는 그 순간 깨달았다. 나를 파멸시키려고 벼르는 온갖 크고 작은 존재들 중에서, 언니는 생각했던 것보다 훨씬 위협적인 존재라는 것을.

화장실에 들어갔다가 나온 언니가 잠시 가만히 서 있더니, 헛기침하고는 물었다. "수면제?"

"뭐?"

언니가 화장실 쪽을 가리켰다.

"그게 뭐? 잠이 안 오니까 먹지."

"너 전에는 수면제 먹은 적 없잖아?"

내가 어이없다는 듯 웃었다. "전에는 혼수상태인 헨리를 두고 72시간 안에 드라마 결말을 고쳐 써야 했던 적도 없었어."

언니가 한숨을 쉬었다. "마이크하고 얘기했어. 우리는 네가 정말 걱정돼. 너 여기 혼자 있으면 안 될 것 같아. 오하이오로 와서 우리랑 좀 같이 있자. 몇 달만. 더 오래 있을 것도 없고······."

숨이 턱 막히는 것 같았다. "걱정해 줘서 너무 고마워. 그런데 난 괜찮아. 아무 문제 없어. 가져온 음식 먹는다고 약속할게."

"여기 너 혼자 있으면 정말 안 될 것 같아. 지금은 너한테 좋지 않아." 언니가 부드럽고 다정한 목소리로 말하는데, 한층 더 심란했다. "내일 다시 올게, 알았지? 짐 싸는 거 도와줄게."

아무 말 없이 언니가 자기 물건을 챙겨서 나가는 것을 보고만 있었지만, 내 결심은 확고했다. 내가 이 집에서 나가는 일은 없다. 골수팬이 막바지에 우리 작품을 훔쳐 가도록 놔둘 수도 없다. 난 대본 수정을 할 것이다. 바로 이곳, 해가 쏟아지는 창가의 큰 나무 테이블에서. 이 자리에서 나는 늘 글을 썼고, 헨리는 앉았다가 일어났다가 서성거리다가 내게 어르고 다그치고 묻곤 했다. 그 덕분에 내 생각이 다듬어지면서, 막연하고 허술하던 아이디어도 탄탄하고 생생하게 거듭났다.

언니를 납득시켜 내게서 손을 떼게 만들자. 그것만 하면 된다.

이 장면에서 주목할 요소

- 제니는 첫 문장에서부터 상황의 심각성을 독자에게 알리고 있다. "쓰는 것만이 살길이다"라는 짤막한 문장이 즉각 맥락을 깔아 주는 덕분에 그 뒤로 벌어지는 모든 일이 의미를 띠게 된다. 또 독자의 호기심을 즉각 불러일으키는 효과도 있다. 독자는 '쓴다니 뭘? 살길이라고? 뭔가 심각한 일이 있나 보네. 뭘까?' 하고 생각하게 된다.

- 장면 중에 배경 스토리가 무척 많은 것을 알 수 있다. 다시 말해, 루비의 기억이 많이 등장한다. 루비는 자신의 기억을 잣대 삼아 현재 상황을 해석하면서 어려운 결정을 내리려고 애쓴다. 요컨대, 시한폭탄이 처음 몇 번 째깍거린 순간(그리고 더 이전의 과거)에 대해 제니가 밝혀냈던 모든 정보는, 루비가 세상을 보는 렌즈의 일부분이 되어 루비의 상황 판단에 관여하고 있다. 더 중요한 사실은, 루비가 바로 그 주관적·전략적 상황 판단에 따라 다음 행동을 취한다는 것이다.

- 제니는 '로미오와 줄리엣'식 결말의 수정에 대한 루비의 생각을 보여 줌으로써 사랑에 대한 루비의 잘못된 믿음을 암시하고 있다.

- 제니는 루비의 당면 목표를 명확히 제시하고 있다. 즉, 루비는 대본 마감을 맞추는 일의 최대 장애물이 언니라는 깨달음에 이른다. 물론 독자는 루비보다 한발 앞서 있고, 그게 제니가 의도한 바다. 그래야 독자가 다음 일을 예상해 볼 수 있고, 딱하게도 뜻밖의 전개에 충격받을 게 뻔한 루비에게 감정이입이 될 테니까. 여기서 독자는 두 가지를 즉시 직감한다. 노라는 루비의 가장 큰 문제가 전혀 아니라는 것, 그리고 루비의 현재 정신 상태로 보아 무슨 계획을 꾸미든 상황을 오히려 악화시킬 게 분명하다는 것.

- 제니가 손안의 패를 워낙 숨김없이 내보인 덕분에 이 첫 장면은 다음 장면을 향해 곧바로 돌진하는 효과가 있다. 즉, 루비는 이제 노라의 관심을 돌릴 계획을 꾸밀 참이다. 여기서 외적·내적 차원의 인과 경로가 모두 잡혀 있는 것에 주목하자. 루비가 다음에 시도할 행동이 '무엇'인지도 분명하고, '왜' 그런 행동을 하려는지도 분명하다.

- 이 장면에는 개가 코빼기도 보이지 않지만, 제니는 개에 관련된 복선을 깔아 두었다. 어떻게? 루비가 노라는 수의사고 개를 키운다는 점을 언급하는 것에 주목하자. 루비는 언니의 그런 점 때문에 곧 어떤 묘수를 비정상적으로 신봉하게 된다. 이런 식이다. '내가 개를 갖게 되면, 마음을 달래 줄 든든한 버팀목이 있다는 것을 언니에게 납득시킬 수 있을 거야. 내가 정신줄을 놓지 않았다는 것을 보여 줄 수 있을 거야!'

과제

이제 소설의 첫 장면을 써 볼 차례다. 걱정하지 말자. 완벽히 써 내는 게 목표가 아니다. 지금 단계에선 그렇게 하고 싶어도 할 수가 없다. 그러니 마음을 편하게 갖자(답답한 빈 화면을 멍하니 바라보면서도 가능한 최대한으로). 지금 쓸 것은 도입 장면의 첫 번째 층일 뿐이다. 그리고 이 장면은 앞으로 아마 소설의 어느 부분보다 더 많이 고쳐 쓰게 될 것이다. 왜냐고? 소설 속에서 일어날 사건들의 복선을 심어 놓아야 하기 때문이다. 아직은 그 복선들이 무엇인지 다 알 수 없으므로 지금 다 심어 놓는 건 불가능하지만, 자리를 만들어 놓고 기다리면 된다. [ ]와 같은 기호를 넣어 놓기만 하면 어디를 더 파고들어서 어떤 정보를 캐내야 하는지 쉽게 알 수 있다.

10장

진정한 '아하!' 순간
: 스토리를 어디서 끝낼 것인가?

나는 결말이 눈에 보이면
거꾸로 거슬러 올라가며 작업할 수 있다.

▶ 아서 밀러

그다음으로 우리가 생각해 볼 질문이 있다. 스토리는 어디에서 끝나는가? '끝이라니? 이제 막 시작했는데?' 하는 생각이 들지도 모르겠다. 맞는 말인데, 출발할 때부터 스토리의 목적지를 알고 있지 않으면 영원히 목적지에 도달하지 못할 가능성이 높다. 그렇다고 지금 생각해 내는 결말이 꼭 실제 결말이 된다는 건 아니다. 어느 정도 작업을 진행하다가 스토리상의 특별한 이유가 생겨서 방향을 틀어야 하는 경우도 있을 테니까.

사실 앞날을 어떻게 알겠는가? 저 멀리서 어른거리며 우리에게 도전해 보라고 부추기는 목표가 있다. 그 목표는 반짝거리며 우리를 유혹하는 대상일 수도, 혹은 우리가 피하려고 발버둥치는 재앙일 수도 있다. 그런데 참 짜증스럽게도, 목표에 이르는 길은(또는 안타깝게도 목표에서 멀어지는 길은) 지나고 난 다음에야 뚜렷하게 보이는 법이다. 독자가 보기엔 당신의 주인공도 마찬가지여서, 그 길을 보지 못한다. 하지만 중요한 건, 작가는 주인공의 앞날에 무엇이 기다리고 있는지 지금 알지 않으면 안 된다는 것이다. 그래야만 그곳에 이르는 길을 만들어 줄 수 있다.

당신은 주인공이 오랫동안 품어 온 목표가 무엇인지도 알고, 앞으로 주인공이 어떤 외적 문제에 부딪혀서 어쩔 수 없이 그 길에 오르게 되는지도 알고 있다. 게다가 문제에 시한폭탄을 적절히 설치해 놓아서, 몇 년으로 설정되었든 단 하루로 설정되었든 주인공에게 남은 시간은 얼마 없다. 이제 질문은, 주인공이 그 길의 끝에 이르렀을 때 실제로 무슨 일이 일어나느냐 하는 것이다.

그 답은 지우개가 닳아 없어지고 자판의 del 키가 망가지도록, 몇 년까지는 아니더라도 몇 달 동안 고쳐 써 가면서 찾아낼 만한 가치가 있다. 플롯을 짜는 데 필요한 길잡이가 되어 주기 때문이다. 그 답을 기준 삼아 주인공이 소기의 결론(즉 소설의 요점)에 이르기까지 넘거나 부수거나 재정의해야 할 일련의 장애물을 즉시 결정하고 구상해 나갈 수 있다. 초보 작가나 쓰는 방법이라고 오해할지도 모르니, 전미도서상National Book Award을 수상한 베테랑 작가 조이스 캐럴 오츠의 말을 인용하겠다. "나는 결말이 무엇인지, 내가 어디로 가는지 항상 알고 있다. 그냥 무조건 쓰기 시작하는 일은 없다. 그건 어디로 가는지 모르는 채로 차를 모는 것과 같다. 진지한 작가라면 그렇게 글을 쓸 수는 없다."[1]

그러므로 이 장에서는 우선 결말이란 과연 무엇인지 살펴본다(힌트를 주자면, 플롯의 끝이 아니다). 주인공이 '아하!' 하고 깨닫는 순간 전깃줄이 어떻게 탈바꿈해야 하는지 알아보고, 플롯이 가져다준 고난의 결과로 주인공이 '아하!' 순간에 스스로 이르러야 한다는 점을 논한다.

결말을 일찍 써야 하는 이유

조금 전에 소설의 첫 장면을 쓸 때도 그랬지만, 이 장에서 쓰게 될 것은 장면의 첫 번째 층일 뿐이다. 그리고 이 장면은 앞으로 여러 번 고쳐 쓰게 될 것이다. 재미있는 사실은, 지금 이 첫 원고가 가장 중요한 버전이라는 것이다. 이것이 있어야, 앞으로 주인공이 각고의 노력 끝에 '아하!' 순간에 이르려면 소설 속에서 무슨 일들이 일어나야 할지를 구상해 나갈 수 있기 때문이

3부 | 내적 투쟁을 일으킬 시련의 장 설계하기

다. 당신은 이미 다른 작가들보다 깊이 파 들어가면서 내밀한 정보를 많이 모아 놓았다. 그러므로 구체적인 정보를 가득 넣어서 장면을 쓸 수 있고, 그런 다음 그 내용을 기준으로 밑그림 작성 과정에서 정확히 무엇을 고안해야 할지 파악할 수 있다. 이 장면이 당신의 스토리를 이끌어 줄 것이다. 소설 첫 장면의 첫 순간부터 죽 이정표가 되어 줄 것이다.

아닌 게 아니라, 소설의 첫 장면에 결말의 암시가 들어 있는 경우가 많다. 그러면 '내용이 누설된다'는 통념과는 반대로, 독자에게 소설의 목적지를 알려 주어 오히려 독자를 유인하는 비결로 작용한다. 그러려면 당연히 작가가 결말을 처음부터 알지 않으면 안 된다. 소설가 존 어빙도 이렇게 조언했다. "가능하면 항상 첫 문장에 소설 전체의 스토리를 담아라."[2] 그 한 예로, 어빙 자신이 쓴《오언 미니를 위한 기도A Prayer for Owen Meany》의 첫 문장을 보자.

"나는 목소리가 망가진 어느 소년을 평생 잊지 못할 것이다. 그 목소리 때문도 아니고, 내가 아는 사람 중 가장 키가 작은 사람이어서도 아니고, 내 어머니의 죽음에 관여된 사람이어서도 아니다. 그 소년이 바로 내가 하느님을 믿는 이유이기 때문이다. 나는 오언 미니 덕분에 기독교인이 되었다."[3]

현명한 작가는 첫머리에서 스토리의 목적지를 뚜렷이 드러내는 경우가 많다. 예를 들면, A. S. A. 해리슨의 흡인력 강한 심리 스릴러《조용한 아내》는 두 번째 문단에서 주인공 조디에게 닥칠 운명을 깔끔하게 요약하고 있다.

"올해 마흔다섯, 조디는 스스로를 아직 젊은 여자라고 생각한다. 미래에 눈을 두지 않고 일상사에 집중하며 순간에 충실하게 살아간다. 깊이 생각해 본 건 아니지만, 완벽하지 않아도 그럭저럭 괜찮은 삶이 지금처럼 언제까지나 계속되겠지 싶다. 바꿔 말하면, 그녀는 자기 삶이 정점을 지나고 있다는 사실을 까맣게 모르고 있다. 남편 토드 길버트와 이십 년을 사는 동안 젊음의 싱싱한 회복력이 서서히 죽다가 이제 완전히 꺼지기 직전이라는 것도 알지 못한다. 자신이 어떤 사람이고 어떻게 행동해야 하는가에 대한 개념이 생각보다 훨씬 불안정하다는 것도 모른다. 앞으로 고작 몇 달이면 자신이 살인자로 변모하리라는 것을 알 리가 없으니."[4]

그런가 하면 묘하게 마음을 후비는 도나 타트의 데뷔작《비밀의 계절》은 다음과 같이 시작된다. "이른바 '치명적 결함'이라는 것. 한 사람의 인생을 관통하여 보란듯이 좍 그어진 검은 금. 그게 소설 밖 현실에도 존재할까? 예전에는 아니라고 생각했지만, 지금은 그렇다고 생각한다. 내가 가진 치명적 결함은, 그림 같은 무언가를 향한 무조건적이고 병적인 갈망, 바로 그것인 듯하다."[5]

앞으로 펼쳐질 주제뿐 아니라 주인공의 잘못된 믿음을 요약해 주는 문장이다. 아닌 게 아니라, 작가는 1장에 앞서 등장하는 두 페이지짜리 프롤로그에서 그 '치명적 결함'이 급기야 어떤 사태까지 불러오게 되는지를 짧게 보여 주고 있다. 프롤로그에서는 화자 리처드가 버니라는 옛 친구의 병적일 만큼 그림 같은 살인에 앞으로 가담하게 된다는 것이 뚜렷하게 드러난다.

지금 예로 든 세 소설은 모두, 시작하자마자 독자에게 큰 그림을 보여 주면서 소설 전체를 관통하는 맥락을 깔아 줌으로써 그다음에 이어지는 내용의 방향과 의미를 잡아 주고 있다. 이는 독자의 호기심을 자극하고 도파민이 쏟아지게 하는 효과가 있다. 잊지 말자. 스토리가 해야 할 첫 역할은 독자가 다음에 일어날 일을 '궁금해하게 만드는 것'이고, 독자를 꾀는 비결은 '앞일을 예상해 볼 수 있는 단서를 대범하게 던져 주는 것'이다.

그런데 지금으로서는 당신도 제니도, 앞일을 확실히 정해 놓지 않은 상태다. 그리고 흥미로우면서도 안타까운 사실이 있다. 작가들이 스무 페이지쯤 쓰고 그만두는 이유가 다음 일을 알지 못해서인 경우가 아주 많다. 문제는 선택지가 너무 많다 보니 선택지가 없는 것과 똑같다는 것. 그러니 점점 감당하기가 힘들어져서 잠깐 좀 쉬고 싶어진다. 하루 이틀만 머리를 식히면서 생각을 정리해 보기로 한다. 그다음 결과는 우리 모두 잘 아는 대로다.

그래서 지금부터 당신 소설의 결말이 과연 어떤 내용인지 파고들려는 것이다. 지향하는 목표점을 정확히 알고 글을 써 나가기 위해서다.

'결말'이란 과연 무엇인가

여기서 이런 생각이 들지도 모르겠다. '잠깐, 이거 했던 거 아닌가? 앞에서 주인공의 잘못된 믿음과 추구하는 목표가 무엇인지 결정하면서 했던 거잖아? 시한폭탄이라는 것의 최종 귀결이 바로 그거 아니야?' 맞다. 바로 그 최종 시한이 닥쳐 오는 것을 인지한 주인공이 첫 페이지에서부터 무슨 행동을 할 것인가, 당신의 플롯은 그것을 축으로 짜인다.

하지만 알고 있는지? 지금 우리가 구상하려는 결말은 (그리고 당신의 독자가 가장 원하는 결말은) 플롯상 일어나는 사건이 전부가 아니다. 주인공이 그 사건을 맞닥뜨리면서 무엇을 '깨닫는지'가 중요하다. 문제는, 숙련된 작가들조차 매우 유혹적인 덫에 빠지기 쉽다는 것이다. 즉, 소설의 결말을 주인공의 깨달음이 아닌 외적인 사건으로만 생각해 버리기 일쑤다.

그런 실수를 저지르기 쉬울 수밖에 없는 게, 소설이나 영화의 결말이라고 하면 무엇이 떠오르는가? 아마 가장 마지막 장면이 떠오를 것이다. 외적인 플롯 문제가 마침내 해결되고, 주인공이 드디어 새로 시작할 삶을 음미하거나 또는 후회하게 되는 장면 말이다. 영화 〈졸업〉에서는 남자 주인공(벤저민)이 방금 신랑을 내팽개친 웨딩 드레스 차림의 여자 주인공(일레인)과 함께 숨을 헐떡이며 허름한 시내 버스를 타고 달아나는 장면이다. 영화 〈악마의 씨〉에서는 여자 주인공(로즈메리)이 자기가 아는 고약한 악마를 내치고 미지의 조그만 악마를 키우기로 하는 장면이다. 영화 〈카사블랑카〉에서는 남자 주인공(릭)이 여자 주인공(일자)에게 마지막 키스와 함께 멋진 대사를 건네고는 여자를 비행기에 태워 보내고 경찰서장(르노)과 함께 아름다운 우정의 시작을 예감하며 안개 속으로 걸어 들어가는 장면이다.

모두 대단히 감동적이고 눈에 선한 장면이지만, 우리가 지금 이야기하는 결말은 이런 것이 아니다. 앞의 결말은 '플롯'이 마무리되는 모습이고, 플롯은 그 자체만으로는 일련의 외적 사건에 지나지 않으니, 그로 인해 주인공이 받는 영향을 모른다면 아무 의미 없는 결말들이다. 우리가 이런 결말을 보면서 감동하는 이유는, 바로 그 결말이 영화 속 주인공 벤저민, 로즈메리, 릭에게 어떤 의미인지를 정확히 알기 때문이다. 우리는 주인공이 결말에 이르기까지 어떤 대가를 치러야 했는지 알고 있다. 첫 장면에서 마지막 장면까지의 여정을 거치는 동안 세상과 자기 자신을 바라보는 그들의 눈이 어떻게 바뀌었으며, 스토리의 말미에서 눈앞의 상황에 대해 느끼는 감정이 어떻게 달라졌는지, 우리는 잘 알고 있다.

그러므로 물론 주인공의 '아하!' 순간이 외적 문제의 해결과 동시에 일어날 수는 있겠으나, 그게 그 장면의 본질은 아니다. 주인공이 무엇을 깨달았느냐가 중요하다. 당신이 소설의 지면에서 포착해야 할 것은 주인공의 내적 투쟁이 끝나는 순간이다. 잘못된 믿음이 마침내 소멸되고 주인공이 세상을 새로운 눈으로 바라보게 되는 순간, 즉 '아하!' 순간이다. 주인공은 그 깨달음 덕분에 마침내 외적 문제를 해결하거나 혹은 있는 그대로 받아들이게 되곤 한다. 그리고 모든 일이 그렇듯, 겉보기보다 많은 일이 속에서 벌어지고 있다.

깨달음의 순간 제대로 포착하기

주인공은 과거의 경험 탓에 잘못된 믿음을 굳게 간직하게 되었지만, 소설 내내 새로운 경험을 하면서 그 믿음을 버려야 한다는 압박을 점점 크게 느낄 것이다. 지금 주인공은 마지막으로 한 대 크게 얻어맞기 직전이다. 이제 주인공의 운명은 둘 중 하나다. 마침내 세상을 있는 그대로 보게 되면서, 두들겨 맞은 승리자가 되거나, 아니면 완전히 나가떨어지거나.

이 장면에서 주인공이 과연 내적으로 변화할 것인지 아닌지가 결정되고, 그 결과는 소설이 세상에 존재하는 한 영원히 확정된다.

명심하자. 중요한 건 주인공이 '변화한다'는 사실이 아니라, '어떻게 내적으로 그 변화에 도달하느냐' 하는 것이다. 아이러니하게도 작가들은 다른 것은 다 완벽히 해 놓고 그 내적 변화에 깔린 논리를 빠뜨리는 경우가 많다. 그런 실수를 막기 위한 방법이 세 가지 있다.

주인공 스스로 깨달음에 이르게 한다

결말에서 독자에게 깊은 만족감을 안겨 주는 요소는 주인공이 외적으로 무엇을 이루어 냈느냐가 아니라, 주인공이 내적으로 어떻게 바뀜으로써 그런 것을 이루어 낼 통찰을 얻었느냐 하는 것이다. 바꿔 말하면, 중요한 건 문제를 해결했다는 게 아니라 문제를 해결하는 과정에서 무엇을 배웠느냐 하는 것이다. 바로 이것이 독자가 처음부터 눈여겨봐 온 것이자, 이곳에서 독자는 당신이 그동안 차곡차곡 준비해 온 각성의 순간을 온몸으로 체험한다. 그러므로 이 운명적 깨달음의 순간을 주인공에게 강요해서는 안 된다. 스스로 애쓴 끝에, 독자가 지켜보는 앞에서, 깨달음에 이를 수 있게 해 주어야 한다.

이 '아하!' 순간을 본의 아니게 생략하는 실수를 막으려면, 이 순간이 항상 소설의 뒷부분에 오긴 해도 반드시 플롯이 끝나는 마지막 순간에 오는 것은 아니라는 사실을 유념하는 것이 좋다. 때로는 마지막 순간 바로 직전에 와서 주인공에게 최종 난관에 맞설 용기를 주기도 하고, 또 때로는 주인공이 마지막 총력전의 한복판에 내던져질 때 찾아와 역경에 버틸 용기와 힘과 지혜를 주기도 한다. 그런가 하면 '아하!' 순간이 그 직후에 찾아오기도 한다. 주인공이 방금 일어난 일을 이해하려고 하면서, 기대했던 것과는 의외로 많이 다른 감정과 함께 깨달음이 오는 것이다.

독자를 사건 한복판에 떨어뜨려 놓는다

스토리텔러로서 당신이 할 일은 주인공이 무엇을 깨닫는다고 말로 일러 주는 게 아니라, 주인공에게 그 깨달음을 가져다주는 사건 속에 독자를 떨어뜨려 놓는 것이다. 작가들이 흔히 저지르는 실수가 장면 속으로 너무 늦게 뛰어드는 것이다. 주인공이 이미 깨달음을 얻은 직후부터 장면을 시작하곤 하는데, 아닌 게 아니라 주인공은 그때부터 세상을 보는 눈이 확실히 달라져 있다. 문제는, 대체 무슨 일이 일어났기에 주인공이 '마침내' 정신 차리고 현실을 직시하게 되었는지 독자는 모른다는 것이다. 그걸 알고 싶어서 지금까지 기다렸는데 말이다.

그런 결말을 접하면 독자가 어떤 기분이 드는지, 비슷한 예를 들어 설명해 보겠다. 당신의 절친이 차를 몰고 퇴근하면서 숨 가쁜 목소리로 전화를 걸어 왔다. "있잖아, 우리 팀장. 나한테 항상 소리를 지르는데 내가 잠자코 듣기만 한다고 했잖아. 그런데 오늘 말이지……." 그런데 갑자기 신호가 잡히지 않는 구간을 지나는지 말소리가 끊어져서 알아들을 수가 없다. 당신이 "잘 안 들려. 내 말 들려?"라고 한참 묻고 난 후에 친구 목소리가 제대로 들린다. "…… 바로 그때 깨달았어. 나도 존중받아야 할 사람인데 이런 모욕을 계속 듣고 살 수는 없다고. 그래서 나 사표 썼어." 당신은 의문이 솟구친다. '응? 어쩌다 그런 깨달음이 왔다고?'

독자로서 우리가 알고 싶어 애태우는 게 바로 이런 것이다. 지금이 바로 주인공의 진가를 확인할 수 있는 순간이니까. 또, 그러면서 독자는 자기 자신에 관해 무언가를 더 알게 되기도 한다. 우리가 스토리를 읽는 이유도 마찬가지다. 인간의 본성, 자기 자신의 본성을 꿰뚫어 보는 눈을 키우고, 그럼으로써 세상을 더 잘 헤쳐 나가기 위해서가 아니겠는가.

독자를 주인공 머릿속에 넣어 준다

마지막으로, 가장 중요하면서도 가장 빠뜨리기 쉬운 부분이다. 작가들은 외적 상황을 독자에게 그대로 보여 주고 싶은 마음에 생생한 상황 묘사에 전념하곤 한다. 주인공이 무엇 때문에 자신의 잘못을 깨닫게 되는지, 독자에게 직접 보여 주고자 독자를 주인공이 있는 현장으로 데려간다. 그런데 독자가 있어야 할 곳은 거기가 아니다. 그럼 어디에 있어야 하냐고? 주인공의 '머릿속'이다.

독자를 주인공의 머릿속에 넣어 주지 않으면 독자는 주인공의 행동을 관찰하면서 주인공의 세계관이 크게 바뀌었다는 것까지는 알아도, 왜 바뀌었는지를 알 수 없다. 현실에서 우리 행동 이면의 이유는 항상 우리 머릿속에 안전히 숨겨져 있어서 아무도 볼 수 없다. 그래서 물론 천만다행이지만, 스토리에서는 반대다. 주인공의 행동 하나하나에 깔린 이유를 아는 것이 핵심이다. 그런데 주인공이 드디어 크게 변화하는 순간에 독자가 그 머릿속을 볼 수 없다면 어떨까. 열심히 읽은 게 헛수고가 되는 셈이 아닐까.

예를 들어, 어떤 소설의 결말에서 주인공의 아버지가 마침내 주인공에게 일자리를 내준다고 하자. 주인공이 첫 페이지에서부터 무척 탐했던 일자리다. 그런데 주인공이 아버지의 제의를 거절한다. 왜 그랬을까? 자신은 사실 아버지 밑에서 일하고 싶은 마음이 애초부터 없었음을 깨달아서? 가업의 굴레에서 벗어나야지만 독립된 인간으로 살 수 있음을 깨달아서? 자신은 진정한 자격이 없다는 사실을 이제는 인정할 수 있게 되어서? 가설은 끝없이 떠올릴 수 있겠지만, 한가하게 누가 그러고 있겠는가? 요컨대, 우리가 알고 싶은 것은 주인공이 뭔가를 깨달았다는 사실이 아니라, '왜' 그렇게 깨달았느냐 하는 것이다.

주인공이 당면한 상황 속에서 과연 어떻게 자신의 결론에 이르는가? 의미도, 만족감도, 내밀한 정보도, 다 거기에 있다. 그 과정을 보여 주면 독자는 주인공이 왜 변화했는지도, 옛 믿음을 버림으로써 내적으로 어떤 손해와 이익을 보았는지도, 당사자 입장에서 직접 알 수 있다. 표면적으로는 아무 이익이 없거나 아예 손해만 보았을 수도 있다. 가령 방금 예로 든 주인공은 이제 일자리도 없고 수입도 없을 뿐더러, 본래 갖고 있던 자아관이 완전히 박살 난 상태다. 그럼에도 주인공이 지금 그 어느 때보다 행복하다는 것은, 독자에게 음미해 볼 만한 의외의 결과로 다가올지 모른다.

다시 말하면, 역시 현실에서나 소설에서나, 중요한 건 '속이야기'다.

자신 있게 결말 맞이하기

이제 '아하!' 순간을 담은 첫 초벌 원고를 쓰기 전에, 필요한 정보를 모아보자. 그러려면 생각해 봐야 할 세 가지 질문이 있다.

주인공이 결말에서 자신의 외적 목표를 이루는가?

간단한 질문이고, 플롯에 관련된 질문이다. 주인공이 자신의 성공 여부에 대해 어떻게 느낄 것인지가 아니라, 실제로 무슨 일이 일어나는지를 말하는 것이다. 보통은 답하기 쉬운 질문이다. 예를 들어, 루비의 외적 목표는 제니가 쓴 첫 문장에 단도직입적으로 제시되어 있다. "쓰는 것만이 살길", 즉 대본의 결말을 고쳐 쓰는 것이다. 그리고 질문의 답은 "그렇다"이다. 하지만 이 질문이 대답하기에 까다로운 작가도 있을 것이다. 질문 자체는 명료하겠지만(주인공이 사는가 죽는가? 두 사람은 갈라서는가 계속 함께 사는가? ET는 집에 갈 것인가 아니면 지구에서 초콜릿 광고 모델이나 할 것인가?) 그 답은 쉽게 나오지 않을 수 있다. 이 경우엔, 첫 장면을 쓸 때도 그랬던 것처럼, 두 결말을 다 써 보고 어느 쪽이 당신에게 울림이 더 큰지 확인해 보라고 조언하고 싶다. 목표는 주인공을 자신의 안전지대에서 최대한 멀리 몰아 내는 것임을 늘 유념하자. 그럴수록 안전지대가 생각만큼 편안한 곳도 안전한 곳도 아니었음을 쉽게 깨달을 수 있을 테니까.

주인공에게 내적으로 어떤 변화가 있는가?

T. S. 엘리엇은 이렇게 말했다. "탐험의 끝은 출발점으로 돌아와 그곳을 비로소 처음으로 알게 되는 것이다."[6] 마찬가지로 당신의 주인공도 소설의 결말에서 실제로든 비유적 의미에서든 출발점으로 돌아와 세상을 아주 다르게, 즉 잘못된 믿음 없이 보게 될 것이다. 그때 주인공의 깨달음은 과연 무엇인가?

《오즈의 마법사》에서 도로시는 처음엔 어떻게 해서든 집을 떠나고 싶어 했지만, 여정의 끝에서 양철 나무꾼이 "넌 무엇을 배웠니?"라고 묻자 이렇게 대답한다. "언젠가 또다시 내 소원을 찾아 나서게 된다면, 멀리 갈 것 없이 우리 집 뒷마당만 볼 거예요. 거기에 없으면 애초에 잃어버린 적도 없는 거니까요. 그렇지 않나요?" 글쎄, 현실에서는 그렇지 않은 것 같은데, 그게 대작가 라이먼 프랭크 바움이 말하려는 요점이니 우리가 감히 어떻게 따지겠는가? 어쨌든 바움이 정말 옳은 말 하나는 했다. 좋든 싫든, 집만 한 곳은 세상에 없다는 것.

제니의 스토리에서 루비의 깨달음은, 헨리와의 관계가 자신이 인정했던 것보다 훨씬 깊었다는 것, 그리고 자신은 미래에 마음 아플 일이 없게 대비한 것이 아니라 진정한 행복의 체감을 스스로 억눌렀을 뿐이라는 것이다. 또 좋든 싫든, 생각했던 것보다 자신이 세상과 더 긴밀히 이어져 있다는 것도 루비는 깨닫게 될 것이다.

무슨 외적 사건이 일어나기에 주인공이
자신의 잘못된 믿음을 마주하고 극복할 수밖에 없게 되는가?

'아하!' 순간은 주인공이 처음으로 세상을 또렷하게 바라보면서 내적 투쟁이 마침내 해소되고 사람이 크게 바뀌는(비극이라면 그럼에도 바뀌지 않는) 순간이다. 하지만 그런다고 해서 모든 내적 갈등이 갑자기 온데간데없이 사라지는 것도 아니고, 독자가 소설의 전깃줄을 따라 걸어온 여정이 여기서 근본적으로 끝나는 것도 아니다. 특히, 주인공이 '아하!' 순간을 겪고 세계관이 크게 달라지면서 그 덕분에 최종 난관을 넘고 외적 문제와 정면으로 맞서게 되는 경우가 있다. 루비가 바로 그런 경우다. '아하!' 순간을 겪으면서 비로소 대본을 수정하고 자신의 본모습을 세상에 드러낼 통찰과 용기를 얻게 된다.

주인공의 '아하!' 순간을 콕 집어내려면 스토리의 내적 측면과 외적 측면을 모두 고려해야 한다. 플롯상 무슨 사건이 일어나야 주인공이 마침내 자신의 잘못된 믿음을 있는 그대로 볼 수 있게 될까? 그리고 주인공은 그 사건을 속으로 어떻게 해석할까? 잊지 말자. 독자는 주인공이 도달하는 결론에만 관심이 있는 게 아니다. 독자가 정말 알고 싶은 건, 왜 그런 결론에 이르렀냐는 것이다.

제니는 루비에 대해 다음과 같이 구상해 나갔다.

루비의 바람은 집이라는 안전지대에 머문 채 크나큰 슬픔을 이기며 조용히 대본 작업을 하는 거였어. 그런데 그 목적을 이루려고 슬쩍해 온 개 때문에 본의 아니게 세상 밖으로 나가게 되지. 취약한 상태로(이제 자신을 지킬 수단이 없으니까), 남들을 믿어야 하는 운명이야(원하는 바를 이루려면 클레멘타인, 노라, 샤론,

개 문제를 조언해 주는 낯선 사람 등을 믿을 수밖에 없으니까).

제니가 난관에 부딪친 것은 그때였다. 루비가 개를 데리고 밖으로 나온 다음 무슨 일이 벌어질지 아직 정해 놓지 않았기에, 루비의 '아하!' 순간을 일으킬 만한 사건이 무엇이 있을지 잘 떠오르지 않았다. 특히 왜 모든 사람이 그 개를 찾아 나서는지, 그래서 구체적으로 왜 루비가 곤란해지는지를 아직 모르기에 무척 까다로운 문제였다. 바로 그때, 우연히 발견한 무언가가 스토리의 여러 층을 활짝 여는 열쇠가 되어 주었다. 제니의 설명을 직접 들어 보자.

개가 실종되면서 대대적인 수색전이 벌어진다는 것, 그리고 유명인의 개는 아니라는 것까지는 정해 놓았는데, 어떻게 해야 그 두 사실을 논리적으로 구현해야 할지 알 수 없었어. 솔직히 좀 막막했지. 그러다가 운 좋은 일이 있었어. 댈러스로 가는 비행기 안에서 기내에 비치된 잡지를 읽는데, 온라인상에서 유명한 개를 키우는 여성의 기사가 있었어. 직업도 포기하고 개 훈련에 매진했고, 참 무모한 도전이었지만 지금은 엄청난 돈을 벌고 있다는 내용이었지. 내 스토리의 해법이 하늘에서 뚝 떨어진 것 같았어! 이거다 싶더라고!
이렇게 되는 거지. 스토리가 막 시작될 때 슬픔으로 제정신이 아닌 루비가 개 한 마리를 훔치는데, 그 개가 유명한 개였던 거야. 그리고 그때가 하필 그 개에게 어떤 중요한 시기였던 거지. 그렇다면 언론이 난리법석을 떠는 것도, 루비가 개를 데리고 도망다녀야 하는 것도 설명이 돼. 루비가 만약 그 개를 언론의 집요한 시선으로부터 보호해야 한다고 마음먹었다면(자기는 스스로에 대해 그렇게 하지 못하지만), 대본은 한 자도 못 쓰고 애만 태우는 상태에서 벗어나 무언가 할 일, 무언가 취할 행동이 생기는 거지.

여전히 개 주인이 정확히 어떤 사람인지는 정하지 못했지만, 루비와 그 사람을 이어 줄 공통점이 '유명세'라는 건 분명해. 두 사람은 유명세와 자아 정체성의 문제에 대해 생각이 같다는 걸 알게 되면서 유대감을 느끼고, 루비는 무언가를 깨닫게 돼. 그렇다면 루비의 '아하!' 장면을 탄탄하게 쓸 수 있겠다는 느낌이 들었어. 드디어 소설 전체가 눈에 들어오는 것 같았지.

개 주인 이름은 토니, 개 이름은 루퍼스라고 정했어. 장면을 상상해 보는데, 토니와 루퍼스가 머릿속에서 살아 움직이기 시작하더라고. 토니도 루비처럼 사랑에 관련된 문제를 안고 있는 사람으로 모습이 갖춰져 갔어. 루비의 잘못된 믿음과 딱 대비되는 방향으로 말이지. 그동안의 수고가 다 빛을 보는 순간이었어. 유명한 개라는 아이디어를 떠올리고 나니 다른 여러 가지도 제자리를 딱딱 찾아갔거든.

제니는 그 순간을 가리켜 운이 좋았다고 표현했다. 정말 그랬으니까. 마침 '아하!' 장면을 고민하고 있을 때 그 요긴한 정보를 발견한 것은 그야말로 행운이었다. 미신처럼 들릴지 모르겠지만, 작가들이 작업에 몰두하고 있다 보면 유용한 이런저런 정보들이 저절로 알아서 불쑥불쑥 튀어나오곤 한다. 내 해석은 이렇다. 우리가 스토리 문제를 치열하게 고민할수록, 우리의 믿음직스러운 인지적 무의식이 그와 조금이라도 관련된 것을 바짝 주시하고 있기 때문이 아닐까.

제니는 바로 그 발견 덕분에 루비의 '아하!' 순간에 일어날 사건뿐 아니라 그 사건이 일어나는 이유를 결정해 나갈 수 있었다. 다음은 제니가 발견에 살을 붙여 나가는 모습이다.

소설 대부분에 걸쳐 루비가 이 부담스러운 개를 데리고 다니면서 숨겨야 하는 상황이 펼쳐져. 루퍼스의 수색이 대대적으로 진행되고 있고, SNS가 큰 역할을 하면서 루비의 상황은 아주 복잡해져. SNS 때문에 루비가 작가로서 힘들었던 상황이 반복되는 모습이지. 루비의 '아하!' 순간이 찾아오는 것은 루비가 은신에서 벗어나 누군가와 깊은 교감을 나누게 되면서야. 바로 개 주인 토니인데, 토니는 유명세로 어려움을 겪고 있어. 게다가 루비처럼 사랑을 보는 시각도 아마 비뚤어져 있을 거야. 루비는 헨리에게 마음을 온전히 주지 않은 것이 참담한 실수였음을 깨닫게 돼. 그리고 그 깨달음 덕분에 마침내 자신의 가장 취약한 모습을 대본에 구현하고 드라마를 훌륭하게 마무리 지을 수 있게 돼. 시한폭탄의 시간이 다 되기 직전에 말이야.

그럼 이 중요한 장면이 어디에서 벌어지느냐? 나는 항상 루비가 호텔로 도피하는 모습을 상상했어. 고급 호텔이지. 그래 알아, 리사. "왜, 왜, 왜?" 하고 반복되는 네 질문 잊지 않고 있어. 왜 호텔이냐는 거지? 뭐, 제일 큰 이유는 재미있을 것 같아서야. 왜 있잖아, 톰 행크스가 공항에 갇혀 사는 그 영화처럼 말야. 그래도 '정말로 왜' 그래야 했느냐고 물을 거지? 좋아. 그건 루비가 개를, 그리고 자기 자신을 대중의 시선으로부터 보호해야 한다고 생각했기 때문이야. 몸을 숨겨야 했지. 그런데 친구도 없고 믿을 사람도 없고 다른 갈 곳도 없잖아. 이 호텔이 루비에게 뭔가 의미 있는 곳이 되도록 만들어 볼게. 어쩌면 헨리와 함께 휴가를 보내던 곳이었는지도 모르지.

첫 장면의 스케치 작업을 할 때처럼, 이 장면의 스케치 작업을 할 때도 제니가 답을 전혀 모르는 온갖 질문들이 새로이 등장했다. 이 장면의 경우 배경이 한 곳이므로 그 점에서는 쉬웠지만, 이제 루퍼스와 토니의 스토리도 소설의 전깃줄을 확실히 자극할 수 있는 방향으로 구상해 주어야 한다. 그런 질문들의 답도 곧 찾게 되겠지만, 지금으로서 제니는 어느 정도 충분

한 정보를 확보한 상태다. 이제 장면 카드를 완성하고 그것을
바탕으로 이 장면의 최초 버전을 써 볼 만하다.

과제

주인공의 '아하!' 순간에 대해 아직 100퍼센트 확실히 알지 못
해도 걱정하지 말자. 심호흡을 한 번 하고, 방금 살펴본 세 가지
질문에 최선의 답을 해 본다. 다 탐색하는 과정일 뿐 정답은 없
다. 필요한 만큼 충분히 시간을 들여도 된다. 답이 너무 길어져
도, 중간에 좀 갈팡질팡해도 괜찮다. 목표는 이 장면을 머릿속
에 그리는 데 도움이 될 내적·외적 요소들을 구체화하는 것이
다. 제니가 그랬듯이, 당신도 지금까지 생각해 본 적 없는 질문
들이 새로 떠오를 것이다. 그럴 때는 향후에 탐색할 수 있게 메
모해 놓자. 이 과제를 하고 나면 이제 장면 카드를 만들고, 이
장면의 최초 버전을 써 볼 차례다.

먼저 제니의 시범을 보자. 아직 빠진 정보가 많지만 일단
시작하기엔 충분하다. 다음은 제니의 장면 카드다.

그리고 이어서 제니는 루비가 '아하!' 순간에 이르는 장면
의 초고를 썼다.

장면 번호: 루비의 '아하' 순간

핵심 요점: 루비가 루퍼스를 돌려주기 위해 토니에게 연락한다.

___토니___ **서브플롯:** 토니가 루비에게 루퍼스와 자신에 관한 사실을 털어 놓고, 두 사람은 유대감을 느낀다.

	원인	결과
플롯	**사건** • 루비가 토니에게 연락해, 체포당하고 싶지 않으며 루퍼스를 돌려주고 싶을 뿐이라고 말한다. • 토니는 루퍼스를 원하지 않는다고 말한다. • 루비도 루퍼스를 원하지 않으니, 두 사람의 입장이 팽팽히 맞선다. • 토니가 속사정을 털어놓는데, 듣고 보니 루비와 겹치는 스토리다. 토니도 개를 좋아하지 않으며, 타인과의 관계를 갈망하고 있다.	**사건의 결과** • 루비는 자신과 토니, 그리고 루퍼스의 곤경을 해결할 계획을 제시한다. • 토니가 유기동물 보호소에 유명해진 루퍼스를 되돌려 주어 보호소 측이 다른 개들의 입양을 위한 홍보 효과를 거둘 수 있게 한다는 계획이다(그러면 토니는 홀가분한 몸으로, 루퍼스를 다루는 태도에 실망해 자기를 떠난 여자와 재결합을 시도할 수 있다).
전깃줄	**사건의 중요성** • 루비는 언제까지나 루퍼스를 감춘다는 이유로 숨어 있을 수는 없다. 아무리 고통스러울지라도 호텔 밖으로 나와 삶과 부딪쳐야 한다는 것을 알고 있다.	**깨달음** • 루비는 '아하!' 순간을 통해 마침내 헨리가 왜 그동안 자기 곁에 머물렀는지, 그리고 두 사람이 얼마나 깊이 이어져 있는지 깨닫는다. 헨리 덕분에 안정감을 느끼고 자신의 진정한 모습에 눈뜰 수 있었다. 늘 조소했던 진정한 사랑이 곁에 있었지만 그 사실을 외면하며 살았다. • 루비는 뼈저리게 후회한다. • 루비는 그 같은 감정을 안고 드라마의 결말을 수정하여 헨리에게 미안함을 표현하고자 한다. **그래서?** 루비는 드라마의 결말을 고쳐 쓴다.

마침내 저지르고 말았다. 트위터에 들어가 루퍼스를 검색했다. 나는 깜짝 놀랐다. 고작 이틀 전에 노라가 루퍼스의 프로필을 찾아서 보여 주었을 때보다 팔로워가 백만 명이 더 늘어 있었다.

140자 제한이 있었지만 단 몇 단어면 충분했다.

"당신 개 나한테 있어요"라고 썼다.

잠깐의 시간이 흐르고 답글이 달렸다. "쪽지로 연락 바랍니다. 증거를 보여 줘요."

바닥에 신문 1면을 루퍼스와 나란히 놓고 날짜가 나오게 사진을 찍었다. 맞춤 제작된 루퍼스의 목걸이도 보이게 했다. 그러고는 얼어붙은 듯 동작을 멈췄다. 폰에 있는 사진을 트위터에 올리려면 어떻게 해야 하는지 알 수 없었다. 다시 컴퓨터 앞으로 갔다.

"오늘 자 신문 넣어서 사진 찍었는데요, 업로드하는 법을 몰라요." 내가 쪽지를 보냈다.

"지금 장난해요?"

"아니요. 정말 몰라요."

그가 방법을 순서대로 일러 주었고, 내가 보낸 사진을 확인하고는 전화를 걸어 왔다. TV와 동영상에서 들었던 목소리였다.

"확인했습니다. 협의하죠."

나는 루퍼스 옆에 주저앉았다. "협의요? 몸값 그런 거 말하는 건가요?"

토니가 풍선 바람 빠지는 듯한 소리를 냈다. 경멸감에 찬 소리였다. "돈을 주겠다는 게 아니고, 개를 드리겠다는 겁니다. 그개 가지세요."

나는 이게 무슨 말인가 생각하다가 어이가 없어서 대꾸했다. "그게 무슨 말이에요? 난 이 개 필요 없어요. 완전 자기가 상전이고 골칫덩이예요. 애초부터 내가 원해서 데리고 있는 것도 아니거든요."

"문제는, 나도 원하지 않는다는 겁니다."

"뭐라고요?"

"사람들이 다 그놈의 개가 좋아서 난리예요. 내가 하루 24시간 끔찍이 예뻐해 주길 바라는데, 이건 진짜……." 그가 말을 멈췄다가 작은 목소리로 덧붙였다. "감당이 안 돼요."

"신선한 유기농 고기 좋아하죠?"

"네, 저녁마다 목욕하고요. 내가 많이 좋아했던 여자가 있었는데, 개가 낑낑거리는 소리를 그냥 무시하라고 했더니 그것 때문에 집을 나가버렸어요. 제가 정말 나쁜 놈인 걸 확실히 알았다고 하더군요."

웃음이 나오려고 했지만 참았다. "낑낑거리는 소리 무시하는게 그렇게 큰 잘못인가요."

"정말 좋아했던 여자였어요."

"개가 뭐 그렇게 대단한 거죠? 개 키우는 사람들 너무 유난스럽잖아요. 자기 개 아끼는 것 보면, 나는 이해가 안 되더라고요."

"난 이해해요. 이해는 잘 돼요. 개는 상처 주는 일 없잖아요. 상처받을 염려가 절대 없는 사랑이죠."

내 옆에서 코를 골고 있는 루퍼스를 보았다. 그리고 만신창이가 되어 병원에 누워 있는 헨리를 생각했다. 내가 그동안 그에게 얼마나 많은 상처를 주었을까. 그는 더 다가오고 싶어 했지만 나는 항상 선을 그었다. 절대 나 자신을 온전히 내주지 않았다. 불현듯 내가 어떻게 그리 잔인한 짓을 할 수 있었을까 싶었다. 그는 왜 내 곁을 떠나지 않았을까? 왜 그런 일을 당하고도 그대로 있었을까?

"아니에요." 내가 속삭이는 소리로 말했다. "개도 상처 줄 수 있어요. 결국엔 항상 죽잖아요." 입술을 꽉 물었다. 눈물이 뺨을 타고 흘러내렸다.

"섬뜩한 소리네요." 토니가 말했다. "어쨌든 문제는, 나도 그 개 원하지 않는다는 겁니다. 당신 덕분에 지긋지긋한 상황에서 드디어 벗어나게 된 거고요."

가슴이 방망이질하기 시작했다. 애견 공원의 경찰들, 휴대폰을 들고 있던 여자들이 생각났다. "나한테 뒤집어 씌울 생각이에요?"

"나 아니면 당신 아니겠어요."

내가 감방에 갇히는 모습이 머릿속에 그려졌다. 누군가가 우리 드라마의 결말을 대신 쓰고, 헨리에게 영영 작별 인사를 하지 못하는 나. "안 돼요, 잠깐만요. 나한테 좋은 생각이 있어요." 일단 말부터 하고 봤다. 시간을 끌 생각이었다.

"말해 봐요."

"당신은 이 루퍼스 쇼라는 연극을 끝낼 방법이 필요한 거잖아요."

"그래서요?"

"연극 끝내는 법이라면 내가 좀 알아요."

"무슨 말이죠?"

"〈예기치 못한 사태〉라는 드라마 알아요?"

"알죠. 헬스장에서 다들 보고 있더라고요. 듣기로 작가 한 명이 사경을 헤매고 있고 다른 작가 한 명이 마지막 화를 쓰느라 압박감에 시달리고 있다지요."

나는 눈을 감았다. 그 말이 내 안으로 파고드는 것을 차단하려는 듯이. "그게 나예요. 내가 그 작가예요. 압박감에 시달리는 작가 말이에요."

"진짜요?"

"진짜예요."

"정말로요?"

"정말이에요. 그래서 연극 끝내는 법을 안다고 한 거예요. 작품의 결말은 모든 사람을 만족시켜야 해요."

"무슨 말이죠?"

"방금 당신이 그랬잖아요. 개는 상처를 주지 않아서, 사람들이 개를 좋아한다고."

"그랬죠."

"사람들한테 말해요. 루퍼스 때문에 상처받았다고. 사랑하는 여자를 루퍼스 때문에 잃었다고. 이제는 유명한 개의 주인 노릇을 더 못 하겠고, 그녀를 되찾는 일에 전념할 생각이라고 해요. 누구나 좋아할 만한 스토리잖아요?"

"그녀가 안 좋아할 것 같은데요. 수예요, 이름이."

"무슨 소리예요? 당연히 좋아할 거예요."

침묵이 흐른 후에 그가 입을 열었다. "그럼 우리 어떻게 하죠? 루퍼스를 동물 보호소에 다시 넘길 수는 없어요. 그럼 사람들이 엄청 비난할 거예요."

그가 '우리'라는 표현을 쓰고 있었다. 내가 말했다. "그게 아니죠, 동물 보호소에 다시 넘겨야죠. 처음 입양해 왔던 바로 그곳에 되돌려 줘서 보호소 측이 유명해진 개의 덕을 보게 해 주는 거예요. 공짜로 언론 노출이 엄청 되는 거잖아요. 팬 미팅도 열고, 기념 촬영도 하고, 광고 계약도 하고요. 최고의 기부고 선행이죠. 유명해진 개를 보호소에 되돌려 준다. 멋진 스토리예요."

"괜찮을 것 같은데요."

"내가 신문사에 알릴게요. 라디오와 TV 방송국에도 알리고요. 당신은 보호소에 연락해요."

"당신은 노출되면 안 되잖아요." 그의 목소리에서는 슬픈 기색마저 느껴졌다.

"난 당신 개를 본 적도 없는 거예요. 당신이 이리로 오면 주차장에서 개를 넘겨 줄게요. 받고 기자회견 자리에 가서, 도둑이 자수했다고 해요."

"그걸 누가 믿겠어요."

"오 헨리 소설 읽어봤어요?"

"오 누구요?"

"오 헨리요. 단편 소설 작가요, 20세기 초 미국 소설가.《크리스마스 선물》몰라요?"

"몰라요."

"그 사람 단편 소설 중에《붉은 추장의 몸값》이라고 있어요. 악당들이 부유한 은행가의 아들을 납치하는데, 아이가 워낙 지독한 말썽꾼이어서 유괴범들이 오히려 은행가에게 돈을 주고 아이를 데려가게 해요."

"내 개가 말썽꾼이라는 거예요?"

"네. 루퍼스 납치범이 몸값을 요구하려고 했는데 개를 도저히 데리고 있을 수가 없었던 거예요. 그래서 다시 돌려주겠다고 한 거죠. 그렇다면 그 개가 참 키우기 힘들다는 게 증명되잖아요."

"그거 괜찮네요." 토니가 그렇게 말하고는 조용해졌다. "그런데 수가 나를 받아 주지 않으면 어떡하죠?"

"그럼 개 없이 홀가분하게 다른 사람을 만나면 되죠."

"여자들이 날 좋아한 건 내가 개를 키워서였어요."

전화상이니 보일 리 없었지만 나는 고개를 저었다. "개를 키워서가 아니라 개를 좋아하는 사람인 줄 알고 좋아한 거예요."

그가 웃었다. "맞아요. 그래서 솔직히 내가 너무 싫더라고요. 항상 사람들에게 거짓말하는 기분이었어요. 유명한 개 키우기라는 이 쳇바퀴 같은 짓거리를 시작한 건 그런 이유도 있었어요. 루퍼스가 원하는 대로 다 받아 주면 나 자신이 더 좋아질 줄 알았어요. 그런데 그걸 다 받아 주려면 얼마나 힘든지, 안 겪어 본 사람은 몰라요. 유명하다는 것, 다 쓰잘머리 없어요."

"토니, 유명세라면 나도 겪을 만큼 겪어 봤어요. 사람들은 아침부터 밤까지 나에 대해 이러쿵저러쿵해요. 다 사실이 아니지만 내가 할 수 있는 일은 하나도 없어요."

"그럼 압박감에 시달리고 있는 게 아니에요? 다른 작가가 지금 위독한 것도 아니고요?"

나는 오랜만에 웃었다. "위독한 거 맞아요. 이름이 헨리인데, 지금 죽어가고 있어요. 헨리 없이 살 생각을 하면 견딜 수 없어요. 도저히요. 그리고 압박감에 너무 괴로워요. 사실, 결말을 어떻게 써야 헨리에게도 스토리에도 누가 되지 않고 제가 보기에도 부끄럽지 않을지 도저히 모르겠어요."

"생각해 볼 만한 결말을 꽤 잘 만드시던데요."

"고마워요."

"서로 고백하는 분위기가 된 김에, 나도 고백할 게 있어요. 사실 난 개를 좋아한 적이 없어요. 한 번도요. 아마 수는 허튼수작을 대번에 간파한 거 같아요. 내가 거짓말쟁이로 살기 싫어진 건 그녀 때문이에요."

"셰익스피어라면 수에 대해 뭐라고 했을 것 같아요? 수가 한 행동에 대해?"

"모르겠어요."

"《로미오와 줄리엣》 1막 3장. 사랑을 소중히 여기지 않는 사람에게 사랑을 낭비하지 말라." 불현듯 헨리, 헨리…… 헨리 생각밖에 나지 않았다. 내 머릿속과 호텔 방과 온 세상이 헨리로 가득 찼다. "그 반대도 성립하겠지요." 나는 나직하게 말했다. "사랑을 소중히 여기는 사람의 사랑을 외면하지 말라."

갑자기 모든 문제의 답이 뚜렷해졌다. 헨리가 나를 사랑한 것은 우리가 함께한 작업을 내가 사랑했기 때문이다. 그는 내가 사랑을 되돌려 주지 못했어도 나를 사랑했다. 그가 내게 준 사랑은 더할 나위 없이 참된 것이었다. 나는 그 사랑을 방관하고 가만히 흘려보냈다. 마음 놓고 사랑에 빠진다면 나중에 너무 아프리라는 생각에서. 그런데 지금 결국 우리 모습이 어떤가. 난 이보다 더 아플 수 없다. 고통을 막지 못했다. 기쁨을 희생하기만 했을 뿐.

그래, 드라마를 어떻게 끝내야 할지 확신이 섰다. 비극의 기존 관습도 무시하고, 내 처음 생각도 버리고, 줄리엣을 살릴 것이다. 셰익스피어가 그녀에게 허락하지 않았던 해피 엔딩을 내가 안겨 주리라. 헨리는, 적어도 이 세상이라는 바보들의 무대에서는, 그 결말을 영원히 모를 수도 있다. 그렇지만 그가 줄곧 갈구했던 것을 그에게 주리라.

토니와 나는 개를 주고받기 위한 계획을 세웠다. 나는 전화를 끊고 대본을 쓰기 시작했다.

아주 강력한 장면이다. 그 힘을 가능케 한 것은 상당 부분 우연한 발견이었음을 잊지 말자. 제니가 만약 그 잡지 기사를 보지 못했다면, 지금까지 답을 찾고 있을지도 모른다. 하고 싶은 말은, 마음을 울리는 완벽한 순간을 열심히 궁리해 봐도 만족스러운 답이 나오지 않을 수 있다는 것이다. 그래도 괜찮다. 괜찮은 정도가 아니라 잘하고 있는 것이다. 글쓰기란 게 원래 그렇다. 당신이 구상한 '아하!' 장면은 제니가 쓴 장면에 비해 좀 빈약하게 느껴질지도 모르지만, 플롯이 주인공에게 일격을 가하고 주인공이 '아하!' 순간에 이를 때 독자가 주인공의 머릿속에 들어가 있기만 하면 일단 됐다. 모든 장면이 마찬가지지만 앞으로 소설을 써 나가면서 거듭 이 장면으로 다시 돌아와, 그때마다 조금씩 고치고, 내용을 추가하고, 새로운 층을 덧붙이게 될 것이다. 뒤의 12장과 14장에서는 이 장면에서 제기된 몇 가지 질문(토니와 루퍼스에 관련된 사항, 루퍼스가 왜 유명한지, 그 모든 것이 소설의 전깃줄에 어떻게 닿아 있는지 등)의 답을 제니가 어떻게 찾아 나가는지 살펴볼 것이다. 그러면서 어떻게 장면에 깊이를 더할 수 있는지도 알아보겠다. 여기서는 우선, 제니가 쓴 장면이 왜 그리 탄탄한지 살펴보자.

이 장면에서 주목할 요소

- 외적 플롯(루비와 루퍼스)을 축으로 진행되는 장면이지만 장면 전체에 의미를 부여하는 것은 루비의 마음속에 떠오른 의문이라는 점. '나는 왜 그리도 마음 주기를 두려워하는가, 그리고 헨리는 왜 나를 떠나지 않았는가?' 바로 이 내적 투쟁이 장면을 끌고 가는 힘이다.

- 토니와 루비가 '관계로 인해 치러야 하는 대가'에 대한 생각이 비슷하고, 지금까지 씨름했던 문제도 본질적으로 같다는 점.

- 그럼에도 두 사람은 서로 다르게 문제에 접근했다는 점. 루비는 지금껏 문제를 기피했고, 토니는 반대로 관계를 맺으려고 노력하면서도 자신의 방어막을 내려놓지 않아 잘 될 수가 없었다. 따라서 두 사람은 서로에게서 무언가 배울 게 있다.

- 루비는 루퍼스를 놓고 토니와 대화하고 있지만 실제로는 자신의 잘못된 믿음과 맞닥뜨리고 있다는 점. 여기서 중요한 주제는 개가 아니라, 관계로 인해 치러야 하는 대가다.

- 토니가 하는 말이 거의 다 루비의 전깃줄에 와닿고 있는 점. 그로 인해 루비는 자신이 타인을 보는 시각(개를 그렇게 아끼다니 어리석다), 더 나아가 헨리와의 관계(그가 루비를 깊이 알고 있었을 뿐 아니라 있는 그대로 받아들여 주었음을 깨닫는다)를 돌아보게 된다.

- 루비가 '아하!' 순간을 겪자마자 스토리를 관통하는 외적 문제를 해결할 방법을 깨닫고 대본 수정의 방향을 잡는 점.

- 토니의 내적 문제(여자들이 그를 좋아한 진짜 이유)와 외적 문제(루퍼스를 처리할 방법)를 해결하는 과정에서 루비도 자신의 문제를 해결해 나갔다는 점.

- 루비가 줄리엣을 살리기로 결심하면서 지금까지 스스로에게 허락하지 않았던 기쁨을 자기 작품의 인물들에게 온전히 누릴 수 있게 해 주려 한다는 점.

과제

먼저 잠깐 시간을 들여 당신의 주인공에 관해 알고 있는 것을 모두 복습한다. 지금까지 쓴 장면들을 전부 다시 읽어 본다. 주인공이 이 장면에서 당면한 상황을 파악하고 대처할 길을 찾으려고 애쓰는 중에 떠올릴 만한 기억을 적어 본다. 궁지에 몰려 행동에 나설 수밖에 없는 주인공의 처지를 상상해 본다. 만약 주인공에게 행동하지 않을 선택권이 있다면, 행동을 포기한 대가로 자신이 몹시 원하는 어떤 것을 반드시 잃게 만들어야 한다. 그 대가는 우리에게 무엇보다 귀중하고 의미가 큰, 자존감을 잃는 형태가 되기 쉽다. 다시 말해, 당신의 주인공에게는 지금이 유일한 기회다.

이제 당신은 장면 카드를 작성하고 '아하!' 장면을 쓸 준비가 됐다. 도대체 어떻게 해야 할지 막막할 수도 있지만, 남들도 마찬가지다. 정답이 없기에 더 두려운 작업이다. 일어날 것이라고 기존에 생각해 놓은 일들에다가 일어날 수도 있을 것 같은 일들을 합쳐서, 즉흥적으로 무언가를 만들어 보자. 몇 가지 버전을 시도해 보는 것도 좋다. 때로는 주인공이 죽는 결말을 써 보고 나면 주인공이 사는 결말로 바꾸고 싶어질 수도 있고, 그 반대일 수도 있다. 어쨌든 아이러니한 사실은, 우선 지금 당신처럼 방대한 정보를 가지고 있어야 비로소 좋은 답이 즉흥적으로 나온다는 것이다. 행운은 준비된 사람에게 온다고 하지 않던가.

11장

밑그림 작업
: 움직이는 부속품들의 추적 관리

나는 글이라는 것을 쓸 용기가 있는 모든 사람을 존경한다.

▶ E. B. 화이트

당신은 이제 소설의 처음과 끝을 갖춰 놓았다. 먼저, 소설이 시작되는 순간을 만들었다. 주인공의 삶을 '이전'과 '이후'로 나눌 때 '이전' 삶의 마지막 몇 초에 해당하는 순간이다. 배에 편안히 타고 있던 주인공이 불가피한 갈등의 바다로 내던져지기 직전이다. 그리고 '아하!' 순간도 만들어 놓았다. 주인공이 완전히 변모하여 마침내 '이후' 삶의 해변에 기어오르게 되는 순간이다.

이 시점에서 당신은 인덱스카드 뭉치를 집어 들고, 전부터 알고 있던 외적 스토리 구조 모형을 떠올리며, 이렇게 고민하고 싶어질지도 모르겠다. '자 어디 보자, 카드가 몇 장 필요하지? 장면이 몇 개지? 1막은 어디서 끝내나? 클라이맥스는 언제 와야 하나? 그런데, 장면마다 꼭 카드를 만들어야 하나?'

여기서 명심하자. 밑그림이든 소설이든, 미리 장면이나 대목, 변곡점, 플롯 구성점의 개수를 정해 놓고 만드는 게 아니다. 알다시피 스토리의 구조라는 것은 잘 만든 스토리의 부산물일 뿐이다. 구조를 밖에서부터 안으로 잡아 나갈 수는 없을 뿐더러 그래서도 안 된다. 스토리는 쓰다 보면 바뀌기도 하고 커졌다 줄어들었다 계속 변모하면서 나름의 유기적 구조를 찾아가게 되어 있다. 당신이 할 일은 간단하다. 점점 변화를 주저하는 주인공에게 끊임없이 변화의 압박을 가할 플롯을 짜서 스토리를 만들어 가는 것이다. 한마디로, 일을 계속 키워 나가야 한다. 심지어 폭풍이 다 지나간 것처럼 보이는 순간에도.

이 과정 전반에 걸쳐서(모든 원고의 첫 페이지부터 마지막 페이지를 쓸 때까지) 당신은 현재와 과거를 계속 왔다 갔다 하게 될 것이다. 그러면서 주인공에 관해 이미 찾아낸 정보를 다듬고, 주인공의 삶 속에서 스토리와 관련된 사건을 추가로 파고들게 될 것이다. 깊이 파면 팔수록, 또 정보를 많이 밝혀낼수록 모든 인물이 더 현실적인 모습을 띨 것이고, 얼마 안 가 허구를 창작한다기보다 그들에 관한 사실을 밝혀낸다는 기분으로 작업하게 될 것이다.

지금부터는 인과 관계에 기초한 소설 밑그림 작업 방법을 설명한다. 이 방법을 쓰면 글을 써 나가면서 매 장면이 스토리에서 확실한 역할을 하게 만들 수 있을 뿐 아니라, 글쓰기에 들어가기 전에 작가 스스로 스토리의 이해도를 높일 수 있다. 한 가지 확실히 해 두자면, 소설 전체의 밑그림을 완성한 '다음에' 글을 쓰는 것이 아니다. 글을 쓰면서 '동시에' 다음 내용의 밑그림을 구상하게 된다. 다음 내용이라 함은 바로 다음 장면일 수도 있고, 훨씬 뒤에 등장할 장면일 수도 있다.

손안의 카드

이제 그 중요한 질문에 답해 보자. 모든 장면마다 꼭 카드를 만들어야 할까? 그렇다, 만들어야 한다. 아무리 내용을 확실히 아는 장면이라 해도, 그 구체적 사실을 먼저 장면 카드에 명시하는 것만으로도 목표를 확실히 할 수 있기 때문이다. 그러면 뭔가 유혹적인(중요하지 않은) 아이디어에 눈이 팔려 스토리가 삐끗하는 사태를 막을 수 있다. 그런 부분은 사소한 이탈이라 할지라도 철로의 끊어진 부분과 같아서 그로 인해 열차가 탈선하여 '아무도 관심 두지 않는' 곳으로 폭주하기도 한다. 장점은 또 있다. 각 장면의 구체적 내용을 간추리다 보면 다음 질문에 저절로 답하게 된다. 이 장면이 실제로 소설의 인과 경로에 놓일 자리가 있는가? 이 장면이 앞뒤 장면과 논리적으로 이어지는가? 여러모로 득이 되는 작업이다.

그러나 카드를 모두 완성한 다음에 소설 쓰기에 들어가야 하는 것은 아니다. 마지막 장면과 더불어 처음 다섯 장면의 카드를 '순서대로' 채워 넣은 다음 글쓰기에 들어갈 것을 권한다. 어서 시작하고 싶어 손이 근질근질할 텐데, 지금 바로 카드 작성에 들어갈 수는 없다. 장면 카드를 활용해 소설의 잠재력을 극대화하려면 아직 배울 것이 많다. 그러므로 지금부터 몇 장에 걸쳐, 장면 카드에 들어갈 구체적 정보를 캐내는 방법을 익힌 다음, 15장에서 카드 작성에 들어가겠다. 장면을 정확히 어느 층 위에 올릴 것인지 결정하기 전에는 어떤 장면 카드도 제대로 완성할 수 없다.

잊지 말자. 이 작업은 그저 외적 플롯을 짜는 게 아니다. 내적 스토리와 외적 플롯의 균형을 잡아 줌으로써 서로가 서로를 계속 끌고 가게 해 주는 작업이다. 앞에서 제니가 첫 장면과 '아하!' 장면의 카드를 만들 때 곧바로 여러 구멍이 드러났던 것을 기억하는가? 장면을 완전하게 쓰려면 먼저 과거를 전략적으로 더 파고들어야 하는 부분들이 있었다. 이처럼 밑그림 기법을 이용하면 당신이 말하고자 하는 진실을 한껏 깊숙이 파헤쳐 지면에 구현하는 데 큰 도움이 될 것이다.

장면 카드 다섯 개쯤 만드는 것이야 별일 아닌 것처럼 보일지도 모른다. 더군다나 첫 장면은 이미 써 놓지 않았는가. 하지만 1번 장면에 이어지는 네 장면을 구상하는 데는 많은 공을 들여야 한다. 여기에서 소설에 들어갈 모든 요소가 준비되고, 거의 모든 상황이 촉발되기 때문이다. 장면 카드 2번에서 5번까지를 실제로 완성할 준비가 되면(15장에서 완성하게 된다), 그 밖에도 수십 개의 장면 카드가 다양한 개발 단계에 놓여 있을 것이다. 다시 말해, 소설 전체의 밑그림 작업이 이미 꽤 진행된 상태일 것이다.

거듭 말하지만 이는 유기적이고 직관적인 작업이다. 작업하다 보면 장면을 쓸 때도 있고, 장면 카드를 만들 때도 있고, 또 두 가지 일을 나란히 할 때도 있을 것이다. 거의 모든 장면이 과거를 파고들어야 쓸 수 있고, 그렇게 쓰고 난 장면에는 미래의 복선이 담긴다. 복선은 언젠가 싹을 틔워 임박한 사건, 불가피한 갈등, 예상치 못한 결과 등을 만들어 낼 것이다. 그런 경우에는 지금 쓰고 있는 장면이나 카드의 작업을 잠시 멈추고 그 향후의 아이디어를 장면 카드에 담아 놓도록 한다. 그런 식으로 하면 어둠 속에서 더듬거리며 글을 써 나갈 일은 없을 것이다. 항상 다음 목적지를 분명하게 인식하고 쓰게 되므로, 목적지에 잘 도달하는 방향으로 장면을 쓸 수 있다.

같은 복선을 이전의 장면에도 깔아 주어야 할 가능성이 높다. 그럴 때는 이미 써 놓은 장면이든, 현재 카드를 개발 중인 장면이든, 필요한 장면으로 돌아가서 새로운 층을 전략적으로 끼워 넣고 뒤의 장면과 잘 이어지게끔 한다.

여기서 유념할 점이 있다. 장면 카드는 이리저리 옮겨 다니면서 작성하더라도, 장면 자체는 시간 순서대로 써야 한다는 것이다. 장면을 순서대로 쓰지 않는 것은 건물의 2층을 짓지 않은 채 6층을 짓는 것과 같다. 하나의 장면은 다음 장면의 원인이 될 뿐 아니라, 다음 장면에 근거와 깊이와 의미를 더해 준다. 그 의미를 만들어 나가는 도구가 바로 장면 카드다. 장면 카드를 만듦으로써 장면을 쓰기 전에 미리 장면을 적절한 층에 배치하고 소설의 인과 경로상에 자리를 잡아 줄 수 있다.

그렇기에, 훌쩍 건너뛰어 아무 장면이나 먼저 쓰고 싶은 생각이 간절해도 자제할 필요가 있다. 물론 충동을 도저히 참기 어려울 때도 있을 것이다. 백 페이지 뒤에나 나올 장면을 당장 쓰고 싶은 욕구가 솟구쳐 한밤중에 잠이 확 깰 수도 있다. 그럴 때는 어쩔 수 없으니 일단 쓰자. 참다가 병이라도 나면 어쩌겠는가. 또 그렇게 해서 주옥같은 장면이 나올 수도 있다. 특히 지금 막 일어난 사건이 뒤에서 어떻게 이어질지를 궁리하다 보면 그렇게 되는 수가 있다. 그래서 우리가 '아하!' 장면을 먼저 쓴 것이기도 하다. 그 덕분에 스토리가 나아갈 방향을 고민해 볼 수 있었고, 구체적인 목표점을 만들 수 있었다.

하지만 습관적으로 장면을 순서에 맞지 않게 쓰다 보면, 글은 아름답게 써질지 몰라도 서사적 역할을 제대로 하지 못하는 장면이 되기 쉽다. 물론 소설의 내적 논리가 망가질 위험도 있다. 사변 소설이나 역사 소설을 쓸 때 특히 유의해야 하는 점이다. 그런 소설은 배경이 되는 세계의 외적 규칙뿐 아니라 주인공의 인간적인 논리까지 추적·관리해야 하기 때문이다(주인공이 유니콘이나 호빗이나 로봇일지라도).

장면 카드를 활용하면 장면 안에 층을 쌓음으로써 힘 있고 긴박감 넘치며 개연성 있는 장면을 만들 수 있다. 소설의 다층적 양상을 한눈에 그려볼 수도 있다. 작업하다 보면 이렇게 앞뒤로 왔다 갔다 하며 층별로 만들어 가는 방식이 곧 몸에 배면서, 자연스럽게 모든 장면에 그런 식으로 접근하게 될 것이다. 스토리텔링에 탁월한 재능을 타고난 1퍼센트의 작가들 얘기를 할 때 우리가 말하는 게 바로 이것이다. 그들은 처음부터 이런 '다층적 구상'을 힘들이지 않고 할 수 있다. 좋은 소식은, 우리처럼 평범한 사람도 할 수 있다는 것이다. 한 번에 한 카드씩, 한 장면씩, 한 순간씩 작업해 나가면 된다. 그러다 보면 그 천재들과 같은 곳에 도달할 것이다.

자, 이제 스토리를 만들어 나가는 방법을 알게 되었으니 다음으로 생각해 볼 문제가 있다. 앞으로 생산할 모든 자료를 어떻게 추적하고 관리할 것인가?

모든 것은 내 폴더에

조직화는 중요하다. 특히 소설처럼 움직이는 부속품이 많다면 더욱 그렇다. 다행인 점은, 지금까지 살펴보았듯이 소설은 단 하나의 복잡해져 가는 문제를 중심으로 펼쳐진다는 것. 따라서 모든 부속품은 당신이 첫 페이지에서부터 만들어 나가는 스토리 논리에 기초를 두고 있다.

물론 문제는 그 많은 부속품을 어떻게 추적·관리하느냐 하는 것이다. 각기 개발 단계가 다른 수많은 장면에다가, 장면들의 재료가 되는 배경 스토리, 모든 것을 살아 움직이게 하는 인물들까지.

방법은 폴더를 만들어 관리하는 것이다. 컴퓨터에서 '새 폴더' 버튼을 클릭하거나, 사무용품 쇼핑 사이트로 가서 서류철을 주문하자. 스크리브너Scrivener 같은 글쓰기 전용 소프트웨어를 사용하는 방법도 있다. 대다수의 소프트웨어가 이 책의 스토리 설계 시스템과 잘 호환될 것이다.

어떤 방법을 택하든 간에 다음 여섯 종류의 폴더가 필요하며, 폴더마다 목차가 필요하다. 목차는 점점 늘어나기도 하고, 장면들이 다음 폴더로 승급되거나 아예 버려지면서 줄어들기도 할 것이다. 여섯 가지 폴더는 다음과 같다.

1 주요 인물 모든 주요 인물은 각각 폴더를 만들어 준다. 폴더에는 스토리와 관련된 각자의 이력(14장에서 논한다)을 넣어 두고, 그 인물이 등장하는 배경 스토리 장면이 있다면 그것도 넣어 둔다. 두 명 이상의 인물이 등장하는 배경 스토리 장면은 각 인물의 폴더에 하나씩 넣어 둔다. 이 폴더들은 내용이 점점 불어남에 따라 내밀한 정보를 끊임없이 제공하는 원천이 되어 줄 것이다.

2 세상의 규칙 당신이 쓰고 있는 소설의 무대가 우리가 매일 아침 눈을 뜨는 세상과는 다른 세상이라고 하자. 가령 SF, 공포, 마술적 사실주의, 미래 소설, 역사 소설 등을 생각하면 되겠다. 그런 경우는 당신이 창조하는 세계에서 무엇이 가능하고 무엇이 절대 불가능한지, 특히 그 이유가 무엇인지를 항상 예민하게 살펴야 한다. 한마디로 세상의 기초가 되는 논리적 틀을 추적·관리하는 폴더다. 주인공이 부딪칠 세상이자 아마 어린 시절을 보냈을 세상이 그곳이라는 점에서 중요하다.

3 아이디어 목록 이곳에는 아직 너무 막연하거나 관념적이어서 실제 장면이 머릿속에 그려지지 않는 아이디어를 넣어 둔다. 이를테면 '라이언이 부모에게 거짓말한 것에 죄책감을 느낀다' '에이미가 직장에서 힘겨워한다' 같은 것이다. 어떤 일이 일어날지 어렴풋한 생각만 있고 구체적인 내용이 전혀 없어서 아직 관념에 불과한 아이디어다. 다시 말해, 아직 핵심 요점이 없다. 아이디어를 추가할 때는 목록의 끝에 덧붙이지 말고, 소설 속에서 언제쯤 등장할지 예상하여 해당 위치에 넣어 준다. 시간 순서대로 목록을 유지하자. 그렇다, 이 단계에서부터 인과 관계를 고려하는 것이다. 처음 떠오른

아이디어는 대부분 이 목록에 속할 것이다. 구체화된 아이디어는 다음 두 폴더 중 하나로 옮길 수 있다.

4 잡동사니 장면 카드 이곳에는 실제로 머릿속에 그릴 수 있지만(다시 말해 최소한 핵심 요점이 있어야 한다) 소설의 전깃줄 또는 소설의 외적 인과 경로와 접점이 없어 보이는 장면을 모두 넣어 둔다. 당신이 스토리 안에서 이리저리 돌아다니며 구상하는 장면들이 다 이곳에 들어가며, 대다수의 카드는 이곳에서 결국 나오지 못한다. 카드가 이 북적북적한 '잡동사니' 폴더에서 벗어나 영예로운 '개발 중' 폴더에 입성하려면, 스토리에 맞물림으로써 자신의 가치를 증명해야 한다. 오직 엄선된 소수 정예 멤버들만 다음 폴더로 이동할 자격이 주어진다.

5 개발 중인 장면 카드 이 폴더에 넣을 것은 스토리와 관련이 있어서 소설의 인과 경로상에 놓일 자격이 있다고 당신이 판단한 장면들이다. 여기 있는 카드라고 해서 모두 소설에 최종적으로 들어가는 않는다. 스토리가 덩치를 키우고 모양을 잡아가는 과정에서 버려지는 카드들도 있을 것이다. 그러나 모든 카드가 애초부터 스토리와 관련이 있기에, 그 어느 카드도 속에서 탈을 일으켜 정교하게 다듬어 놓은 소설의 내적 논리를 흔들 위험은 없을 것이다. 이 폴더가 바로 소설의 밑그림이 상주하는 곳이다. 카드들은 장면의 대략적인 시간 순서대로 배치한다. 카드를 처음 넣을 때 위치에 맞게 장면 번호를 부여한다. 물론 장면 번호는 카드를 넣고 뺄 때마다 바뀌겠지만, 장면 번호를 매겨 둠으로써 각 장면이 소설의 인과 경로상에서 차지하는 위치를 항상 염두에 둘 수 있다. 장면이 어디에 들어

가야 할지 잘 모르겠으면 시간축상에서 제일 앞에 두어 카드를 훑어볼 때마다 미결 상태라는 것이 눈에 띄게 한다. 각 카드를 제대로 완성하려면 시간이 걸리기 마련이니, 서두를 필요 없다. 완성된 카드는 실제 장면을 쓰는 데 길잡이가 되어 줄 것이다.

6 장면 짜잔! 소설의 원고가 상주하는 곳이다. 현재는 소설의 첫 장면과 '아하!' 장면이 들어 있다.

과제

시간을 충분히 들여 폴더를 준비하자. 아마 생각보다 폴더에 넣을 자료가 많을 것이다. 그리고 폴더를 채워 나가다 보면 지금까지 만든 장면, 인물, 배경 스토리 간에 시너지가 발생하는 것이 보이기 시작할 것이다. 또, 만든 자료를 조직화하여 모두 한데 놓고 보는 것만으로도 상당한 만족감이 있다. 잠시 그 기쁨을 만끽해 보자.

이상의 폴더들에 들어갈 정보는 어떻게 찾아야 할까? 방법이 있다면, 영화 〈모두가 대통령의 사람들All the President's Men〉에서 워터게이트 사건을 추적하던 《워싱턴 포스트》 기자들에게 '디프 스로트Deep Throat'라는 익명의 제보자가 해 주었던 말과 비슷하다. "돈을 따라가라"는 것이다. 여기서, 당신이 추적할 것은 돈이 아니라 "왜?"다. "왜?"라는 물음이 떠오르면 무엇이든 따라가 보자. 앞으로 보게 되겠지만, 물음에 답을 할 때마다 다른 물음이 몇 개씩 또 생겨나기 마련이므로, "왜?"를 수두 룩하게 마주치게 된다. 혼잡스러운 작업이고, 처음에는 난장판 처럼 느껴질 수도 있다. 무수한 여러 층의 정보를 모색하면서 몇 방향으로 동시에 나아가게 된다. 이 작업이 난장판이 되는 것을 막아 주는 것이 바로 장면 카드다. 장면 카드를 활용하면 필요한 정보를 '구체적' 형태로 포착하고 명시하고 조직화할 수 있다. 게다가, 진짜 훌륭한 팁인데, 소설에 등장할 순서 그대로 준비할 수 있다. 그러니 좀 버겁게 느껴져도 걱정하지 말자. 그 냥 무작정 뛰어들어 그 혼잡스러움을 마음껏 즐겨 보자!

12장

전진을 위한 후퇴
: 과거를 훑어서 플롯 준비하기

행동은 숙명의 씨앗이요, 행위는 운명을 만들어 간다.

▶ 해리 S. 트루먼

소설의 첫 장면으로 주인공을 인도해 줄 배경 스토리는 마련해 놓았으니, 이제 점점 고조되면서 '아하!' 순간으로 이끌어 줄 플롯 구상에 들어가자. 이 과정에서 처음 다섯 장면 외에도 여러 장면 카드의 작성에 들어가게 된다. 아마 당신은 지금까지 구상하고 장면을 쓰면서 플롯상의 변곡점을 몇 가지 생각해 놓았을 것이다. 그 자체로 극적이거나 놀랍거나 통렬하다기보다는 주인공의 내적 투쟁에서 유기적으로 파생된 것이기에 극적이고 놀랍고 통렬하게 다가올 지점들이다.

하지만 앞으로 소설이 어떻게 흘러갈지 대략은 알아도, 구체적인 플롯 구성점은 몇 개 없는 상태다. 아직 주인공의 현재와 미래에 관해서 과거만큼 잘 알지 못하기 때문이다. 그래서 당신이 그리는 주인공의 미래상은 일반적으로는 명확하고 실현 가능해 보여도, 자세히 들여다보는 순간 '어…… 그게 뭐더라?'라는 이름의 안개 속으로 사라져 버리곤 한다.

이 장에서는 안개 속을 용감히 헤치고 들어가, 이미 알아낸 주인공의 과거를 샅샅이 훑어가며 구체적인 장면과 플롯 구성점을 하나씩 잡아 나가자. 그럼으로써 주인공의 내적 투쟁이 끌고 가는 외적 플롯의 인과 경로를 만들어 갈 것이다. 그 경로는 소설의 축이 되는 단일한 문제에서 결코 벗어나지 않는다. 그 경로를 이끄는 힘은 마구잡이 외적 사건이 아니라 주인공이 사건에 대해 일으키는 반응이기 때문이다. 이 장이 끝날 때쯤 당신은 장면 카드 몇 장의 작업에 들어가 있을 것이다. 각 카드에는 이미 알려진 구체적 정보도 담겨 있고, 앞으로 알아낼 구체적 정보가 무엇인지도 나타나 있을 것이다.

플롯이 스토리를 장악하게 두지 말자

지금까지 열심히 잘 따라와 준 당신도 여전히 저지르기 쉬운 실수가 있다. 바로, 플롯에 휘둘려 소설의 흐름을 아무 외적 경로에나 맡겨 버리는 것이다. 주인공의 과거를 마치 '현재 문제'라는 정류장까지만 실어다 놓고 돌아가 버린 버스처럼 취급하는 셈이다.

초심자나 숙련된 작가 할 것 없이 두루 빠지는 함정이며, 앞서 언급했던 남녀공용 프리사이즈 플롯이 바로 이렇게 해서 나온다. 가령 루비가 루퍼스를 데리고 일단 도망치게 되면 제니가 이런 덫의 유혹에 걸려든다 해도 이상할 게 없다(물론 그러지 못하게 막을 테니 걱정은 없다). 제니의 말을 직접 들어 보자. 도망 다니는 루비와 루퍼스에게 온갖 소동이 벌어진다는 이야기다.

> 루비가 어쩌면 한 무리의 광적인 애견인들과 마주칠지도 몰라. 루퍼스 수색 작업의 선봉에 나선 사람들이지. 벌써 수색대를 조직하고 개의 권리를 부르짖는 기자회견을 열고 있을 거야. 그 사람들이 루비에게 수색대의 대장을 시키려고 한다면? 그런데 루비가 너무 빼니까 사람들이 수상해하는 거야. 급기야 사람들이 이제 '루비를' 찾아다니는 거지.

멋지지 않은가? 외적인 인과 경로가 시원하게 뻗어 나가고 있다. 마치 플롯이 알아서 술술 써지는 것 같다. 그래서 이게 그토록 유혹적인 것이다. 그 자체만 놓고 보면 아주 그럴듯하다. 하지만 이렇게 물어보자. "도대체 이런 게 루비의 실제 문제, 즉 소설이 시작될 때 루비가 안고 있던 문제와 무슨 상관이 있는가?" 그러면 이 접근 방식의 결점이 드러난다. 스토리의 김을 빼 버린다는 것이다. 이 플롯은 루비가 개 수색 작전에 끌려 들어가는 순간 삐끗해 버린다. 왜냐고? 이 소설은 개 도둑질 이야기도 아니요, 애견인의 세계를 조명하는 이야기도 아니니까. 상실의 두려움 때문에 자신이 그토록 원했던 참되고 깊은 관계를 잃었다는 사실을 직시하고 사흘 안에 걸작을 써내야 하는 여자의 이야기다. 정작 들려주려고 하는 스토리는 따로 있는데 그 위에서 개 도둑질 시나리오가 활개치고 돌아다니도록 놓아둔다면, 그 소동이 스토리와 무슨 관계가 있을까? 전혀 없다.

그렇다면 누가 제니에게 말 좀 해줘야 하는 것 아닐까? 개와 관련된 이야기는 통째로 날려야 할 것 같다고? 물론 그건 아니다! 우리가 고민해야 할 질문은 '어떻게 하면 개 도둑질을 중심으로 플롯을 짜되, 루비를 애초에 개 납치에 나서게 했던 자신의 내적 문제와 마주하게 만들 수 있을까?'이다.

그 답은 의외로 간단하다. 항상 최종 관심사를 눈에서 떼지 않는 것이다. 여기서 최종 관심사란 물론 루비의 내적 투쟁, 그리고 과연 루비가 대본을 시한 내에 쓸 수 있을까 하는 문제다.

주인공의 내적 투쟁에 레이저 광선을 쏘듯 끊임없이 집중해야 피상적 스토리라인이 스토리를 장악하는 사태를 막을 수 있다. 무척 중요한 점이다. 자기가 알아서 달려 나가는 스토리라인의 미끼는 너무나 유혹적이기 때문이다. 미끼를 덜컥 물면 끝장이다. 의미 있는 내용이 의미 있는 내용을 낳듯이, 무의미한 내용은 무의미한 내용을 낳는다. 그래서 소설은 한 번 삐끗하면 제 궤도에 다시 올리기가 정말 어렵다. 게다가 몇 개월 동안의 작업을 폐기해야 할 수도 있다. 한 걸음을 잘못 내디뎌서 발생한 '무의미한 내용'이 연쇄 반응을 일으켜 책 수백 페이지에 걸쳐 여파가 이어질 수 있기 때문이다. 결국 실수를 깨닫고 잘못 끼운 첫 단추를 찾아내고 나면, 죄다 들어내야 한다.

그렇다고 해서 제니가 위에 떠올린 플롯 구성점을 채택할 가능성이 아예 없다는 건 아니지만, 만약 그렇게 한다면 아주 다른 관점에서 발전시켜 나가야 한다. 즉, 플롯상의 변곡점 하나하나를 밑그림에 넣기 전에 이렇게 물어야 한다. "이 사건이 루비의 내적 여정을 어떻게 이끌어 가면서 스토리를 진행시킬 것인가?"

과거를 보고 미래 점치기

소설을 처음부터 제대로 출발시키기 위해, 이미 밝혀낸 정보를 토대로 밑그림을 구축하면서 장면 카드에 그 내용을 담아 나가

자. 그러기 위해 두 단계를 거칠 것이다. 우선, 지금까지 쓴 글을 모두 검토하면서 이미 드러난 플롯 구성점들을 모은다. 다음으로, 7장에서 썼던 세 장면을 조금 더 깊이 파고들면서 혹시 또 건져 낼 것이 있는지 찾아본다.

그럼 잠깐 시간을 내어, '만약에' 질문에서부터 '아하!' 순간에 이르기까지 당신이 지금까지 한 작업을 훑어보자. 아직 플롯을 짜지 않았지만 이미 소설의 상당 부분을 플래시백과 기억의 형태로 써 놓았다는 사실을 잠시 음미해 보아도 좋다. 주인공은 그런 것들을 떠올리면서 주변의 모든 상황을 해석할 것이다. 당신이 해 놓은 일이 그 밖에도 또 있다. 스토리를 깊이 파 들어가는 과정에서, 소설 내내 굴러가면서 주인공에게 탈을 일으킬 수 있을 만한 여러 가지 사건을 이미 작동시켜 두었다.

지금쯤 당신은 소설 내용이 어떻게 굴러갈지 감을 잡고 있을 것이다. 본격적인 핵심까지는 아니더라도, 그 대략적인 형태는 머릿속 한편에 담아두고 있을 것이다.

다음은 제니가 쓴 글이다.

헨리는 사경을 헤매고, 루비는 이제 인기 드라마의 마지막 대본을 혼자 수정해야 하는 상황에서 정신이 피폐해져 간다. 수의사인 언니 노라가 루비의 심각한 상태를 알아차리고 루비를 집에서 데리고 나오려고 한다. 루비는 노라가 자기에게서 손을 떼게 만들려고 남의 개를 오후 한나절만 훔치기로 한다. 자기가 개를 키울 만큼 멀쩡하고 차분하고 주변도 잘 챙긴다는 것을 보여 줄 생각이다. 그런데 개 납치 뉴스가 삽시간에 퍼지고, 노라가 동생이 개를 훔쳤으며 지금 그 개의 수색 작업이 대대적으로 벌어지고 있음을 알게 되면서 계획이 완전히 틀어진다. 개의 열렬한 팬들이 개를 필사적으로 추적하고 있는 상황. 한편 개 납치와는 별개로, 일생의 사랑 헨리와의 마지막 연결고리인 드라마를 빼앗아 가려고 드라마 팬들이 움직이고 있다. 성격 까다로운 개를 숨기면서 호텔 방에 갇힌 채 마감 기한은 닥쳐오고, 루비는 사람이 개에게 느끼는, 그리고 사람 간에 느끼는 유난스럽고 비합리적인 사랑을 정면으로 마주할 수밖에 없다.

상당히 추상적이고 조금 투박하지만, 장래가 기대되는 출발이다. 매 '사건'이 루비에게 주관적 의미로 다가오면서 강한 반응을 불러일으키기 때문이다. 예를 들면 노라의 위협은 루비를 겁에 질리게 만들고, 그래서 루비는 개를 잠깐 구해 오기로 결심한다. 여기서 목표는 두 가지다.

1 매 사건이 다음 사건을 불러일으키면서 상황이 점점 악화되게 한다.

2 매 사건을 주인공의 내적 변화와 연결해 주고, 변화가 왜 일어났고 어떻게 다음 사건으로 이어지는지를 짐작할 수 있게 해 준다.

이렇게 하면 수두룩하게 벌어지는 사건들이 결국 이런저런 사건 모음에 불과하게 되는 사태를 막을 수 있다.

과제

잠깐 시간을 내어 지금 당신이 알고 있는 수준에서 소설의 개요를 간략히 적어 보자. 3장에서 '만약에' 질문을 썼던 것과 비슷한데, 다만 이번에는 훨씬 더 구체적이고 발전된 모습이 될 테니 당신이 지금까지 장족의 발전을 이루었음을 알 수 있다. 책의 뒤표지에 들어가는 문구 정도로 생각하면 된다. 주인공이 맞닥뜨릴 플롯 문제가 무엇이며, 어떻게 확대되어 가는지, 그게 왜 문제인지, 해결하기 위해 주인공이 어떤 마음의 대가를 치러야 할지를 알려 주는 것이다. 잘 쓸 필요도 없고, 남에게 보여 줄 일도 없다. 필요한 만큼 길거나 짧게 써도 좋다.

당신이 쓴 개요가 제니의 것처럼 밋밋해도 걱정할 필요 없다. 곧 확인하겠지만, 이런 개요는 차 한 대에서 어릿광대들이 끊임없이 쏟아져 나오는 쇼와 비슷하다. 짧은 한 문단의 글에서 얼마나 많은 플롯 구성점들이 쏟아져 나올 수 있는지 알면 놀랄 것이다. 그게 가능한 이유가 있다. 당신이 이미 많은 시간을 들여 사건들 뒤에 깔린 원인을 구상해 놓은 덕분이다. 다시 말해, 지금 쓴 문단은 그냥 떡 하고 나타난 것이 아니라 당신이 이미 구상해 놓은 재료들을 가지고 만들어 낸 것이다.

주인공을 애먹일 방법

방금 작성한 개요를 보면서 주인공이 무언가 도전을 마주하고 행동에 나선 순간을 모두 짚어 볼 수 있겠는가(8장에서 소설을 관통하는 플롯 문제의 후보를 뽑아 보았던 것처럼)? 글에서 눈에 들어오는 장면 후보, 플롯 구성점, 스토리라인을 있는 대로 모두 뽑아 보자. 앞으로 계속 발전시켜 나갈 후보들이다.

다음은 제니가 자신의 개요에서 바로 뽑아 낸 것들이다.

- 루비가 대본을 쓰려고 하지만 번번이 외적 사건, 비통하고 슬픈 감정, 까다로운 개 루퍼스의 방해 등에 가로막혀 쓰지 못한다.
- 루비의 언니 노라가 루퍼스를 알아보고 곧바로 루비가 무슨 짓을 했는지 알아차린다.

- 노라가 동생이 개를 훔쳐 달아난 것에 노심초사하며 동생의 정신 건강을 크게 걱정하고, 루비는 그런 언니를 상대해야 한다. 루퍼스에게 무슨 일이 생겨서 수의사인 노라가 해결해 주어야 할 수도 있겠다. 루비가 개를 방치해서 또는 개에 관해 워낙 몰라서 생긴 일.

- 루비가 루퍼스를 돌봐 주어야 한다. 먹을 것을 주고, 산책을 시키고, 이런저런 시중을 들어 준다. 루비가 사람에게나 동물에게나 평생 한 번도 해 준 적 없던 일이다.

- 헨리의 사고가 대서특필되고 이제 세간의 이목이 루비에게 쏠리면서, 팬들이 루비의 삶을 파헤치고 논평하고 분석한다. 루비는 내적으로 이에 대처해야 한다. 더 나아가 직접 맞닥뜨리기도 한다면 스토리 관점에서는 더 이상적일 것이다.

- 루비가 드라마 열혈 팬 클레멘타인에 대한 자신의 질투심에 대처해야 하고, 자신이 일하지 못하는 상태에서 클레멘타인이 대안으로 제출했다는 대본도 신경 써야 한다.

- 노라 이외에는 아무도 루비가 루퍼스를 데리고 있는 것을 모르지만, 누군가가 눈치채고 루비를 향해 포위망을 좁혀 올 것이다. 어쩌면 그게 클레멘타인일 수도?

하나하나가 모두 행동을 이끌어 낼 만하고 의미심장하며 가능성이 넘친다. 그러나 보다시피 거의 모두 추상적이다. 대다수가 지금으로선 너무 막연해서, 장면으로 만들기 어렵다. 아직은 대략 어떤 일이 생길지는 알지만 구체적인 사실은 전혀 모르는 아이디어 상태라고 할 수 있다. 예를 들어, 루비가 클레멘타인에 대한 자신의 질투심에 어떻게 대처할 것인가? 눈을 감아 보자. 그림이 그려지는가? 그림이 그려지지 않는다면 장면 카드를 시작하기엔 아직 너무 관념적이다. 그래서 제니는 장면 후보들을 모두 '아이디어 목록'에 넣어 두었는데, 딱 하나 예외가 있었다. "루비의 언니 노라가 루퍼스를 알아보고 곧바로 루비가 무슨 짓을 했는지 알아차린다"였다. 그중 유일하게 명확히 떨어지는 사건이므로, 제니는 그 장면 카드 작성을 시작했다.

과제

방금 당신이 쓴 개요를 훑어보면서 눈에 들어오는 플롯 구성점 후보를 모두 뽑아 보자. 제니의 경우처럼, 대다수가 그럴듯하긴 해도 아직 추상적일 것이다. 후보들을 '아이디어 목록'에 넣어 두고, 그중 구체적인 것이 있으면 장면 카드 작성을 시작한다. 찾아 둔 적절한 정보가 있으면 채워 넣자. 그러나 지금으로선 핵심 요점밖에 없어도 걱정하지 말자.

모이기 딱 좋은 일 찾아내기

당신은 이제 플롯 구성점과 주인공이 맞닥뜨릴 도전을 확연히 눈에 띄는 선에서 모아 놓았다. 다음으로 장면 후보를 더 확보하기 위해, 7장에서 당신이 썼던 '전환점' 장면들을 샅샅이 훑으면서 플롯 구성점이 될 만한 것을 찾아보자. 가급적이면 갈등을 가장 크게 유발할 시점에 등장해 주인공을 괴롭힐 수 있는 것이 좋다. 아마 보석을 몇 개쯤 캐낼 수 있을 것이다. 주인공이 과거에 잘못된 믿음에 이끌려 힘든 선택을 했던 구체적 장면들이니만큼 선택의 여파가 길게 남았을 것이고, 그중 다수는 소설 속에서 귀결을 맺을 것이다. 그런 후보들을 찾아내서 아이디어 목록에 추가하거나 장면 카드로 만들자. 플롯 구성점 후보가 숨어 있을 만한 곳은 크게 다음 두 가지 영역이다.

주인공이 품은 비밀, 자기 자신과 남에게 한 거짓말

비밀과 거짓말은 서로 뗄 수 없는 관계다. 마치 동전의 앞뒷면 같은 경우가 많다. 이를테면 "직장을 잃어서 공과금 낼 돈이 없다"는 비밀을 지키려고 "당연히 전기 요금 냈지"라고 거짓말하는 경우다. 한편 거짓말은 그 자체가 비밀일 수밖에 없다. 무언가를 숨기기 위해 거짓말을 하니까. 그리고 비밀과 거짓말은 눈에 띄지 않는다고 해서 잊히지 않는다. 예를 들어 제니가 구상한 것 중에 루비가 헨리와의 결혼식 당일에 고의로 결혼식이 취소되게 만드는 장면이 있다. 그런 일은 두말할 것 없이 루비의 마음을 죽 괴롭혔을 테고, 또 시한폭탄처럼 한구석에 도사리고 있는 커다란 비밀이기도 하다.

그러나 폭탄의 도화선에 불을 붙이려면 제니는 루비가 정확히 '어떻게' 결혼식을 취소시켰는지 알아야 한다. 주인공의 비밀과 거짓말을 뒤지는 작업은 그래서 재미있다. 이렇게 구체적인 모습을 갖추어 주어야만 뒤에 일어날 일과 연결 지을 수 있다.

그래서 "루비가 그때 구체적으로 어떻게 했느냐"고 제니에게 물어보았다. 쉽게 생각할 수 있는 답은 "모종의 각본을 짜서 자기가 바람피우는 것을 헨리가 발각하게 했다"는 것이다. 제니는 그 아이디어를 몇 초쯤 생각해 보고 바로 접었다. 스토리나 인물들을 생각했을 때 그럴듯해 보이지 않았다. 게다가 루비가 만약 그랬다면, 헨리가 그 후에도 왜 여전히 루비를 사랑하는지는(스토리에서 필수적인 부분인데) 설명하기가 더욱 어려웠다. 제니는 고민하다가 두통 날 것 같다고 농담하더니, 그 순간 답을 찾았다.

편두통이 오는 거야! 루비가 결혼을 어떻게 취소했는지 궁리해 보면서, 대략 스트레스로 무너졌으리라는 생각은 했었어. 그런

데 만약 루비가 고의로 병을 자초한다면? 일단 그날 날씨가 예사롭지 않아서, 편두통을 유발하기 쉬운 조건이 갖춰진 거야. 이제 유발 인자 하나만 더 겹치면 극심한 통증이 올 것이고, 결혼식을 취소할 수밖에 없다는 것을 루비는 아는 거지. 다 내 경험으로 아는 얘기야. 사실 다른 소설에서 그 비슷한 행동을 하는 인물의 이야기를 이미 쓰기도 했어. 뭐, 설명이 더 필요 없지. 편두통을 앓는 나로서는 항상 나 스스로 위험을 자초할 수 있다는 개념이 무척 흥미로워. 나는 그 능력을 활용해 본 적이 없지만, 한번 해 봤으면 하는 상상은 가끔 해……. 루비에게 그 능력을 줄 거야. 그리고 들키지 않고 능력을 발휘하게 해 줄 거야. 아무도 모르는 비밀이 되는 거지.

그럼 남은 의문은 하나뿐이다. "왜 결혼식 날짜를 미뤄서 다시 잡지 않았느냐"고 제니에게 물었더니, 이번에는 답을 바로 생각해 냈다.

헨리는 루비가 그렇게 심하게 온몸이 아픈 걸 처음 본 거야. 막 토하고, 어지러워하고, 아파서 신음하니까, 자기가 루비를 너무 압박했다는 생각에 마음이 좋지 않아. 루비가 결혼을 두려워하면서도 헨리 자신을 좋아하는 마음에서 결단했다는 걸 알고 있는데, 그러다가 병이 났잖아. 그래서 루비에게 말하는 거지. 이

전으로 돌아가자고. 그리고 둘은 옛 모습으로 돌아가.

훌륭하다! 자, 여기서 장면 카드가 두 장 나온다는 것을 눈치챘는가? 결혼식 취소 장면(배경 스토리지만 소설 속에 어떻게든 들어갈 테니까)과 루비의 속임수가 드러나는 장면이다. 루비가 헨리에게는 털어놓지 못하겠지만 다른 누군가에게는 말할 수 있을 것이다. 결혼과 관련이 있었던 인물로서, 그 사람의 반응을 보고 루비가 눈이 새롭게 트일 수도 있을 것이다. 제니는 두 장면 카드를 새로 만들어 '개발 중' 폴더에 넣었다.

과제

주인공의 구체적 과거를 훑어나가다 보면 틀림없이 엇비슷한 후보 몇 가지가 나올 것이다. 그중 일부는 사용하고, 나머지는 만약을 위해 보관해 두자. 장면 카드를 일단 시작한 다음 적절한 폴더에 넣어 두면 된다.
미흡해서 탈락한 대략적인 안들은 '아이디어 목록'에 추가하자.

주인공의 현재 목표 달성을 막거나 도와줄
외적 장애물이 과거에 심어져 있는가?

대개의 경우, 여기에 해당하는 것은 찾아보면 많이 나올 것이다. 주인공이 맺은 약속, 합의, 계약 등이 있을 수 있고, 주인공이 배신하거나 모욕한 사람도 있을 수 있고, 가족이나 친구 간의 오랜 불화도 있을 수 있다. 제니가 루비의 과거에 관해 '지금으로서' 아는 것을 놓고 볼 때, 활용할 만한 구체적인 외적 장애물은 많지 않다. 물론 여기서 중요한 말은 '지금으로서'다. 잠재성은 풍부하니까. 제니는 앞으로 플롯을 만들어 나가고 장면 카드를 채워 나가면서, 과거에 루비와 노라, 클레멘타인, 샤론과의 사이에 있었던 의미심장한 사건 속에서 쓸 만한 재료를 건질 수 있을 것이다. 당신처럼 제니도 과거를 계속 파고들면서, 미처 생각지 못한 장애물의 시발점이 있는지 찾아볼 것이다.

처음에 우리는 거기까지 하고 넘어가려고 했다. 그런데 내가 계속 다그쳤더니, 제니는 너그럽게도 지금까지 쓴 글들을 한 번만 더 훑어보겠다고 했다. 건질 게 혹시 또 있을지도 모르니까. 제니가 월척을 낚은 것은 바로 그때였다.

- 베스는 어때? 스케이트장 사건 이후로는 베스를 별로 생각하지 않고 있었는데, 베스가 뭔가 역할을 할 수도 있겠어. 연

락이 끊어진 지 수십 년이 되었다 해도, 인터넷으로 쉽게 연결될 방법이 있으니까. 베스가 갑자기 나타나서 루비를 어떤 식으로든 도와줄지도 몰라. 어쩌면 과거를 보는 눈을 새롭게 틔워 줄지도 모르지. 어쩌면 어릴 적 그때 자기가 상황을 잘못 이해했다는 것을 깨닫는 계기가 될 수도 있어.

• 루비가 호텔에서 숨어 지내다가 누군가와 마주칠 수도 있겠어. 만나면 아주 곤란해지는 사람 말이지. 가령 방송이나 영화 쪽 사람. 작가나 배우일 수도 있고. 아! 루비를 빼놓고 헨리와 영화 시나리오 계약을 한 프로듀서면 어떨까? 루비 입장에선 거절을 상징하는 인물인 데다가, 모든 걸 망친 장본인이지. 그가 헨리를 꼬드기지 않았으면 이 모든 사태는 일어나지 않았을 테니까.

둘 다 좋은 아이디어다. 그런데 제니가 쓴 개요에서 또 무언가가 내 눈에 띄었다. 장애물을 확실히 발생시킬 만한 게 있었다. 바로 대대적인 루퍼스 수색 작업이다. 제니의 플롯 상당 부분이 루비의 루퍼스 은닉 사건을 중심으로 돌아갈 예정이므로, 수색 작업으로 인해 루비를 가로막는 장애물이 틀림없이 생길 것이다. 하지만 그 장애물이 무엇인지 알아내려면 먼저 생각해 봐야 할 질문이 있다. 루퍼스의 대대적인 수색이 펼쳐지는 이유가 정확히 무엇인가? 그 당시 루퍼스(그리고 토니)가 무엇을 하려던 중이었기에 수색전이 촉발되었으며, 수색에 나선 사람은 정확히 누구인가? 제니의 말을 들어보자.

내가 읽었다고 한 기사에 개 주인이 자기 개가 겉보기와는 달리 돌보기가 무척 번거롭다고 투덜거리는 내용이 있었어. 직장도 그만두고 개를 각종 사진 촬영에 데려가고 인터뷰에 응하고 했다지. 처음에는 재미있겠지. 즐겁고 유쾌했을 거야. 하지만 시간이 좀 지나면? 슬슬 지치는 거야. 그렇다고 사람을 시켜서 개를 행사에 데리고 다니게 할 수도 없고. 토크쇼든 언론 취재든 개만 내보낼 수 있나, 주인이 같이 나가야 이야기를 하지. 빠져나갈 데가 없는 거야. 개를 돌보는 일이 내 직업이 되고 내 정체성이 되어 버려. 온 세상이 내 일거수일투족을 지켜보고 반응하고 있으니, 싫증 났다고 그냥 그만둘 수 있는 게 아니야. 한 번 유명인이면 계속 유명인 아니겠어? 토니도 한때는 유명한 개의 주인으로 사는 걸 즐겼는데(그 이유는 좀 더 생각해 볼게) 이제는 한계점에 이르렀다면? 그런데 그 시점이 루퍼스가 큰 주목을 받기 직전이라면? 어디에 출연한다거나 무슨 모델로 나선다거나? 어쩌면 토니는 어디 이 개를 훔쳐 갈 사람 누구 없나 하고 하늘에 빌고 있었을지도 몰라.

질문을 파고들수록 그다음에 벌어질 수 있을 법한 사건이 술술 떠올랐다. 소설에 실제로 넣을 만한 플롯 구성점들이 제니의 머릿속에 그려지기 시작했다.

이런 건 어떨까. 토니가 개 사료 회사와 광고 계약을 해서 루퍼스가 유명한 배우와 함께 대대적인 촬영을 하기로 되어 있었던 거야. 그래서 회사에서는 개를 찾으려고 상금까지 내건 거지. 아니면 SNS 여론이 누군가가 몸값을 받아내려고 루퍼스를 납치했다는 쪽으로 흘러서, 루비는 잡히면 이제 한층 더 곤란해지게 된 거야. 가능성은 수없이 많아! 참 희한한 게, 처음엔 그냥 즉흥적으로 떠올린 시나리오였거든. 최대한 엉뚱한 상상을 해 보려고 했던 거고, 실제로 쓸 만한 게 나올 것 같진 않았어. 그런데 그 잡지 기사를 한 번 다시 읽어 봤더니, 바로 시야가 활짝 트인 거야.

내가 항상 번번이 관찰하는 현상이다. 작가가 '주어진 스토리의 맥락 안에서' 상상력을 거리낌 없이 활짝 펼치다 보면, 금맥이 드러날 뿐 아니라 질문이 꼬리를 물고 이어지곤 한다. 무슨 말이냐 하면, 플롯의 구멍을 막을 해법을 하나 찾으면, 그로 인해 구멍이 몇 개 더 생기는 경우가 많다. 예컨대 이런 것이다. 루퍼스가 그렇게 유명하다면, 루비는 왜 루퍼스를 알아보지 못했을까?

제니는 당황할 뻔했지만, 루비가 SNS를 전혀 하지 않고 디지털에 관련된 일을 모두 헨리에게 맡겼다는 사실이 곧 생각났다. 다시 말해, 자기가 이미 푼 문제였다. 우연의 일치일까? 그럴 수도 있다. 하지만 그보다는, 제니가 스토리에 워낙 집중하고 있었기에 플롯 구성점들이 저절로 속속 나타나기 시작했다고 보는 게 맞을 것이다. 무슨 마술 같은 게 아니라, 루비라는 사람이 어떤 사람인지를 고려할 때 루비는 그럴 수밖에 없었던 것이다. 주인공의 과거에 관해 우리가 알고 있는 사실을 재검토하다 보면, 미처 생각하지 못했던 문제의 해답이 이미 거기 들어 있을 때가 많다. 참 멋지지 않은가?

과제

이제 당신은 잘못된 믿음을 (아마도 본의 아니게) 극복하려는 주인공의 여정을 방해할 장애물 후보 몇 가지를 찾았을 것이다. 후보들을 '아이디어 목록'에 추가하거나, 충분히 명확한 경우 각각에 대해 장면 카드를 만들기 시작하자. 지금으로선 카드에 적을 내용이 거의 없어도 실망하지 말자. 알다시피 모든 장면, 인물, 서브플롯, 더 나아가 소설이라는 것 자체가 한 층 한 층 층을 쌓아 나가야 하는 것이니까. 따라서 장면 카드 한 장을 완성하려면 시간이 꽤 걸리기 마련이다. 다음 장에서는 과거로 돌아가 구체적 내용을 캐냄으로써, 지금까지 찾아낸 추상적 플롯 구성점들을 생생한 이미지로 탈바꿈시켜 선명하게 구현해 줄 재료를 확보하자. 이를 위해 작가의 가장 유용한 도구를 다시 꺼낼 차례다. 그것은 바로, 간단해 보이지만 더없이 강력한 질문, "왜?"다.

13장

스토리의 논리
: '무엇'에 일일이 '왜' 깔아 주기

진실은 허구보다 낯설다. 허구는 가능성에 충실해야 하지만,
진실은 그렇지 않기 때문이다.

▶ 마크 트웨인

이제 당신은 소설 속에서 무슨 일이 벌어질지에 대해 (비록 안
개처럼 뿌옇긴 하지만) 상당히 장래가 유망한 개념을 갖추어 놓
았다. 그 대부분은 아직 모호하기에, 지금으로서는 작성을 시
작한 장면 카드 수보다 아이디어 목록의 항목 수가 훨씬 많을
것이다. 실망하지 말자. 지금 모아 놓은 것들은 대부분 스토리
와 밀접한 관련이 있으므로, 당신은 이미 남들보다 한참 앞서
있다. 이제 그 두루뭉술한 추상적 개념들을 흥미진진한 구체적
사실로 바꾸는 작업을 시작해 보자.

어떻게 하면 될까? "왜?"라고 물음으로써 가능하다. 일이 벌어지는 이유를 모르면 구체적으로 무슨 일이 벌어질지 알 수가 없다. 어떤 일이 왜 일어날 만하고, 왜 일어날 수 있고, 왜 실제로 일어났는가? 그 '왜'가 해결되어야 소설의 내적 논리가 잡혀서 앞뒤 아귀가 맞고 독자가 다음에 벌어질 일을 열심히 예상해 볼 수 있다.

"왜?"라고 질문하면서 뿌연 안개를 몰아내고, 스토리의 인과 경로를 머릿속에 명확하게 그려 금방이라도 생동할 것처럼 만들 수 있다.

그리고 그 물음의 답은 항상 과거에 있다.

어느 장면을 놓고 보든, 과거를 좀 더 파 보아야 하는 상황이 기본적으로 두 가지가 있을 것이다. 첫 번째는 구체적인 플롯 구성점이나 장면이 있는데 아직 뒷받침해 주는 논리가 없어서 개연성이 떨어지는 경우다. 두 번째는 일단 대략적으로 요약만 해 놓은 휑한 벌판에, 구체적 내용이랄 게 없어서 무슨 일이 실제로 일어나는지 그려 보려고 하면 그저 막막한 경우다.

이 장에서는 각 경우를 하나씩 다뤄 보겠다. 목표는? '왜'라는 도구를 다루는 법을 숙달하는 것이다. 그 도구로 구체적 정보를 밝혀내서 생생한 진짜 장면을 빚어낼 재료로 삼자.

논리적 검증
: 플롯 구성점 살아 움직이게 하기

당신의 아이디어 목록에서 맨 처음에 있는 모호한 장면은 무엇인가? 아마도 소설의 처음 부분에 벌어지는 일일 것이다. 제니의 경우는 소설 전체에서 꽤 큰 역할을 하는 플롯 구성점이었는데, 바로 루비가 개를 훔쳐서 도망치는 인과 경로 전체의 출발점이 되는 장면이었다.

자, 제니가 앞에서 구상했던 '여섯 번째 째깍 소리'를 그대로 가져와 보자. 수의사인 루비의 언니 노라는 동생의 정신 상태가 너무 걱정돼서 강제로 자기 집에 데려와 두어 달 머물게 할 생각을 한다. 루비는 이 사태를 워낙 심각하게 받아들인 나머지, 개 한 마리를 잠깐 '빌리기로' 한다. 자기 상태가 괜찮다고 언니를 납득시켜 자신에게서 손을 떼게 하려는 것이다. 뭐 별문제 없어 보인다. (물론 루비의 계획은 문제가 있고, 루비의 정신 상태는 상당히 걱정스럽지만.) 분명하고, 간결하고, 구체적이다. 눈앞에 그려지기까지 한다.

그런데 문제는, 제니도 앞서 언급했듯이, 간단해 보이는 상황이지만 여기엔 커다란 전제가 도사리고 있다. 루비는 잘나가는 드라마 작가이고, 아직까지는 딱히 정신이 나갔다고 단정할 만한 행동도 하지 않았는데, 도대체 노라에게 무슨 권한이 있어서 동생을 강제로 집에서 끌어낸다는 걸까?

제니는 이 문제를 이미 알고 있었지만, 사실 작가들 대부분은 모를 때가 많다. 일단 뭔가 좋아 보이는 아이디어가 떠오르면 그냥 옳거니 하고 사실로 삼아 버린다. 완전 그럴듯해 보이는 플롯 구성점에 올라타서 무작정 달려 나가다가, 여러 페이지 뒤에서야 논리적 허점을 발견하고 그동안 쓴 게 모두 헛수고임을 깨닫는다. 작가로서는 참 기운 빠지는 일이다.

언뜻 유망해 보이는 아이디어를 그냥 버리려면 고통스러울 수도 있지만, 지금 단계에서 버리는 것이 나중에 버리는 것보다 훨씬 쉽다. 아이디어를 발전시켜 나가다 보면 거기에 너무 익숙해져서, 내버리려고 하면 마치 당신의 회사에 근무하는 절친을 당신 손으로 해고하는 듯한 느낌이 든다. 설령 그가 일에 전혀 적성이 없고 직원들이 하나같이 그 사람을 내쫓지 않으면 자기가 나가겠다고 으름장을 놓고 있다고 해도 말이다.

바로 그래서 모든 플롯 구성점은 반드시 처음부터 그 개연성을 검증해야 한다. 이 작업의 묘미는, '왜'를 파 들어가다 보면 스토리를 진행시키는 데 필요한 '무엇'도 덩달아 밝혀진다는 데 있다. '구체적인 것이 구체적인 것을 낳는다'는 법칙이 다시금 진가를 발휘하는 순간이다.

이제 제니는 노라에게 왜 루비를 집에서 끌어낼 권한이 있는지 알아내야 했다. 이를 위해, 현재의 모호한 플롯 구성점에 대해 세 단계의 '왜' 테스트를 수행했다. 테스트는 단계적으로 점점 어려워진다.

플롯 차원에서 그 일이 왜 일어날 필요가 있는가?

가장 쉬운 질문이다. 그냥 보기엔 언뜻 솔깃해 보이지만 마구잡이에 불과한 플롯 구성점들을 이 테스트만으로도 수두룩하게 쳐낼 수 있다. 제니가 고려 중인 플롯 구성점은 이 테스트를 깨끗이 통과했다. 소설의 플롯 자체가 루비가 개를 납치해야만 성립이 되기 때문이다. 그럼 다음 단계로 넘어가자.

현실적으로 그 일이 왜 일어날 수 있는가?
즉, 실제로 가능한 일인가?

제니의 모호한 플롯 구성점은 이 단계에서 탁 걸리고 만다. 분명히 현실적인 문제가 있다. 근본적으로 불가능하다는 말은 아니다. 가령 "노라는 루비를 수만 년 전 과거로 보내 요즘 핫한 '구석기 다이어트'를 실제로 체험시킨다" 같은 수준은 아니다. (물론 사변 소설을 쓰고 있다면 그런 것도 개연성을 확보해 주어야 하겠지만.) 하지만 노라가 루비를 집에서 끌어내겠다고 으르는 것은 '가능할 수도 있는 일'인지는 몰라도, 스토리의 구체적 내용을 고려할 때 '가능한 일'이라고는 할 수 없다. 제니가 할 일은 전자를 후자로 만들어 주는 것이다.

제니는 곧바로 브레인스토밍에 들어가, 극적인 가능성 몇 가지를 떠올려 보았다.

- 노라가 드라마 제작사의 관계자 또는 임원이고, 루비가 사는 집은 사실 회사 소유다.
- 노라는 원래 잔소리꾼이고 루비는 고분고분한 성격이다.
- 노라는 최면술사다. 그냥 회중시계를 꺼내 루비의 눈앞에서 흔들기만 하면 루비는 시키는 대로 다 하게 되어 있다.

물론 마지막은 제니가 답답한 심정을 내비친 결과다. 문제는 그 어느 것도 인물들의 됨됨이와 들어맞지 않는다는 것이다. 게다가 소설의 전깃줄과도 접점이 없다. 제니는 자기가 너무 어렵게 생각하고 있는 게 아닐까 하는 생각이 들었다. '오컴의 면도날Occam's razor' 원리처럼, 가장 간단한 해법이 정답 아닐까. 루비가 사는 집의 주인이 노라라면? 그렇다면 루비의 정신 건강이 크게 우려될 때 자기 집이니 얼마든지 나오게끔 강제할 수 있을 것이다.

임무 완료! 이제 현실적으로 가능한 플롯 구성점이 되었다. 다음으로, 노라가 그 집을 소유한 이유를 한 층씩 파헤치면서 이 시나리오가 마지막 테스트를 통과하는지 확인해 보자.

주인공의 내적 투쟁에 비추어 볼 때
그 일이 왜 일어나는가?

플롯 구성점의 진정한 의미를 통찰할 수 있는 테스트다. 짐작했겠지만 앞의 두 테스트를 통과한 플롯 구성점은 여기서 답이 어떻게 나오느냐에 따라 소설에 들어갈 것인지 여부가 정해진다.

노라가 루비의 집을 소유하는 게 스토리상으로 말이 되는지 알아보기 위해, 나는 일련의 질문을 제니에게 던져 보았다.

리사 그 집이 왜 노라의 소유지?

제니 부모님이 노라에게 물려 줬으니까.

리사 왜 루비가 아니라 노라에게 물려 줬어?

제니 노라가 루비보다 나이가 훨씬 위니까. 유언장을 작성할 때 루비는 아이였고, 그 후로 유언장을 굳이 수정하지 않은 거지. 문제 해결됐지?

리사 좀 더 보자고. 개연성은 있어. 현실적으로는 말이 되는데, 그게 루비의 잘못된 믿음과 어떻게 맞물리지?

제니 으아! 알았어, 좋아. 유언으로 물려받았다면 부모님은 현재 돌아가신 게 되지. 아마 루비가 꽤 어릴 때 돌아가셨을 거야. 대학을 막 나와서 재봉사로 영화, 의상 업계에 발을 들여놓으려고 할 때, LA에 보증금이나 담보 없이 집을 얻을 수 있다는 건 횡재나 다름없었지. 노라는 루비와 다시 잘 지내고 싶은 마음이 컸을 거야. 노라가 대학에 가려고 집을 나온 게 루비 나이 열두 살 때, 앤더슨 아저씨가 세상을 뜨기 직전이었고, 그 후로는 두 사람 사이가 소원했거든. 루비는 살 집을 내주겠다는 언니의 제안을 받아들였지만, 정서적으로는 언니와 거리를 유지했어. 노라는 거기에 상처를 받았지. 자기가 유일하게 경험한 가족 간의 사랑이 어릴 때 루비를 돌봐 준 것이었거든. 부모님은 루비에게나 노라에게나, 정이 없고 쌀쌀했으니까. 그래서 노라는 나름의 두려움과 그리움이 섞인 마음으로 루비에게 집을 사실상 준 셈인데, 법적으로 넘겨준 건 아니었어. 그 집을 놓고 한 번도 루비에게 주인 행세를 하거나 뭘 요구하거나 한 적이 없지만, 이제 루비가 너무 염려되면서 상황이 달라진 거지.

좋다! 보다시피 처음에는 단순히 현실성을 따지는 질문이었지만, 파 들어갈수록 더 깊은 측면이 드러난다. 제니가 위에서 파헤치고 있는 것은 훨씬 더 흥미로운 속 이야기다. 루비에게 집을 내준 노라의 행동 뒤에 깔린 주관적 '왜'가 밝혀지면서, 이 플롯 구성점이 소설의 전깃줄을 확실히 자극할 수밖에 없는 이유가 드러나고 있다. 위에서 알 수 있듯이 노라는 사실 루비를 극진히 사랑했다. 루비도 노라를 사랑했으나, 잘못된 믿음이 머릿속에 자리 잡으면서 마음을 닫은 것이다.

모호했던 플롯 구성점이지만, 세 단계의 '왜'를 거쳐 검증하고 나니 더욱 구체성을 띠면서 훨씬 강력해졌다. 이로써 플롯 구성점을 외적·내적으로 말이 되게 만들고자 했던 목표가 달성되었다. 지금으로선 제니가 장면 카드에 추가로 기입할 것이 없지만, 그것을 떠나 무척 큰 소득이 있었다. 소설의 첫 장면을 현재 그대로 유지할 수 있는 것은 물론이고, 지금 이 스토리라인이 현실적으로 가능할 뿐 아니라 심리적 차원에서도 그럴듯하다는 확신을 안고 계속 진행할 수 있게 되었다.

그뿐이 아니다. 이 플롯 구성점에 스토리를 밀고 나갈 힘을 실어 준 것도 소득이지만, 제니는 그 밖에도 '무엇'에 해당하는 것을 좀 더 찾아냈다. 물론 처음 이 플롯 구성점이 그랬던 것처럼 아직은 하나하나가 모호하지만, 루비와 노라의 과거에서 어느 부분을 더 파 보아야 할지 시사해 준다. 예컨대 다음세 영역을 조사해 보면 뭔가 재미있는 게 나올 듯했다.

- 쌀쌀한 부모 밑에서 자란 두 사람이기에, 친밀하게 지냈던 언니 노라가 대학에 가면서 루비의 삶에는 꽤 큰 구멍이 생겼을 것이다.

- 루비는 노라가 집을 나가고 앤더슨 아저씨가 죽기 전까지는 노라를 극진히 사랑했던 게 맞다. 다시 말해, 노라는 루비가 평생 마음을 주었던 유일한 사람일 수 있다. 그렇다면 루비는 노라가 떠났을 때 버려진 기분이었을 것이다. 맞다, 유기 불안 문제가 있을 수 있다!

- 그 집의 법적 소유권은 루비가 아닌 노라에게 있지만, 루비는 무의미한 주장이라고 생각할지도 모른다. 일종의 관습법 차원에서, 남의 집이라도 오래 살면 임자라는 식으로, 그 집은 자기 소유라고 생각할 수도 있다. 적어도 자기가 보기엔 분명히 자기 집이다.

두 자매의 관계는 앞으로 소설에서 큰 역할을 할 것이 틀림없으므로, 제니는 찾아낸 모든 내용을 즉시 루비와 노라의 이력에 각각 추가하고, 각 인물의 폴더에 넣어 두었다.

과제

당신의 아이디어 목록과 장면 카드들을 훑어보면서, 아직 논리가 모호하거나 현실성이 불분명한 플롯 구성점들을 찾아내자. 하나같이 다 문제가 있더라도 놀라거나 낙담하지 말자. 시간 순서대로 하나씩 점검해 본다. 순서를 지키는 것이 중요하다. 제니가 루비 자매의 관계를 들여다볼 때도 그랬듯이, 첫 번째 플롯 구성점을 뜯어 보는 과정에서 드러나는 정보가 두 번째 플롯 구성점을 좌우하고 명확히 할 뿐 아니라 통찰할 수 있게 해 주기 때문이다. 물론 이어지는 플롯 구성점도 다 마찬가지다. 목표는 모호한 플롯 구성점들 전부가 세 단계의 '왜' 테스트를 다 통과할 수 있게 하는 것이다.

이 과정에서 주인공이나 그 밖의 인물에 관해 새로운 정보가 드러나면 메모하여 해당 인물의 폴더에 넣어 둔다. 새로 부상한 모호한 플롯 구성점은 '아이디어 목록'에 추가한다. 추후에 구체적인 장면이 떠오르면 장면 카드를 시작하고 '잡동사니' 폴더 또는 '개발 중' 폴더에 넣어 둔다.

공백 메우기: 새 플롯 구성점 만들기

그렇다면 명확한 플롯 구성점이 하나도 없는, 인과 경로상의 휑한 벌판은 어떻게 해야 할까? 대략적으로 요약은 해 놓았는데 구체적인 내용이랄 게 없는 부분을 생각하면 된다. 이를테면 이런 것이다. "켈리가 직장에서 반복적으로 좌절을 겪는다." 당신은 그 좌절이란 게 구체적으로 무엇인지, 어떻게 반복되는지, 그래서 켈리가 어떻게 반응하는지 아직 모른다. 켈리의 직업이 무엇인지조차 모를 수도 있다. 당신의 아이디어 목록을 획 훑어보면 그런 플롯 구성점이 많을 것이다. 간단한 명제로 표현했을 때는 분명히 쉽게 이해가 됐는데, '가만있자, 그래서 실제로 어떻게 되는 거지?' 하고 생각해 보면 막막하기 짝이 없다. 엄두조차 잘 나지 않을 것이다. 당신이 무슨 문제가 있어서 그런 게 아니다. 진정한 작가라고 해서 그런 공백들을 휘파람 불면서 척척 메울 수 있는 것도 아니다. 원래 엄두가 안 나는 작업이다. 숙련된 작가에게든 초보 작가에게든 똑같다. 그 두려움을 정면으로 맞닥뜨리는 게 프로다. 당연히 엄청난 용기가 필요한 일이다.

제니도 이 소설 작업을 시작할 때부터 그런 식의 휑뎅그렁한 공백을 마주했던 적이 한두 번이 아니었다. 일단 루비가 유명한 개를 슬쩍했다가 대대적인 개 수색전을 불러일으키고, 호텔에 숨어 대본을 쓰려고 노심초사한다는 것까지는 알고 있다. 지금으로선 그게 플롯의 대부분이다. 제니가 보기엔 그랬다. 하지만 생각해 보면, 그게 얼마나 막연한 얘기인가? 그걸 도대체 어떻게 스토리로 써넬 것인가? 작가 거트루드 스타인이라면 "있는 줄 알았는데 아무것도 없었다"라고 딱 꼬집었을 만한 상황이다. 당신도 눈앞의 휑한 벌판을 바라보면서 똑같은 생각을 하고 있을지 모른다. 작가라면 누구나 겁에 질릴 만한 순간이니까. 하지만 그럴 필요 없다. 동네 한 바퀴 산책이라도 하면서 머리를 비우고 심호흡을 하자. 그리고 잊지 말자. '완성된' 소설을 보면 여러 층이 워낙 정교하고 한결같이 짜여 있지만, 실제로 쓰는 과정에서는 모든 층을 동시에 작업한다는 건 불가능하다. 그러니 거듭 말하지만, 당신이 처한 상황은 지극히 정상이다.

당신이 지향할 목표를 간단히 표현하면 이렇다. 밑그림의 빈 곳을 메울 여정은 갈등으로 가득 차 있어야 한다. 주인공이 길을 편하게 걷고 내적 투쟁이 촉발되지 않으면, 독자는 지루해할 것이다. 주인공이 상황을 어떻게 개선하려고 하든 상황은 더 악화되고 문제는 더 어려워져야 한다. 외적으로만 어려워져서는 안 된다. 가령 주인공이 처음에는 5킬로그램짜리 역기를 들다가, 그다음엔 10킬로그램짜리, 결국에는 200킬로그램짜리를 들어야 한다면, 어려워지는 건 맞지만 그게 독자에게 무슨 상관인가? 외적인 고비가 찾아올 때마다 내적 투쟁이 한층 치열해지면서 욕구와 잘못된 믿음의 대결이 격렬해지지 않는다면, 아무 의미가 없다. 주인공이 원하는 것은 '두 가지'라는 점을 잊지 말자. 애초에 양립할 수 없는 목표라는 것을 자신도 곧 알게 되겠지만, 그것은 바로 '욕구의 실현'과 '잘못된 믿음의 유지'다. 주인공이 욕심쟁이라거나 바보여서 그러는 게 아니다. 지금까지 살아온 경험을 토대로 그 둘을 함께 이루는 게 가능하다고 믿어 왔는데, 이제야 불가능하다는 깨달음이 밀려오는 것이다. 그래서 혼란스러워하며 발버둥 치다가, 잘못된 결정을 내리기도 한다. 딴에는 가장 위험성이 낮다고 생각되는 결정일 것이다. 둘 다를 어떻게든 손에 넣든지, 아니면 손실을 최소화하면서 목표를 이루든지. 하지만 그게 뜻대로 될 리 없다.

요컨대, 주인공을 항상 더 힘들게 해야 한다. 절대 봐주지 말자. 나쁜 일이 일어날 만하면, 일어나게 하자. 주인공이 상상한 최악보다 더 나쁘게 만들자. 아니, 당신이 처음에 상상한 최악보다도 더 나쁘게 만들자. 한마디로, 작가는 끊임없이 주인공의 발목을 붙잡을 의무가 있음을 잊지 말자. 자기도 몰랐던 깊숙한 내면의 힘을 최대한 끌어내지 않으면 도저히 버텨 나갈 수 없게끔 만드는 것이다.

자, 그렇다면 제니가 어떻게 하는지 살펴보자. 제니는 '루비가 개를 훔치기로 결심한 순간'에서 '세상의 눈을 피해 호텔에 숨어드는 순간'으로 이어지는 외적 인과 경로를 잡아 주어야 했다. 우리는 루비가 개를 왜 훔치는지는 이미 알고 있다. 아직 모르는 건, 루비가 과연 왜 도망치느냐 하는 것이다.

좋은 소식은, "그다음에 어떻게 되는가?"라는 질문의 답은 항상 가장 마지막으로 해결한 질문의 답에서 비롯될 때가 많다는 것이다. 제니의 경우도 그랬다. 제니는 노라에게 왜 루비를 쫓아낼 힘이 있는지를 방금 결정했고, 이제 소설의 세 번째 장면을 결정하려고 한다. 루비가 방랑에 나서게 되는 장면이다.

제니는 루비가 지체 없이 길을 나서게 하고 싶었다. 그러려면 노라가 루비를 데려가려고 다시 왔을 때 루비가 달아나야 할 이유를 만들어 주어야 했다. 해결해야 할 질문은 다음과 같았다. 설령 노라가 루퍼스를 알아본다고 하더라도, 루비가 왜 도망쳐야만 하는가? 제니는 이렇게 구상해 나갔다.

노라 외에 또 루퍼스를 알아볼 만한 사람을 등장시켜야겠어. 일단 루퍼스는 짖는 소리가 독특하다고 하자고. 왈왈거리는 소리가 우렁차고 특이해서 옆방에 갇혀 있어도 사람들이 쉽게 알 수 있을 정도야. 자, 노라는 루비를 끌어내서 자기 감시하에 두려고 단단히 작정했어. 그래서 부동산 중개인을 집으로 불렀다면 어떨까. 집을 세놓아서 루비가 아예 있을 수 없게 만들 생각이겠지. 그야말로 실력 행사를 하는 거야. 아주 세게 나오는 건데, 왠지 마음에 들어. 잘 어울려. 그래서 노라가 개를 알아보자마자 부동산 중개인이 찾아오는 거지. 중개인이 개를 보거나 소리를 들으면 큰일이니, 노라가 급히 루비를 내보내는 거야. 당장 개를 데리고 나가서 주인에게 돌려주라면서.

그렇게 해서 제니는 다음에 일어날 일을 결정했다. 이미 알고 있는 루비의 스토리를 검토하면서 '인물들의 됨됨이'에 비추어 논리적으로 루비를 도주하게 만들 만한 사건을 물색한 결과였다. 이제 루비는 정식으로 도망자 신세가 되었다.

　그다음은 어떻게 될까? 앞에서 살펴본 것처럼, 이 상황에서 작가는 루비가 개 수색대를 요리조리 피하는 내용을 중심으로 플롯을 전개하기가 엄청나게 쉬워졌다. 하지만 그렇게 하면 이 소설은 기껏해야 길고 반복적인 추격전에 불과할 것이다. 제니도, 독자도, 원하지 않을 결과다. 그러나 루비가 이제부터는 루퍼스를 알아볼 만한 사람(이 소설의 설정상 세상 거의 모든 사람)을 '피해 다녀야' 하는 것도 맞다. 그렇다면 방법은 하나다. 루비가 사람을 피할 때마다 무언가 내적인 요소가 끼어들어야 한다. 어떤 식으로든 루비의 내적 투쟁이 촉발되어야 하는 것이다.

　루비의 첫 행선지는 알기 쉬웠다. 제니는 곤경에 몰린 루비가 무엇을 할지 빤히 보였다. 헨리에게 가는 것이다. 헨리의 지금 상태가 어떻든 상관없다. 헨리는 오랜 세월 루비의 버팀목이었으니까. 그러므로 다시금 '루비의 됨됨이'에 비추어 논리적으로 생각할 때, 루비는 개가 어떻든, 개가 남의 눈에 띄든 말든, 곧바로 병원으로 향할 것이다. 빙고! 네 번째 장면 카드가 탄생하는 순간이다. 게다가 장면의 내용도 갑자기 좀 더 명확해졌다. 스토리에서 상황은 항상 악화되기 마련이므로, 병원에 도착한 루비 앞에 펼쳐지는 상황은 그다지 좋지 않을 게 틀림없다.

먼저 잠깐 시간을 들여, 인과 경로상에서 현재 명확한 플롯 구
성점이 없는 휑한 벌판을 모두 모아보자. 대략적으로 요약만
해 놓은 것들을 다 찾으면 된다. 찾아낸 것들을 하나씩 명확하
게 구체화해 보자. 벌판이 아무리 넓어도, 일단 하나의 구체적
인 '무엇'을 잡아놓고 '왜'를 파 들어가면 된다. 항상 명심하자.
구체적 정보는 구체적 정보를 낳고, 정보와 정보 사이의 연결
고리를 밝혀 주는 등불은 항상 "왜?"라는 물음이다.

플롯의 크기는 중요하다

이제 당신의 소설에서 벌어질 일들에 대해 상당 부분 '왜'를 밝
혀 놓았으니, 아마 장면들이 그려지면서 플롯이 머릿속에서 모
습을 갖춰 가기 시작할 것이다. 그렇다면 소설이 다루는 '범위'
가 대략 어느 선인지도 판단이 될 것이다. 당신의 소설은 3대
를 아우르는 대하소설일 수도 있고, 황혼에서 새벽까지 펼쳐지
는 스릴러일 수도 있다. 소설이 펼쳐지는 범위를 알고 있으면
주인공에게 어떤 유형의 외적 사건이 쏟아질지 판단하는 데 매
우 유리하다. 지금 한번 생각해 보자. 당신의 소설이 펼쳐질 시

간 범위가 어떻게 되는가? 여러 해? 여러 달? 며칠?

제니는 이렇게 적어 보았다.

이 소설은 짧은 시간 동안 작은 무대에서 펼쳐지는 것으로 상상했어. 난 그런 스토리가 좋더라고. 내면에 집중하게 되잖아. 모든 일이 대개 사소한 것에 좌우되지. 그렇다면 루비는 숨어 지낼 호텔에 금방 가게 될 거야. 루비가 대부분의 시간을 개와 둘이서만 보내게 하고 싶기도 하고. 루비와 루퍼스는 공통의 문제가 있을 것 같거든. 둘 다 인터넷상에서 유명하지만, 둘의 '대중적 페르소나'는 남들이 인식하는 모습일 뿐이지.

루비가 SNS를 기피하는 것은 평생 남들 앞에 나서길 꺼렸던 태도의 연장선상에 있어. 자기 본모습을 드러내 약점을 노출하지 않으려는 거지. 그러다 보니 본의 아니게 남들에 의해 내가 어떤 사람인지 정의되는 상황이 되어 버린 거야. 이제 루비는 자신의 이미지를 되찾고 싶어. 알고 보니 루퍼스도 같은 상황이야. 그렇다고 루퍼스가 말을 하게 된다는 건 아니지만, 글쎄…… 아마도 '유명세'로 인해 신경질적이고 불안하고 손이 많이 가는 개가 되었다고 할 수 있지 않을까.

루퍼스는 신경질적이고 불안하고 손이 많이 가는 데다가, 루비가 대본을 쓰려면 남들 눈에 띄지 않게 숨겨야만 하는 개다. 깊숙한 내면 스토리와 그것을 자극하는 외적 플롯이 나란히 공존하는 좋은 예다. 그리고 여기서 질문이 또 하나 생긴다. 루퍼스는 왜 그렇게 안절부절못할까?

이 시점에서 제니가 팔짱을 끼고 이렇게 말했어도 이상하지 않다. "나 참, 사람도 아니고 개인데 그걸 내가 어떻게 알아! 이제 개 심리까지 파고들라고?" 그렇다, 내 주문이 바로 그거다. 하지만 제니는 그렇게 말하기는커녕, 나보다 한발 앞서 그 점을 고민하고 있었다. 여기서 스토리의 구체적 사항을 많이 알면 알수록 이런 질문에 답하기 쉬워진다는 사실에 주목하자. 거듭 말하지만, 구체적 정보가 구체적 정보를 낳는다. 아무리 강조해도 지나치지 않는다.

다음은 루퍼스가 왜 불안해하는지에 대한 제니의 생각이다(그렇다, 개도 얼마든지 배경 스토리가 있을 수 있다).

루퍼스가 처음에는 성격이 꽤 느긋한 개가 아니었을까. 그런데 사진 촬영이 싫었던 거야. 카메라와 스태프들, 눈부신 조명 앞에서 점점 불안한 반응을 보이는 거지. 그러니 토니도 힘들어질 수밖에. 광고 회사 간부들이 짜증이 나서 개가 말 좀 듣게 해 달라고 토니에게 닦달했을 수도. 어쩌면 루퍼스는 상태가 심해져서 전등 켜는 소리만 나도 울부짖고 아무것도 안 먹는 지경에 이르렀는지도 몰라. 그러니 루비가 데리고 있는 동안 온갖 신경질적인 모습을 보이는 거지. 루비처럼 계속 토하고, 밤새도록 잠을 안 자고 짖고 하면서. 호텔에서도 난감해하겠지. 손님들이 불평하니까. 게다가 루비는 글을 한 자도 쓰지 못하고 있어.

훌륭하다! 이 정보는 루퍼스의 이력에 바로 넣어 주면 된다. 그런데 제니는 이 시점에서 주의할 필요가 있다. 보다시피 개와 관련된 플롯이 또다시 스토리의 초점을 흐릴 우려가 있기 때문이다. 이런 문제는 소설을 쓰면서 계속 마주치게 될 것이다. 플롯이란 본래 확실하고 가시적인 사건들로 이루어지기에 모든 것을 자석처럼 끌어당기는 힘이 있다. 자칫하면 스토리가 표면적 차원으로 끌어 올려져 거기에서 벗어나지 못할 수도 있다.

플롯의 위세에 소설의 초점이 흐려지고 스토리가 휑한 벌판에 내던져지는 현상을 막기 위해, 제니는 이제 루비의 '내적 투쟁'과 관련해 정확히 무슨 일이 일어나야 할지를 본격적으로 고민할 차례였다. 이를테면 대본 집필과 관련해 어떤 외적 사건이 일어날지 구상해야 했다. 또 클레멘타인의 대본 수정 시도, 어떻게든 동생을 도우려는 노라의 시도, 루비가 호텔 방에 갇혀 고민할 이런저런 주제들도 사건의 소재가 될 수 있을 것이다. 다시 말해, 플롯을 더 진행시키려면 이제 서브플롯과 보조 인물들을 적절히 끼워 넣어야 한다.

이런 이유로, 처음 다섯 개의 장면 카드를 완성하는 데는 시간이 꽤 걸리기 마련이다. 현실도 그렇지만, 소설 속의 모든 것은 얽히고설켜 있다. 그래서 한 걸음을 가려면 실제로는 몇 걸음을 동시에 내디뎌야 한다. 물리학자 M. 미첼 월드롭은 우주에 대해 이렇게 말했다. "모든 것은 서로 영향을 주고받기에, 그 연결망을 통째로 이해하지 않으면 안 된다."[1] 당신이 쓰는 소설의 세계도 똑같다.

다음 장에서 그 연결망을 짜는 작업에 들어가 본다. 서브 플롯과 보조 인물들을 구상하고 끼워 넣기 시작할 것이다. 소설에 깊이를 부여하여 독자가 현실을 까맣게 잊고 푹 빠져들 수 있도록 만드는 작업이다. 그런데 연결망을 잘 짜려면 먼저 할 일이 있다. 연결망이 얼마나 넓은 영역을 차지할지 결정하는 것이다.

과제

앞에서 제니가 한 것처럼 당신의 스토리가 펼쳐지는 범위를 간략히 묘사해 보자. 시간적 범위는 어떻게 되고, 무대는 얼마나 큰가? 외적 플롯과 내적 투쟁을 모두 고려하자.

간단히 적으면서, 모든 '무엇'의 이면에 숨어 있는 '왜'를 생각해 보자. 아마 새로 떠오르는 '왜' 질문이 있을 것이다. 그런 경우, 시간을 조금 들여 구체적인 답을 적어 보자. 앞에서 제니가 루퍼스의 번민이 어디에서 비롯되었는지 밝힌 것처럼 하면 된다. 지금 생각해 두면 나중에 당신의 번민을 많이 덜 수 있을 것이다.

14장

층 쌓기 요령
: 서브플롯, 스토리라인, 보조 인물

잘 쓴 희곡에서는 모든 인물이 나름대로 옳다.

▶ 프리드리히 헤벨

아마 지금쯤 당신은 소설의 주된 스토리라인을 꽤 선명하게 그리고 있을지도 모르겠다. 어쩌면 방금 전의 작업을 하고 나니 모든 게 착착 맞아떨어져서 벌써 인과 경로가 근사하게 잡힌 것처럼 보일 수도 있다. 물론 눈앞에 펼쳐진 길은 안개가 뿌옇게 끼어 있을 수도 있고, 이리저리 꺾이고 구부러진 곳이 잘 안 보일 수도 있다. 그래도 어디로 가야 할지는 알고 있으니, 그냥 꾸준히 정진해서 일단 초고를 끝내면 안 될까? 온갖 다양한 층들은 그다음에 고민하면 되지 않나? 혹시 아나, 나머지 층들은 아예 필요 없을지도?

　그런 식으론 안 된다. 왜냐고? 가슴 아픈 말일 수도 있는데, 지금 단계에서 소설의 인과 경로가 그렇게 선명하게 보인다면 십중팔구 당신의 소설은 따분할 게 틀림없다. 그러니 전속력으로 달리기 전에 먼저 살펴봐야 할 게 있다. 주변을 보지 못하고 눈앞의 목표만 바라보는 '터널 시야 현상'의 기미가 있는지 말이다. 아무리 길이 잘 보인다 해도, 길 주변이 보이지 않는다면 생각보다 훨씬 위험하다.

　오로지 주된 스토리라인에만 시선을 고정한 채 스토리를 짜 나간다면 스토리가 금방 뻔하고 단조로워진다는 게 문제다. 그렇게 좁은 시야로 소설을 쓰면 바로 앞에서 우리가 논했던 원리와 정반대로 가는 것이니 그렇게 될 수밖에 없다. 모든 것은 서로 영향을 주고받는다고 하지 않았는가. 세상 사람은 모두 연결되어 있으니, 그 연결 고리를 들여다볼 때 비로소 상황의 이면에 숨은 진짜 이유가 드러날 때가 많다.

　좋다. 그렇다고는 하지만, 주인공에게 영향을 주는 '모든 것'을 다 만들어 줄 수야 없는 노릇이다. 마찬가지로 주인공의 행동이 촉발하는 '모든 것'을 다 만들 수도 없다. 그렇다면 모든 것 중에서도 어느 부분을 겨냥해야 할까? 그래서 필요한 게 바로 서브플롯, 스토리라인, 보조 인물이다. 당신의 소설에 깊이와 넓이와 차원을 부여해 독자에게 현실감을 생생히 불러일으키기 위해 필요한 요소들이다.

서브플롯은 주된 스토리라인과 같은 페이지상에서, 같은 문장 안에서 펼쳐지는 것이 보통이다. 그래서 소설 구상이 까다로운 것이다. 완성된 소설은 모든 층이 이미 정교하게 짜여져 있으니, 집필할 때도 스토리는 원래 그런 식으로 써 나가는 것이겠거니 생각하기가 쉽다. 즉, 모든 층이 서로 얽힌 상태로 동시에 생겨난다고 오해할 법도 하다. 실은 그렇지 않다.

소설의 층을 쌓는 일은 음악을 제작할 때 층(레이어)을 쌓는 일과 똑같다. 완성된 곡을 들으면 모든 것이 한데 어우러져 단일하면서 황홀한 체험을 우리에게 선사한다. 하지만 그 제작은 한 번에 이루어지는 게 아니다. 음악가는 작업실 안에서 모든 트랙을 하나씩 따로 만든다. 드럼부터 시작해 베이스라인과 기초를 깔고, 계속 트랙을 하나씩 만들어 얹어 가면서 모두 잘 어우러지게 한다. 마지막으로 얹는 트랙은? 보컬, 즉 가수의 목소리다. 곡에서 가장 우리 기억에 잘 남는 부분이기도 하다. 보컬을 마지막으로 얹기 전에 그 밑의 모든 트랙을 정교하게 배치하여 탄탄한 배경을 깔아 주었기에 비로소 보컬이 부각되는 것이다.

소설의 밑그림을 작업할 때도 모든 층을 하나씩 깔아 나간다. 결과물만 보면 장면마다 여러 서브플롯이 진행되고, 인물들의 깊이가 더해지고, 앞일의 복선이 깔리지만, 그 모든 층은 각각 따로 만들어서 짜 넣은 것이다. 다시 말해, 독자의 눈에는 매끄럽게 한 걸음을 내딛는 것처럼 보이지만, 작가는 몇 걸음을 동시에 내딛는 것이다. 그런데 이 걸음들이 딱딱 맞아서 하나의 동작처럼 보일 뿐이다.

이처럼 매끄러운 체험을 독자에게 안겨 주기 위해, 이 장에서는 당신의 밑그림 속에서 움트고 있을 서브플롯을 찾아내 발전시키는 방법을 알아본다. 또, 나름의 목표를 좇으면서 동시에 스토리에도 나름의 기여를 할 보조 인물을 만드는 요령을 익혀 본다. 마지막으로, 각 인물의 배경 스토리를 적절히 구상해 작가가 각 장면에서 세상을 그들의 시점으로 볼 수 있도록 해 본다.

서브플롯: 눈에 보이는 게 다가 아니다

서브플롯을 짤 때는 유념하자. 독자는 소설에 나오는 모든 것이 다 이유가 있어서 나왔으리라고 속으로 짐작한다. 독자가 알 필요가 없는 것이라면 작가가 왜 구태여 시간 낭비해 가며 이야기했겠는가. 그러니 당신이 만약 스토리와 관계없는 이야기를 하면, 독자는 일단 묵묵히 읽으면서 나중에 의미가 밝혀지리라고 기대할 것이다. 동시에 열심히 작가의 의도를 추측하면서 자기 나름대로 스토리상의 의미를 부여한다. 하지만 애초부터 아무 의미가 없었다면, 무슨 의미를 상상하건 헛다리를 짚는 셈이다. 일시적으로 잠깐 옆길로 빠진 것이라면 몰라도, 서브플롯은 지면을 상당히 많이 차지하므로 더 유의해야 한다. 모든 서브플롯은 반드시 이 한 가지 질문을 염두에 두자. '이것이 주된 스토리라인에 어떤 영향을 줄 것인가?' 물론 주된 스토리라인은 다음 질문을 염두에 두고 짠 것이다. '이것이 주인공의 투쟁에 어떤 영향을 줄 것인가?' 미스터리나 범죄 소설을 쓰는 경우에도 마찬가지다. 표면적으로는 모든 일이 범죄 해결을 중심으로 돌아가지만, 소설의 내적 투쟁을 끌고 가는 힘은 주인공이 현재 상황을 어떻게 해석하는지, 그리고 범죄자가 왜 범행을 저질렀는지에 있다.

모든 서브플롯은 주된 스토리라인에서 갈라져 나와야 한다. 그리고 '플롯이 말이 되려면 독자가 알아야 할 것'을 알려 주는 역할을 해야 한다. 가령 《앵무새 죽이기》에서 은둔자 부 래들리가 주인공 스카웃을 구해 주고 또 스카웃이 부 래들리를 구해 주는 내용이 없었다면 어땠을까 상상해 보자. 《위대한 개츠비》에서 결국 개츠비의 파멸을 초래하는, 톰과 머틀의 밀회가 없었다면? 《오만과 편견》에서 결과적으로 다아시와 엘리자베스의 결합으로 이어지는, 협잡꾼 위컴과 철없는 리디아의 이야기가 없었다면?

그런 서브플롯 없이는 스토리가 성립될 수 없을 것이다.

사실 서브플롯은 스토리에서 중심적인 역할을 한다. 다만, 단독으로 활보하면서 제멋대로 치고 나가면 문제다. 생각보다 더 자주 일어나는 문제고, 숙련된 작가에게도 예외가 아니다. 서브플롯은 그 자체로 얼마든지 흥미진진한 이야기가 될 수 있기에 작가는 유혹에 빠지기 쉽다. 혹시 아나, 만약 제인 오스틴이 '오만과 편견'이라는 제목을 살짝 비꼬는 투로 내건 것이었다면, 위컴과 리디아가 스토리의 주인공이 되고 다아시와 엘리자베스는 그 둘을 시기하는 깐깐한 훼방꾼 역할을 맡았을지? 문제는, 서브플롯이 주된 스토리라인을 방치하고 단독으로 활개를 치면, 주된 스토리라인이 방치되는 것을 넘어 아예 멈춰 버린다는 것이다. 자, 그럼 스토리를 앞으로 나아가게 해 줄 서브플롯을 어떻게 찾아야 할까?《오즈의 마법사》에서 도로시가 깨달았던 좀 미심쩍은 교훈에 답이 있다. 다른 건 몰라도 서브플롯을 찾아 나설 때는, 멀리 갈 것 없이 당신 소설의 '뒷마당'만 보면 된다.

서브플롯을 어디에서 찾아낼 것인가

'서브플롯subplot'이라는 단어 자체가 '아래에 깔린 플롯'이라는 뜻이므로, 스토리의 표면이 아닌 '이면'을 뒤져야 할 것이다. 이면이라면 어디일까. 가려져 있지만 스토리의 필수적인 한 층으로서, 모습이 드러나면 스토리의 표면적 의미를 더 명확히 해 줄 수 있는 그런 부분이다. 그렇다면 소설의 주요한 서브플롯이 다음 두 영역에서 흔히 발생하는 것도 놀랍지 않다. 둘 다 당신이 이미 구상해 놓은 영역이고, 둘이 서로 겹치는 경우가 많다.

- 소설이 시작되기 전에 촉발된 외적 사건으로서, 주인공의 여정에 영향을 미칠 결과를 곧 초래하게 되어 있는 사건
- 보조 인물(쉽게 말해 주인공 이외의 모든 인물)

앞에서 플롯 구성점을 파헤칠 때도 그랬지만, 서브플롯을 만들려면 과거로 이동해 스토리와 관련이 있을 만한 구체적 정보를 캐내야 한다. 지금으로서는 서브플롯을 처음부터 끝까지 정교하게 완성하는 게 목표가 아니다. 일단 서브플롯의 모습을 머리에 그려 보면서 어떻게 흘러갈지, 또 주된 스토리라인에 어떤 여파를 미칠지 생각해 보자. 서브플롯을 처음 짤 때는 새로운 장면도 만들게 되지만, 기존의 장면도 확장하게 된다. 적절한 장면 카드를 택해 핵심 요점 밑의 '서브플롯' 칸에 기입하면 된다.

여기서 중요한 점이 있다. 서브플롯은 한 명의 인물을 중심으로 전개되는 경향이 있다. 제니의 소설에서 노라, 열혈 팬 클레멘타인, 드라마 감독 샤론은 각각 나름의 서브플롯을 갖게

될 것이다. 헨리도 마찬가지다. 그래서 장면 카드에 서브플롯의 요점을 적을 때는 주제보다 인물을 중심으로 적는 것이 쉬울 때가 많다. 왜냐고? 어떤 서브플롯에서 무슨 일이 일어난다는 개념보다는 어떤 인물이 무슨 일을 벌인다는 쪽이 훨씬 명확하면서 장면도 쉽게 상상되기 때문이다. 따라서 루비의 스토리에 등장하는 서브플롯은 '대본 서브플롯'보다는 '클레멘타인 서브플롯' '샤론 서브플롯'처럼 인물 이름을 적으면 된다.

장면 카드에 서브플롯을 기입하는 칸이 몇 개 있는 이유는, 한 장면에서 몇 개의 서브플롯이 한꺼번에 진행될 가능성이 높고, 작가가 그런 서브플롯들을 잘 인식하고 있어야 하기 때문이다.

어떻게 하는 것인지 감을 잡기 위해 제니가 작업하는 모습을 살펴보자. 위에 언급한 두 유형의 서브플롯을 각각 하나씩 구상할 것이다. 그런 다음 아이디어 목록에 추가하거나, 카드를 새로 만들거나, 혹은 이미 구상한 장면에 들어가야 할 경우라면 해당 카드에 추가하게 된다.

외적 사건에서 비롯된 서브플롯

소설의 시작점에서 이미 진행 중인 서브플롯은 강한 힘이 있다. 뜸 들이지 않고 당장 전개되기 때문에 주인공을 행동에 나서도록 몰아붙이는 효과가 있다. 우리가 처음부터 계속 이야기 했던 점이다. 스토리는 '사태 한가운데에서' 시작하기 마련이다. 상당수의 서브플롯도 마찬가지여서, 소설이 시작되기 한참 전부터 서서히 기세를 키워 가고 있었다. 그럼 잠시 당신의 스토리를 검토해 보자. 지금까지 만들어 놓은 플롯 구성점들을 모두 살펴보면서, 이미 진행 중인 상황을 하나하나 짚어 보자.

제니는 아이디어 목록과 장면 카드들을 훑어보며 서브플롯 후보 몇 개를 뽑아 보았다.

- 제작사가 드라마 제작을 중단하고 대본 수정을 요구했다는 소식이 퍼지자, 팬들은 그 이유를 짐작하느라 바쁘다. 원래 결말은 무엇이었고, 헨리가 필진에서 빠지면 어떻게 되는 것이며, 루비가 혼자 잘 해낼 수 있을지 추측이 무성하다.

- PD 샤론에게는 드라마의 종영이 커리어에 중요한 의미가 있다. 그래서 헨리가 드라마를 끝내기로 결정한 것에 마음이 언짢을 수도 있고, 다음 일을 또 맡을 수 있을지 노심초사하고 있을 게 분명하다. 틀림없이 루비에게 결과물을 내달라고 닦달하고 있을 것이다.

- 열혈 팬 클레멘타인은 루비가 결과물을 내지 못할 경우 드라마 결말을 수정할 사람으로 낙점되어 있으므로, 자신의 서브 플롯이 이미 진행 중인 게 확실하다.

- 헨리는 깨어날 가망이 없지만, 그럼에도 큰 서브플롯의 주인 공이다. 헨리의 서브플롯은 루비가 둘의 관계를 돌아보며 재평가하는 과정에서 플래시백의 형태로 전개될 것이다. 루비가 지금 비탄에 빠져 있는 것이 바로 헨리 때문이니까.

- 루비는 헨리의 병실 면회가 금지된 상태다. 이유는, 엄밀히 말하면 가족이 아니기 때문에?

당연한 일이겠지만, 지금 제니는 위의 서브플롯들에 관해 알고 있는 게 거의 없다. 예를 들어 마지막 '루비는 헨리의 병실 면회가 금지된 상태다'를 생각해 보자. 앞에서도 많이 보아 온 것처럼 그냥 소박한 명제다. 언뜻 확실해 보이지만, 정작 유심히 들여다보면 의문이 수없이 떠오른다. 누가 금지한 것인가? 왜? 그래서 개라든지 대본을 둘러싼 상황에 어떤 여파가 있는가? 그러나 출발점으로는 훌륭하다. 구체적 사실이 잘 명시되어 있으므로 이제 그 지점을 탐색하고 확장해 나가면 된다. 제니는 바로 그 상황을 더 발전시켜 보기로 했다.

다음은 제니와 내가 해본 예다.

리사 루비는 왜 헨리 면회를 못 해?

제니 헨리와 결혼한 사이가 아니니까. 중환자실엔 가족만 들어갈 수 있어.

리사 아닌 것 같은데. 접근 금지 명령이 내려진 사람이 아니면 누구든 면회할 수 있어.

제니 좋아, 그럼 오지 말아 달라고 누군가가 확실히 못을 박았다면? 이를테면 헨리의 엄마라든가. 이름은 '프랜시스'라고 하자. 프랜시스는 루비가 오는 걸 원하지 않는 거야.

리사 그거 좋네. 그럼 프랜시스가 왜 루비의 면회를 막는지 생각해 봐야 해. 엄마와 아들 사이가 어떻기에? 또 루비와의 사이는 어떻고?

제니 헨리가 외아들이어서 아들을 끔찍이 아끼는 거야. 그러니 머리맡을 잠시도 떠나지 않으려는 거지.

리사 그렇겠지, 그런데 그건 당연한 거잖아. 어머니들은 다 그럴 거야. 그렇다고 해서 헨리와 프랜시스 두 사람의 관계가 어떤지 알 수 있는 건 아니야.

제니 좋아, 프랜시스는 남편을 잃었어. 아니, 남편이 자기를 버린 걸로 하자고. 헨리가 어릴 때 일이었지. 그래서 헨리에게 사랑을 쏟아부으며 키웠고, 헨리는 엄마를 행복하게 해야 한다는 책임감을 느꼈을 거야. 그러다 보니 죄책감과 번민에 시달렸어. 평생 엄마의 곁을 지켜 주어야 한다는 압박감을 느꼈고. 그래서 루비 같은 여자가 큰 위안이 됐던 거지.

리사 그래서 프랜시스가 루비를 못마땅해하는 거네. 결혼식 무렵에는? 신경을 잔뜩 곤두세웠을 것 같은데.

제니 맞아! 프랜시스 자신이 버림받은 과거가 있다면, 자기 아들을 루비가 '차 버린' 것으로 보이는 사태가 일어났을 때 그 스트레스가 한층 더 심했겠지. 그리고 아들을 더더욱 철저히 보호하려고 했을 거야.

리사 그렇다면 헨리는 숨 막히게 답답했을 테고, 루비가 결혼을 두려워하는 것에도 공감할 수 있었겠네. 아이러니하게도 루비를 더 사랑하는 계기가 되었을 수 있겠어.

제니 그거야! 헨리 엄마도 또 나름의 이유가 있어서 그런 감정을 느끼는 것이니 탓할 수도 없고.

리사 그게 핵심이지. 어떤 사람의 과거를 알고, 그 사람이 왜 그러는지 알면, 언뜻 '나쁜' 행동처럼 보이는 것도 사실은 그렇지 않을 때가 많다는 거. 극히 드문 예외를 제외하면, 세상 모든 사람이 자기는 옳은 이유에서 옳은 일을 하고 있다고 생각하니까.

그렇다, 구체적 정보가 구체적 정보를 낳는 예를 여기서도 잘 확인할 수 있다. 이제 우리는 프랜시스의 아픔이 루비에게 어떤 영향을 미칠 것이며 그 이유가 무엇인지, 그리고 그 점이 왜 중요한지 구체적으로 알게 되었다. 그뿐이 아니다. 새로 구상한 프랜시스의 스토리라인이 헨리와 루비의 관계라는 또 다른 서브플롯과 맞물리는 것을 보았는가? 그 덕분에 우리는 헨리가 루비의 독립성 때문에 루비를 더 사랑했을지도 모른다는 사실을 깨닫게 되었다. 스토리의 여러 층이 엮여서 겉보기에 탄탄하고 한결같은 연결망을 이루는 모습을 더없이 잘 보여 주는 예라고 할 수 있겠다.

더 좋은 성과는 그다음이었다. 제니는 앞의 브레인스토밍 결과 다섯 개의 장면 후보를 이끌어 낼 수 있었다.

- 프랜시스와 루비가 헨리의 사고 이후 처음으로 병원에서 마주하는 장면이 필요해. 둘 사이에 쌓여 있던 온갖 감정이 표출되는 순간이야.

- 루비가 프랜시스와 처음 만났던 날을 회상하는 플래시백 장면이 들어갈 수도 있겠지. 아들에 관한 프랜시스의 기대를 전혀 충족시켜 주지 못하는 루비의 모습이지.

- 결혼식이 취소된 날 프랜시스가 등장하는 장면이 꼭 있어야 해.

- 헨리의 부모가 헤어진 사연도 나와야 하지 않을까. 헨리의 시점에서 플래시백으로 등장할 수도 있겠고, 아니면 병원에서 루비와 프랜시스가 만나는 장면에서 나올 수도 있겠지. 어쩌면 두 형태로 다 등장해서, 루비가 두 사람의 스토리가 다른 것을 알고 작은 '아하!' 순간을 맞을 수도 있겠어. 알고 보니 헨리는 부모의 결혼이 파경을 맞게 된 경위를 어머니와 많이 다르게 알고 있었던 거야. 그래서 두 사람은 수십 년간 서로를 오해하며 괴로워했던 거고.

- 결말의 마지막 장면으로, 헨리가 숨을 거두기 직전 루비가 병실에 찾아오는 거야(헨리는 인공호흡기를 달고 있고, 이제 연명 장치를 끄기로 결정된 상태일 거야). 루비와 프랜시스가 최종적으로 대면하는 순간이지.

위의 장면들이 모두 소설에 들어가게 될까? 그럴 수도 있고, 아닐 수도 있다. 어쨌든 장면 하나하나가 다 스토리와 관련된 루비의 과거에서 비롯되었고 앞으로 전개될 플롯과 상관이 있으므로, 제니는 파헤쳐 보기 좋은 후보감들을 확보한 셈이다.

제니는 곧바로 장면 후보 각각에 대해 장면 카드를 만들어 '개발 중' 폴더에 넣었다. 또, 프랜시스의 인물 이력도 작성하기 시작했다.

과제

방금 뽑은 후보 목록을 살펴보자. 당신의 소설이 시작될 때 이미 진행 중인 서브플롯 후보들이다. 다행히도 목록에 있는 것들은 일단 모두 스토리와 상관이 있다는 점은 분명하다. 가장 먼저 생각해 봐야 할 질문은 항상 이것이다. '주인공의 여정을 고려할 때 이것이 주인공에게 왜 중요한 의미가 있는가?' 비록 모호할지라도 답을 생각해 보면, 과거를 어디에서부터 파 들어가야 할지 알 수 있을 것이다. 그러면 필요한 사건들을 찾아내 구체적이고 명확하면서 그럴듯한 서브플롯을 만들어 갈 수 있다. 서브플롯을 결정하고 나면 아마 서브플롯 하나당 장면 후보를 몇 개쯤 건질 수 있을 것이다.

보조 인물이 이끌어 가는 서브플롯

당신의 소설에 등장하는 인물 상당수는 주인공의 과거에서 유래한 사람들이겠지만, 그렇지 않은 사람도 있을 것이다. 이를테면 개 주인 토니 같은 사람이다. 플롯이 전개되면서 주인공은 어떤 인물을 난생처음 맞닥뜨리기도 할 것이다. 그들은 대체 어떤 사람이며, 그들을 그저 플롯의 필요에 따라 움직이는 꼭두각시로 만들지 않으려면 어떻게 해야 할까? 그들을 '스토리의 필요에 맞게' 움직이도록, 더 나아가 '자기가 하고 싶은 대로' 움직이도록 만들려면 어떻게 해야 할까? 모든 인물은 나름의 목표가 있는 데다 매우 주관적인 렌즈를 통해 세상을 볼수밖에 없으며, 그 렌즈는 주인공이 가진 렌즈와 매우 다를 게틀림없다. 당신이 창조한 인물들이 자신의 목표에 충실하면서동시에 소설의 목적에 충실하게 하려면 어떻게 해야 할까? 그비결은 인물들을 제 장단에 맞추어 춤추게 놓아두는 것이다.단, 그 장단이 소설의 가락과 맞아떨어져야 한다.

알아야 이야기가 된다

당신의 삶에 대해 잠깐 생각해 보자. 주인공은 당신이다. 당신의 '인생 스토리'니까. 친구, 가족, 배우자, 연인, 개 등은 아무리 당신이 사랑한다 해도 보조 인물일 뿐이다. 너무나 중요하고 당신에게 없어선 안 될 존재들이지만, 스토리의 주인공은 아니다. 물론 그런 사실을 굳이 그들에게 말해서 마음에 상처를 줄 필요는 없을 것이다. 그런데 중요한 사실은, 그들의 삶에서는 당신이 보조 인물이라는 것이다. 요컨대, 우리가 다 그렇듯이 소설에 등장하는 모든 인물은 자기가 주인공이라고 철석같이 믿고 있다. 그러니 다들 자신의 목표를 이루려고 할 뿐, 작가나 플롯이나 주인공의 목표를 돕는다는 생각은 꿈에도 하지 않는다. 그럴 수밖에 없다. 세상 모든 사람은 나름대로 똑똑하고 나름의 목표가 있으며, 무엇을 하든 자신의 목표를 이루려는 심산이 깔려 있다. 흔히 인간의 본성이라고 하는 생물적 원리다. 주관적이며 뚜렷한 목표가 없는 소설 속 인물은 개연성도 없고 재미도 없다.

이것이 작가에게 시사하는 바는 무엇일까?

보조 인물을 만들 때도 주인공과 똑같은 식으로 생각해야 한다는 것이다. 모든 인물은 나름의 목표와 동기가 있고 나름대로 깨닫는 순간이 있다. 또 나름의 변화 곡선을 그리기도 한다.

작가가 보조 인물의 목표를 알지 못하면, 그에게 목표가 있다는 사실조차 잊기 쉽다. 아무 생각 없이, 각 장면에서 플롯의 필요상 해야 할 일을 하게 만드는 데만 집중하게 된다. 그러다 보면 소설이 진행됨에 따라 인물의 행동이 앞뒤가 안 맞게 된다. 행동의 기준이 될 내적 논리가 없기 때문이다. 확실히 말해 두자. 인물의 목표가 그때그때 달라서는 안 된다. 장면이 바뀌어도, 날이 바뀌어도, 방해물이 바뀌어도 변하지 않는 단일한 목표가 소설 내내 인물의 행동을 이끌어야 한다.

여기서 중요한 점이 있다. 보조 인물을 창조하고 보조 인물의 '목표'를 설정할 때는 주인공의 스토리 전개를 돕는다는 하나의 목적을 염두에 두어야 한다. 다시 말해, 보조 인물 본인은 모를지라도 그의 존재 이유는 무엇보다 주인공의 투쟁을 돕기 위해서다. 그러므로 그가 하는 모든 행동은 주인공에게 구체적 영향을 미쳐 소설의 전깃줄을 자극해야 한다. 바꿔 말하면, 비록 보조 인물은 각자가 나름의 인격체이고, 그가 하는 모든 행동은 그의 됨됨이에 부합하지만, 당신이 그 인물과 그의 믿음을 창조하는 목적은 다른 게 아니라 '자연스럽게 주인공의 스토리 전개를 돕기 위해서'다.

그렇다면 보조 인물에 관해서도 주인공만큼 깊이 파고들어야 할까? 그렇진 않다. 하지만 맡은 역할에 따라 일부 보조 인물은 더 깊이 파고들 필요가 있다. 예를 들어 러브 스토리를 쓴다면, 아마 주인공의 연인에 관해서도 주인공에 관해서만큼 많이 알아야 할 것이다. 그렇지만 주인공이 중간에 만났던 스쳐 간 인연들은? 그리 잘 알 필요 없다.

잠시 시간을 들여 지금까지 등장했던 모든 인물의 명단을 적어 보자. 그리고 가장 중요한 역할을 할 인물들을 추려 보자.

예를 들어 영화 〈대부〉에서라면 비토, 소니, 프레도, 케이 정도
를 뽑을 수 있을 것이다. 조지프 잘루치는 안 된다. 조지프 잘
루치가 누군지 모르겠다고? 내 말이 그 말이다.

제니는 이미 노라와 프랜시스의 인물 이력을 작성하기 시
작했다. 당신의 소설에서 중요한 역할을 할 인물들에 대해서도
모두 이력을 만들자. 그 사람의 인생을 총체적으로 훑는 것이
아니다. 주인공의 경우에 그랬듯이, 스토리와 관련된 부분만
만들면 된다. 보조 인물을 만들 때 가장 중요한 점은, 주인공의
스토리 속에서 맡을 역할에 맞게 인물을 창조하고 키워 나가야
한다는 것이다. 어떤 보조 인물이든 가장 먼저 생각해 봐야 할
질문은 이것이다. '이 인물의 목표가 내가 이야기하려는 스토
리와 어떻게 맞물릴 것인가?'

이제 보조 인물 한 명을 함께 구상해 볼 텐데, 그전에 덧붙
일 말이 있다. 미스터리, 스릴러 등 음모나 계략을 축으로 하는
소설을 쓴다면, 악당의 목표를 아는 것은 물론이고 그가 지금
까지 목표를 이루기 위해 '한 일'을 아는 게 절대적으로 중요하
다. 가령 형사가 살인범을 붙잡는 것이 소설의 내용이라면, 작
가는 형사를 현장에 내보내 추적에 나서게 하기 전에 살인범이
누구를 죽였으며 단서 하나하나를 어디에, 어떻게, 왜 숨겨 놓
았는지 구체적으로 알아야만 한다. 그걸 모른다면, 어디를 뒤
져서 무엇을 찾아야 하며 또 찾아낸 단서에 무슨 의미가 있는

지 어떻게 알겠는가? 작가가 모르는데 형사가 알 리 없다. 스토리의 전반을 알아야 후반의 첫 페이지에서 소설이 바로 시작할 수 있다고 거듭 말했지만, 그 중요성을 보여 주는 또 하나의 완벽한 예가 되겠다.

제니에게 어느 인물의 서브플롯에 먼저 도전해 보겠냐고 물었더니, 개 주인 토니를 택했다. '아하!' 장면을 쓸 때 토니에 관해 드러났던 사실들이 마음에 들고 스토리에서 중심적인 역할을 할 수 있을 것 같아서였다.

과제

이제 직접 인물 한 명을 택해서 구상해 나갈 차례다. 로맨스 소설을 쓰고 있다면 주인공의 연인이야말로 아주 좋은 후보일 것이다. 미스터리나 스릴러를 쓰고 있다면 악당(혹은 스파이, 비밀 요원 등 주인공의 숙적)이 가장 좋은 후보다. 제니의 경우처럼 둘 다 해당되지 않는다면, 뽑아 놓은 명단을 훑어보자. "저요, 저!" 하면서 열심히 손을 흔들고 있는 인물이 보이는가? 그렇다면 선택해 주자. 그런 인물이 없다면, 소설에 가장 먼저 등장할 인물을 택하면 되겠다.

주인공의 잘못된 믿음을 재고하거나 재확인하게 해 줄 인물을 만들어야 한다는 점을 유념하면서, 이런 질문을 던져 보자.

이 인물이 주인공의 눈을 틔워 대략 무엇을 깨닫게 해 줄 것인가? 답을 적어 보자. 스쳐 가는 아이디어도 괜찮고, 흐릿하고 불확실한 아이디어도 괜찮다. 클리셰여도 상관없다.

다음은 제니의 생각이다.

토니는 루비에게 진정한 사랑이란 어떤 건지 알게 해 줄 거야. 딱 들었을 때 참 어이없는 소리이긴 한데, 정말로 그렇게 되는 거지. 토니는 자신의 약점을 기꺼이 100퍼센트 드러내려고 해. 온 세상이 자신에게서 등을 돌릴지라도, 헤어진 연인에게 당당히 사랑을 선언하려고 해. 그녀의 사랑을 되찾으려는 바람에서지. 루비는 자신이 헨리에게 하지 못했던 게 무엇인지 눈앞에서 똑똑히 보게 돼. 그리고 헨리에 대한 자신의 사랑을 증명할 마지막 기회가 남아 있다는 걸 깨달아. 그건 바로, 대본의 내용을 어떻게 쓰느냐 하는 것이지.

훌륭하다. 이제 다음으로 할 일은 토니의 배경 스토리를 구상하여, 토니가 위의 역할을 할 수 있게 하는 것이다. 나는 제니에게 토니라는 인물에 살을 붙여 나가는 과정을 보여 달라고 했다. 시간이 좀 걸리겠거니 생각했다. 우선 토니에 관해 알

고 있는 사실들을 샅샅이 훑은 다음, 이거다 싶을 때까지 끙끙
대며 고치고 또 고치리라고 예상했다. 그런데 웬걸, 바로 답이
나왔다. 거의 몇 분 만이었다. 게다가 형태가 완전히 갖춰져 있
었다. 아래는 제니의 답이다. 이것이 왜 훌륭한지, 어떻게 순식
간에 써낼 수 있었는지 이유를 생각해 보자.

토니, 개의 주인

- 이 사람은 일단 여자의 관심을 끄는 데 도움이 될 것 같아서
  개를 키우기로 했어.

- 나이는 스물일곱쯤이고 잘생겼어. 트레이너인데 웨이트트레
  이닝광이야. 사회적으로는 미숙하달까. 그래서 개가 필요해.

- 여자들이 유기견 돌보는 사람은 멋있다고 말하길래 유기견 보
  호소에 갔는데, 한 예쁜 여자가 어떤 못생긴 개에 관심을 쏟
  고 있었어. 토니가 그 개를 놓고 고민하는 것만 보고도 너무
  멋지다고 하는 거야. 그래서 토니는 그 못생긴 개를 택했지.

- 여자들 관심을 끌려고 루퍼스 사진을 페이스북, 인스타그램
  에 올리기 시작했고 데이팅 앱 프로필에도 올렸어. 그런데
  사람들의 관심은 온통 자기가 아닌 루퍼스에게 몰렸고 팔로
  워가 엄청나게 늘었어. 인기가 점점 폭발해서 갑자기 광고
  계약이며 방송 출연 의뢰가 밀려들고, 토니는 운동 시간을 줄
  여 가며 매니저 역할을 하게 돼.

- 여자들이 관심을 보이니 토니도 만족스러워.

- 그러다가 도무지 감당할 수 없는 지경에 이르러. 여기저기 이동하고, 출연하고, 끊임없이 루퍼스를 돌봐야 하고…… 게다가 루퍼스는 점점 안절부절못하는 거야. 계속 짖고, 사람들 앞에서 불안해하고, 촬영 중에 토하고 말이지. 결국 토니는 루퍼스만 신경 쓰고 나돌아 다니느라 여자를 진득이 만나지 못해. 더군다나 타인과 관계를 맺을 줄도 모르고 맺는 것도 두려워하지(루비처럼). 하지만 이제는 사람들이 루퍼스에게 쏟는 사랑에 질투가 나면서, 관계에 대한 갈망이 그 어느 때보다 절실해져.

- 정말로 좋아했던 여자가 떠나가자(토니의 개 사랑이 다 거짓임을 알아차리고 자신에 대한 사랑도 거짓이라고 생각했기에), 토니는 그녀가 루퍼스에 관해 한 말이 옳다는 걸 깨달아. 그리고 루퍼스를 어디로든 당장 보내기로 결심해.

- 토니는 애견 공원으로 루퍼스를 데리고 가. 코요테라도 나타나서 얼른 잡아갔으면 하는 생각이지. 그런데 루퍼스를 풀어놓은 지 몇 분 만에, 루비가 차를 몰고 와서는 루퍼스를 휙 들고 가는 거야.

- 인터넷은 루퍼스 수색 소동으로 떠들썩하고, 토니는 비탄에 빠진 척 연기할 수밖에.

- 스토리의 결말에서, 토니와 루비 두 사람은 개와 사람, 그리

고 사랑과 상실에 관해 함께 무언가를 깨달아.

이 인물 이력에서 주목할 요소

- 하나의 완전한 인과 경로를 이루고 있다. 즉, 매 사건이 다음 사건을 유발한다.

- 구체적이다. 모든 항목이 실제로 일어난 사건을 묘사하고 있다.

- 매 사건이 토니에게 내적으로 어떤 영향을 주었고 어떤 의미로 해석되었는지 나타나 있다. 따라서 그의 모든 결정과 행동에 깔린 이유와 동기를 알 수 있다.

- 토니의 삶에서 루비의 여정에 관련된 부분만 다루고 있다. 개와 사랑에 대한 갈망과 관련된 내용은 나오지만, 아마 틀림없이 괴롭고 변변치 못했을 고등학교 시절 이야기는 나오지 않는다.

인물 이력의 초안치고는 내가 지금까지 읽은 것 중에서 손에 꼽을 만큼 잘 썼다. 주인공 루비의 이력을 쓸 때는 무척 힘들어 하더니 토니의 이력은 어떻게 그렇게 술술 썼는지 제니에게 물었다. 그리고 이런 대답이 돌아왔다. "글쎄, 일단 그 못생긴 개 이야기를 다룬 잡지 기사 덕을 봤지. 실제로 개 때문에 인생이 엉망이 된 사람의 이야기였으니까 참고가 많이 됐어. 그리고 루비의 잘못된 믿음에 관해서 우리가 해 놓은 작업 덕분에, 감정 차원에서 중요한 점 하나를 알고 있었지. 토니는 자기 개가 실종됐다고 해서 마음 아파하지 않으리라는 것. 거기서부터 나머지를 상상해 나가기는 어렵지 않았어. 뭔가 제약이나 한계가 있으면 정말 도움이 돼. 그래서 스토리는 써 나갈수록 점점 쓰기가 쉬워지는 거겠지."

그뿐이 아니다. 작가들이 자기 스토리를 깊이 파고들다 보면 그런 현상이 일어나는 것을 나는 수없이 보아 왔다. 쉽게 있는 일은 아니지만, 일단 그렇게 되면 엄청난 결과가 나온다. 옆에서 보면 마치 신이라도 들린 것 같다. 아니, 그것보다 더 좋다. 다 작가의 머리에서 나온 것이고 확실히 믿을 수 있는 것들이니까. 무슨 원리일까? 간단하다. 일단 스토리가 구성되고, 인물들의 과거가 구체적이면서 깊고 풍성한 모습을 갖추고 나면, 인물들이 현재 상황에 저절로 알아서 반응하기 시작하는 것이다. 사건이든 서브플롯이든 그 밖의 무엇이든 마찬가지다. 현재까지 일어난 일을 바탕으로 저절로 그다음 모습이 펼쳐진다. 제니는 소설 속에서 토니가 할 역할을 확실히 알고 있었기에, 그저 역할을 '연기하는' 인물이 아니라 역할 속에서 '살아 있는' 인물을 만들 수 있었다. 당신도 아마 곧 그런 경험을 하게 될 것이다.

제니는 다음과 같이 구상해 보았다.

이런 장면이 상상돼. 루비가 호텔에 숨어서 TV를 보는데, 토니가 보란 듯이 슬픔에 겨운 표정을 짓고 있는 모습이 나오는 거야. 루비는 이렇게 생각할 거야. '저걸 믿으라고?' 그도 그럴 것이, 지금까지 중견 배우, 신인 배우 할 것 없이 배우들과 꽤 많은 시간을 작업해 본 루비이기에, 이 사람이 속으로는 그리 슬프지 않다는 게 딱 보이는 거지. 게다가 자기가 지금 워낙 큰 슬픔에 빠져 있으니 남이 슬퍼하는 시늉을 보면 그야말로 신경이 거슬리겠지. 토니의 저의가 수상해진 루비는 토니와 루퍼스에 관해 조사하기 시작해.

그다음은? 곧바로 장면 카드를 새로 만들어 핵심 요점을 이렇게 적었다. "루비는 토니가 루퍼스의 실종에 그리 상심하지 않았음을 알아차린다." 그리고 '개발 중' 폴더에 집어넣었다. 이 상황으로 인해 물론 '아하!' 장면에 영향이 있겠지만, 제니는 이미 써 놓은 장면을 지금 수정하는 대신 장면 자체에 메모만 남겨 놓았다.

인물에 관해 많이 알면 알수록 소설이 저절로 써지고 고쳐진다는 데 주목하자.

일단 각 인물이 소설에 등장하는 이유를 알고 나면, 생각해 봐야 할 문제는 '인물이 등장하여 무엇을 할 것인가?'이다. 모든 보조 인물은 나름의 서브플롯을 갖는다. 인물의 스토리와 관련된 정보를 많이 밝혀낼수록, 인물의 목적은 뚜렷해질 것이다. 주인공의 눈으로 세상을 바라보듯 각 보조 인물의 눈으로 세상을 바라보는 것을 최종 목표로 삼자. 보조 인물이 등장하는 장면을 쓰려면 먼저 그 인물의 머릿속에 들어가야 한다. 그래야만 그가 어떤 목표를 왜 품고 있는지 정확히 알 수 있다.

떠났지만 영원히 마음속에
: 배경 스토리를 통해 인물 만들기

그렇다면 소설 속에서 큰 역할을 하지만 실제로 등장하지는 않을 인물은 어떻게 해야 할까? 다시 말해, 독자가 배경 스토리와 플래시백, 다른 인물의 기억 등을 통해 알게 되는 인물이지만 현재 시점의 스토리에는 등장하지 않는 경우다. 그렇다, 헨리를 말하는 것이다. 당신의 소설에도 그런 인물이 있을 수 있다. 주인공의 내적 투쟁과 워낙 뒤얽혀 있어서, 비록 소설에 전혀 등장하지 않거나 결말에서야 등장할지라도 누구 못지않게 생생하고 선명하면서 갈등이 많은 인물이다.

결론을 말하자면 그런 인물도 다른 인물만큼 완전히 모습을 갖춰 주어야 하며, 일찌감치 그렇게 해 놓는 것이 좋다. 일단 제니는 토니를 구체화하는 데 여념이 없었기 때문에 너무 재촉하고 싶진 않았다. 또, 토니의 이력을 써낸 것을 보면 알겠지만 토니를 먼저 작업한 건 잘한 일이었다. 하지만 여기서 더 진행하기 전에 반드시 시간을 들여 헨리를 구상하고 그의 스토리라인을 만들어야 했다. 물론 헨리의 스토리라인은 안타깝게도 소설이 시작되기 전에 끝나버린 셈이지만, 루비의 스토리라인을 이끌어 가는 데 지대한 역할을 한다는 점이 중요하다.

제니는 그 점을 유념하면서 헨리를 구체화하는 작업에 들어갔다. 헨리는 나름의 인격체이면서 동시에 루비의 스토리에 가장 크게 도움이 되는 인물이어야 했다. 제니의 첫 시도는 다음과 같다.

- 헨리는 루비보다 세 살 연상이야. (루비는 47세로 정하려고 해. 가임 연령을 충분히 넘겼지만 아직 인생이 한참 남은 나이였으면 해서. 그렇게 하면 스토리가 내가 생각한 현실의 시간대와도 맞아 떨어져. 2000년대 초에 인터넷 동영상 서비스가 뜨기 시작했던 현 상을 반영해야 하거든.)

- 동명인 아버지 헨리는 법률 쪽의 저명인사고, 어머니 프랜시 스는 상류 가정 출신으로, 둘은 옛날식으로 중매결혼을 했 어. 아버지가 바람을 피우고 어머니를 버리면서 결혼은 파탄 에 이르지(보조 인물은 바람피우는 내용도 상관없으니 그건 괜찮 아!). 어머니는 의지할 곳을 잃고 충격과 원망에 휩싸여. 헨 리는 그런 삶을 질색하게 돼. 여자가 그토록 의존하는 남자 로 살고 싶지 않은 거야. 그래서 한 번도 여자와 진지하게 사 귄 적이 없어. 누군가의 '부양자'가 될 생각이 없고, 둥지를 틀 고 정착한다는 개념 자체가 너무 싫은 거지. 그러니 루비처 럼 결혼이라는 관습을 거부하는 여자에게 호감이 갔겠지.

- 세상 경험을 하고 싶었고, 회사에 매이지 않고 자기 일을 하 고 싶었어. (아! 아버지가 직장의 젊은 직원과 바람이 났다고 하자 고. 그래서 헨리가 회사 생활에 더 염증을 느낀 거야.) 뭔가 창작 하는 일을 하고 싶은데 무슨 일을 어떻게 해야 할지 알 수 없 었지.

- LA가 아닌 다른 지역에서 성장했어. 텍사스? 코네티컷?

- 반항심에 LA에 와서 영문학을 전공했어. 루비를 만나게 될 곳이지.

- 여기저기 전전하면서 온갖 일을 했어. 언론사에도 취직했지만 조직 생활이 마음에 들지 않았어. 한동안 요리사로 일했다고 할까? 고기잡이배에서? 서프보드 만드는 사람 밑에서도 일했어. 손재주가 좋아. 영화 세트 작업장에 일을 구해서 그 일을 꽤 하다가…….

- 영화와 드라마 작업 현장에서, 늘 자기라면 스토리를 더 잘 만들 수 있다는 생각을 했어. 하지만 엄두는 못 냈지. 정말 '제대로' 반항하기에는 소심한 성격이야. 그러다가 루비를 만나고…….

초안으로서는 훌륭하지만, 보다시피 토니의 이력에 비하면 디테일이나 루비의 스토리와의 연관성이 부족하다. 지금 단계에서는 괜찮다. 루비도 아직 충분히 구체화되지 않았다는 점을 잊지 말자(나이도 이제야 결정했으니까). 그러므로 두 사람의 이력은 함께 발전해 나갈 것으로 보인다. 제니가 앞으로 루비에 관해 더 알아내면 헨리에 관해서도 더 많은 정보를 끼워 넣을 수 있다.

이 인물 이력에서 주목할 요소

• 헨리가 루비와 마찬가지로 관습적인 삶을 원하지 않는다는 점. 루비의 내적 투쟁과 직결되므로 바람직하다.

• 거의 모든 항목이 어떤 식으로든 루비와 관련이 있다는 점. 헨리라는 인물이 존재하는 이유는 루비의 스토리에 기여하기 위해서다.

• 헨리가 무언가 창작을 하고 싶지만 루비를 만나기 전까지는 혼자해 볼 용기를 내지 못했다는 점. 두 사람은 서로가 있기에 이 소설 속의 인물들이 되어 독자를 만날 수 있다.

과제

당신의 스토리 속에서 헨리처럼 주인공의 과거에 큰 역할을 한 사람이 있는가? 스토리와 관련된 주인공의 세계관을 형성하는 데 기여한 인물들을 찾아보자. 주인공이 현재 상황을 이해하려고 애쓰면서 떠올릴 사람들이 바로 그들이다. 주인공의 부모나 형제자매일 수도 있고, 옛 연인일 수도 있고, 어쩌면 상상 속 친구일 수도 있다. 인물들의 명단을 적어 보고, 잠시 그 모습을 머릿속에 그려 보자. 그들은 어떤 사람인가? 방금 제니가 헨리에 관해 적어 본 것처럼, 스토리와 관련된 그들의 이력을 간단히 적어 보자.

거기까지 했으면 이제 탐구해 볼 영역이 마지막으로 하나 더

배경 스토리도 스토리다

다행인 점이라면, 이미 7장에서 배경 스토리 작업을 어느 정도 해 보았다는 것이다. 당신은 주인공의 잘못된 믿음이 탄생하여 소설이 시작되는 시점에 이르기까지 발전해 온 과정을 조명하는 세 개의 장면을 써 보았다. 설령 소설 속의 모든 사람이 주인공과 과거에 접점이 없었다고 할지라도, 과거 속 사람들은 주인공의 기억을 통해 등장하게 되어 있다. 아니면 시도 때도 없이 머릿속에 나타나 열심히 조언해 주는 목소리로 등장할 수도 있다. 우리도 그런 목소리를 듣지 않는가. 목소리의 주인은 엄마나 아빠 또는 절친일 수도 있고, 어릴 때 우리 보고 담벼락에 계란을 던졌다고 의심했던 이웃집 아저씨일 수도 있다(그렇다, 내가 한 짓 맞다).

제니의 소설은 배경 스토리가 소설의 현재 상황에서 얼마나 필수적인 역할을 하는지 완벽히 보여 주는 예다. 처음부터 제니는 후회라는 주제에 관심이 끌린다고 했다. 그것이 제니의 지향점이다. 후회의 사전적 정의는 '이전의 잘못을 깨치고 뉘우치는 것'이다. 다시 말해, 루비는 과거 속의 어떤 일을 곱씹으며 재평가와 재해석을 거쳐 결국 새로운 눈으로 보게 된다. 그렇다면 이제 이렇게 물어야 할 것이다. 루비는 과거의 어떤 일을 곱씹을 것인가? 구체적으로 무엇을 후회할 것인가? 이미 잘 알고 있겠지만 '헨리와 결혼하지 않은 것을 후회한다'처럼 추상적인 답은 안 된다.

그렇다면 제니는 아직 할 일이 많다. 과거로 다시 돌아가 루비와 헨리 사이에 구체적으로 무슨 일이 있었는지 명확히 해야 한다. 루비의 머릿속에 단편적 기억이 스칠 정도로는 안 된다. 독자에게 루비가 당시 체험했던 것을 고스란히 체험할 수 있게 해 주어야 한다. 그러려면 다른 수가 없다. 장면을 본격적으로 써서 두 사람의 과거에서 전환점이 되었던 순간을 그려 주어야 한다. 그중에는 두 사람이 결혼식을 막판에 취소한 것처럼 큰 사건도 있을 테고, 또 사소하면서 의미심장한 순간도 있을 것이다. 이를테면 두 사람이 처음 눈빛만으로 농담을 나누며 서로 마음이 통했을 때, 혹은 무언가 약점을 드러내는 행동을 하는 헨리가 너무 사랑스럽다 보니 루비 자신이 약해지는 느낌이 들면서 오히려 마음을 닫았던 때다.

제니는 둘 사이의 좋고 나빴던 여러 순간을 찾아봐야 할 것이다. 예를 들면 의견이 부딪쳤을 때, 속마음을 말하지 않았을 때, 서로를 오해했을 때, 서로가 겪고 있는 상황을 미처 깨닫지 못했을 때 등이다.

그런데 그런 순간들을 짚어 내기 위해서는 먼저 할 일이 있다. 그 원인이 된, 스토리 관련 사건들을 찾아봐야 한다. 예컨대 제니는 앞에서 소설의 첫 장면을 쓰면서 루비와 헨리가 집필하는 드라마에 대한 각종 사항을 알아내야 한다며 괴로워했었다. 제니는 일단 탐색의 출발점으로 삼을 뼈대를 잡기 위해서 사건들의 개요만 즉흥적으로 떠올려 봤다.

- 1995년, '라푼젤' 이야기를 화려한 실사 영화로 리메이크하는 제작 현장에서 루비와 헨리는 같이 일한다. 루비는 의상 디자이너, 헨리는 촬영 보조다. 시나리오가 워낙 형편없어서, 두 사람은 촬영 막간에 자기들이 지어낸 대사를 소곤소곤 주고받는데, 웃음을 참느라 혼난다. 둘이 지어낸 이야기는 라푼젤이 누군가 자신을 구하러 오길 기다리지 않고 탑에서 혼자 알아서 기어 내려오는 내용이었다.

- 두 사람은 카페에 같이 가서 냅킨 한 장에 아이디어를 끄적인다. 진부하지만 아무튼.

- 둘은 의기투합했다가, 루비가 어깃장을 놓는 바람에 각자 자기 길을 간다.

- 2006년, 둘은 어느 촬영 현장에서 다시 우연히 만난다. 도저히 못 봐 주겠는 영화 내용을 전처럼 함께 고쳐 쓴다. 결국 원작을 패러디한 3분짜리 요약본을 써냈다.

- 두 사람의 친구 하나가 인터넷에 영상을 올리곤 했다. 당시로서는 영 생소한 일이었다. 영화 개봉 직후 어느 날 저녁, 배우들이 술에 취해 있을 때 둘이 요약본을 영상으로 찍었고, 친구가 유튜브에 올렸다. 영상은 하루 만에 온라인상에 쫙 퍼졌다.

- 그런 식으로 루비와 헨리는 또 하나를 찍었고, 얼마 안 가 인기 영상을 여러 개 보유하게 되었다. 누군가 좀 긴 걸 해 보면 어떠냐고 제안했고, 두 사람은 고전극을 완전히 새로운 현대적 관점에서 참신하고 웃기게 패러디한 드라마를 써 보기로 한다.

- 드라마가 대히트를 치면서 두 사람은 대본 작가가 된다. 작품은 7년 동안 이어진다. 고전극을 재해석한 현대 배경의 TV 드라마다.

- 헨리가 루비를 빼고 영화 계약을 하고서 드라마는 다음 시즌이 마지막이라고 선언한다. 두 사람은 '로미오와 줄리엣'을 소재로 삼기로 한다. 결말을 어떻게 지을지를 놓고 두 사람의 의견이 부딪친다.

제니가 위처럼 외적 사건을 간략하게 뽑아 본 이유는 오직

하나다. 더 깊이 파고듦으로써 사건들이 두 사람의 관계에 어떤 영향을 미치면서 어떻게 전개되었는지 찾아내기 위해서다. 다시 말해, 표면에 드러난 상황을 만든 다음 그 속사정을 들추어 스토리와의 접점을 찾으려는 의도다.

오해가 없도록 확실히 해 두자면, 이런 식의 배경 스토리 구상 작업은 소설에 등장하지 않는 인물에만 적용되는 것이 아니다. 모든 인물이 주인공과 공유한 스토리 관련 과거사에 다 적용된다.

과제

이제 당신은 지금까지 찾아낸 모든 인물에 대해 스토리와 관련된 이력을 만들어 놓았다. 누구든 주인공과 과거에 함께 한 경험이 있다면 거기에 살을 붙여 나가보자. 두 사람이 함께 한 일을 전부 찾아내는 것이 아니다. 예를 들어 루비와 헨리는 매년 여름마다 어느 해변에 가서 수상 스키를 탔을지도 모르고, 새해 이브마다 밤새도록 옛날 드라마를 몰아 봤을지도 모르고, 일요일 오후마다 댄스 동호회 활동을 했을지도 모르지만, 그런 건 하나도 중요하지 않다. 물론 지금 내가 지어낸 예니까 실제로 안 했을 수도 있지만, 설령 제니가 모르는 사이에 했다고 하더라도 목록으로 뽑을 이유가 없다. 제니가 이야기하려고 하는 스토리와 아무 상관이 없으니까.

최종 목표를 잊지 말고 목록을 뽑아 보자. 주인공과 해당 인물 사이에 스토리와 관련된 일이 벌어졌던 순간만 찾아보는 것이다. 아직 너무 관념적이거나 추상적이어서 모습이 그려지지 않는 것은 아이디어 목록으로 옮겨 놓자. 몸을 뒤로 기대고 눈을 감으면 모습이 그려지기 시작하는 것은 장면 카드를 새로 만들자. 이번에는 아마 대부분이 그렇게 될 것이고, 아주 소수만 '잡동사니' 폴더에 들어가게 될 것이다. 아닌 게 아니라, 이제 당신의 장면 카드 중 상당수가 완성 단계에 접어들고 있다고 해도 놀랍지 않다. 그럼 이제 다음은?

15장

글 써 나가기
: 스토리는 돌고 돌면서 만들어진다

해내기 전에는 항상 불가능해 보이기 마련이다.

➤ 넬슨 만델라

지금까지 만들어 놓은 것들을 점검해 보자. 인물들의 이력, 현재까지 드러난 모든 보조 인물의 배경 스토리, 첫 장면과 '아하!' 장면의 초고, '개발 중' 폴더에 들어 있는 각기 다른 완성도의 수많은 장면 카드 (그리고 자격 미달로 '잡동사니' 폴더에 머물러 있는 장면 카드) 등이다. 아마 상당수 장면 카드에는 우선 대략 적어놓은 핵심 요점만 덩그러니 들어 있을 것이다. 괜찮다. '아이디어 목록'에는 아직 너무 막연해서 머릿속에 그려지지 않는 아이디어들이 마치 데뷔를 고대하는 연습생들처럼 기다리고 있을 것이다. 자, 이제 개발 중인 2번부터 5번까지의 장면 카드를 꺼내 완성할 차례다. 그러고 나면 본격적으로 글을 써 나갈 수 있다. 물론 밑그림 작업도 병행하면서.

카드를 잘 활용해 스토리 풀어내기

당신은 첫 장면을 써 놓았고, 지금까지 끈질기게 파고든 덕분에 그다음 네 장면 카드도 이미 내용이 채워져 있고 스토리 논리가 여러 층으로 탄탄히 깔려 있을 것이다. 이 시점에서는 논리에 구멍이 있더라도 어렵지 않게 찾아낼 수 있을 것이고, 지금까지 닦은 실력이 있으니 어떤 정보를 캐내야 구멍을 메울수 있는지도 알 것이다. 요령은 매 장면을 전깃줄과 이어 줌으로써 주인공이 어쩔 수 없이 힘든 결정을 내리고 점점 고조되는 인과 경로를 걷게 하는 것이다. 독자를 사건 속에 떨어뜨리면서 동시에 주인공의 머릿속을 꿰뚫어 보게 해 주는 것이 무척 중요하다. 사건이 주인공에게 어떤 의미인지를 알게 해 주어야 한다. 과연 무슨 이해가 걸려 있는가?

제니는 두 번째 장면 카드를 놓고 그 작업을 했다.

첫 장면에서 샤론이 루비에게 대본 수정을 제때 못 끝내면 클레멘타인의 대본대로 가겠다고 한 데다, 노라가 루비를 집에 혼자 놔둘 수 없다고 통보한 상황이지. 이제 루비가 노라의 간섭을 끊으려고 개를 '빌릴' 결심을 해. 그런데 이 장면은 그냥 개를 납치하는 게 다가 아니야. 전깃줄과 이어져야만 하지. 그러려면 루비가 그 결심을 할 때 독자가 루비의 머릿속에 들어 있어야 해. (리사의 목소리가 들리는 것 같아.)

사실 작가들에게 많이 듣는 얘기다. 대개 쉬운 길로 가려고 할 때 내 목소리가 들려서 생각을 바꾼다고들 한다. 어쨌든 그런 면에서, 제니가 생각해 봐야 할 점은 다음과 같았다. 물론 개 납치 계획을 떠올리는 루비의 머릿속에 독자가 들어가야 하는 건 맞는데, 그 발상에 뭔가 외적인 계기가 있으면 더욱 좋을 것이다. 왜냐고? 아무에게도 영향을 주지 않는 사건은 의미가 없듯이, 아무 사건 없이 추상적인 생각이 떠오른다는 건 따분하니까. 더군다나 개 납치 계획은 사실 참 허황된 발상인데, 그 방법을 처음부터 바로 떠올리진 않았을 듯하다. 무언가 어떤 계기로 개를 훔쳐야겠다는 '아하!' 순간이 오지 않았을까. 그래서 제니에게 그쪽으로 아이디어를 생각해 보라고 했다.

어째서 루비는 개를 훔치면 노라가 안심할 거라고 생각하느냐. 다른 게 아니라, 노라가 항상 루비더러 "개를 키워라" "결혼해라" 했거든. 다른 말로 하면 동생이 그렇게 혼자 잘난 삶을 살길 원하지 않았던 거지. 무엇보다도 노라는 루비가 자기를 필요로 하길 바랐어. 동생에게 필요한 사람이 되고 싶었지. 루비는 개 아이디어를 그냥 마구잡이로 떠올린 게 아니라, 딱 그거면 언니가 안심할 거라고 확신하는 거야. 루비가 그걸 깨닫는 과정을 독자에게 보여 줄게. 그리고 루비가 지금 확실히 제정신이 아니라는 것도 알 수 있게 하려고 해.

좋다! 다음 제니의 두 번째 장면 카드를 살펴보자. 처음부터 두 층으로 나뉘어 있는 것이 보이는가? 모든 사건에는 스토리와 관련된 감정적 요소가 있다. 사건에 의미와 동력을 부여해 주는 부분이다. '플롯' 행에는 이 장면에서 일어나는 외적 변화가 나타나 있다. 즉, 루비가 처음에는 냉장고를 가득 채워 노라의 염려를 잠재우려고 하다가, 그 대신 개를 '빌리는' 방법을 택한다. 이는 단순히 현실적 고려에 따른 선택이 아니라는 점이 '전깃줄' 행에서 드러난다. 루비에게는 자기가 언니보다 한 수 위임을 증명하는 방법인 것이다.

'그래서?' 항목도 눈여겨보자. "루비는 문제가 풀렸다고 확신하며 차를 몰고 집으로 달린다." 암시된 갈등이 느껴지는가? 노라는 루비가 벌인 꿍꿍이를 보고 안심하기는커녕, 동생이 그렇게 무모하기 짝이 없는 짓을 할 정도면 정신이 완전히 나갔다고 확신할 것이다. 아이러니가 따로 없다. 그렇다면 제니가

핵심 요점: 루비가 루퍼스를 납치한다.

_____토니_____ **서브플롯:** 루비는 모르지만(독자도 모르고), 루비가 루퍼스를 '훔치는' 것을 토니가 지켜본다.

	원인	결과
플롯	**사건** • 루비가 샤워를 하고 '제대로 된' 옷을 입고 유기농 마트에 간다. '제대로 된' 음식을 사 와서 노라를 감탄시킬 생각이다. • 마트에서 한 여자가 털이 복슬복슬한 흰 개를 품에 안고 애지중지하는 모습을 본다. • 개를 키우면 정서적으로 안정이 된다고 사람들이 하나같이 말하고, 노라가 특히 그런 말을 한다는 게 생각난다.	**사건의 결과** • 루비는 자신이 개와 함께 있으면 노라가 틀림없이 물러설 것이라는 결론을 내린다. 하지만 30분 안에 개를 구해야 하고, 노라가 떠난 후에는 데리고 있고 싶지 않다. • 애견 공원에서 개 한 마리를 한두 시간만 '빌리기로' 결심한다. • 아무도 지켜보고 있지 않은 듯한 못생긴 믹스견을 낚아챈다.
전깃줄	**사건의 중요성** • 루비는 자기를 집에서 끌어내려는 노라를 막아야 한다는 절박한 심정이다. • 루비는 노라 앞에서 절대 빈틈을 보이고 싶지 않다. • 하지만 그 허세 이면에 숨은 갈망 때문에 루비는 불편하다. 마음 한편으로는 언니에게 의지해 위안을 받고 싶기도 하다. 그런 감정이 짜증스럽다. • 루비는 아직 자각하지 못하지만, 지금 루비는 묘하게도 헨리의 사고 이후 가장 '깨어 있는' 상태다.	**깨달음** • 루비는 자기가 역시 언니보다 한 수 위라고 생각한다. • 마트에서 개 주인이 아무 생각 없이 자기 개를 애지중지하던 모습으로 보아 애견인들은 낙천적이고 틀림없이 분별력이 떨어질 것이며 솔직히 말해 머리가 나쁠 거라고 루비는 확신한다. **그래서?** 루비는 문제가 풀렸다고 확신하며 차를 몰고 집으로 달린다.

생각하기에 그다음 어떤 일이 일어나야 할지는 분명했다. 제니는 이렇게 구상해 나갔다.

노라가 와서 보니 동생이 갑자기 개를 데리고 있는데, 웬걸, 자기가 아는 개인 거야. 유명한 그 개가 틀림없고, 짖는 소리가 무척 독특한 것도 똑같아. 루비는 창피해서 쥐구멍에라도 숨고 싶어. 잠시 후, 노라가 부른 부동산 중개업자가 찾아와. 노라는 중개업자가 눈치챌까 봐 루비에게 개를 데리고 도망가라고 말해. 루비는 언니도, 꼬여 가는 문제도, 다 피하고 싶은 절박함에 급히 달아나지. 노트북을 들고, 개를 안고, 집 뒷문으로 빠져나가 차에 올라타. 처음에는 애견 공원으로 가서 개를 다시 갖다 놓는 걸로 구상했는데, 그럼 너무 일이 쉬워지고, 전깃줄과 이어지지 않아(이거 어디서 많이 본 패턴 같은데……). 그래서 이렇게 결정했어. 혼이 나간 루비가 갈 곳은? 사면초가에 몰리고 혼자라고 느낄 때 늘 의지하던 사람. 헨리지. 루비는 병원으로 향해.

훌륭하다! 여기서 중요한 건 개가 아니라 이 상황으로 인해 루비에게 촉발된 외로움, 두려움, 당황스러움 같은 감정이다. 그래서 루비가 앞뒤 가리지 않고 본능적으로 달려가는 곳은, 위안이 필요할 때 늘 의지했던 사람이 있는 곳이다. 하지만 위안이 될 리 없다.

다음 페이지의 세 번째 장면 카드는 꽤 간단하다. 장면 카드는 이렇게 간단한 경우가 많다. 제니가 이 장면을 실제로 쓰고 또 고쳐 쓰다 보면 전에 없던 새로운 층이 생겨나기도 할 것이고, 또 소설을 한참 써 나가다가 새로 발견한 층을 이 장면에 또 엮어 넣기도 할 것이다. 그리고 장면 카드 마지막의 '그래서?'는 항상 다음 장면으로 곧장 이어진다는 점에 주목하자. "루비는 병원으로 향한다"라고 되어 있다. 여기서 이런 의문이 들지 모른다. '가만, 프랜시스가 루비를 병원에 못 오게 했다고 하지 않았나? 그리고 헨리는 지금 혼수상태 아니야? 그런데 무슨 위안이 된다는 거지?' 좋은 지적이다. 다음은 제니가 네 번째 장면을 위해 그 해답을 생각해 보는 과정이다.

내 처음 구상은 소설의 시작점에서 헨리가 임종을 앞두고 있다는 거였어. 혼수상태에서 깨어날 가망이 없는 거지. 그런데 다시 생각해 보니 처음부터 그렇게 절망적이진 않은 편이 더 나을 거 같아. 소설이 시작될 때는 헨리가 의식을 회복할 가능성이 있었다고 하자고. 의학적인 사항은 내가 나중에 알아볼게. 어쨌든 루비는 허황된 상상을 할 희망이 아직 있는 거지. 병원에 가면 헨리가 깨어나 있을 것이고, 헨리에게 개 이야기를 해 줄 것이고, 헨리가 한바탕 웃을 것이고, 둘은 샤론이 요구한 대

핵심 요점: 노라가 집에 와서 개를 알아본다.

_____노라_____ **서브플롯:** 노라는 루비가 생각보다 상태가 더 심각함을 깨닫지만, 루비를 보호한다.

	원인	결과
플롯	**사건** • 노라가 루비의 집에 다시 오고, 루비는 루퍼스가 자기 개인 척 한다. • 노라가 바로 루퍼스를 알아본다. 짖는 소리를 들으니 더 틀림없다. • 노라가 인터넷에 들어가 유명한 개라는 증거를 보여 준다. 이미 대대적인 수색이 벌어지고 있다는 사실도 알려 준다. • 바로 그때 문을 두드리는 소리가 들린다.	**사건의 결과** • 루비는 자기가 루퍼스를 납치한 것을 부인하려 한다. • 그러다가 상황이 이렇게 된 것을 언니 탓으로 돌린다. 자기는 아무 문제 없고, 개는 어차피 한 시간 후에 다시 돌려놓을 생각이었다면서. • 노라가 부른 중개업자가 찾아오자, 노라는 동생이 저지른 일에 대한 염려보다 동생을 위한 마음이 앞선다. • 노라는 루비에게 도망치라며, 중개업자는 자기가 알아서 하겠다고 한다. 그가 루퍼스가 짖는 소리를 못 들었기를 바라면서.
전깃줄	**사건의 중요성** • 루비는 문제를 해결했다고 확신하면서, 좀 우쭐댈 참이었다. 자기가 그렇게 쉽게 무너질 줄 알았냐며 노라를 책망할 작정이었다. • 루비는 지금까지 언니 앞에서 약한 모습을 드러낸 적이 없는데, 창피해 죽을 지경이다. 언니에게 자기가 문제없음을 증명하기는커녕 더 까발려지고 바보가 된 기분이다	**깨달음** • 루비는 생각했던 계획이 다 어그러졌음을 깨닫고 덜컥 겁이 난다. • 친구도, 가족도, 은신처도, 아무 갈 데도 없다는 것을 깨닫고 본능적으로 자기에게 위안을 주었던 유일한 사람, 헨리를 생각한다. • 다른 건 다 중요하지 않다. **그래서?** 루비는 루퍼스와 노트북을 챙겨 병원으로 향한다.

본 수정을 어떻게 처리할지 논의할 것이고, 모든 게 잘될 거라고 상상을 펼치는 거야. 그런데 병원에 도착해서 보니 의사들이 프랜시스에게 가망이 없다, 마음의 준비를 하라고 하는 거야. 어쩌면 바로 그때부터 프랜시스가 루비를 병실에 들어오지 못하게 막는 것일 수 있겠고. 헨리는 루비가 가장 절실히 필요로 하는 순간에 영영 닿을 수 없는 곳으로 멀어지는 거지.

이제 루퍼스 문제가 아니라 루비 자신에게 가장 중요한 것을 중심으로 스토리가 펼쳐지기 시작한 게 보이는지?

다음 페이지의 네 번째 장면 카드 '그래서?'를 보면, 루비는 결국 모든 것을 포기하고 집에 돌아가야 하는 상황이다. 이는 루비에게 큰 전환점이 된다. 루비는 헨리를 잃었고, 헨리의 어머니가 반대하여 병실에도 들어가지 못하고, 언니는 집을 팔겠다고 나서고, 샤론은 클레멘타인에게 대본 집필을 맡기겠다고 하고 있다. 한마디로 헤어날 구멍이 없다. 하지만 루비에게는 아직 차에 넣어 둔 개가 있다. 다음은 제니의 구상 과정이다.

병원을 나온 루비는 까맣게 잊고 있던 개 문제를 처리해야 해. 차에 돌아와 보니 몇 사람이 루퍼스를 뚫어지게 보고 있어. 루비는 개를 넘겨주어도 되겠다는 생각을 해. 길가에서 발견해 유기견 보호소에 데려다주려던 참이었다고 하면 될 테니까. 그

핵심 요점: 루비가 병원을 찾아가 헨리가 회복할 가망이 없음을 알게 된다.

<u>프랜시스</u> **서브플롯:** 프랜시스가 루비에게 가라고, 다시 오지 말라고 한다.

	원인	결과
플롯	**사건** • 루비는 헛된 소망에 부풀어 병원으로 차를 몰고 간다. 헨리가 혼수상태에서 깨어났을 것이고, 모든 일이 다 잘될 것이라고 생각한다. • 루비는 미친 듯이 달리고, 루퍼스는 겁먹고 조수석 밑으로 기어들어 간다. • 겁에 질리고 슬픔으로 제정신이 아닌 루비는 루퍼스를 까맣게 잊는다. • 루비가 헨리의 병실에 달려 들어가니 어머니 프랜시스가 아들의 손을 잡고 울고 있다.	**사건의 결과** • 루비는 헨리가 깨어나지도, 회복하지도 못한다는 사실을 알게 된다. • 헨리의 어머니 프랜시스는 연명 치료를 계속할 것인지 아들을 보내줄 것인지 결정해야 한다. 루비에게는 발언권이 없다. • 프랜시스는 모든 것을 루비의 탓으로 돌린다. 아들이 루비가 마음을 돌리기만을 기다리며 인생을 허비했다는 것. 그리고 루비에게 조금이라도 예의가 있다면 비탄에 잠긴 자신을 혼자 있게 해 달라고 한다.
전깃줄	**사건의 중요성** • 루비는 헨리에게 느끼는 진정한 감정(자신과 마음이 깊이 통하는 유일한 사람이라는 것)을 의식하면서, 둘의 관계를 자기가 항상 어떻게 규정했는지는 까맣게 잊는다. 따라서 이제 더더욱 큰 슬픔을 맞을 준비가 된다. • 루비는 고통을 잊으려 도망치고 있기에, 드라마, 노라, 클레멘타인, 루퍼스 등 다른 문제는 전혀 안중에 없다.	**깨달음** • 루비는 프랜시스의 처절한 아픔을 마주하면서, 자신도 철저히 혼자임을 깨닫는다. 전에는 결코 상상해 본 적이 없는 상황이다. • 프랜시스의 말대로 자기가 헨리의 인생을 망쳤는지도 모른다는 생각이 든다. • 루비는 모든 것을 포기하기 직전이다. 노라에게 뜻대로 하게 하고, 클레멘타인에게 드라마 결말을 맡겨야 할 판이다. **그래서?** 루비는 아무 데도 갈 곳이 없어 집으로 가기로 한다.

런데 사람들이 자기는 본 체도 하지 않고, 좌석 밑에 웅크리고 있는 루퍼스를 꾀어내려고 여념이 없어. 사람들이 워낙 난리를 치니 개가 잔뜩 겁낼 수밖에. 그때 루비는 즉흥적으로 의외의 결정을 해. 루퍼스를 지켜 주기로 하는 거지. 사람들에게 이 개는 당신들이 생각하는 그 개가 아니며, 실망시켜서 미안하지만 닮은 개가 워낙 유명해지는 바람에 늘 겪는 일이라고 둘러대. 루퍼스를 보내지 않고 데리고 있기로 하는 거야. 제정신이 아닌 애견인들로부터 구해 주기 위해. 그뿐 아니라 마음 깊은 곳에, 이 개라는 짐이 사라지면 자기가 지금보다 더 갈피를 못 잡고 헤맬 것 같다는 생각이 있어. 마음의 위로가 절실한 순간, 루퍼스가 묘하게도 위안이 되는 거야. 물론 사람들이 일반적으로 개에게서 얻는 종류의 위안은 아니지. 이제 루비는 글을 쓰면서 개를 데리고 숨어 지낼 곳을 찾아야 하는데……

바로 그거다! 이제 루비는 방랑 신세다. 집에도 갈 수 없고, 개가 딸려 있으니 무조건 어디 틀어박힐 수도 없다. 게다가 병상에 누워 있는 헨리를 보고, 자기가 헨리의 인생을 망쳤다는 프랜시스의 얘기를 듣고 나니, 무슨 일이 있어도 대본을 써내고 말겠다는 결의가 확고해진다. 아, 다 내 생각이다. 스토리의 여백을 내 상상으로 메우다가 그만 너무 나가 버렸다. 그런데 내가 그럴 수 있는 것도 다 기초가 이미 잡혀 있고 여러 층이 쌓여가고 있으며 갈수록 모든 것이 눈에 선하고 손에 잡힐 듯하기 때문이다. 물론 의도한 바고, 제니의 노력이 낳은 결실이다.

자, 이제 다음 다섯 번째 장면 카드와 함께 루비는, 그리고 제니도, 본격적인 여정에 오르게 되었다! 여기서 놀라운 사실이 하나 있다. 제니가 소설의 모든 층을 탄탄히 잡아가고 있을 뿐 아니라, 소설 자체를 생각보다 벌써 많이 써 놓았다는 것이다. 첫 장면과 '아하!' 장면만을 말하는 게 아니다. 지금까지 해 놓은 조사 작업과 써 놓은 배경 스토리 중 상당수도 소설에 들어가게 된다. 그 형태는 완전한 플래시백일 수도 있고, 앞으로 계속 고조되어 갈 플롯을 루비가 헤쳐 나갈 때 머릿속에 스치는 생각일 수도 있다. 소설은 이렇게 하여 생생히 빚어내는 것이다. 당신이 이미 해 놓은 작업이 바로, 풍성하고 선명하고 논리적이면서 통일성 있는 소설을 보장하는 비결이다.

핵심 요점: 루비가 루퍼스를 팬들로부터 보호한다.

원인	결과
사건	**사건의 결과**
• 루비가 병원에서 나오니 몇 사람이 자기 차를 둘러싸고 루퍼스를 좌석 밑에서 꾀어내려고 하고 있다. • 루비는 루퍼스를 놔주어도 되겠다고 생각한다. 돌아다니는 개를 발견해 유기견 보호소로 데리고 가는 길이었다고 하면 될 것이다. • 가만 보니 사람들이 루퍼스를 겁주고 있고, 루퍼스는 좌석 밑에 웅크린 채 보호해 달라는 듯 루비를 쳐다보고 있다.	• 아무도 아직 루퍼스의 모습을 제대로 보지는 못했지만, 루퍼스의 관심을 끌려고 워낙 과한 행동을 하고 있기에 루비는 루퍼스를 지켜 주어야겠다고 결심한다. • 루비는 미안하지만 그냥 닮은 개라면서, 인터넷에서 무슨 개가 유명해지는 통에 자기가 곤욕을 치른다고 사람들에게 말한다. • 사람들이 뒤로 물러나고, 루퍼스는 고마운 듯 루비를 쳐다보며, 다행히도 짖지 않는다. (어쩌면 루비를 알아본 사람이 있는지도?)

여기서 "플롯"은 왼쪽 열 전체, "전깃줄"은 아래 행 왼쪽 열을 가리킨다.

플롯	
전깃줄	

원인	결과
사건의 중요성	**깨달음**
• 루비는 버림받고 기댈 곳 없이 혼자인 느낌이다. 그때 세상 사람들이 루퍼스에게 접근하려고 안달하는 모습을 보고, 불현듯 루퍼스를 지켜 주어야겠다는 마음이 든다. • 무력감보다는 분노가 낫다. 도망치는 것보다는 행동하는 게 낫다. • 루비는 루퍼스 덕분에 목적의식이 생기고 뭔가 할 일이 생긴다.	• 루비는 드라마의 결말을 어떻게 짓든 루비 자신이 쓰는 것이 헨리의 바람이라는 것을 깨닫는다. • 노라와 대치하려면 글을 쓸 수 없으니 집에 갈 수는 없다는 것을 깨닫는다. • 루비는 루퍼스를 좀 더 떠맡아야 하는 처지가 되었음을 깨닫는다. 그렇다면 경찰을 잘 피해 다녀야 할 텐데, 의외로 짜릿한 기분이다.
	그래서? 루비는 루퍼스를 데리고 도피에 나선다.

과제

소설의 시간상 더 뒤에 일어날 사건의 장면 카드들은 아직 핵심 요점만 적혀 있을 수도 있지만, 2번에서 5번까지의 장면 카드는 아마 거의 완성되어 있을 것이다. 아니라면, 제니가 방금 한 것처럼 질문을 던져 보고 눈에 띄는 논리적 구멍이 있으면 메워 가면서 실제 장면을 쓸 수 있도록 준비하자.

장면 쓰기

드디어 2번에서 5번까지의 장면을 실제로 쓸 차례다. 또 첫 장면도 조금 고쳐 써야 할 것이다. 그동안 아마 틀림없이 흥미로운 정보를 새로 많이 찾아냈을 테니, 첫 장면에 전략적으로 엮어 넣어서 뒷부분과 자연스럽게 연결되도록 해야 한다. 그리고 그런 식으로 하는 게 맞다. 앞으로도 계속 정보를 새로 찾아내 소설 속에 반영해 넣게 될 것이다. 작업하다가 다음 일이 어떻게 될지 모르겠거나 어떤 일이 왜 일어나는지 모르겠으면, 그 자리에서 멈추자. 알고 있는 사실들을 점검하고, 카드들을 훑어보자. 소설의 시간상에서 위치가 이미 잡힌 카드, 아직 위치가 잡히지 않은 카드 할 것 없이 모두 검토해 본다. 그래도 답이 나오지 않으면(작업 초기일수록 답이 나오지 않을 가능성이 크다), 다시 과거를 파고들어 내밀한 정보를 더 캐낼 차례다. 다행인 점이라면, 스토리와 주인공에 관해 많이 알면 알수록 찾아내야 할 정보를 포착하는 감도 더 좋아진다는 것이다. 왜 그런지는 말하지 않아도 알 것이다. 그렇다, 구체적 정보는 구체적 정보를 낳기 마련이니까.

처음 다섯 장의 장면 카드를 완성하고 나서 이제 여섯 번째 카드를 시작할 즈음이면 이미 당신의 '개발 중' 폴더에는 수십 장의 장면 카드가 들어 있을 것이다. 장면 카드를 대략적인 시간 순서대로 정렬해 두자. 소설의 인과 경로가 이제 막 생겨나고 있는 모습이다. 앞에서 이야기한 것처럼, 어떤 카드가 어디에 들어가야 할지 확실치 않을 때가 있다. 가령 주인공이 소설이 시작되기 전에 거짓말을 한 게 있는데 소설이 끝나기 전까지 발각되어야 하지만 정확히 어느 시점일지 잘 알 수 없는 경우다. 그럴 때는 그 카드를 제일 앞에 두도록 한다. 그렇게 하면 잊거나 분실할 일도 없고, 또 카드를 훑어볼 때마다 그 장면이 언젠가 나와야 한다는 사실을 상기할 수 있다. 그리고 그 장면에 담긴, 주인공에게 중요한 의미가 있는 층을 잊지 않고 기억할 수 있다. 누구나 마찬가지지만, 자기가 품고 있는 비밀과 거짓말은 치명적일수록 자주 머리에 떠오르고 자신의 행동을 많이 이끌기 마련 아니겠는가. 요컨대, 그런 것은 이미 '진행 중'인 상황이므로 작가가 잊어서는 안 된다.

스토리는 돌고 돌면서 만들어진다

확실히 해 두자. 앞으로 소설을 쓰는 내내 이렇게 앞뒤로 왔다 갔다 하면서 작업하게 될 것이다. 언제까지? 소설을 세상에 내보낼 준비가 됐다고 당신이 판단할 때까지. 언제든 소설 첫 부분으로 돌아가 새로운 정보, 새로운 설정, 새로운 스토리라인을 전략적으로, 그리고 정교하게 끼워 넣을 준비를 하자. 베스트셀러 작가 할런 코벤Harlan Coben은 이 과정을 설명하면서, 자신은 매 75페이지를 쓸 때마다 원고를 맨 첫 페이지부터 다시 읽어 나가면서 다듬고 더하고 빼며 모든 층이 탄탄히 깔려 있는지 확인한다고 했다.

왜 그래야 하냐고? '나비 효과' 때문이다. 물론 대중문화에서 묘사하는 나비 효과의 개념이 살짝 과장된 건 맞다. 그렇지만 과거의 사소한 변화가 미래에 막대한 영향을 미칠 수 있다는 나비 효과는 소설에서는 아주 적절한 개념이다. 글을 써 나가다 보면 뭔가를 바꾸거나 새로 추가할 수밖에 없고, 그 변화는 미래에 파급 효과를 일으킬 뿐 아니라 과거에까지 영향을 미치기 마련이다.

"소설은 돌에 새기는 게 아니라 흙으로 빚는다"는 사실을 잊지 말자. 언제든 이런저런 부분이 바뀔 수 있다. 없던 층을 새로 얹을 때마다 그 밑의 층들을 조금씩 조정해서 자리를 만들어 주어야 하기 때문이다. 다행인 점은 당신이 모든 서브플롯을 밑그림 전체에 걸쳐 추적해 놓았다는 것이다. 그래서 어디의 무엇을 바꿔야 할지 딱 보면 알 수 있으므로, 스토리의 논리가 어긋나지 않는지 확인하고 손봐 주는 작업이 수월해진다. 한마디로, 원고는 끊임없이 변한다. 그렇다고 겁낼 필요는 없다. 거쳐야 할 과정이다. 장면 카드가 모든 것을 추적 관리할 수 있게 도와줄 것이다. 정말 대단하고 반갑고 천만다행인 사실은, 당신이 이제 '진짜' 스토리의 초고 완성을 향해 착착 나아가고 있다는 것이다. 적어도 327페이지 내내 아무 스토리 없이 이런저런 사건만 수두룩하게 일어나는 소설은 나오지 않을 것이다. 고쳐 쓰는 작업도 해야 하냐고? 물론이다. 고쳐 쓰기는 항상 필요하다. 하지만 필요한 곳만 국소적으로 하게 될 것이다. 다시 말해 기존의 내용에 새 스토리라인과 새 정보를 끼워 넣으면 되고, 327페이지를 첫 페이지부터 죄다 고쳐 쓸 일은 없다. 그것만으로도 지금까지 수고한 보람이 충분히 있을 것이다.

보이지 않는 것을 보이게 만드는 세 가지 비결

지금쯤 되면 이제 인물들이 마치 나름의 생명을 가진 것처럼 느껴지기 시작한다. 다음에는 어떻게 될지 자기 입으로 말해 주는 것 같고, 자기 감정도 스스럼없이 드러내 보인다. 착각하지 말자. '인물'의 목소리가 아니라, '당신'의 머릿속에서 들리는 목소리다. 그리고 인물들의 생명도 당신이 부여한 것이다. 그 사실을 마음껏 음미하되, 수많은 작가를 파멸로 이끄는 마지막 덫에 걸리지 않도록 주의하자. 바로, '당신이' 주인공의 마음을 읽을 수 있다고 해서 '독자도' 똑같으리라고 착각하는 것이다.

당신이 지금부터 할 일은 눈에 보이지 않는 것을 보이게 만들어 주는 작업이다. 주인공이 세상을 어떻게 바라보는지, 어떤 감정을 느끼는지, 눈앞의 상황을 어떻게 해석하는지 등을 말하는 것이다. 결코 쉬운 일이 아니다. 도움이 될 세 가지 비결을 소개한다. 당신이 지금까지 해 놓은 작업이 있기에 '비로소' 활용할 수 있는 요령들이다. 적극 활용하여 독자를 처음부터 끝까지 단단히 사로잡고 홀리고 매료할 만한 소설을 쓰자.

주인공은 무엇을 알아차릴 때마다 전략적 결론을 내려야 한다

당신이 주인공의 마음을 읽을 수 있는 것처럼, 독자도 읽을 수 있게 해 주어야 한다. 믿기지 않을지 모르지만 그렇게 해 주지 않는 작가가 대단히 많다. 일부러 숨기는 게 아니라, 그런 정보가 소설 지면에 '없다'는 사실을 자기도 미처 모르는 것이다. 참 묘한 착시 현상이라고 할 수 있다. 작가는 주인공을 너무 잘 알기에, 작가 본인이 써 나가는 장면 속을 헤쳐 나가는 주인공의 머릿속이 훤히 보인다. 그렇다 보니 독자가 보지 못한다는 사실을 잊기가 굉장히 쉽다. 아닌 게 아니라, 작가는 주인공의 눈앞에 펼쳐지는 사건을 주인공의 눈으로 보면서 자기가 주인공이 된 듯 반응한다. 주인공처럼 생각하고, 주인공의 과거 기억이 밀려오고, 따라서 주인공처럼 감정이 느껴지니 아주 그냥 짜릿하다. 주인공과 한몸이 되었다고 해도 과언이 아니다. 그런데 그게 다 이미 자기 머릿속에 있으니, 정작 주인공의 머릿속에 넣어 주는 것을 깜빡 잊고 만다. 다행히도 문제의 해법은 의외로 간단하다. 지면에 나타내 주면 된다.

무슨 말이냐 하면, 당신의 주인공은 눈앞의 모든 상황에 그때그때 내적인 반응을 하지 않으면 안 된다. 상황을 파악하고 거기에 대처하려고 애써야 한다. 다시 말해 현재 상황을 머릿속으로 생각해야 한다. 추상적으로 생각하는 게 아니다. 주저리주저리 횡설수설 의식의 흐름을 늘어놓는 것도 아니다. 당장 결정을 내려야 하니, 긴박하게 머리를 굴려야 한다. 여기서 지켜야 할 규칙은, 주인공은 무엇을 알아차리거나 무엇을 언급하건 간에, 설령 누가 무슨 옷을 입었다는 단순한 묘사라 해도, 반드시 곧이어 전략적 결론을 내려야 한다는 것이다. 즉, '자신의 행동이나 상황 해석에 영향을 주는' 결론을 내려야 한다. 항상, 매 순간 그렇게 해야 한다. 사람은 누구나 그러니까.

현실에서 우리가 어떻게 하는지 생각해 보자. 우리는 끊임없이 외부 환경을 주시하면서 전략적 의미를 찾는다. 이게 안전한가? 어떻게 해야 하나? 저 사람이 한 말이 무슨 뜻일까? 어디에 위험이 도사리고 있을까? 어디에 좋은 것이 숨어 있을까? 당신이 역 승강장에서 열차를 기다리고 있건, 전쟁터에서 적군과 싸우고 있건, 우주 공간에서 우주선 문을 안 열어 주는 컴퓨터와 승강이를 벌이고 있건, 당신은 매 순간 끊임없이 유용한 정보를 주시하고 있다. 다 험한 세상을 무사히 헤치고 편안한 집으로 돌아가기 위해서다. 당신의 주인공이라고 다를 이유가 있겠는가?

매 페이지에 감정이 깃들어 있어야 한다

한 가지 확실히 해 두자. 매 순간 주인공의 감정을 독자가 알아야 한다고 해서, 작가가 직접 말해 주어야 하는 건 아니다. 이를테면 "루비는 헨리 없이 살 생각을 하니 가슴이 찢어질 듯 아팠다"처럼 말이다. 인물의 감정을 전달하려면 기쁘다, 슬프다, 화난다, 샘난다, 서럽다, 가슴이 찢어질 듯 아프다는 말로는 안 된다. 왜냐고? 말하지 않아도 알겠지만, 추상적이기 때문이다. 다 '무엇'에 해당하는 말들이고, 독자가 알고 싶어 하는 것은 물론 '왜?'다.

중요한 점은, 감정은 대략적인 감정 유형을 언급한다고 전해지는 것이 아니라, 인물이 상황을 이해하는 모습에서 풍겨 나온다는 것이다. 작가는 인물이 느끼는 감정을 독자에게 일러 주어 머리로 알게 할 것이 아니라, 분투하는 인물의 입장에 직접 서게 해 주어 독자에게 그 감정을 '일으켜야' 한다. 그때 독자가 느끼는 감정은 복잡미묘하고 다면적일 것이다. 그리고 아마도 말로는 형용하기 어려울 것이다. 대략적인 감정 이름의 언급을 피해야 하는 이유다. 소설을 쓸 때나 현실에서나, 우리는 모든 감정이 두루뭉술한 감정 이름으로 규정되고 거기에 국한된다고 오해하기 쉽다. 감정이란 훨씬 더 변화무쌍하고 섬세한 것이며, 말로는 제대로 표현할 수 없다(아니면 적절한 말이 아직 존재하지 않는 건지도).

예를 하나 들어 보자. 설레스트 잉의 데뷔 소설 《내가 너에게 절대로 말하지 않는 것들》의 한 대목이다. 이 장면의 배경은 1966년이다. 백인 전업주부 매릴린은 소원하게 지내던 어머니의 사망 소식을 방금 전해 들었다. 매릴린이 아시아계 대학 교수, 제임스 리와 결혼한 후로 모녀는 왕래가 없었다.

그녀는 결혼식 날 이후로 8년 가까이 어머니와 연락하지 않았다. 그동안 어머니에게서는 편지 한 장 오지 않았다. 내스가 태어나고 리디아가 태어났을 때도 매릴린은 어머니에게 알리지 않았고, 사진도 보내지 않았다. 무슨 할 말이 있겠는가? 그녀와 제임스는 그 마지막 날 어머니가 두 사람의 결혼을 두고 했던 말을 지금껏 한 번도 이야기하지 않았다. "그건 옳지 않다." 다시 생각하고 싶지도 않았다. 제임스가 그날 저녁 집에 들어오자, 그녀는 "어머니 돌아가셨어"라고만 했다. 그러고는 다시 조리대를 향해 돌아서서 말했다. "잔디 좀 깎아야 되겠어." 제임스는 알아들었다. 더 나눌 얘기가 없다는 것을. 저녁 식탁에서 아이들에게 할머니가 돌아가셨다고 알리자, 리디아가 고개를 갸우뚱하며 물었다. "엄마 슬퍼?"

매릴린은 남편을 흘긋 보더니 말했다. "응. 슬퍼."[1]

매릴린이 실제로 느낀 감정은 이 대목 어디에도 언급되지 않았지만, 한 구절 한 구절에서 고스란히 전해지고 있다. 이 대목은 '슬픔'이라는 단어를 자조하듯 언급하며 끝난다. 슬픔이야말로 이런 상황에서 우리가 일반적으로 예상하는 감정의 이름이다. 그리고 슬픔이야말로 매릴린이 여기서 느끼지 못하는 감정이다. 그녀는 슬픔이라는 단어 뒤에 숨어, 자신이 실제로 겪고 있는 훨씬 더 복잡하고 강력한 감정으로부터 딸과 자기 자신을 보호하려 한다.

주인공의 주관적 사고방식에서 벗어나지 말아야 한다

스토리를 앞으로 나아가게 하는 힘은 단순히 겉으로 일어나는 사건이 아니다. 주인공이 '내적으로' 어떤 대가를 치르면서 결심을 하고 외적 행동에 나서느냐가 중요하다. 그 결심은 겉보기에는 객관적으로 비합리적일지 몰라도, 주인공에게는 더없이 논리적이다. 자신의 주관적 믿음에 기초한 것이기 때문이다.

생각해 보면 재미있는 사실이 있다. 우리는 남들이 하는 행동을 보고 '도대체 왜 저러지, 참 비합리적이네'라고 생각하곤 한다. 이를테면 1988년 이래로 신문 한 장, 잡지 한 부 버리지 않고 다 모으고 있는(게다가 인터넷이라는 신문물을 아직 이용할 줄 몰라서 모두 정기구독하고 있는) 이웃 사람을 보면 그런 생각이 든다. 그런데 비합리적이라는 것은 밖에서 볼 때 그런 것일 뿐이다. 본인에게 물어보면 틀림없이 완벽히 논리적인 이유가 있을 테고, 자기에게는 워낙 당연한 일이라 그걸 왜 묻는지도 이해하지 못할 것이다.

당신의 주인공에게도, 자기가 하는 행동은 다 당연한 이유가 있다. 자기가 품고 있는 규칙에 따르면 그렇다. 그 인물은 그렇게 사고 회로가 박혀 있는 것이다. 그건 우리도 다 마찬가지다. 그러므로 작가가 주인공의 관점을 아는 것만으로는 부족하다. 한 페이지 한 페이지에 그 관점이 나타나게 해 주어야 한다.

여기서 기억해야 할 중요한 점이 있다. 주인공이 세상을 보는 주관적 렌즈는 '불변'이라는 것. 당연한 말인 것 같긴 한데, 정확히 무슨 뜻일까? 굳이 묻는 이유는, 작가들이 자주 놓치는 사실이기 때문이다. 즉 이런 식으로 글을 쓰는 사람이 많다. 주인공이 운명적인 큰 사건에 맞닥뜨린다. 그러다가 갑자기 자질구레한 일들을 처리하고 친구와 수다를 떨고 운동하고 하는 거다. 그냥 세상 평범한 하루를 보내는 것처럼. 그 장면을 딱 빼서 그것만 읽어 보면 주인공이 갈등하고 있는지 어쩐지 알 길이 없다. 아무리 봐도 그런 모습이 아니니까.

가령 제니가 이런 장면을 썼다면? 루비가 무슨 생각인지 루퍼스를 데리고 사람 많은 해변으로 가서 유유히 거닌다. 공물어 오기 놀이를 하고 지나가는 사람에게 말을 걸면서. 누가 루퍼스를 알아볼까 걱정하는 모습은 전혀 없다. 독자는 엥, 루퍼스를 온 세상이 다 아는 줄 알았는데 딱히 그렇지도 않나 보다 하고 생각할 것이다. 무슨 말이냐, 독자는 주인공만 바라보며 상황을 판단한다. 주인공이 걱정을 안 하는데 우리가 왜 걱정하겠는가? 누구나 경험으로 알고 있듯 상황이 진짜 심각하게 나쁘면 아무리 태연한 척해도 머리에선 그 생각이 떠나지 않는 법이다. 모든 것을 보는 관점이 바뀌고, 마음은 바쁘게 뭔가를 찾게 된다.

그렇다고 인물이 영 자기답지 않거나 터무니없는 일을 하지 않는다는 건 아니다. 다만, 그럴 때는 사전에 작가가 그럴듯한 '왜'를 깔아 놓아야 한다는 것이다. 예를 들면, 앞서 보았듯이 4번 장면에서 루비가 겁에 질려 헨리를 보러 병원으로 차를 몰고 가서, 루퍼스를 지나가는 사람 누구나 볼 수 있게 차에 두고 가는 대목이 있다. 그렇다, 말이 안 된다. 그런데 그때 루비가 말이 안 되는 행동을 할 만큼 정신이 나가 있다는 것을 독자는 알고 있다. 슬픔과 두려움에 휩싸여 있으니까. 지금 루비의 목표는 단 하나다. 안정을 찾는 것, 즉 헨리에게 가는 것이다. 다른 건 아무것도 눈에 보이지 않는다.

마지막으로 한 번만 뇌과학 이론을 통해 그 이유를 생각해 보자. 아마 들어 본 독자도 있겠지만, 심리학자 크리스토퍼 셔브리와 대니얼 사이먼스의 유명한 고릴라 실험이 있다. 우리가 보면서도 못 보는 현상을 확실히 '보여 주는' 실험이다. 실험에 참여한 학생들에게 영상을 하나 보여 주었다. 사람들이 두 팀으로 나뉘어 자기 팀끼리 농구공을 주고받는 영상인데, 두 팀은 각각 흰색 옷과 검은색 옷을 입고 있었다. 학생들에게 검은색 팀원끼리의 패스는 무시하고, 흰색 팀원끼리 패스하는 횟수만 세어 보라고 지시했다. 학생들은 열심히 횟수를 세어서 답했다. 그런데 참여자의 50퍼센트가 눈치채지 못한 것이 있었다. 영상 중간에 고릴라 복장을 뒤집어 쓴 사람이 등장해, 화면 중앙에 서서 가슴을 치고, 유유히 사라지는 모습이다. 고릴라가 화면에 등장한 시간은 무려 9초 동안이었다. 지금까지 수없이 반복된 실험이지만, 결과는 항상 똑같았다. 그런데 한결같이 참여자의 절반 정도가 고릴라를 못 본다는 사실보다 더 연구자들을 놀라게 한 점이 있다. 참여자들에게 고릴라가 나왔다고 말해 주어도 믿지 못한다는 것. "내가 그걸 못 봤을 리가 없다!"는 게 흔한 반응이다. 심지어는 "영상을 바꿔치기한 게 틀림없다, 처음 보여 준 영상에는 맹세코 고릴라가 없었다"고까지 한다. 전문 용어로 '무주의 맹시inattentional blindness'라고 하는 현상이다.[2] 관심을 딴 데 두면 눈앞에 벌어지는 일도 보이지 않는다는 뜻이다. 당신의 주인공도 어떤 문제에 생각이 꽂히면 그 문제가 뇌리에 박혀서, 중요치 않은 정보는 다 걸러져 말 그대로 보이지 않게 되고 특정한 것만 특정한 식으로 눈에 들어온다.

흔히 말하길 '보는 게 곧 믿는 것seeing is believing'이라고 하지만, 이 실험에 비추어 생각해 보면 꽤 의미심장한 말이다. 고릴라를 알아차리지 못한 실험 참여자들은 고릴라가 없었다고 철석같이 믿었다. 분명히 자신은 모든 것을 보고 내린 결론이니까. 그러니 그 속담이 맞긴 맞되, 보았다고 꼭 옳게 믿는 건 아님을 알 수 있다. 문제는, 일단 보고 나면 꼭 옳게 '느껴진다'는 것이다. 그게 핵심이다. 우리는 각자가 옳게 느끼는 믿음에 따라 세상을 다르게 보고 다른 의미로 해석한다.

한 번 직접 느껴보고 싶은가? 이런 상상을 해 보자. 당신이 아침에 눈을 떠보니 왼쪽 새끼손가락 손톱에 거스러미가 나 있다. 퍼뜩 상황을 간파하면서 공포가 엄습한다. 악명 높은 거스러미 바이러스에 감염된 것이다. 게다가 치명적인 종류다. 오늘 밤 자정께면 당신은 저세상 사람이 될 것이 틀림없다.

그 사실을 깨닫고 나면 설령 당신이 평소와 똑같이 일과를 치른다고 해도, 모든 것이 달라질 것이다. 마트에 가고, 개를 산책시키고, 아이들에게 전화하는 등 늘 하던 일을 하면서도 못 보던 것이 보이고 새로운 의미로 다가온다. 모든 것을 '이번이 마지막'이라는 렌즈를 통해 바라보니 전과는 사뭇 달라 보인다. 물론 터무니없는 가상의 시나리오다. 거스러미 바이러스라는 것은 존재하지 않는다(이제 그만 검색해 봐도 된다). 당신의 공포는 현실의 기준으로 보면 완전히 비합리적이었던 게 맞다. 그렇다 한들 바뀔 게 있을까? 전혀 없다. 우리는 하늘이 두 쪽이 나도, 그게 아니라고 합리적인 설명을 수천 번 들어도, 세상을 주관적 렌즈로 보기 때문이다.

당신의 주인공도 똑같다. 어떤 동기를 품고 있든, 어떤 근심을 안고 있든, 그것이 늘 머리를 떠나지 않으며 행동을 재촉하고, 주의를 끌고, 상황 인식을 좌우하고, 기억을 불러일으키며, 어떤 쪽으로 결론을 내리게끔 한다. 그리고 앞서 말했다시피, 주인공은 '항상' 무언가 결론을 내린다. 루비의 경우는 비탄의 감정이 늘 떠나지 않는다. 헨리 생각에 괴롭기도 하고 위안도 되고 쓰라리기도 하고 의지도 솟아날 것이다. 첫 페이지에서 마지막 페이지까지 모든 사건을 그런 관점에서 바라보고 해석할 것이다.

그런데 그게 다가 아니다. 스토리를 이루는 층도 하나씩 더해지면서 그때부터 죽 사라지지 않는다. 그러면서 일은 점점 커지고 주인공은 어찌해야 할지 고심한다. 예를 들면 다음과 같다.

· 노라가 집을 팔려고 나서는 순간부터 루비는 집을 잃을 두려움이 늘 떠나지 않는다.

· 대본 수정 시한이 절대적임을 알게 되는 순간부터 대본을 못 써내면 어떻게 될 것인가 하는 공포가 늘 떠나지 않는다.

· 루퍼스를 훔친 순간부터는 루퍼스를 데리고 있는 것이 발각될 두려움이 늘 떠나지 않는다.

제니가 위의 요소들을 엮어 넣을 때마다 이들은 한데 어우러져 언제 어디서나 루비가 세상을 보는 렌즈를 이룰 것이다. 동시에 루비가 등장하는 모든 장면에 영향을 줄 것이다. 한편 여기에는 각각 외적으로 대응되는 요소가 있다. 즉, 불가피한 마감 기한이 딸려 있어서 루비의 삶에 큰 파장을 미칠 결과를 향해 시계가 째깍째깍 흘러가고 있다. 한마디로, 빠져나갈 구멍이 없다. 그러니 루비는 한시도 앞일을 예민하게 주시하지 않을 수 없다. 설령 숨돌리고 안도하는 순간일지라도 예외가 아니다.

처음에는 이런 요소들을 추가해 넣는 작업이 마치 무딘 도구를 쓰는 것처럼 억지스럽게 느껴질지 모른다. 괜찮다. 소설의 각 장면은 그저 사건이 전부가 아니라는 점이 중요하다(많이 들어 본 말 아닌지?). 각 장면은 수많은 서브플롯이 맞물려, 소설의 전깃줄에서 힘을 받아 가며, 플롯을 진행시킬 수 있도록 짜이는 것이다. 그 모든 것이 동시에 일어나야 함은 물론이다. 하나하나의 장면은 그저 한 걸음을 내딛는 것이 아니라 몇 걸음을 동시에 내딛는 것과 같다는 점을 잊지 말자. 그래서 처음에는 어색하게 느껴질 수밖에 없지만, 층을 추가해 가다 보면 차츰 서로 어우러지면서 장면이 통일되고 풍성해질 것이다. 그 결과는 산술적으로 더해지는 것이 아니다. 기하급수적으로 발전한다. 처음엔 한 층으로 시작해 둘, 셋으로 늘려나가다 보면 어느새 소설이 하나의 생명처럼 풍부하고 다양한 모습을 띠고 있을 것이다.

제니가 그 작업을 하는 예를 살펴보자. 제니는 두 번째 장면을 써 볼 참이었다. 루비가 개를 '빌리면' 문제를 완벽히 해결할 수 있다는 발상을 떠올리는 장면이다. 현재 루비가 당면한 모든 상황을 엮어 넣으면서, 동시에 스토리가 전개되어 나갈 수 있도록 시도해 보았다. 현재로선 설익은 상태다. 이 장면은 완성되기까지 아마 몇 차례 수정을 거쳐야 할 것이다.

장면이 시작될 때 루비는 언니가 간섭을 끊게 만들려면 자기가 잘 챙겨 먹고 있는 것처럼 위장하면 되겠다는 결론을 내린 상태다. 물론 잘될 것 같아 보이진 않는다.

다음날 해가 뜨자마자 샤워하고 헨리의 사고 이후 처음으로 제대로 옷을 입었다. 유기농 마트 앞에서 기다리고 있었더니 점장이 열쇠를 들고 와서 새벽부터 보채는 손님들을 들여보내 주었다. 카트를 하나 잡고 식재료를 채워 넣기 시작했다. 유기농 시금치, 로즈메리 발효 빵, 병아리콩 스프레드, 계절 과일 등 뭐든 제일 비싼 것으로 골라 담고, 마지막으로 정육 코너로 갔다. 속이 꽉 찬 닭 가슴살이나 양념에 재운 고기처럼 뭔가 근사해 보이는 것을 사서 오븐에 구울 생각이었다. 언니가 왔을 때 알아서 잘 차려 먹는 것처럼 집 안에 냄새가 진동하게 만들리라. 카트를 끌고 어떤 여자 뒤에 섰는데, 여자 어깨에 걸친 백 안에 조그만 흰색 개가 들어앉아 있었다.

"유기농 목초 사육 소고기 패티 1파운드 주세요." 여자가 말했다. 개가 고개를 내밀자 여자는 웅얼거렸다.

"그래 맞아, 브루저, 엄마가 너 좋아하는 거 사줄게."

개를 유난히 애지중지하는 사람들이 있다는 건 알았지만, 목초 사육 소고기를 사 먹인다는 건 상상도 못 했다.

"유기농 고기를 먹이세요?" 내가 물었다.

"얘가 사료는 입도 안 대요. 하긴 사료를 먹고 싶겠어요? 방부제에 첨가물투성이고, 고기는 또 뭘로 만드는지 아세요? 어우." 여자가 역겹다는 듯한 소리를 내고는 개의 귀 뒤를 긁어 주며 말했다. "도축장 바닥에 떨어진 찌꺼기로 만들잖아요. 차라리 채식을 시키고 말지."

"개가 채식을 해도 돼요?" 여자의 말을 못 믿어서가 아니라, 뭐라고 설명하는지 들어 보고 싶었다. 늑대의 후손이 어떻게 풀을 먹고 산다는 것인지, 갑자기 알아야 할 것 같았다.

여자가 웃었다. "그럼요! 섬유소 때문에 장에 가스가 차니까 효소만 같이 먹여 주면 돼요!" 여자는 정육 코너 직원이 건네는 고기를 받아들고, 자기 개를 한번 쓰다듬더니, 내게 손인사를 하고 달걀 매대 쪽으로 갔다. 아마 아침마다 수란을 떠서 개에게 먹이겠지 싶었다.

"뭐 드릴까요, 손님?" 직원이 물었다.

문득 내게 하는 말이라는 걸 알아차렸다. 헨리의 사고 이후 세상은 정신없이 빠르게 돌아가는 것 같았고, 나는 상황이 바로바로 이해되지 않아 애를 먹곤 했다.

"아 네." 나는 시간을 벌려고 일단 웃어 보였다.

개를 데리고 있는 여자의 뒷모습을 흘끗 보았다. 불현듯 머릿속에 무언가가 그려지기 시작했다. 샤론의 비서가 내게 개를 키워 보라고 했었다. 미용실에서도 같은 말을 들었다. 매번 광고와 고지서만 들고 오는 우편배달원도 그랬다. 노라는 나더러 개를 키우라고 평생 이야기했다. 수의사로서, 내 인생 모든 문제의 징표는 개를 키우지 않기 때문이라고 말하곤 했다. 나는 남편도 없고, 가족도 없고, 개도 없으니, 인간과 관계를 맺을 수 있긴 한지 언니 눈에는 의심스러워 보였는지도 모른다. "개를 키우세요!" 사람들은 혼자 사는 여자, 중년 여자, 우울한 여자, 괴로운 여자에게 거의 자동 반응처럼 그런 말을 했다. 그리고 나는 졸지에 그 모두에 해당되는 처지였다.

유기농 샐러드와 고기 굽기는 필요 없다. 노라에게 내가 개를 키운다는 것만 보여 주면, 내 걱정은 완전히 잊을 것이다. 내가 개를 키우는 줄 알게 되면 내게서 손을 뗄 것이고, 이제 대본을 쓰려면 남은 문제는 어떻게 나 혼자 쓰느냐 하는 것뿐이다. 책상 주위를 왔다 갔다 하면서, 창밖을 응시하면서, 볼펜 뚜껑을 잘근잘근 씹던 헨리의 도움 없이. 개를 꼭 살 필요도, 입양할 필요도 없다. 몇 시간만 데리고 있으면 된다.

나는 직원을 보며 말했다. "목초 사육 소고기 패티 1파운드 주세요."

이 장면에서 주목할 요소

- 루비는 머릿속에서 헨리의 부재, 노라가 집을 팔려고 하는 것, 대본 마감 등 당면한 여러 사태를 항상 의식하고 있다는 점.

- 제니가 루비의 감정을 직접 언급한 적은 한 번도 없지만 독자에게는 생생히 전해진다는 점.

- 장면의 꽤 많은 부분이 배경 스토리라는 점. 루비는 자신의 기억을 잣대 삼아 지금 막 떠오른 미심쩍은 계획을 합리화하고 있다.

- 이 장면 속의 '감각적' 디테일은 모두 스토리를 부각하려는 게 목적이라는 점. 제니가 루비가 사려는 식품들을 언급한 것은 그저 루비의 쇼핑 목록을 알려 주기 위해서가 아니다. '왜' 그런 고급 식품을 골랐는지도 말해 주고 있다. 노라를 감탄시키기 위해서다.

- 반려동물을 유별나게 애지중지하는 사람들에 대한 루비의 은근한 경멸감이 드러난다는 점. 대놓고 표현하지는 않았지만 정육 코너에서 여자에게 물었던 말에서 엿보인다.

- 루비의 머릿속 생각의 흐름을 따라가며 개를 구해야겠다는 결심에 이르는 과정을 보여 주는 점. 우리는 루비가 개를 손에 넣으리라는 것과 그 이유도 알게 된다.

- 루비가 품은 의도를 드러내 주는 점. 루비는 개를 구해 오면 노라가 자기에게서 손을 떼리라고 생각한다. 따라서 독자는 다음 일을 예상해 볼 수 있고, 적어도 한 가지는 확실해 보인다. 루비의 계획이 잘될 리 없다는 것.

한 장면에서 이렇게 많은 성과를 낼 수 있었던 것은 제니가 루비의 시점으로 쏙 들어가 루비의 눈으로 세상을 볼 수 있었던 덕분이다. 물론 그 못지않게 중요한 것은, 그 내용을 지면에 나타내 독자도 알 수 있게 해 준 점이다.

과제

한 장면을 작업할 때마다 주인공에 관해, 그리고 그때 주인공이 품은 주관적 세계관에 관해 알고 있는 정보를 모두 모아보자. 주인공의 가장 큰 걱정거리는 무엇이며, 주인공의 판단에 어떤 영향을 줄 것인가? 소설의 모든 층과 모든 시한폭탄을 하나하나 빠짐없이 고려하도록 하자.

앞서 첫 번째 비결을 소개하면서 주인공이 내리는 전략적 결론을 끊임없이 밝혀 주어야 한다고 했던 것 기억하는가? 주인공이 마음속으로 무엇과 씨름하고 있는지 이해하면, 어떤 전략적 결론을 내릴지, 그리고 그에 따라 어떻게 행동할지 알 수 있다. 그게 바로 스토리와 플롯이 하나가 되어 순조롭게 나아가게 하는 요령이다.

마지막으로 기억할 두 가지

노파심에서 한마디 덧붙이려고 한다. 소설을 써 나가다 보면 아무리 머릿속에 든 스토리를 구현하는 데 전념한다 해도, 중간에 강력한 아이디어에 휩쓸려 중심을 잃을 때가 있기 마련이다. 그러면 지금까지 배운 모든 것이 가물가물해지기 쉽다.

그럴 때는 작가가 항상 곁에 두어야 할, 가장 간단하면서도 가장 요긴한 도구 두 가지를 잊지 말자.

1 모든 것에 대해 "왜?"라고 묻는다. 꼬리에 꼬리를 물며 계속 묻는다. 언제까지? 스토리와 직결되고, 손에 잡힐 듯하고, 눈을 감으면 생생히 그려지는 밑바닥 원인에 이르러 "왜?"라고 물을 게 더 없을 때까지.

2 모든 것에 대해 "그래서?"라고 묻는다. 그래서 독자가 이걸 왜 알아야 하나? 그래서 이게 스토리 전개에 어떻게 도움이 되나? 그래서 그 결과로 어떻게 되나? 바꿔 말하면, "말하려는 요점이 무엇인가?" 좀 위압감이 들 수도 있지만, 이 질문이야말로 당신의 가장 믿음직스러운 벗이다. 항상 서슴없이 직언을 하면서 당신의 스토리에 관해 다른 어디에서도 얻을 수 없는, 눈이 번쩍 뜨이는 통찰을 선물해 줄 친구다.

이제 당신은 흡인력 있는 소설을 쓰는 데 필요한 도구를 모두 갖추었으니, 독자의 뇌에 도파민이 쏟아지게 하여 모든 것을 잊게 해 줄 수 있다. 내일 있을 중요한 회의, 밤이 깊을수록 모기 떼처럼 머릿속을 성가시게 하는 온갖 불안은 다 잊은 채, 소설에 몸을 맡기고 잠시나마 위안과 휴식을 얻게 해 주자. 동시에 사람을 움직이는 '진짜' 동기에 관해 내밀한 정보를 얻게 해 주자. 마침내 마지막 페이지를 넘긴 독자는, 알게 모르게 세상 보는 관점이 바뀌면서 다른 모습이 되어 있을 것이다. 살짝 바뀌었을 수도 있고, 아니면 정말 극적으로 바뀌어 주변 모든 사람과 모든 것에 영향을 줄 수도 있다. 아닌 게 아니라, 독자를 사로잡은 소설이 세상을 바꾼 것으로 알려진 사례는 많다.

예를 들면, 1960년대 미국 흑인 민권 운동이 성공할 수 있었던 큰 원인으로 자주 언급되는 것 하나가 무엇인지 아는가?

바로, 소설 《앵무새 죽이기》다.

실제로 1991년 미국 의회도서관의 설문조사에 따르면 《앵무새 죽이기》는 사람들에게 큰 영향을 미친 책으로 성경에 이어 두 번째로 많은 표를 받았다.

방송인 오프라 윈프리는 이 책을 "국민 소설"이라 불렀고,[3] 전 대통령 영부인 로라 부시는 "사람들의 생각을 바꿔 놓은 책"이라고 했다.[4]

어떻게 그럴 수 있었을까? 사람들의 '감정'을 바꿈으로써 가능했다.

어떤 주제에 대한 사람의 생각을 바꾸는 유일한 방법은, 먼저 감정을 바꾸는 것이니까.

당신은 그럴 힘이 있다. 이제 그 힘을 활용하기 바란다.

감사의 말

모든 일이 말처럼 쉽지 않은 법이다. 예외라면 사고 치는 일이 랄까? 그건 말보다 더 쉬워서 문제다. 이 책을 쓰면서 많은 분께 엄청난 신세를 진 덕분에 사고를 피할 수 있었다. 그분들이 있었기에 이 책은 좋아질 수 있었다. 나 혼자서는 꿈도 꾸지 못했을 만큼.

친구들, 가족들, 동료 작가들의 이런저런 도움으로 이 책에 실린 모든 아이디어를 구상하고 발전시키고 시험하고 다듬을 수 있었으니 그저 감사할 따름이다. 린다 와인먼, 미셸 피오딜리소, 애니 제이콥슨, 브라이스 댈러스 하워드, 켈리 칼린, 제인 프레이거, 세라 크론, 데이비드 벤턴, 낸시 블라하, 신시아 앤더슨, 크리스틴 플레처, 리베카 페크론, 제니퍼 트레이시, PJ 안,

앤 칠더스, 켈리 클라크, 커밀 크레스, 제임스 밸러드, 제니퍼 애펀롯, 제시카 옐린, 마거릿 츠바키야마 님에게 감사드린다. 특히 아밋 찻와니 작가는 불굴의 노력으로 자신이 쓰는 소설의 모든 면에서 완벽을 추구했기에 나도 돕는 과정에서 무척 많이 연구해야 했다.

눈 많이 오던 한겨울에 이 책의 내용 대부분을 쓸 수 있도록 뉴욕 애스토리아에 아늑한 아파트 공간을 내어 준 프랭크와 메디나 프레더릭스 부부에게도 깊이 감사드린다.

원고를 써 나가는 과정에서 읽어 주고 고맙게도 시간을 내어 귀중한 피드백을 전해 준 분들에게 무한한 감사를 드린다. 콜린 킨들리, 조니 템플턴, 마크 로브너, 캐럴라인 레빗, 로라 프랜지니 님에게 감사하고, 특히 초기에 적절한 조언을 해 준 칼린 로버트슨 님의 도움이 컸다. 날카로운 지적과 변함없는 성원을 베풀어 준 크리스 넬슨 님에게 특별히 고마움을 전한다.

이 책이 더욱 충실해지는 계기를 만들어 준 두 분에게 감사드린다. 존 Z. 니톨로 교육감은 뉴저지주의 작은 교육구에서 어린 학생들의 글쓰기 교육에 스토리를 도입하는 프로그램 진행을 내게 맡겨 주었다. 그린힐스 스쿨에서는 젊고 의욕적인 문해력 지도사 태라 로시 님과 함께 작업했다. 참여해 준 학생들에게도 고맙다. 어찌나 빨리 그리고 적극적으로 스토리 개념을 받아들이고 할 말들이 많은지 깜짝 놀랐다.

라이터 언박스드Writer Unboxed 커뮤니티 회원들의 현명하고 열성적인 도움이 큰 힘이 됐다. 여러분 덕택에 내가 늘 열심히 산다. 터리스 월시 편집장님에게 정말 감사드린다. 우아하고 자상하고 예리한 기획력 덕분에 온라인상에서 어느 곳보다 활발한 작가들의 교류 공간이 만들어질 수 있었다. 편집장님이 아니었으면 다들, 특히 내가 많이 헤맸을 것이다.

제니 내시, 뭐라고 고맙다는 말을 해야 할지. 이 책은 네 집요하고 날카로우면서 똑 부러지는 코칭 없이는 나올 수 없었어. 또 아이디어를 처음 글로 구현하려고 씨름하는 그 짜릿하고 괴롭고 답답한 순간들을 기꺼이 고스란히 공개해 주지 않았더라면 나올 수 없는 책이었지. 네 소설 너무 좋아!

내 딸 애니에게 항상 변함없이 고맙다. 엄마가 쓰는 모든 글을 백 번이라도 마다하지 않고 싫은 기색 없이 읽어 주지. 아들 피터에게는 늘 감탄할 따름이다. 누구보다 스토리를 좋아하고, 그 예리한 눈에 나도 덩달아 보는 눈이 깊어지지. 너희들 덕분에 늘 자극이 된단다.

유능한 에이전트 로리 애브커마이어 님에게 다시 한번 깊은 감사를 전한다. 모든 일을 항상 예상보다 더 잘 처리해 주는 귀신같은 능력이 있다. 그저 존경스러울 따름이다. 텐스피드 출판사의 똑똑한 에디터 리사 웨스트모얼랜드, 교열 담당자 크리스티 하인, 유능한 팀원들에게도 너무나 감사드린다. 다들 최고다!

평생의 절친으로 거의 모든 추억을 함께한 돈 핼편에게 늘 고맙다. 마지막으로, 아무것도 신경 안 쓰고 편안히 글 쓸 수 있게 해 주는 내 남편 스튜어트 디마에게 진심 어린 고마움을 전한다. 별것 아닌 것 같아도 얼마나 큰 도움인지 모른다.

주

들어가는 말

1 F. O'Connor, *Mystery and Manners: Occasional Prose* (New York: Farrar, Straus and Giroux, 1970), 66.

1장

1 D. Gilbert, *Stumbling on Happiness* (New York: Vintage, 2007), 76.
2 J. Gottschall, "The Storytelling Animal", filmed March 2014, TEDxFurmanU video, 12.26, posted May 2014.

2장

1 E. L. Doctorow, "The Art of Fiction No. 94," interviewed by George Plimpton, *The Paris Review*, Winter 1986, Issue 101, accessed online, http://www.theparisreview.org/interviews/2718/the-art-of-fiction-no-94-e-l-doctorow.
2 A. Lamott, *Bird by Bird* (New York: Anchor, 1995), 20.
3 Horace, *Ars Poetica*, l. 147.
4 D. Aligheri, translated by J. Ciardi, *The Divine Comedy* (New York: NAL,

2003), ix.

3장

1 Museum Kids, *The Mixed-Up Files Issue* (New York: Metropolitan Museum of Art, 2001).

2 S. King, "Best Selling Author Stephen King Talks About *Under the Dome*," Simon and Schuster Books video, 2:11, October 2009, https://www.youtube.com/watch?v=GEUj_klOhd4.

3 J. Didion, "Why I Write," *New York Times Book Review*, December 5, 1976.

4 S. Johnson, *The Beauties of Samuel Johnson*, Ninth Ed. (London: G. Kearsley, 1897), 2.

5장

1 W. Berger, *A More Beautiful Question: The Power of Inquiry to Spark Breakthrough Ideas* (New York: Bloomsbury USA, 2014), 40.

2 "Louie Works Through a Chain of Whys," https://www.youtube.com/watch?v=8idwyuVJ4ug, posted August 2010.

3 I. Glass, *This American Life*, "552: Need to Know Basis," originally aired March 27, 2015. Transcript: http://www.thisamericanlife.org/radio-archives/episode/552/transcript.

6장

1 B. K. Bergen, *Louder Than Words: The New Science of How the Mind Makes Meaning* (New York: Basic Books, 2012), 19.

7장

1 K. Oatley, "The Science of Fiction," *New Scientist*, June 25, 2008, 42–43.

2 https://www.youtube.com/watch?v=vGUNqq3jVLg, posted January 25, 2017.

3 S. J. Watson, *Before I Go to Sleep* (New York: Harper, 2013), 156.

8장

1 J. F. Kennedy, *The Letters of John F. Kennedy*, ed. M. W. Sandler (New York: Bloomsbury Press, 2013), 5.

10장

1 J. C. Oates, interviewed by Brian Lehrer, *The Brian Lehrer Show*, WNYC, February 6, 2015, 18:16, http://www.wnyc.org/story/joyce-carol-oates-take-tawana-brawley-case.

2 J. Irving, "Getting Started," in *Writers on Writing*, ed. R. Pack and J. Parini (Hanover, NH: University Press of New England, 1991), 101.

3 J. Irving, *A Prayer for Owen Meany* (New York: William Morrow Paperbacks, 2013), 3.

4 A. S. A. Harrison, *The Silent Wife* (New York: Penguin Books, 2013), 3-4.

5 D. Tartt, *The Secret History* (New York: Vintage Books, 1992), 7.

6 T. S. Eliot, *Four Quartets* (Boston: Mariner Books, 1968), 59.

13장

1 M. M. Waldrop, *Complexity: The Emerging Science at the Edge of Order and Chaos* (New York: Simon and Schuster, 1992), 47.

15장

1 C. Ng, *Everything I Never Told You* (New York: The Penguin Press, 2014), 80.

2 C. Chabris and D. Simons, *The Invisible Gorilla: How Our Intuitions Decieve Us* (New York: Harmony, reprint 2011), 6-7.

3 M. M. Murphy, *Scout, Atticus and Boo: A Celebration of To Kill a Mockingbird* (New York: Harper Perennial; reprint edition July 5, 2011), 3.

4 M. Puente, "'To Kill a Mockingbird': Endearing, Enduring at 50 Years," *USA Today*, August 8, 2010, http://usatoday30.usatoday.com/life/books/news/2010-07-08-mockingbird08_CV_N.htm.